원전으로 읽는 우리 고전 3

팔찌의 인연

쌍천기몽

9

원전으로 읽는 우리 고전 3

팔찌의 인연

쌍천기봉

9

장시광 옮김

이담
Books

역자 서문

　역자가 <쌍천기봉>을 처음 접한 것은 1993년도, 대학원 석사과정 1
학기 때였다. 막 입학하였는데 고전소설을 전공하는 이지하, 김탁환, 정
대진 선배 등이 <쌍천기봉>으로 스터디를 하고 있는 것이었다. 당시에
는 무슨 내용인지도 모른 채 선배들 손에 이끌려 스터디 자리 한 구석
을 차지하고서 소설 읽기에 동참하였다. 그랬던 것이, 후에 이 작품으로
석사논문을 쓰고, 이 작품을 포함하여 박사논문을 쓰기에 이르렀다.
<쌍천기봉>은 역자에게는 전공에 발을 들여놓도록 하고, 학업의 징검다
리 역할을 한 실로 은혜로운(?) 소설이 아닐 수 없다.

　역자가 <쌍천기봉>에 매력을 느낀 것은 무엇보다도 발랄하고 개성이
강한 인물들의 존재와 그에 기인한 흥미의 배가 때문이었다. 아버지가
정해 주는 중매결혼보다는 마음에 드는 여자를 발견하고 멋대로 결혼한
이몽창이 가장 매력적이다. 남편에게 무조건 복종하기보다는 자신의 주
체적 의지를 강조하며 남편에게 저항하는 소월혜도 매력적이다. 비록
당대의 윤리에 저촉되어 후에 징치를 당하지만, 자신의 애정을 발현하
려고 하는 조제염과 같은 인물에게서는 측은한 마음이 든다. 만일 이들
발랄하고 개성 강한 인물들이 존재하지 않고, 윤리를 체화한 군자형, 숙
녀형 인물들만 소설에 등장했다면 <쌍천기봉>은 윤리 교과서 외의 존
재 의미를 지니지 못했을 것이다.

역자는 이러한 <쌍천기봉>을 현대 독자들도 알았으면 하는 바람을 가지고 틈틈이 번역을 하였다. 북한에서는 1983년도에 이미 번역본이 출간되었는데 일반인들이 접하기 쉽지 않고, 또 북한 어투로 되어 있어 한국에서도 새로운 번역본의 출간이 필요하다는 생각에 번역을 시작한 것이다. 2004년에 시작하였으나 천성이 게으른 탓에 다른 일 때문에 제쳐 두고 세월만 천연한 것이 벌써 13년째다. 이제는 마냥 미룰 수만은 없다는 생각에 '결단'을 내리고 작업을 매듭지으려 한다.

이 책은 총 2부로 구성되어 있다. 1부에는 현대어 번역본을, 2부에는 주석(註釋) 및 교감(校勘) 본을 실었다. 저본은 한국학중앙연구원 소장본(18권 18책)이고 교감 대상본은 국립중앙도서관 소장본(19권 19책)이다. 2부의 작업은 현대어 번역의 과정을 보여준다는 의미와 더불어 전공자가 아닌 분들도 흥미롭게 읽을 수 있도록 하려는 취지에서 덧붙인 것이다.

이 번역, 교감본을 내는 데 여러 분의 도움과 격려를 받았다. 원문의 일부 기초 작업은 우리 학교에서 공부 중인 김민정, 신수임, 남기민, 유가 등이 수고해 주었다. 이 동학들과는 <쌍천기봉> 강독 스터디를 약 1년 전부터 꾸준히 해 오고 있는데, 이제는 원문을 능수능란하게 읽어내는 모습에 보람을 느낀다. 역자에게도 자신을 돌아보게 한 스터디가 되었음은 물론이다. 어학을 전공하는 목지선 선생님과 우리 학교 한문학과 황의열 선생님은 주석 작업이 완료된 원문을 꼼꼼히 읽고 해결이 안 된 부분들을 바로잡아 주셨다. 이 자리를 빌려 감사드린다. 2004년도에 대학 동아리 웹사이트에 <쌍천기봉> 번역문 일부를 연재한 적이 있는데 소설이 재미있다는 반응이 꽤 있었다. 그 당시 응원하고 격려해 준 선후배들에게 늘 빚진 마음이 있었다. 감사드린다.

<쌍천기봉>이라는 거질을 번역하는 작업은 역자의 학문적 여정에서

특별한 의미가 있다. 그런 면에서, 역자가 고전문학을 공부하도록 이끌어 주시고 지금까지도 격려와 질책을 아끼지 않으시는 정원표 선생님과 박일용 선생님, 이상택 선생님께 고개 숙여 감사드린다. 역자의 건강을 위해 노심초사하시는 양가 부모님께는 늘 죄송하고 감사한 마음뿐이다. 마지막으로 동지이자 반려자인 아내 서경희에게 감사한 마음을 전한다.

차례

제1부

현대어역

✿ 일러두기 ✿

1. 번역의 저본은 제2부에서 행한 교감의 결과 산출된 텍스트이다.
2. 원문에는 소제목이 없으나 내용을 고려하여 권별로 적절한 소제목을 붙였다.
3. 주석은 인명 등 고유명사나 난해한 어구, 전고가 있는 어구에 달았다.
4. 주석은 제2부의 것과 중복되는 것은 가급적 삭제하거나 간명하게 처리하였다.

쌍천기봉 卷 17

이관성 육 부자는 승전해 돌아오고
이한성은 북흉노와의 전투에서 죽다

화설. 이 상서가 삼군의 사졸들에게 명령을 전해 강의 크고 작은 전선(戰船)을 수습해 절강(浙江)으로 깃발을 돌리라 하였다. 군대가 기세를 크게 떨치고 상서의 호령은 서리 같으니 지나는 고을의 수령들이 응대를 기민하게 하고 군대를 크게 환영하였다. 또 백성들 가운데 노인은 부축하고 어린아이는 손을 끌고 나와 상서의 위엄과 덕망을 칭찬하였다.

10여 일을 가 기주 부근에 이르자 보초병이 먼저 보고하였다.

"원수 어르신께서 이미 승리하여 오왕 주창을 거의 잡게 되었으나 오나라 세자 한이 아비를 구해 도망쳐 소주(蘇州)의 산음에 웅거(雄據)[1]하고 있다 합니다. 이에 원수 어르신께서는 아직 강가의 나루 근처에 머무르며 노고를 다한 사졸들을 쉬게 하시면서 상서 어르신의 수군 대병을 기다렸다가 대군이 함께 싸워 오왕을 멸하려 하신다 하옵니다."

상서가 이 말을 듣고 더욱 길을 재촉하여 계속 수로(水路)로 길을 갔다. 사오 일 만에 절강에 이르자 명령을 받고 기다리던 보초병이

---

1) 웅거(雄據): 어떤 지역을 차지하고 굳세게 막아 지킴.

벌써 상서가 온다는 선성(先聲)[2]을 승상에게 아뢰었다.

부자, 형제가 모두 모여 오랜 이별 끝에 다시 합쳐졌으니 위아래 할 것 없이 모두 기뻐한 것은 묻지 않아도 알 것이었다. 서로 전쟁에서의 승패와 전말을 다 이르니 상서는 부군(父君)의 신명한 지혜를 우러러 마음으로 복종하고, 승상은 아들이 어린 나이지만 큰 재주를 지녀 주빈처럼 지혜와 꾀를 갖춘 훌륭한 장수를 한 꾀로 무찌른 것을 기특하게 여겼다. 그리고 순수환의 공로를 크게 표창하여 군정사(軍政事)[3]에 으뜸 공로자로 기록하라고 하였다.

승상이 상서가 부도독 몽상의 벼슬을 빼앗고 몽상에게 백의로 종군하도록 한 것을 괴이하게 여겨 연고를 물었다. 한림은 황공하여 잠자코 고개를 조아리고는 땅에 엎드려 말을 하지 않고, 상서는 관(冠)을 벗고 머리를 땅에 부딪치며 벌을 청하였다. 상서가 일의 내용을 처음부터 끝까지 고하고 스스로 아우를 가르치고 아랫사람을 다스리는 데 엄격하지 않은 죄에 대해 벌을 청하였다. 승상이 다 듣고 어이가 없었으나 이미 지난 일이요, 상서가 분명히 다스려 형벌이 자세한 것을 들었으므로 다시 벌을 더할 것이 없어 몽상에게 매를 더하지는 않았다. 그러나 한림을 앞에 꿇리고 신하의 도리로 국가의 명령을 받들어 변방에 출정하고서 군대 안에서 음란하고 방자하여 여색에 마음을 둔 것은 죽을죄가 당연하다고 경계하였다. 비록 치며 꾸짖지는 않았으나 낯빛이 엄숙하고 말이 준엄해 겨울 해와 같은 온화함 속에 여름 해와 같은 위엄이 있었다. 이에 좌우의 사람들이 감히 우러러보지 못하고 한림은 등에서 땀이 나 머리를 두드려 벌을 청하고 감히 승상을 쳐다보지 못하였다.

---

2) 선성(先聲): 미리 보내는 기별.
3) 군정사(軍政事): 군대 내의 일을 기록한 장부.

승상 부자가 두 군대의 장졸이 모였으므로 새로이 잔치를 베풀어 군사들을 먹이고 즐겼다.

날을 가려서 대군이 길을 나섰다. 강을 건너 산음으로 나아갈 적에 수백 척의 큰 배를 물에 띄워서 가니 강에서 북소리가 일제히 울리고 뿔피릿소리가 하늘에 닿아 하늘과 산이 함께 움직이는 듯하고 물결이 뒤집히는 듯하였다. 계속 나아가다가 뭍에 내리니 정탐꾼이 문득 보고하였다.

"주창 부자(父子)가 주빈이 죽었다는 소식을 듣고는 산음을 버리고 국도(國都)로 달아났습니다."

원수가 이 말을 듣고 깃발을 오나라 성으로 돌리라 명령하였다.

이때 이 원수 부자 여섯 사람의 신출귀몰한 재주와 재략이 한신(韓信)[4]과 주아부(周亞夫)[5]보다 더 낫다고 하여 동오(東吳) 한 나라에서 어린아이와 심부름꾼까지 이 원수 육 부자를 모르는 사람이 없었다. 근처 지방에서 동오를 지킨 관장(關長)[6]의 무리는 오왕의 위세와 주빈의 지혜로도 원수에게 패했다는 말을 듣고 저마다 낙담하고 넋을 잃지 않는 이가 없었다. 그래서 원수는 화살 한 대를 허비하지 않았는데도 관장 무리가 원수를 우러러보아 귀순해 향불과 등촉

---

4) 한신(韓信): 중국 전한의 무장(?~B.C.196). 회음(淮陰)의 평민 집안에서 태어나 진(秦)나라 말에, 항우(項羽) 휘하에 들어갔으나 항우가 자신을 알아주지 않자, 한왕 유방의 휘하에 들어감. 한신은 자신의 재능을 눈여겨본 유방의 부하 소하(蕭何)에게 발탁되어 유방을 도와 조(趙), 위(魏), 연(燕), 제(齊) 나라를 차례로 멸망시키고 항우를 공격하여 큰 공을 세움. 한신은 통일이 된 후 초왕에 봉해졌으나 한 고조가 반란죄를 이유로 그를 회음후(淮陰侯)로 강등시키고, 한신은 결국 여태후에게 살해됨.

5) 주아부(周亞夫): 중국 전한의 관료(?~B.C.143). 전한의 개국공신 주발(周勃)의 아들로 아버지의 작위를 이어받아 조후(條侯)가 됨. 문제(文帝) 때 흉노(凶奴)가 침입하자 세류영(細柳營)에서 주둔하며 흉노를 크게 물리침. 문제(文帝)가 죽은 후 거기장군이 되고, 경제(景帝)가 즉위한 후 태위가 되어 오초칠국(吳楚七國)의 난을 진압하고 승상이 됨. 만년에 경제(景帝)의 의심을 받아 고문을 당하고 죽음.

6) 관장(關長): 관문의 대장.

(燈燭)으로 원수의 군대를 맞이하였다. 원수가 가는 곳마다 관리와 백성들을 어린아이처럼 어루만지고 그들의 재산을 추호도 범하지 않으니 동오의 인심이 다 흡족하여 원수의 큰 덕을 일컬었다.

길을 계속 가 오나라 성 수십 리 밖에 이르러 다시 싸움을 돋우니 오군의 세작(細作)⁷⁾이 이 사실을 급히 도읍에 아뢰었다.

이때 오왕 주창은 동강에서 이 원수에게 대패하여 거의 잡히게 되었다가 세자의 구조로 겨우 패잔병을 거느리고 산음에 웅거(雄據)하고 있었다. 이때 문득 세작이 보고하기를,

'원수 이 모의 차자(次子) 몽창이 수군대도독이 되어 주빈을 잡아 죽이고 부자가 군대를 합쳐 승승장구하며 산음으로 내달려갑니다.'

라고 하니, 오왕은 주빈이 죽었다는 말을 듣고 크게 놀라고 슬퍼해 통곡하며 말하였다.

"주빈은 나의 수족 같은 훌륭한 장수였는데 이제 큰 재주와 방략을 품고서도 풋내기의 손에 죽었으니 어찌 아깝고 슬프지 않은가?"

이렇게 말하고 통곡하기를 마지않으니 세자 한이 재삼 위로하며 말하였다.

"부왕께서는 마음을 편히 하소서. 또 이곳은 오래 있을 곳이 아닙니다. 오래지 않아 관성 부자가 군대를 거느려 산음을 습격할 것이니 부왕께서는 슬픔을 진정하시고 빨리 국도(國都)로 돌아가 다시 무사를 모으고 군대를 수습하여 주 장군의 원수를 갚으소서."

왕이 세자의 말을 옳게 여겨 즉시 울음을 그치고 군대를 거두어 국도로 돌아갔다. 사방에 방을 붙여 무사를 부르고 도성의 백성을 다 뽑아 군사의 대오에 메워 날마다 연습시켰다.

---

7) 세작(細作): 간첩.

과연 오래지 않아 탐마(探馬)8)가 보고하기를,

'천자의 군대가 이미 성 아래에 이르렀나이다.'

하더니 또 이윽고 싸움을 재촉한다고 하였다. 이어서 북소리와 함성소리가 하늘에 진동하여 바로 성을 함몰시킬 듯하였다. 주창이 대로하여 이에 수만 명의 군사를 정돈하여 세자 주한과 부장 울리호에게 명해 싸우라고 하였다. 한이 즉시 울리호와 함께 갑옷을 입고 말에 올라 3만 장정을 거느리고 군대를 이끌어 성문을 크게 열었다. 한이 앞에 나아가 크게 소리쳤다.

"너희 부자가 어찌 이토록 우리를 업신여기는 것이냐? 이는 너희가 역사를 알지 못해서 그런 것이다. 한(漢) 고조(高祖)는 70여 번의 싸움에서 대패해 형양(衡陽)에서 죽을 뻔하고,9) 수수(修水)에 도망한 목숨10)이었으나 오히려 영웅의 기운이 꺾이지 않고 해하(垓下)11) 한 싸움에 사백 년 기틀을 이루었다. 이제 우리 부왕(父王)의 일이 참으로 초한(楚漢) 때와 같으니 너희는 너무 업신여기지 말라. 이번에는 당당히 이관성 부자를 다 잡아 찢어 죽여 주빈의 원수를 갚고 너희 수십만 군사가 한 사람도 돌아가지 못하게 할 것이다."

말이 끝나기도 전에 명나라 진중에서 문기(門旗)12)가 열리고 한

---

8) 탐마(探馬): 적의 동정을 살피는 기병(騎兵).

9) 한(漢) 고조(高祖)는~뻔하고: 유방이 항우가 사실상 천하의 주인이 되자 중원의 통로인 잔도를 불살라 항우를 공격하지 않겠다는 뜻을 보였다가 후에 예전의 잔도를 보수해 중원을 침공하였으나, 오히려 항우에게 연전연패하여 형양에서 죽을 뻔한 일을 말함. 유방은 이 싸움에서 가짜를 남겨 두고 간신히 달아남.

10) 수수(修水)에~목숨: 항우가 유방의 60만 대군을 몰살시킨 팽성 전투 가운데, 수수(修水) 전투에서 유방의 군사 10만 명이 죽고 유방 자신은 간신히 도망한 일을 말함.

11) 해하(垓下): 항우와 유방이 마지막으로 결전을 벌인 장소. 유방과 그의 부하 한신에게 공격당한 항우는 이곳에서 대패하고 달아나 화현(和縣)의 오강포(烏江浦)에서 자결함.

12) 문기(門旗): 진문(陣門) 밖에 세우던 군기(軍旗).

대장이 용금봉시투구(龍金鳳翅--)13)에 순금 갑옷을 입고 통천백옥대(通天白玉帶)14)에 오석강궁(五石强弓)15)을 끼고 천리대완마(千里大宛馬)16) 위에서 긴 칼을 휘두르며 나아왔다. 적의 우두머리가 먼저 바라보니 천신 같은 풍채와 관옥(冠玉) 같은 얼굴은 초한(楚漢) 때의 진(陳) 승상(丞相)17)이 죽지 않은 듯하였고, 삼국시대의 백면장군(白面將軍) 마맹기(馬孟起)18)가 다시 돌아온 듯하였으니 이는 곧 수군 대도독 병부상서 대사마 이몽창이었다. 큰 기가 나부끼는 곳에 금색 글자로 쓰인 어필(御筆)이 뚜렷하니 늠름한 기질과 당당한 풍채는 이름을 묻지 않아도 알 수 있었다. 오나라 세자와 신하들이 바라보고 황홀함을 이기지 못하고 이에 세자가 소리를 높여 외쳤다.

"나는 오나라 태자 한이다. 명나라 장수는 이름 없는 소장(少將)으로서 나를 대적할 수 있겠느냐?"

상서가 죽절강편(竹節鋼鞭)19)을 들어 한을 가리키며 꾸짖었다.

---

13) 용금봉시투구(龍金鳳翅--): 금으로 만들고 봉의 깃 모양으로 꾸민 투구.

14) 통천백옥대(通天白玉帶): 무소의 뿔로 만들고 백옥으로 장식한 띠.

15) 오석강궁(五石强弓): 5석(石) 무게의 강한 활. 5석은 지금의 단위로 환산하면 360kg 정도에 해당함.

16) 천리대완마(千里大宛馬): 천 리를 가는 대완의 말. 대완은 옛날 서역(西域) 36국 중의 하나로 한(漢)나라 장건(張騫)이 그곳의 한혈마(汗血馬)에 반해 천마(天馬)라고 이름을 붙였다 함.

17) 진(陳) 승상(丞相): 한(漢) 나라의 공신 진평(陳平, ?~B.C.178)을 말함. 처음에는 항우(項羽)를 따랐으나 후에 유방(劉邦)을 도와 뛰어난 지략으로 한(漢)나라 통일에 공을 세운 것으로 평가받음. 여후(呂后)가 전권을 장악하자 정사를 돌보지 않다가 여후 사망 후 여씨(呂氏) 일족을 주살하고 문제(文帝)를 옹립하여 왕실을 평정하고 어진 재상으로 이름을 떨침.

18) 마맹기(馬孟起): 중국 삼국시대 촉한(蜀漢)의 장군 마초(馬超, 176~222). 맹기는 그의 자(字). 후한 말(後漢末)에 편장군(偏將軍)으로 조조와 싸워 대패해 가문이 몰살당함. 후에 유비에게 망명하여 공을 세워 좌장군, 표기장군에 이르고 죽은 후 시호를 받아 위후(威侯)가 됨.

19) 죽절강편(竹節鋼鞭): 대나무 무늬가 새겨진, 쇠로 만든 채찍.

"너희 부자는 시대를 알지 못하는 간악한 도적들이다. 네 아비 주창이 오히려 나이가 들고 『춘추(春秋)』를 익히 보아 거의 하늘의 뜻을 알 듯하거늘, 무식하고 어리석어 여러 번 천자의 군대에 항거하였으니 그 죄는 목이 베어져도 용납받지 못할 것이다. 이제 천자의 군대가 성 아래에 이른 것은 장차 성을 격파하고 하늘을 거역한 너희 부자의 머리를 베어 천하에 효시(梟示)[20]하여 그 죄를 엄정히 하려 해서이다. 그러하거늘 반역의 무리가 어찌 죽을 줄을 알지 못하고 이런 담대한 말을 하는 것이냐?"

한이 대로하여 대답하지 않고 바로 칼을 휘두르며 이 상서에게 달려들었다. 상서가 창을 두르고 맞아 싸운 지 10여 합에 주한이 감당하지 못하고 말머리를 돌려 달아나니 상서가 한바탕 휘몰아 후군을 대파했다. 이에 주한과 울리호가 상서에게 대적하지 못해 도리어 군사를 태반이나 잃고 돌아가니, 주한이 아비 보기를 부끄러워하며 일렀다.

"소자, 명나라 장수가 백면서생임을 너무 업신여겨 패하였으나 다만 한 가지 일이 있나이다."

왕이 물었다.

"무슨 일이냐?"

한이 말하였다.

"제가 보니 몽창의 부자가 여러 번 승전해 의기양양하며 방약무인해 우리 동오에는 사람이 없는 것으로 여기고 적수가 없는 것처럼 위엄을 뽐내고 있습니다. 그뿐만 아니라 그 말졸(末卒)에 이르기까지 오나라 지경 알기를 무인지경같이 하니 어찌 분하지 않나이까?

---

20) 효시(梟示): 효수하여 경계하는 뜻으로 모두에게 보임. 효수란 죄인의 목을 베어 높은 곳에 매달던 일.

제가 한 계교를 생각했습니다. 먼저 거짓으로 항복 문서를 올리고서 날을 기약해 관(棺)을 끌고 스스로 몸을 묶어 항복하신 후 성 위에 항복 깃발을 세워 저의 의심을 없애소서. 그렇게 하면 저쪽 군사들의 마음이 게을러질 것입니다. 또 여러 달 전투에 힘을 쓰던 장졸들이 우리의 항복 소식을 들으면 반드시 마음이 풀어져 바야흐로 자신을 돌아보는 염려가 없게 될 것이고, 그렇게 되면 마음을 놓고 게을러질 것입니다. 이때를 틈타 사람이 다니지 않는 깊은 밤에 용맹한 장졸들을 데리고 진을 습격하면 어찌 이관성 부자 여섯 사람을 잡아 주빈의 원수를 갚지 못할까 근심하겠나이까? 그러고서 수십만 대군을 무찔러 한 사람도 돌아가지 못하게 하고 승승장구하여 대군을 길이 몰아 장안을 쳐부수면 어찌 천하를 통일하여 패업(霸業)[21]을 도모하지 못할까 근심하겠나이까?"

오왕이 이 말을 듣고 매우 기뻐하며 말하였다.

"우리 아이의 통달한 소견을 들으니 양평(良平)[22]과 제갈공명(諸葛孔明)[23]이 다시 살아난 듯하구나."

이에 즉시 원수 오세영과 대장군 서유문, 부장 울리호를 다 모아 상의하니 모든 사람의 의견이 한 입에서 나온 듯하여, 세자의 계교가 마땅하니 오늘이라도 빨리 거행하자고 하였다. 왕이 즉시 거짓

---

21) 패업(霸業): 원래 덕이 아닌 힘으로 천하를 통일하는 것을 의미하나 여기에서는 통일의 의미로 쓰임.

22) 양평(良平): 중국 한나라 유방(劉邦)을 도와 그가 천하를 통일할 수 있도록 도운 장량(張良)과 진평(陳平)을 아우른 이름.

23) 제갈공명(諸葛孔明): 중국 삼국시대 촉한 유비의 책사인 제갈량(諸葛亮, 181~234)을 이름. 공명(孔明)은 그의 자(字)이고 별호는 와룡(臥龍) 또는 복룡(伏龍). 유비를 도와 오나라와 연합하여 조조(曹操)의 위나라 군사를 대파하고 파촉(巴蜀)을 얻어 촉한을 세웠음. 유비가 죽은 후에 무향후(武鄕侯)로서 남방의 만족을 정벌하고, 위나라 사마의와 대전 중에 오장원(五丈原)에서 병사함.

항서를 써서 본국 승상 심규에게 주어 명나라 진영에 보냈다.

심규가 항복 문서를 품고 네다섯 명의 종과 함께 말을 달려 명나라 진영에 이르러 외쳤다.

"국왕께서 대국 원수의 가르침에 복종하여 진심으로 애초에 잘못한 것을 고쳐 항복하려 하오. 그래서 내 이제 항복 문서를 가져 이르렀으니 진문(陣門)을 열고 서로 화친을 맺도록 하시오."

명나라 진중에서 듣고 즉시 신문을 열고 말장(末將)이 나아와 맞이해 심규를 인도해 함께 장막 안으로 들어갔다. 원수가 금관에 자줏빛 도포를 입고 의자 위에 걸터앉아 있는데 술을 마신 얼굴이 반쯤 붉어 있고 모습이 호탕하여 안하무인인 듯하였다. 심규가 장막 앞에 이르러 머리를 조아려 두 번 절하고 고하였다.

"우리 임금께서는 본디 황실의 지친(至親)으로서 반역할 마음이 없었습니다. 그런데 간신이 권력을 잡고 임금을 설득하여 백성에게 화를 끼치게 되었습니다. 이제 임금께서 뉘우쳐 죄를 자책하시고 특별히 이 늙은이를 보내 원수 대인 안전(案前)에 배알(拜謁)하도록 하셨으니 원수께서 길이 화친을 언약하시면 대대로 다시 모반하지 않을 것이라 하였나이다."

원수가 다 듣고는 천천히 일렀다.

"오왕이 이미 허물을 뉘우쳤으니 진정 항복할 마음이 있거든 화친을 배척하던 간신을 다 묶어 천자의 조정에 바치고, 스스로 관(棺)을 끌고 몸을 묶어 진문 앞에 와 항복하라고 전하라."

심규가 말마다 머리를 조아려 말하였다.

"삼가 대인의 명대로 하겠나이다."

원수가 천천히 항복 문서를 올리라 하여 떼어 보니, 글자마다 간절하여 오왕이 자신의 무도하고 어리석은 죄를 반성하고 내일 성문을 열어 항복하겠다는 내용이었다. 원수가 다 보고는 잠시 빙그레 웃고 잔치를 열어 심규를 대접하고 흔쾌히 술잔을 잡아 스스로 술을 마시며 장수들에게 일렀다.

"이제 오왕이 이처럼 진정으로 항복하였으니 무슨 근심이 있겠느냐? 너희 장졸이 전투하느라 여러 달 수고했으니 오늘부터는 술에 취하고 편안히 잠을 자 전쟁터에서 분주히 다니며 창대를 매던 근심을 잊도록 하라."

부원수 이하 장수와 군졸 들이 다 명령을 듣고 즐겨 술에 취하고 잔을 기울이며 기쁜 기색이 가득하여 저마다 오왕의 귀순을 기뻐하며 조금도 의심하는 빛이 없었다. 심규가 계교가 통했다고 여겨 속으로 매우 기뻐하였다. 이에 하직하고 돌아갈 적에 원수가 심규에게 금과 비단을 상으로 주고 왕에게 보내는 답서를 건네며 부디 믿음을 저버리지 말라고 하였다.

심규가 성으로 돌아가 왕을 보고 명나라 진영의 실상을 일일이 고하고 원수가 전혀 의심하지 않는 줄을 아뢰니 오왕 부자가 매우 기뻐하며 약속을 굳게 정하였다. 그리고 즉시 성 위에 항복 깃발을 세우니 국가의 신하와 백성 들이 진실로 그러한가 하여 기뻐하였다.

명나라 진영의 보초가 오나라 성안에 항복 깃발이 올라갔음을 아뢰니 승상이 잠시 웃고는 고개를 끄덕였다.

이날 석양에 원수가 명령을 내려 삼군을 배불리 먹이고 약속을 정하였다. 부원수 계양도위 몽현에게는 3천 군마를 거느려 북문 밖 산골짜기 좁은 길에 매복했다가 오왕이 반드시 북문으로 달아날 것이니 잡으라 하고, 대도독 몽창에게는 3천 군사를 거느려 동문을 지키라 하였다. 몽상에게는 서문을 지키라 하고 원수는 스스로 대군을 거느려 중영(中營)에 깊이 들어 변화를 기다렸다. 그리고 진영 안의 등불을 다 끄게 하니 사람 소리가 고요하여 자는 듯하였다.

이때 오왕이 전혀 의심하지 않고 사졸을 배불리 먹이고는 군사들에게 함매(銜枚)[24]하게 하고 말에게는 자갈을 물려 이경(二更)[25] 초에 국도(國都)를 떠나 성문을 가만히 열고 삼경(三更)[26] 말에 명나라 진영에 이르렀다. 진영 안이 고요하여 경점(更點)[27] 소리만 게으르게 날 뿐이고 사람 소리가 들리지 않았다. 오나라 군사들이 반드시 명나라 군사들의 마음이 나태해져 깊이 잠든 줄로 알아 조금도 염려하지 않았다. 오왕이 바로 앞으로 나아가 동서남북 네 문을 깨치고 들어가니 너른 광야에 헛된 진을 베풀어 깃발만 늘어서 있고 황량하게 적막하여 깊이 들어갈수록 사람의 자취가 없었다.

오왕과 신하들이 계교에 빠진 줄 깨달아 모두 군대를 물리려 하였다. 이때 홀연히 중군(中軍)의 장대(將臺)[28]에서 한 방 대포 소리가 나면서 징과 북소리가 하늘에 닿고 피릿소리와 북소리가 쉴 새 없이 나며 사면팔방에 불빛이 빛나니 대낮보다 더 밝았다. 오왕과 신하들이 경황없이 낯빛이 변한 채 분분히 퇴각하며 싸움 한 번을 해 보지 못한 채 스스로 군대를 돌아보지 못하고 사방으로 흩어지니 서로 짓밟혀 죽는 자가 부지기수요, 어지럽게 날리는 화살과 돌 아래 죽는 자가 또 무수하였다. 사방의 매복이 한꺼번에 나와 적을 뒤쫓아 죽이며 삼경부터 새벽까지 싸우니 쌓인 시체는 산과 같고 흘린 피는

---

24) 함매(銜枚): 군사가 행진할 때에 떠들지 못하도록 군졸들의 입에 나무 막대기를 물리던 일.

25) 이경(二更): 밤 9시에서 11시 사이.

26) 삼경(三更): 밤 11시에서 새벽 1시 사이.

27) 경점(更點): 북이나 징을 쳐서 알려 주던 시간. 하룻밤의 시간을 다섯 경(更)으로 나누고, 한 경은 다섯 점(點)으로 나누어서, 매 경을 알릴 때에는 북을, 점을 알릴 때에는 징을 침.

28) 장대(將臺): 장수의 지휘대.

내를 이루었다. 오세영은 이몽상에게 잡히자 자결하였다. 서유문은 대도독 이몽창에게 목 베이고, 오나라 세자 한은 부도독 몽원에게 목이 베이는 등 오왕의 10만 장졸이 이날 밤 한 싸움에 몰살당했으니 이른바 갑옷조각도 남지 않았다. 오왕 주창은 어지러운 싸움 중에 외로이 도망하여 패잔군 50기를 거느리고 북문으로 달아나다가 부원수 이몽현에게 사로잡혔다.

이럭저럭 동방(東方)이 밝아오고 강 위에 아침 해가 비추자, 원수가 바야흐로 장대(將臺)에 올라 장졸을 점고하니 적 중에 죽은 자가 만여 명이요, 항복한 자가 만여 명이요, 부상당한 자가 8천여 명이었다. 군졸들이 다 공로를 드려 차례로 군정사(軍政事)[29]에 올릴 적에 부원수 몽현이 오왕을 사로잡았으므로 으뜸 공을 세운 사람이 되었다. 사졸들이 오왕을 묶어 지휘대 아래로 오니 원수가 좋은 낯빛으로 좌우를 시켜 맨 것을 풀게 하고 오왕을 위로하며 항복하기를 권하였다. 이에 주창이 하늘을 우러러 탄식하고 말하였다.

"대장부가 어찌 남의 아래에 무릎을 꿇겠는가?"

말을 마치자, 크게 소리를 지르고 분기가 솟구쳐 엎어졌다. 모두 붙들어 일으키니 이미 혀를 깨물고 죽은 후였다.

이에 원수가 탄식하고 말하였다.

"주창이 비록 반역자나 황제의 친족이니 참수(斬首)하지는 못할 것이다."

이어서,

"후하게 장례를 치르도록 하라."

라고 하였다.

---

29) 군정사(軍政事): 군대 내의 일을 기록한 장부.

이날 승상이 대군을 거느려 성으로 들어가니 오나라 백성들이 물 끓듯 하여 곡성이 하늘까지 퍼졌다. 대궐 문에 이르자, 문을 지키는 내시가 정신없이 대궐 문을 열고 대군(大軍)을 맞아 왕의 온 집안사람들을 거두어 바치니 왕비는 벌써 누대에서 떨어져 죽은 뒤였다.

원수가 사방에 방을 붙여 백성을 안심시키고 안으로 들어가 보니 대궐의 웅장함과 문의 화려함이 천자의 궁중과 다름이 없었다. 이에 창고를 열어 백성에게 물품을 나누어 주니 인심이 안정되었다.

오왕의 비빈과 자녀는 다 먼 섬에 귀양을 보내 안치(安置)30)하고 오나라 신료 가운데 어진 자를 가려 왕으로 봉해 나라를 진정시키도록 하였다. 새 왕의 이름은 백흠약으로, 나이는 많으나 풍채가 준수하고 덕이 있으며 어질어 참으로 왕이 될 상이었다. 원수가 승전 소식을 대궐에 아뢰고 새 왕을 봉해 줄 것을 청하고서 몇 달을 동오에 머물러 있으니 교화가 크게 일어나 오나라 백성의 강포한 인심이 원수의 노력으로 다스려졌다.

몇 달 만에 과연 황제가 보낸 사신이 절월(節鉞)31)을 거느리고 이르렀다. 사신은 황제가 원수의 전후 공덕을 칭송하고 어서 경사로 돌아오라 했다고 전하였다. 원수가 이에 아들, 장수 들과 함께 북쪽을 향해 네 번 절하고 조서를 받들어 보고 대궐을 바라보아 사은하였다. 즉시 행장을 차려 경사로 가려 할 적에 오왕이 세자와 신하들을 거느려 백 리 밖에 나와 잔치를 베풀어 전송하며 원수의 은덕을 재삼 칭송하였다.

대군이 한꺼번에 무사히 길을 나서 초겨울 스무날 즈음에 바야흐

---

30) 안치(安置): 귀양 간 죄수의 거주를 제한하던 일.
31) 절월(節鉞): 절(節)과 부월(斧鉞). 절은 수기(手旗)와 같이 만들고 부월은 도끼와 같이 만든 것으로, 모두 군령을 어긴 자에 대한 생살권(生殺權)을 상징함.

로 황성에 이르렀다.

　화설. 경사 이 승상 집에서는 승상 육 부자가 집을 떠난 후 흰머리의 편모(偏母)와 동기, 처자 들이 매우 우려하여 먹고 자는 것이 편치 않았다. 천자가 때때로 상방(尙房)32)의 어선(御膳)33)과 옥, 비단 등을 내려 태부인을 위로하니 임금의 은혜가 갈수록 커졌다.

　승상이 집을 떠난 지 한 달이 안 되어 문득 유주(幽州)34) 절도사가 아뢰는 글이 통정사(通政司)35)에 올랐으니 곧 이리와 개 같은 북흉노가 반역했다는 내용이었다. 북흉노가 용맹함만 믿고 오합지졸을 모아 이웃 고을을 노략질하여 계주(薊州)36)를 함몰시키고, 또 유주를 침략하여 유주의 60여 성이 거의 반 넘게 북흉노에게 빼앗겼다는 것이다.

　변란을 아뢰는 글이 옥탑(玉榻)에 오르니 황제가 대궐에서 잠을 자는 것이 평안치 않아 금란전(金鑾殿)37)에서 조회를 베풀었다. 대궐의 아름다운 계단에 모든 벼슬아치가 일제히 모이니 별 같은 관(冠)에 달 같은 패옥(佩玉)38)이 맑게 울려 마치 요임금과 순임금 때인 듯, 남훈전(南薰殿)39)에 온화한 기운이 가득한 듯하였다. 임금이

---

32) 상방(尙房): 상의원(尙衣院). 궁궐의 의복, 음식, 기물 등 임금이 일용에 쓰는 물건을 만들던 한 나라 때의 관서.
33) 어선(御膳): 임금에게 올리는 음식을 이르던 말.
34) 유주(幽州): 현재의 중국 북경시와 천진시 일대, 하북성 일부 북부 지역을 이름.
35) 통정사(通政司): 상소 등 궁중 내외의 문서를 관장하던 관청.
36) 계주(薊州): 현재의 하북성 천진시 계현(薊縣)을 이름.
37) 금란전(金鑾殿): 당(唐) 덕종(德宗) 때 금란파(金鑾坡) 위에 세웠기 때문에 붙여진 이름으로, 보통은 관각을 가리킴.
38) 패옥(佩玉): 황제나 황후의 법복이나 문무백관의 조복(朝服)과 제복의 좌우에 늘이어 차던 옥.
39) 남훈전(南薰殿): 순(舜)임금이 살던 궁궐.

옥음(玉音)을 드리워 말하였다.

"동오의 반역이 급하여 이 상부(相府) 부자 여섯 사람이 다 나가 장차 국가의 대사를 의논할 사람이 없는 때인데, 또 북쪽 오랑캐의 난이 급하니 이를 어찌할 것인가? 경 등이 지혜와 용기가 있는 모사 (謀士)를 천거하여 짐의 근심을 덜도록 하라."

용음(龍音)이 두 번, 세 번 울렸으나 좌우의 반열에 가득한 문무 관료들이 서로 얼굴만 돌아보며 말을 하지 못하였다. 임금이 전안 (天顔)에 자못 불쾌함을 띠어 책망하는 교지를 내리려 하는데, 문득 좌반(左班) 중에서 한 대신이 각모(角帽)를 숙이고 자줏빛 도포를 끌며 빼어난 허리에는 보대(寶帶)40)를 빛나게 차고서 급히 앞에 나아와 아뢰었다.

"미천한 신이 비록 재주가 없사오나 황상께서 만일 한 무리의 군대를 빌려주신다면 마땅히 미친 도적을 평정하고 돌아오겠나이다."

임금이 놀라기도 하고 기뻐하기도 하며 보니 이는 운학 선생 무평백 이한성이었다. 임금이 기쁜 빛으로 옥음(玉音)을 열어 말하였다.

"경의 귀신과 같은 재주를 안 지 오래니 어찌 다시 염려하겠는가? 다만 북흉노는 매우 사나운 무리요, 또 승상이 군대를 거느리고 나간 지 오래지 않은데 선생이 또 변방으로 나아가면 영당(令堂)의 슬하가 적막하지 않겠는가?"

무평백이 미처 답하지 않았는데 태자소부 이연성이 나아와 머리를 조아려 아뢰었다.

"신이 비록 재주가 없으나 형을 좇아 북흉노를 함께 쳐 무찌르기를 청하나이다."

---

40) 보대(寶帶): 보옥(寶玉)으로 장식한 띠.

무평백이 또 아뢰었다.

"옛말에 이르기를, '임금을 섬김은 크고 어버이를 섬김은 작다.'라고 하였나이다. 신 등의 집에 노모가 있으나 어찌 임금의 은혜를 가볍게 보겠나이까? 폐하께서 숙식이 불안하신데 신의 형제가 소소한 사정에 구애하여 임금과 신하의 마땅한 의리를 어그러뜨릴 수 있겠나이까?"

임금이 다 듣고는 그 충성에 감동하여 옥음(玉音)을 다정히 해 은혜를 두터이 하고 이에 무평백을 정북대원수에 임명하여 상방검(尚房劍)41)과 부절(符節)42)을 내려 부원수 이하에 대해 명을 어기면 먼저 목을 베고 후에 아뢰라 하였다. 소부를 부원수에 임명하고 용의대장군 윤성화를 좌선봉으로 삼았다. 국자감 좨주 거기장군 마룡, 등공, 초영, 홍기, 구성, 한표, 주담, 호철원, 영백수 아홉 명을 좌우편장(偏將)43)과 좌우익(左右翼)44)으로 삼았다. 군대의 일이 긴급하므로 어서 길을 나서라 하니 두 원수가 대궐 계단에서 머리를 조아려 사은하고 물러났다. 교장에 나아가 오군(五軍)45)의 장졸을 다 모아 점고를 받고 연습을 한 후 본가로 돌아갔다.

이때 이씨 집안에 이 소식이 이르니 위아랫사람 할 것 없이 매우 놀라고 부인과 생, 소저 들이 다 낯빛이 변하였다. 유 부인이 이에

---

41) 상방검(尚房劍): 상방(尚房)은 임금이 일용에 쓰는 물건을 만들던 한 나라 때의 관서로, 이곳에서 만든 칼을 상방검이라고 함. 임금이 신하가 전쟁 등의 중요한 일에서 명을 집행할 때 임금을 대신하여 일을 집행하게 한다는 의미로 신하에게 하사하였음.

42) 부절(符節): 돌이나 대나무, 옥 따위로 만들어 신표로 삼던 물건.

43) 편장(偏將): 대장을 돕는 장수.

44) 좌우익(左右翼): 왼쪽과 오른쪽에 둔 군대의 장수.

45) 오군(五軍): 고대의 군제(軍制)로 명나라 때에는 경군(京軍) 삼대영(三大營) 가운데 하나였음. 성조(成祖) 때 수도를 방어하는 보병과 기병을 나누어 중군(中軍), 좌액(左掖), 우액(右掖), 좌초(左哨), 우초(右哨)의 오부(五部)로 하였는데 이를 또한 오군(五軍)이라 일렀음. 오군은 또 조정의 군대를 범칭하는 말로 쓰이기도 하였음.

탄식하고 말하였다.

"신하가 되어 충성을 다함은 그르지 않으나 한성이 평소에 자상하고 효성스러운데 그 행동이 어찌 황당하기에 가까우냐? 관성이가 손자들과 함께 길을 떠나 아직 소식이 없어 노모가 숙식이 편치 않고, 또 근래에 꿈이 자못 불길한데 한성, 연성이 늙은 어미를 생각지 않고 북녘으로 길을 가니 어찌 염려가 되지 않겠느냐?"

설 부인이 또한 놀라기를 마지않았다. 정 부인과 소 부인이 온화한 목소리와 부드러운 낯빛으로 태부인을 위로하였다.

석양에 무평백이 소부와 함께 연무장(演武場)에서 바로 돌아왔다. 수려한 풍채와 빼어난 기상은 갑옷 가운데 더욱 빛나고 아름다운 수염은 가슴을 덮었다. 한 명은 팔 척의 키요, 다른 한 명은 칠 척의 키에 팔은 무릎 아래로 내려왔다. 조복을 입었을 때는 두 명의 단아한 재상이었는데 갑옷을 입으니 건장한 호걸들이었다. 유 부인이 근심하는 중에도 기뻐함을 마지않아 탄식하기도 하고 웃기도 하며 말하였다.

"내 아들들의 됨됨이로서 참으로 임금을 사랑하고 나라를 지키려는 마음은 아름답다 이르겠으나 아직 죽지 않은 늙은 어미의 자식 사랑은 오히려 잊은 것이냐? 네 형이 나랏일을 받들어 집에 돌아올 기약이 아득한 터에 너희 두 사람이 또 멀리 떠나는구나. 저 북쪽 오랑캐는 의리도 없고 윤리도 없는 것들이다. 또 성질이 모질고 사나워 남만(南蠻)46) 맹획(孟獲)47)의 등갑군(藤甲軍)48)과 비슷하다 하니

---

46) 남만(南蠻): 예전에, 중국에서 남쪽의 오랑캐라는 뜻으로 남쪽 지방에 사는 민족을 낮잡아 이르던 말.

47) 맹획(孟獲): 삼국시대 촉(蜀)나라 건녕(建寧) 사람. 유비(劉備)가 죽은 뒤 옹개(雍闓)와 함께 촉나라에 반기를 들었다가 남정(南征)한 제갈량(諸葛亮)에게 일곱 번 붙잡혔다가 일곱 번 풀려난 뒤 항복함.

늙은 어미가 남쪽 오랑캐를 염려하고 북쪽 오랑캐를 근심하느라 어찌 숙식이 평안하겠느냐?"

말을 마치고는 슬픈 빛으로 길이 탄식하며 진실로 즐거워하지 않았다. 두 사람이 어머니의 말을 들으니 마음에 느끼는 바가 있었으나 평안한 목소리와 온화한 기운을 띠고 좋은 말로 위로하였다. 무평백이 어머니의 두 젖가슴을 만지며 위로하였다.

"어머님은 염려하지 마소서. 제가 마땅히 폐하의 큰 복을 입어 흉노를 소멸하고 개선가를 부르며 돌아오겠나이다."

부인이 탄식하고는 아무 말도 하지 않고 끝내 좋은 낯빛을 보이지 않았다.

이날 밤에 두 사람이 각각 사실에 가 부인과 이별하였다. 무평백이 설 부인 침소에 이르니, 부인이 공이 멀리 떠나가는 것을 슬퍼해 두 눈썹에 온갖 근심이 맺혔다가 일어나 무평백을 맞았다. 무평백이 좋은 낯빛으로 나아가 부인의 손을 잡고 무릎을 맞대어 웃고 일렀다.

"대장부가 마땅히 충성을 다해 나라를 도와 몸이 죽은 후에야 일을 그칠 것이니 비록 주검이 말가죽에 싸여 돌아온들 무슨 한이 있겠소? 다만 학발(鶴髮)의 홀어머님께 막대한 불효를 끼치고 그대의 젊음이 쇠하지 않은 것을 안타까워할 뿐이오."

말을 마치자 낯빛이 슬피 변함을 깨닫지 못하였다. 부인이 다 듣고 공의 언참(言讖)[49]의 불길함에 크게 놀라 별 같은 눈에 구슬 같은 눈물이 어리는 줄을 깨닫지 못하였다. 이에 슬픔을 꾹 참고 대답

---

48) 등갑군(藤甲軍): 맹획의 부대가 입었다고 전해지는, 등나무로 만든 갑옷. 매우 가볍고 칼과 화살에 끄떡없는 갑옷으로 맹획이 등나무 갑옷을 입은 병사들과 함께 촉나라 군사를 공격하여 큰 타격을 입혔음.
49) 언참(言讖): 미래의 사실을 꼭 맞추어 예언하는 말.

하였다.

"군자께서 비록 멀리 이별하는 마음이 불안하실 것이나 어찌 언참의 불길함을 삼가지 않으시나이까? 첩에게 참으로 괴이하고 의아한 마음이 생기는 것을 이기지 못하겠나이다."

무평백이 슬픈 낯빛으로 말하였다.

"사람이 세상에 나서 사는 것은 큰 일이요, 죽는 것은 작은 일이오. 한 번 살고 한 번 죽는 것은 떳떳한 도리요, 일찍 죽고 오래 사는 것은 하늘에 달린 것이니 어찌 사람의 힘으로 미칠 수 있겠소? 생이 설마 북쪽 오랑캐를 두려워하는 것은 아니나 근래에 마음이 슬프고 경황이 없는 데다 형님과 조카들이 집을 떠난 후에는 마음이 더욱 우울하여 이를 다스리기가 어렵구려. 생이 설사 북쪽 오랑캐를 무찌르고 무사히 돌아온다 해도 반드시 세상 인연이 오래지 않을까 하오. 생이 재주 없고 덕이 부족한 사람으로 소년에 조정에 들어가 벼슬이 재상에 이르렀고, 나이가 마흔다섯이요, 2자 3녀가 있으니 죽는다 해도 또 무엇이 슬프고 느껍겠소? 다만 어머님께 막대한 불효를 끼치고 부인에게 박명(薄命)을 끼칠까 슬퍼하는 것이라오."

말을 마치자, 별 같은 눈에 가을 물결이 다투어 생기니 부인이 매우 놀랐으나 재삼 온화한 소리와 부드러운 말로 위로하였다.

밤이 깊어 부부가 침상 위 이불에 나아가니, 사랑이 진중해 백 년의 깊은 연분을 오늘 밤 잠자리에서 푸나 이것이 천고의 영원한 이별이 될 줄을 어찌 알겠는가? 부부 두 사람이 번뇌하며 잠을 이루지 못하였다.

다음 날 아침에 무평백 부부와 소부 부부가 정당에 문안 인사를 한 후, 태부인이 드디어 집안에 작은 잔치를 베풀어 서로 이별하였다. 떠나고 남는 사람의 이별이 서운하고 윗사람과 아랫사람 사이에 떠나는 정이 슬퍼 이루 기록하기가 어렵다. 두 원수가 어머니에게 재삼 하직하고 부인들과 손을 나누었다. 무평백이 몽한을 쓰다듬고 자녀와 며느리 들을 일일이 어루만져 한 번 걸음에 세 번 돌아보기를 면치 못하였다. 유 부인이 또한 무평백을 떠나보내는 마음이 자못 놀라니, 자기의 마음이었으나 스스로 괴이하게 여겨 억지로 참으려고 애썼다. 설 씨의 마음도 또한 마찬가지여서 스스로 어찌할 바를 모르니 두 정 부인50)이 재삼 위로하였다. 한림 몽경이 아우들과 함께 교외에 나가 부친과 숙부를 이별하고 돌아오니 집안이 적막하여 빈집 같아 온 집안에 온화한 기운이 없었다.

이때 임금이 난가(鸞駕)51)를 움직여 북쪽으로 정벌하러 가는 군사들을 교외에서 전송하니 이씨 제공(諸公)의 영화와 임금의 총애가 더욱 새로웠다.

차설. 무평백이 임금에게 절해 사은하고 대부대를 이끌고서 북쪽으로 향하니 이때는 천순(天順)52) 원년 춘삼월 그믐 즈음이었다. 대군이 기세 좋게 길을 나서 한 달 남짓하여 창주 지경에 이르렀다. 앞서 갔던 군대가 아뢰기를, 북흉노가 이미 대병(大兵)을 유주에 머물러 두고 양도(糧道)53)를 끊어 유주 한 고을이 크게 어지럽다 하니 원수가 부원수에게 말하였다.

"도적의 날카로운 기세가 이와 같이 성하고 또 군량과 마초(馬草)

---

50) 두 정 부인: 이관성의 아내 정몽홍과 이연성의 아내 정혜아를 이름.

51) 난가(鸞駕): 임금이 거둥할 때 타고 다니던 가마.

52) 천순(天順):중국 명나라 제6대 황제 영종(英宗) 때의 연호(1457~1464). 영종은 처음에 연호를 정통(正統, 1436~1449)으로 썼다가 토목의 변으로 잡혔다가 풀려나 복위한 후 천순 연호를 사용함.

53) 양도(糧道): 군량미를 운반하는 길.

가 풍족하다 하니 군사들이 일시에 나아가지 못할 것이다. 아우는 창주에 머무르면서 각 고을에 명령을 전해 곡식과 마초를 운반해 한 달 내에 먼저 유주에 이르도록 한 후, 나를 뒤쫓아 오라. 내가 유주에 가 산관(山關)[54]에 머무르며 때를 살피다 싸우면서 아우가 돌아오기를 기다릴 것이다."

부원수가 명령을 듣고 이에 창주에 머무르고 대원수는 유주로 나아갔다. 군대를 두 떼로 나누어 형세가 각각 거느리고 마롱, 등공 등 몇몇 장수가 원수를 좇았다.

무평백이 십여 일 만에 유주에 이르렀다. 산관에 있던 태수 설문규가 멀리까지 나와 영접해 관아에 들어가 대군을 진 치게 하고 서로 인사를 나누었다. 원수가 적의 형세를 물으니 설 태수가 고하였다.

"북흉노가 극히 강성할 뿐만 아니라 선봉 탈진, 무신, 야어, 고신이 매우 용맹하고 지혜는 만 명의 장부가 감당하지 못할 정도라 북흉노가 향하는 길에 관원들이 가볍게 대적하지 못하였습니다. 그래서 유주 60여 고을을 거의 반 넘게 빼앗겼고, 각각 지켰던 장수와 관군이 혹은 싸우다 죽고 혹은 도망하였으며 혹은 적에게 항복하였나이다. 절도사 설만창은 소관의 가문 사람이온데 처음에 관군을 거느려 대적하다가 십만 군사를 다 도적의 칼날 아래 죽이고 적의 기세를 감당하지 못해 도적의 욕을 받지 않으려 스스로 자결하였나이다. 그 집안 식구로는 다만 부인과 어린 아들 한 명이 있는데 어지럽게 싸우는 중에 성이 함락되어 그 사생을 알지 못하나이다. 그 나머지 수령과 방백은 죽은 자가 대여섯 명이니 그 가속이 합하여 사십여 명이요, 항복한 자가 십여 명입니다. 그러니 원수께서는 적을 가

---

54) 산관(山關): 산에 쌓은 성채.

볍게 보지 마십시오. 북흉노는 한갓 사나울 뿐만이 아닙니다. 북주, 유주 등의 양식과 마초가 다 계주의 고을에서 운반해 올리는 줄 알고 먼저 계주를 습격해 사면으로 드는 양곡과 마초가 다 끊어졌습니다. 다만 산관과 회음, 단양, 단천, 연천, 순창, 소음, 봉산, 문음에 약간의 양곡이 있으나 세월이 지나면 양곡과 마초가 다 없어지게 될 것이니 강적을 대적하기 어려울까 하나이다."

원수가 고개를 끄덕이고 말하였다.

"내 벌써 이럴 줄 짐작하여 대군을 두 무리로 나누고 부도독을 시켜 창주의 산성에 머무르며 이웃 고을에서 양곡을 거두고 마초를 운반하여 한 달 내에 산관으로 옮기라 하였도다."

이에 명령을 내려 성 위에 기치를 세워 천병(天兵)이 온 줄을 적이 알게 하고 격서를 지어 북진(北陣)에 보냈다.

이때, 북흉노는 본디 사막에서 나서 자랐으므로 얼굴 모습이 사납고 기골이 굳세었다. 선덕(宣德)55) 연간에 속으로 반역하려는 마음을 품어 가만히 용사를 불러 모으고 군마(軍馬)를 훈련시켜 군대를 힘써 다스렸다. 그러나 천자의 큰 덕이 빛나 사방의 오랑캐가 임금의 교화에 복종하고 안으로는 이 승상 등이 권력을 잡아 음양을 다스리고 사시(四時)에 순응하였으므로 비가 때맞추어 내리고 바람이 알맞게 불어 중화와 주변의 오랑캐 나라에 승상의 뛰어난 명성이 드날리고 위엄이 오랑캐 땅에 가득하였다. 그래서 오랑캐가 갑자기 군대를 일으키지 못하고 다만 군량을 모으고 군사를 다스려 때를 엿본 지 사오 년이었다. 그러던 중 천자가 세상을 떠나고 새로운 천자가

___
55) 선덕(宣德): 중국 명나라의 제5대 황제인 선종(宣宗) 때의 연호(1425~1435).

즉위하니 북흉노가 바야흐로 매우 기뻐하여 몇 년째 조공을 폐하고 군대를 거느려 온 것이다. 선봉 탈목진과 대장군 울공손이 지휘사야어, 고신과 함께 군대를 거느려 명나라 땅을 침범하여 각처의 고을을 노략질하니 군대가 가는 곳마다 크게 이겼다.

북흉노가 드디어 승승장구하여 이미 계주를 빼앗고 또 유주를 침범하였다. 계주 자사 이희는 매우 용렬한 자라 관군을 거느려 감히 싸울 생각을 못 하고 부질없이 스스로 손을 묶어 오랑캐에게 항복함을 면치 못하였다. 북쪽 오랑캐가 이희를 죽이지는 않았으나 오랑캐 소견에도 자사가 용렬하여 쓸 데가 없음을 보고 마음대로 돌아가라 하였다. 이희가 이에 진퇴유곡하여 가족을 이끌어 허다한 관고(官庫)의 재물은 이를 것도 없고 제집 재산을 다 잃어버리고 이리저리 옮겨 다니며 걸식하여 깊이 숨어 있다가 마침내 어지러운 전투 중에 죽임을 당하였다.

유주 절도사 설만창은 영웅의 풍모가 세상을 덮고 충성이 가득한 사람이었다. 북흉노가 핍박하는 것에 대로하여 즉시 십만의 관군을 점고하여 갑옷을 빛내 전투에 임해 싸우려 하는데 부인이 간하였다.

"옳지 않습니다. 북흉노는 매우 사나우니 경솔히 대적하지 못할 것입니다. 첩의 소견으로는 마땅히 관문을 굳게 닫고 군대를 머물러 두고서 조정에 표를 올려 구원병을 청해야 할 것입니다. 천병(天兵)이 이르기를 기다려 밖에서 응하고 안에서 합해 크게 치면 적을 이길 수 있을 것입니다. 그런데 이제 미처 정예병도 아닌 군사들을 가지고 사납고 굳센 북흉노를 막으려 하다가 만일 일이 그릇되기라도 하면 위로는 국가의 대사가 그릇될 것이요, 한 번 군대가 무너지고 성이 함락되면 또한 군후(君侯)의 목숨도 위태로울까 하나이다."

절도사가 성을 내어 말하였다.

"대장부가 어찌 북녘의 오랑캐를 두려워하겠소? 마땅히 한 번 승부를 겨룰 것이니 내가 저들을 무찌르지 못하면 죽을 따름이오. 대장부가 마땅히 한 번 싸워 신하의 절개를 지켜 죽는 것이 당연하니 어찌 죽기를 두려워해 꼬리를 움기고 머리를 숙이겠소? 부인은 염려 마시오. 다만 복이 이번에 가면 진실로 생사를 알 수 없을 것이니 부인은 아이를 보호해 멀리 숨어 있으시오. 난리를 피해 있다가 형세를 보아 산관에 가 조카를 찾은 후 경사로 돌아가도록 하시오."

부인은 식견이 넓은 여자라 공의 고집을 알았으므로 할 수 없어 다시 만류하지 못했다.

설 절도사가 군대를 이끌고 관문 밖으로 나아가 북쪽 오랑캐와 크게 싸워 먼저 선봉을 죽였으나 적병이 절도사의 퇴로를 끊어 놓아 절도사가 다시 돌아가지 못하였다. 절도사가 이날 밤에 산골짜기에 진을 쳤더니 북흉노가 군대를 몰아 이 밤에 진영을 습격하였다. 관군이 대패하여 반 넘게 죽고 나머지 장졸은 사방으로 흩어져 혹은 달아나고 혹은 항복하였다. 절도사가 홀로 필마를 달려 호랑이굴을 벗어났으나 전후에 십여 군데를 창에 찔렸으므로 멀리 도망할 길이 없었다. 산 위와 산 아래 사방에 적병이 겹겹으로 빽빽이 둘러쌌으니 나는 새라도 빠져나갈 길이 없었다. 적이 또 서로 외쳐 일렀다.

"다만 설만창만 잡아 오라."

이처럼 외치니 절도사가 스스로 면치 못할 줄 알고 하늘을 우러러 소리쳤다.

"내가 돌아갈 수 없겠구나. 내가 북쪽 오랑캐를 베어 국가의 환란을 진정시키려 했더니 이제 문득 공을 이루지 못하고 부질없이 죽게 되었으니 어찌 슬프지 않은가? 그러나 나는 천조(天朝)의 충신이니 차마 북흉노에게 모욕을 받을 수 있겠는가? 차라리 스스로 죽으리라."

이렇게 말하고 높은 산에 올라 이리 소굴에 떨어져 죽었다. 그중 심복 장수 한 명이 도망쳐 산에 숨어 있다가, 후에 이 소부 연성이 북쪽 오랑캐를 무찌르자 절도사의 시체를 거두어 돌아왔다. 이에 설 자사가 거두어 반장(返葬)[56]하여 돌아갔다.

그 부인은 망극함을 이기지 못했으나 대의(大義)를 알았으므로 이 때 감히 슬픔을 나는 대로 표현하지 못해 급급히 남자 옷으로 바꿔 입고 심복 시녀 네다섯 명과 함께 아들을 데리고 경보(輕寶)[57]를 몸에 품고 북문으로 도망쳤다. 진망산에 숨어 동굴 속에 있으면서 산의 과일과 솔잎을 따 먹으며 지냈으나 거의 죽을 지경이 되었다. 적 병이 성을 함락시킨 후 근처의 군대를 거두어 다른 데로 가자 부인이 집으로 돌아가고 싶었으나 전쟁으로 길이 막혀 있으므로 할 수 없이 산사에 깊이 숨어 머물러 있었다. 북쪽 오랑캐의 난이 평정된 후에 바야흐로 돌아와 친척을 찾아 경사의 옛집으로 갔다.

북흉노가 이미 설 절도사를 무찌르고 성을 빼앗으니 군대의 기세가 크게 떨쳐져 지나는 길에 있는 고을의 수령들이 소문만 듣고도 오랑캐에게 항복하였다. 북흉노는 싸우지 않고도 수령들이 스스로 도망하고, 죽이지 않고도 수령들이 스스로 죽었다. 이렇게 해서 북흉노는 절로 항복받아 수십 곳의 군현을 얻게 되었다. 유주의 산관에 있던 설 태수가 대경실색하여 감히 경솔히 대적하지 못할 줄 알고 관문을 굳게 닫고 군대를 움직이지 않으며, 한편으로는 여러 고을에 요청해 조정에 표를 올려 아뢰어 원병을 청하도록 한 것이다.

---

56) 반장(返葬): 객지에서 죽은 사람을 그가 살던 곳이나 그의 고향으로 옮겨서 장사를 지냄.
57) 경보(輕寶): 몸에 지니고 다니기에 편한 가벼운 보배.

명나라 진영의 격서가 북흉노 진영에 이르자 북흉노가 여러 장졸을 모으고 격서를 받아 보니 다음과 같은 내용이었다.

'천순 원년 여름 오월 모일에 정북대원수 천하병마절도사 이 모는 북흉노의 왕에게 글월을 부치노라. 옛말에 이르기를, '하늘 아래에 왕의 땅 아닌 것이 없고, 땅의 끝까지 왕의 신하 아닌 사람이 없다.'라고 하였다. 왕이 비록 변방의 사막에서 나고 자라 임금의 교화를 받들지 못했으나 작은 나라의 제후니 어찌 명나라의 신하가 아니며 비록 오랑캐의 풍속을 지녔다 하나 임금과 신하의 큰 의리를 알지 못하며 천시(天時)를 알지 못하는가? 망령되이 천자의 위엄에 맞서 천자 나라를 침략해 백성을 살해하였으니 그 죄는 목이 베여도 용납받지 못할 것이다. 천자께서 듣고 진노하시어 우리에게 명령해 오십만 대군을 거느려 그대를 치라 하셨다. 이에 대병이 이르렀으니 천자의 위엄을 두려워한다면 빼앗았던 여러 고을을 속히 돌려보내도록 하라. 항복하면 목숨을 보전하여 왕의 자리를 잃지 않을 것이나, 그렇지 않으면 천병이 나가는 날에 옥석(玉石)이 모두 불에 탈 것이다.'

북흉노의 임금과 신하가 격서를 받아 보고 모두 잠자코 말을 안 하니, 임금이 대로하여 글월을 팽개치고 크게 꾸짖어 말하였다.

"명나라 황제가 참으로 어리석고 아둔하도다. 이한성 형제는 불과 조정에서 붓대를 희롱하는 녹록한 무리니 어찌 군대의 일을 알 것이라고 감히 나에게 대적하게 하는가? 필부가 감히 나를 업신여겨 말이 이렇듯 교만하니 어찌 잘 대해 줄 수 있겠는가?"

드디어 사자(使者)를 잡아들여 귀를 베고 코를 깎아 돌려보내며 일렀다.

"너는 돌아가 이한성 필부에게 이르라. 북왕은 이미 하늘의 뜻에 응하고 백성들의 바람을 좇아 천명을 받은 임금이니 당당히 너희 중원을 무찔러 원나라 원수를 갚을 것이다. 또 너희 자손이 자자손손 종처럼 굽실거리며 나의 신하가 되도록 할 것이니 너무 방자하게 굴지 말라. 만일 기꺼이 항복한다면 제후가 되어 부귀를 잃지 않을 것이나 그렇지 않는다면 목숨을 보전하지 못할 것이다."

사자가 겨우 목숨을 보전해 산관에 돌아가 수말을 고하니 무평백이 대로하여 이에 군마(軍馬)를 정비해 교전하려 하였다. 문득 북진(北陣)에서 장수 탈목진을 보내니 탈목진이 성 아래 문밖에 와 소리를 질러 싸움을 돋우며 공을 모욕하였다. 무평백이 대로하여 급히 관문을 열고 산 아래로 내려가니 십만의 정예병이 뒤를 따랐다.

북진 중에서 명군이 산에서 내려와 교전하려 하는 것을 보고 외쳤다.

"우리 황제가 명나라 장수를 친히 보아 말씀하려 하신다."

이렇게 말하고 북흉노가 깃발 아래로 나아왔다. 머리에는 낙타 머리 같은 것을 쓰고 어깨에는 흑린갑(黑鱗甲)[58]을 입었으며 화안금정수(火眼金睛獸)[59]라는 짐승을 타고 손에는 쇠방패를 들었다. 좌우에 무수한 오랑캐가 곁에서 호위하여 나오니 흉하고 사나운 모습은 한 무리의 귀신과 같았다. 천병(天兵)의 사졸이 바라보고는 낯빛이 변해 넋을 잃지 않은 이가 없었다.

북흉노가 멀리서 바라보니 명군의 진중에 오색 깃발이 나부끼고 깃발과 부월(斧鉞)[60]이 해를 가렸는데 십만 정예병이 물밀듯 나아오니 개개인의 갑옷이 선명하고 영웅의 풍모가 세상을 덮을 정도였다.

---

58) 흑린갑(黑鱗甲): 검은 비늘로 덮인 갑옷.

59) 화안금정수(火眼金睛獸): 모든 것을 통찰할 수 있는 안목을 가지고 있다는 짐승.

60) 부월(斧鉞): 도끼와 같이 만든 것으로, 군령을 어긴 자에 대한 생살권(生殺權)을 상징함.

대원수는 머리에는 용을 그린 투구를 쓰고 풍채가 뛰어난 어깨에는 황금쇄자갑(黃金鎖子甲)61)을 입고 수를 놓은 전포(戰袍)62)를 껴입었으며, 이리 허리에는 여덟 마리의 난새를 그린 옥서띠(玉犀-)63)를 두르고 박달나무 활과 날랜 화살을 갖추었다. 천리추풍마(千里追風馬)64) 위에 금안장을 얹고 발에는 봉두무우혜(鳳頭舞羽鞋)65)를 신었으며 왼손에는 죽절금채(竹節金-)66)를 들고 오른손에는 방천화극(方天畫戟)67)을 잡았다. 기질이 굳세고 기상이 빼어났으며 누에 눈썹에 봉황의 두 눈, 붉은 입술에 아름다운 수염을 가졌다. 빛나는 광채가 삼군에 솟아났으니 북흉노의 임금과 신하가 바라보고 크게 놀라 칭찬하며 반드시 천신(天神)이 강림한 줄로 생각하였다.

북흉노가 먼저 채를 들어 대원수를 가리켜 일렀다.

"갑옷이 몸 위에 있으므로 감히 예를 차려 인사하지 못하니 명공(明公)은 행여 무례함을 용서하라. 고(孤)68)가 아까 공의 글월을 보니 참으로 이치에 통달하지 못하고 무식해 천시(天時)를 알지 못할 뿐 아니라 말의 내용이 매우 불손해 사자(使者)의 목을 베려 하다가 십분 용서해 다만 귀와 코를 훼손해 보냈으니 명공은 괴이하게 여기지 말라. 일찍이 사자에게 나의 말을 전하였는데 공이 들었는가? 공

---

61) 황금쇄자갑(黃金鎖子甲): 돼지가죽으로 만든 미늘을 서로 꿰어서 만든 뒤 황금을 입힌 갑옷.
62) 전포(戰袍): 장수가 입던 긴 웃옷.
63) 옥서띠(玉犀-): 옥으로 만든 서띠. 서띠는 무소의 뿔로 장식한, 허리에 두르는 띠.
64) 천리추풍마(千里追風馬): 바람을 따라 천 리를 내달리는 말.
65) 봉두무우혜(鳳頭舞羽鞋): 앞을 봉황의 머리 모양으로 내어 꾸미고 옆을 봉황이 날아가는 모양을 그려 넣은 신.
66) 죽절금채(竹節金-): 대나무 무늬가 새겨진 쇠채찍.
67) 방천화극(方天畫戟): 언월도(偃月刀)나 창 모양으로 만든 옛날 중국 무기의 하나.
68) 고(孤): 예전에, 왕이나 제후가 자기를 낮추어 이르던 일인칭 대명사.

의 뜻은 어떠한가?"

무평백이 다 듣고는 누에 눈썹을 찡그리고 봉황의 눈을 바르게 하여 엄숙한 목소리로 크게 꾸짖었다.

"북방의 미천한 오랑캐가 감히 천명(天命)에 항거하니 그 죄는 만 번 죽어도 아깝지 않다. 그런데 또 천자의 사신을 무참히 모욕하였으니 일마다 죽임을 당할 만한 죄를 지었도다. 아무리 오랑캐의 독한 낯가죽인들 감히 흉한 말을 간사히 꾸미는 것이냐? 내 마땅히 너를 잡아 머리를 베어 천하에 호령하고 북방을 짓밟아 오랑캐 땅의 더러운 티끌을 씻어 버리겠다."

북흉노가 대로해 말하였다.

"내 너의 젊은 나이를 어여삐 여기고 재주를 사랑해 그런 말을 한 것인데 너는 갈수록 호랑이 수염을 집적거려 성나게 하는 것이냐? 네 나의 좋은 뜻을 저버렸으니 진실로 용서할 수가 없구나."

이에 좌우를 돌아보아 말하였다.

"누가 한성 필부를 잡아 나의 분을 풀어 주겠느냐?"

말이 끝나기도 전에 선봉 탈목진과 울공손이 쌍고검(雙股劍)[69]을 휘두르며 나아갔다. 명나라 진중에서 윤 선봉과 이장국이 달려와 맞아 싸우니 북쪽 오랑캐의 진에서 또 야어와 고신이 내달려 외쳤다.

"우리가 반드시 이한성을 잡을 것이다. 너희는 우리의 적수가 아니니 빨리 물러나라."

명나라 진중에서 초영과 홍기 두 장수가 대로하여 삼 척 양인도(兩刃刀)[70]를 휘두르며 채찍으로 도화구(桃花駒)[71]를 내리쳐 달려와

---

69) 쌍고검(雙股劍): 중국 삼국시대 때 유비가 쓴 두 자루의 검으로, 자웅일대검(雌雄一對劍)으로도 불림.

70) 양인도(兩刃刀): 양쪽에 날이 있는 칼.

야어, 고신을 맞아 싸웠다. 싸운 지 몇 합이 되지 않아 야어가 초영 등을 찔러 말 아래로 내리쳤다. 명나라 진중에서 두 장수가 죽는 모습을 보고 구성, 한표가 또 달려가 싸우다가 죽었다. 윤 선봉과 이장 국은 오히려 탈목진과 울손공을 대적하기에 적수가 될 만하였다.

무평백이 진 앞에서 네 장수가 죽는 모습을 보고 대로하여 마룡과 등공에게 명령해 나가서 대적하라 하였다. 야어와 고신이 네 장수를 죽이고 나서 날카로운 기세가 몇 배나 더해 명나라 진 앞에서 왔다 갔다 하며 일렀다.

"너희 장수가 다 용렬하니 누가 우리를 당해 낼 수 있겠느냐? 이 한성은 장수가 되어 저는 차마 무서워서 싸움에 나서지 못하고 무죄한 부하들을 다 죽이는구나."

이렇게 외치니 무평백이 대로하여 죽절편(竹節鞭)72)을 휘두르고 채찍으로 천리구(千里駒)를 치며 달려가 바로 야어, 고신과 싸웠다. 야어와 고신이 직전에 네 장수를 베어 날카로운 기세가 몇 배나 더 했으므로 원수가 싸우려 하는 것을 보고 매우 업신여겨 게을리 칼을 들어 맞았다. 원수는 분한 기운이 충천(衝天)했으므로 칼을 휘두르는 곳에 불빛이 번쩍하며 야어의 머리를 베어 내리쳤다. 고신은 이 공을 너무 업신여기다가 원수가 야어를 베어 내리치는 모습을 보고 놀라고 두려워해 말을 돌려 달아나려 하였다. 원수가 이에 크게 소리쳤다.

"북쪽 오랑캐는 도망치지 말라. 나의 놀란 칼날이 어찌 너를 용서하겠느냐?"

말이 끝나기도 전에 고신을 마저 베어 내리쳤다. 북군이 원수의

---

71) 도화구(桃花駒): 흰털에 붉은 점이 있는 말. 월모마(月毛馬).
72) 죽절편(竹節鞭): 대나무 무늬가 새겨진 채찍.

옥 같은 얼굴에 부드러운 풍채, 버들 같은 기상에 맑은 골격을 보고 매우 약하게 여겼다가, 원수가 두 장수를 연이어 베는 것을 보고 놀라지 않는 이가 없었다.

윤 선봉이 원수가 오랑캐 장수를 죽이는 모습을 보고 분기를 떨쳐 한 소리를 내지르고 울공손을 말 아래에 내리치니 탈목진이 급히 말 머리를 돌려 달아났다. 북흉노가 한 번 싸움에 세 장수가 죽는 것에 분노하여 다시 싸우려 했으나 날이 이미 늦었으므로 징을 울려 군사를 거두었다. 두 진중에서 다 한을 머금고 군사를 거두니 다음 날 싸워 승부를 겨루려 하였다.

이 원수가 군사를 거두어 산관으로 돌아오니 설 태수가 맞이해 승패를 묻고는 북흉노의 용맹함을 근심해 잠을 이루지 못하였다.

이때 북흉노가 본진에 돌아가 장수들을 모아 의논하였다.

"이한성은 녹록하고 용렬한 자가 아니니 장량(張良),73) 진평(陳平)74)의 지략과 마맹기(馬孟起)75)의 용맹을 겸비한 자다. 산관을 가볍게 무찌를 수 없을 것 같도다."

승상 야야경이 계책을 올리며 말하였다.

"이제 한성을 무찌르려 하면 마땅히 안으로 한성의 양도(糧道)76)

---

73) 장량(張良): 중국 한(漢)나라 고조(高祖) 때의 재상(?~B.C.168). 자는 자방(子房)이고 시호는 문성공(文成公). 일찍이 유방의 모사로 있으면서 소하(蕭何)와 함께 한나라 창업에 힘썼고, 그 공으로 유후(留侯)에 책봉됨. 말년에 유방이 자신을 의심한다는 것을 알고 은거하여 살았음.

74) 진평(陳平): 중국 한나라의 정치가(?~B.C.178). 처음에는 항우(項羽)를 따랐으나 후에 유방(劉邦)을 도와 뛰어난 지략으로 한(漢)나라 통일에 공을 세운 것으로 평가받음. 여후(呂后)가 전권을 장악하자 정사를 멀리하다가 여후 사망 후 여씨(呂氏) 일족을 주살하고 문제(文帝)를 옹립하여 왕실을 평정하고 어진 재상으로 이름을 떨침.

75) 마맹기(馬孟起): 중국 삼국시대 촉나라 마초(馬超, 176~222)를 이름. 맹기는 그의 자(字). 양주 부풍군 무릉현 사람으로 유비의 부하로 활약함.

76) 양도(糧道): 군량미를 운반하는 길.

를 끊고 밖으로 급히 치면 근심 없이 무찌를 수 있을 것입니다. 신에게 한 계교가 있습니다. 군사 가운데 가장 영리한 자를 가려 중원의 의복을 입히고 내일 싸울 적에 명군 사이에 섞여 산관에 들어가도록 하십시오. 산관 안에 깊이 숨었다가 한밤중에 군량미 쌓은 곳에 불을 놓는다면 이 어찌 묘한 계책이 아니겠나이까?"

북흉노가 옳게 여겨 말하였다.

"이런 대사를 어찌 한 명의 군졸에게 맡기겠는가? 마땅한 지혜와 용기를 겸한 모사를 가려 보내야겠다."

이에 장전지휘사 목고탈을 불러들였다. 목고탈은 얼굴이 살져 오랑캐 중에서는 생긴 것이 준수한 자였다. 북흉노가 계교를 일일이 가르치고 머리 깎은 곳의 밑을 쓸어 망건을 씌우고 한 벌 중원 의복을 가져다 입히니 이 망건은 유주 여러 고을을 빼앗을 적에 얻은 것이었다. 목고탈이 미수⁷⁷⁾와 건어(乾魚)에 화약, 염초, 유황 등을 갖추어 가지고 대령하였다.

다음 날, 두 진영에서 또 서로 버텨 싸울 적에 싸우기도 하고 도망하기도 하며 특별한 승부가 없었다. 석양에 양 군대에서 징을 쳐 싸움을 파하였다.

이때 무평백이 군대에 군량미와 마초가 점점 부족해지는 것을 근심하고, 또 부원수가 거의 돌아올 시간이 되었으나 소식이 없는 것을 염려하였다. 설 태수가 산관 뒤 칠백 리쯤에 있는 운암사 중에게 일만 석의 곡식이 있으나 전쟁으로 막혀 가져올 수 없음을 고하니 원수가 설 공에게 명령해 운반하여 가져오라 하였다. 설 태수가 이에 수백 대의 수레와 수천 명의 병사를 거느려 군량미와 마초를 운

---

77) 미수: 설탕물이나 꿀물에 미숫가루를 탄 여름철 음료.

반하러 갔다. 원래 설 공은 이곳에 부임한 지 몇 년 되었는데 일찍이 아내를 잃고 재실 호 씨는 친모의 상을 당해 돌아갔으며 자녀도 없었다. 가족이 이곳에 없으므로 홀로 산관을 떠나니 다만 원수 일행만 산관에 머물렀다.

이날 밤 삼경(三更)에 목고탈이 양식 창고에 불을 놓았다. 수만 석의 곡식이 낱낱이 불에 타니 군사들이 나중에서야 알고 크게 놀라 원수에게 고하였다. 원수가 잠결에 놀라 진히 군졸을 거느려 불을 끄려 했으나 이미 하늘이 정한 운수가 있고 운학 선생의 수명이 거의 다 되었으므로 어찌 사람의 힘으로 미칠 바이겠는가? 동풍이 크게 일어나 연기는 하늘에 가득하고 불꽃은 하늘에 닿았다. 불의 기세가 계속하여 맹렬하게 일어나 꺼지지 않았다. 원수로부터 뭇 장졸이 오륙일을 먹지도, 자지도 못한 상태에서 불을 끄지 못했는데 성에서는 한 말의 쌀도 얻을 수가 없었고 한 되의 미곡이 남지 않아 낱낱이 재가 되었다. 말은 먹을 풀이 없어 굽을 두드리며 소란을 피웠는데 산관 안에 약간의 풀이 있었으나 말은 수십만 마리나 되었으니 어찌 감당하겠는가. 더욱이 장졸 무리가 다 굶주려 날을 헤면서 죽기를 기약하고 있는데, 바깥의 구원병은 그쳤고 북흉노는 날마다 성 아래에 와 싸움을 돋우니 삼군 장졸의 기세는 무너지고 영웅의 기운은 꺾였다.

이때 윤 선봉은 설 태수를 좇아 운암사에 가고 이장국, 등공, 마룡 등이 군대에 있었다.

북병(北兵)이 날마다 산관 주위를 돌며 일렀다.

"너희 사졸이 무슨 죄가 있겠느냐? 우리 황제가 오래지 않아 천하를 통일하면 너희는 다 우리 황제의 백성이 될 것이다. 그러니 어서 관문을 열고 항복하면 죄를 용서할 것이다. 또 이한성의 머리를 올리면 천금을 주고 제후에 봉할 것이다."

이렇게 말하니 군사들의 마음이 날로 어지러워졌다. 인심이 한결같지 않아 원수의 위엄과 덕을 입은 무리는 차마 원수를 죽여 항복할 뜻이 없었으나 각각 목숨을 보전하기 위해 도망치려 하는 이가 많았다. 원수가 스스로 굶주림을 이기지 못하고 군사들의 마음이 어지러운 것을 보니 스스로 성을 지키지 못할 줄 깨닫고 속으로 슬퍼하였다.

원수가 이날 밤에 칼을 짚고 장막에서 나와 천문(天文)을 살피니 이때는 7월 보름 즈음이었다. 가을밤에 밝은 달이 빛나고 푸른 하늘에는 한 점 뜬구름이 없었다. 별들이 역력하여 동쪽으로 형과 부마 등 조카들의 주성(主星)을 살폈다. 모든 별들이 광채가 당당하여 방위를 잃지 않았으니 그 몸이 무사하고 승전해 집에 쉽게 돌아갈 것임을 알았다. 무평백이 슬픔 속에서도 기쁜 빛이 얼굴에 나타났다. 또 자기의 주성을 보니 정기를 잃어 경황없이 방위를 떠나려 하고 있었다. 무평백이 너무 놀라 잡았던 옥홀(玉笏)을 던지고 탄식하였다.

"천수(天數)가 이러하니 내 목숨이 거의 다 되었구나. 내 어찌 살아서 황제의 고을에 돌아가기를 바라겠는가? 슬프고도 슬프구나. 죽는 것은 서럽지 않으나 노년의 어머님께 막대한 불효를 끼치고 설씨에게 박명을 끼치게 되었으니 내 어찌 구천(九泉)에서 눈을 감을 수 있겠는가?"

말을 마치고 길이 몇 마디 탄식하는 소리를 내고 외쳤다.

"아득한 하늘이여! 이 사람은 어떤 사람인가? 어머님과 형제, 아들, 조카를 다시 보지 못하고 이 몸이 만 리나 떨어진 변방에서 느껴운 주검이 될 것이니 만고의 충렬(忠烈)들에게 부끄럽지 않은가? 위로 임금과 어버이를 다 저버렸으니 만고에 불충과 불효의 죄명을 이 몸이 홀로 짊어질 줄 알겠구나."

길이 강개하여 영웅의 눈물이 솟아나니 스스로 소리가 격렬하여 소리가 나는 줄 깨닫지 못하였다. '고향을 떠나 어버이를 그리워하는 부[離鄕思親賦]' 한 수를 지어 맑게 읊으니 절절한 듯 원망하는 듯하고, 우는 듯 하소연하는 듯하며, 한숨 쉬는 듯 탄식하는 듯하여 마디마다 원한이 맺히고 글자마다 슬픔이 묻어났다. 홀연 서늘한 바람이 구슬퍼 사람의 시름을 돕는 듯하고 가을 달이 근심을 띠어 빛을 감추었다. 무평백을 위해 자연이 시름하는 듯하여 검은 구름이 좋지 않은 기운을 내보내고 푸른 하늘은 음산한 안개로 덮인 듯하였다.

다 읊고서 목이 쉬도록 우는 줄을 깨닫지 못하고 모든 장졸에게 일렀다.

"이제 안으로는 군량이 다 없어지고 밖으로는 구원병이 그쳐 소식이 없다. 수양산(首陽山)[78]이 아니나 장졸이 굶어 죽는 것이 조석에 있고, 또 북쪽 오랑캐의 핍박이 심하니 진실로 성을 보전하기가 어렵도다. 나의 불충과 불효는 쌓을 곳이 없거니와 너희 사졸에게 무슨 죄가 있겠느냐? 너희는 아직 권도(權道)[79]로 모욕을 참아 북흉노에게 항복하여 목숨을 보전했다가 천병(天兵)이 북쪽 오랑캐를 무찌르는 때에 다시 천병을 따라 고향으로 돌아가라. 내가 다만 홀로 산관을 지켜 목숨을 마칠 것이다."

모든 사졸이 원수의 슬퍼하는 모습을 차마 보지 못해 저마다 눈물을 흘리며 함께 죽기를 원하였다.

---

78) 수양산(首陽山): 중국 산서성(山西省) 서남쪽에 있는 산. 주나라 때 백이(伯夷)와 숙제(叔弟)가 제후인 주나라 무왕이 천자인 은나라 주왕(紂王)을 치려 하니 이를 말렸으나 듣지 않자 수양산에 들어가 굶어 죽었다는 고사가 전함.

79) 권도(權道): 목적 달성을 위해 임기응변으로 취하는 방편.

원수가 장막에 들어가 붓과 종이를 내어 모친과 형님에게 영결하는 편지를 지어 속옷 고름에 매고는 마음이 참으로 슬퍼 눈을 붙이지 못하였다.

다음 날, 관문 안의 모든 사람들이 밥을 굶은 지 엿새째가 되니 장졸들의 목숨이 거의 끊어지려 하였다.

목고탈은 이미 간사한 계책으로 군량과 마초에 불을 놓고는 오히려 관문을 나갈 길이 없어 동산 속에 깊이 숨어 미수와 건어(乾魚)로 요기하며 날을 보내고 있었다. 이날에서야 군사들이 목숨이 끊어지려 해 엎어지는 것을 보고는 바야흐로 날이 밝지 않은 때 관문을 열어 북군(北軍)을 맞으니 이때는 오경이었다. 새벽 달빛은 희미하고 푸른 하늘은 근심 어린 빛을 띤 듯하여 음기가 자욱하니, 이 또한 하늘이 지극한 재앙을 내릴 것이지만 인명을 아끼는 듯하였다.

북흉노가 대군을 거느리고 산관에 돌입해 무인지경처럼 들어가니 죽이고 들이치는 소리가 진동하고 함성으로 산이 무너지고 바다가 뒤집히는 듯하였다. 산관 안의 장졸들이 굶주림을 이기지 못해 정신이 아득한 가운데 사람이 들이치는 소리를 듣고 넋이 나가 정신없이 창대를 미처 거두지 못한 채 죽는 자가 부지기수였다.

원수가 분노가 격발하여 분연히 갑옷째 말에 올라 칼을 잡고 이에 뛰쳐나갔다. 등공, 마룡, 영백수, 호철원, 주담, 이경무 등 장수들이 힘을 떨쳐 일어나 내달려 싸워 승부를 보지 못하였다. 등공, 마룡, 영백수, 호철원, 주담 등 다섯 장수는 싸우는 중에 다 죽고, 이 원수 홀로 분기를 내어 목숨을 걸고 싸워 북쪽 장수 탈목진, 야노로, 서묵고, 우상담의 목을 베니 그 과정에서 창에 십여 군데를 맞았다. 원수가 이경무와 함께 힘을 다해 남군(南軍)을 바라보고 달아나려 하였으나 북군이 철통같이 싸고 짓쳐 들어왔다. 무평백이 스스로 살지 못할 줄 알고 바로 북군을 향해 짓쳐 들어갔다.

설 태수가 윤 선봉과 함께 있다가 산관이 위급하다는 말을 듣고 군량과 마초를 운반해 급급히 돌아오니 이러한 광경이 펼쳐져 있었다. 서로 정신이 없어 어찌할 바를 몰라 무평백의 사생을 알지 못하고 적을 마구 쳐죽이니 북군이 전혀 생각지 못한 바였다. 북군이 별생각이 없는 상태에서 두 갈래 길의 대군을 만나 습격당하니 서로 앞뒤를 분간하지 못하고 짓밟혀 죽는 자가 부수하였다.

부원수 이연성이 이에 다다르니 윤 선봉이 크게 외쳤다.

"원수가 이미 불행해지셨으니 부원수와 장수들은 힘을 다해 북흉노를 무찔러 한 명이라도 돌아가지 못하게 해 원수를 갚으라."

소부와 장졸들이 이 말을 듣고 크게 놀라 낯빛이 변하였다. 부원수가 목을 놓아 통곡하며 말에서 거의 떨어질 뻔하니 장수들이 급히 위로하며 아직 이러함이 옳지 않으니 어쨌거나 북흉노를 잡아 원수를 갚으라 하였다. 소부가 이들의 말에 슬픔을 십분 억제하고 분기를 발해 수십 명의 맹장을 지휘하여 적군을 만나는 족족 풀을 베듯 죽이니 잠깐 사이에 적의 시체가 산과 같이 쌓이고 피가 내를 이루었다.

북쪽 오랑캐가 방비하지 않았던 대군을 만나 손을 놀리지 못하고 십만 군사가 오늘 한 싸움에 남은 자가 없었다. 윤 선봉이 북흉노를 사로잡고 이장국은 야야경의 목을 베었으며 그 나머지 수십 명의 오랑캐 장수는 싸움 중에 낱낱이 죽었다. 이미 북흉노를 사로잡으니 날이 황혼에 미쳤다.

부원수가 바야흐로 징을 울려 군대를 거두어 사방의 백성을 평안케 하고 장막 안으로 들어갔다. 산관 오십 리에 북군(北軍)과 명군(明軍)의 주검이 깔렸으니 그 수를 헤아리지 못할 정도였다. 부원수가 명령해 북군의 허다한 주검은 성 밖에 버리고 명군의 주검은 낱낱이 거두어 다른 땅에 묻으라 하였다.

소부가 술로 장막을 적시고서, 이러구러 무평백을 염습(殮襲)[80]하고 입관하여 성복(成服)[81]을 지내니 소부의 건장한 풍채가 날로 초췌하여 몰라보게 되었다. 소부가 바야흐로 북흉노 야선을 결박하여 무평백의 영궤(靈几) 앞에 꿇리고, 먼저 사지를 가르고 염통을 내고 머리를 베어 제문 지어 제를 지냈다. 제문을 다 읽고 술을 바칠 적에 슬픈 눈물이 흰 도포 소매를 적셨다. 군중에 상번(喪幡)[82]을 벌이고 향탁(香卓)을 배설하니 소부의 슬픔이 더욱 새로웠다.

부원수가 대병을 거느리고 북도(北道)에 들어가 오랑캐 중에서 백성의 신망이 두터운 자를 가려 임금으로 세우고 북흉노의 온 집안사람들을 양인, 천민 할 것 없이 다 거두어 삼족을 멸하였다.

부원수가 또 마룡, 등공 등 아홉 명의 시체를 거두어 비단으로 염습하고 입관하여 경사에 돌아갈 때 함께 거느리고 가려 하였다.

몇 달을 유주의 산관에 군대를 두어 어지러워진 민심을 진정시키고 황제의 명령이 이르기를 기다렸다. 부원수가 구천에 돌아간 죽은 형을 생각하고 홀로 경사에 돌아갈 바를 헤아리니 날로 심신이 어지럽고 때때로 간담이 답답하였다. 한 달 정도가 지나자, 부원수의 모습이 완전히 변해 꽃과 달 같았던 풍채가 귀신의 형체가 되니 삼군 장졸이 근심하여 위로하기를 마지않았다.

이때 북쪽의 난이 평정되자 바야흐로 산간에 망명했던 백성들과

---

80) 염습(殮襲): 시신을 씻긴 뒤 수의를 갈아입히고 염포로 묶는 일.
81) 성복(成服): 초상이 나서 처음으로 상복을 입음. 보통 초상난 지 나흘 되는 날부터 입음.
82) 상번(喪幡): 상가에서 다는 흰색의 좁고 긴 모양의 기.

수령들이 다 돌아왔다. 이 가운데 유주 절도사 설 공의 시체를 찾아 돌아오고 그 부인이 아들과 함께 찾아 이르니 설 태수가 그들을 맞아 통곡하였다. 초상 치르는 데 쓰이는 물건을 다스려 염빈, 입관하여 성복하고 부인과 아들은 종들을 거느리고 상을 치르러 고향으로 돌아갔다.

몇 달 만에 경사로부터 중사(中使)가 이르렀다. 소부가 향안(香案)을 배설하고 중사를 맞아 북쪽을 향해 네 번 절한 후 조서를 열어서 보니 대개 다음과 같은 내용이었다.

'뜻밖에도 승전 소식과 흉한 소식을 들으니 알지 못하겠도다, 꿈이냐 생시냐. 짐이 경 등을 북쪽 변방에 보낸 후로 경 등이 흉노를 무찌르고 승전가를 부르며 돌아와 임금과 신하가 반길 날을 기약했더니 어찌 한성과 같은 풍채와 재주로 북쪽 변방에서 목숨을 버릴 줄 알았겠는가. 슬프도다! 그대 형의 충성과 절개는 금석(金石)에 박아 천추에 없어지지 않을 것이나, 슬프도다! 죽은 자는 다시 살 수 없으니 북흉노를 잡아 원수를 갚았으나 한성이 어찌 구천에서 앎이 있겠는가. 짐이 슬픔을 이기지 못하는데 더욱이 그 노년의 편모와 경 등처럼 특출한 우애를 지닌 이들의 마음은 묻지 않아도 알 수 있을 것이로다. 그러니 어찌 슬프지 않은가. 경은 빨리 조정에 돌아와 임금과 신하가 서로 반길 수 있도록 하고 경의 노모를 위로하라.'

부원수가 다 보고 흐르는 눈물이 얼굴에 가득하여 중사를 서로 보았다. 피차 예를 마치고 중사가 무평백의 참상(慘喪)[83]을 위로하고 영궤 아래에서 조문하니 부원수의 눈물이 강물과 같고 목이 메어 소리가 나지 않으니 그 슬픈 모습은 길을 가는 사람이라도 감동시킬 정

---

83) 참상(慘喪): 부모보다 자손이 먼저 죽은 상사.

도였다. 중사가 부원수를 위해 눈물이 흐르는 것을 깨닫지 못하였다.

이때 각 고을의 관리 자리가 비어 임자가 없으므로 천자가 다시 뭇 고을에 새 관리를 낙점하였다. 수십여 고을의 자사와 방백이 일시에 부임하고 산관에 모여 이 원수를 조문하니 온 군사의 슬픈 곡성이 새로이 구천에 사무쳤다.

드디어 각처의 일을 다 처리하고 장차 대군을 돌려 경사로 향하였다. 각 고을의 수령들이 무평백이 만 리 변방에서 충성을 다해 몸을 마쳐 넋이 고향에 돌아감을 느끼지 않는 이가 없어 부의(賻儀)를 두터이 하고 다투어 조문하였다. 소부가 길을 떠나면 저녁마다 관역(館驛)에 들 때 무평백의 영혼을 인도하여 상번(喪幡)을 두르고, 아침에 관사를 떠날 때마다 변방의 망혼(亡魂)을 불러 돌아오도록 하니 소부의 간장이 스러지는 듯하여 겨우 형체만 남아 있었다.

소부가 이처럼 슬피 애도하는 가운데 길을 무사히 가 한 달이 조금 지나서 경사에 이르렀다. 이때는 초겨울이었으니 온 산에는 흰 눈이 쌓이고 달 아래 서릿바람이 불어 근심 어린 사람의 슬픈 회포를 더욱 도왔다. 소부와 삼군 장졸이 발을 황성에 디딜 적에 무평백을 생각하고 더욱 슬퍼하였다.

화설. 경사에서 이 상부의 유 부인이 장자와 손자들을 이별하고서 마음이 울적하던 차에 또다시 두 아들이 불모의 땅으로 나아가니 비록 겉으로는 태연하여 두 아들이 집을 떠나가는 회포를 돕지 않으려 하였으나 그 마음이야 어찌 태연하겠는가. 꽃 피는 아침과 달 밝은 밤에 하늘에 빌어 자식과 손자 들이 빨리 승전하고 집에 돌아오기를 소원하였다.

세월이 흘러 네다섯 달이 지나 비로소 동오의 첩서(捷書)[84]와 기쁜 소식을 얻었으나 북쪽 변방 소식은 아득하였으니 집안사람들의 근심이 가득하였다.

하루는 부인이 정신이 어지러워 둘째아들 무평백의 모습이 눈앞에 삼삼하였다. 부인이 이에 정신이 더욱 어지러워 야심토록 눈을 붙이지 못하고 있었는데 이미 며느리와 손자 들은 다 물러난 뒤였다. 몇 사람이 시침(侍寢)하였으나 각각 단잠이 깊이 들었다. 부인이 홀로 마음을 다잡지 못해 밤새도록 잠을 자지 못하다가 베개에 잠깐 기대 잠시 잠을 잤다. 그런데 비몽사몽간에 무평백이 들어와 슬하에 절을 하고 머리를 두드려 울며 고하는 것이었다.

"제가 불효하고 불충하여 이제 만 리 변방에서 부모님이 주신 몸을 버렸습니다. 이것이 비록 천명이나 다시 모친 슬하에 절하지 못하니 천고에 남을 한입니다."

말을 마치고는 슬피 통곡하였다. 부인이 반기고 놀라 무평백을 붙들고 까닭을 물으려 하다가 그 우는 소리에 놀라 깨니 베개 위의 한 꿈이었다. 꿈이 자못 분명했으므로 부인이 놀라고 어지러워 온갖 염려가 생겨나 그 때문에 눈을 붙이지 못하였다.

다음 날 세 며느리가 모이니 태부인이 슬퍼하며 즐거워하지 않아 말과 낯빛이 좋지 않았다. 정 부인이 침상 아래에 꿇어 몸과 마음이 불안하지는 않은지 자세히 물으니 태부인이 눈썹을 찡그리고 탄식하며 말하였다.

"세 아들과 손자들이 다 집을 떠난 지 오래되었으나 북쪽 변방 소식을 듣지 못하고 있으니 마음이 어찌 즐겁겠느냐? 밤마다 마음이 어지러우니 꿈이 자연히 불길하여 근심하는 마음이 외모에 나타난

---

84) 첩서(捷書): 싸움에서 승리한 것을 보고하는 글.

것이다."

설 부인이 문득 눈썹을 찡그리고 아뢰었다.

"첩이 또한 어젯밤에 번민하다가 겨우 잠을 잤는데 가군이 피를 흘리고 들어와 이르기를, '이미 지하 사람이 되었으니 임금과 어버이게 불충하고 불효한 것을 슬퍼하오.'라 하고, '형님, 동생과 조카들을 다시 보지 못하니 한이 남고 그대에게 박명을 끼치고 자녀에게 지극한 고통을 끼치니 어찌 슬프지 않겠소?'라고 하였습니다. 첩이 놀라 까닭을 물으려 하다가 잠에서 깨니 꿈이었습니다. 첩이 경악함을 이기지 못하니, 알지 못하겠습니다만 가군이 북쪽 변방에서 불행한 일을 당함이 있는가 하나이다."

태부인이 다 듣고 넋이 더욱 놀라고 어지러워 말을 못 하고 슬퍼 눈물을 흘렸다. 두 정 부인이 또한 놀라고 의아하였으나 용모를 가다듬고 기운을 온화하게 하여 부드러운 목소리로 시어머니와 설 부인을 위로하였다.

태부인과 설 부인이 이날부터 마음이 아득한 듯하여 매사에 즐기지 않고 침식이 편하지 않으니 집안사람들이 매우 근심하였다.

이러구러 세월이 흘러 한 달 남짓 되었다. 문득 북쪽 변방에서 소식이 이르는 곳에 먼저 간담이 떨어지고 아홉 굽이 간장이 무너져 내렸다. 급히 서간을 떼어 보니 한바탕 놀라게 한 것은 무평백의 비통한 소식이었다. 태부인과 설 부인 모자가 정신을 잃을 정도가 되어 울음을 제대로 내지 못하니 좌우의 사람들까지 슬픔에 젖게 하였다. 정 부인과 일가의 상하(上下) 할 것 없이 지극히 슬퍼하는 모습을 어찌 한마디 말로 기록하겠는가. 상하의 슬픈 곡성이 진동하고 설 부인과 한림 몽한, 빙희 등이 일시에 발상(發喪)85)하니 그 서글픈 모습에 보는 사람들이 흐느끼며 슬퍼하지 않는 이가 없었다.

겨우 슬픔을 진정하여 별당(別堂)에 허위(虛位)를 배설하고 성복
(成服)86)을 지내니 온 집안에 처량한 바람이 가득하였다. 태부인이
죽은 자식으로 인한 슬픔과 창자가 끊어질 듯한 고통을 지녔으니 이
는 자하(子夏),87) 한자사(韓刺史)88)보다도 더한 것이었다. 설 부인은
하늘에 사무치는 고통으로 죽은 남편을 아득히 따를 듯하였고, 한림
형제의 호천지통(呼天之痛)89)은 하늘을 우러러보고 땅을 내려다보
아도 비교할 곳이 없는 듯하였다.

이때 동오에서 세 번 첩음(捷音)이 이르고 대군이 돌아온다는 선
성(先聲)90)이 이르자 집안과 나라 사람들이 일희일비하여 슬픈 회포
가 함께 하였다. 천자가 조서를 내려 동오의 대군이 돌아오거든 무
평백의 부음을 급히 전하지 말라 하였다. 태부인 역시 장자 이관성
의 마음을 어지럽게 하지 않으려고 집안에 명령을 내려 승상 부자가
돌아와도 무평백의 흉보(凶報)를 빨리 전하지 말아 이관성을 놀라게
하지 말라 하였다. 조정 관리들이 또 임금의 교지를 받들어 승상 부
자가 돌아와도 그 집안에서 발설하기 전에는 한결같이 조문하지 않
으려 하였다.

겨울 시월 초순에 동오의 대군이 경사에 이르렀다. 천자가 난여

---

85) 발상(發喪): 상례에서, 죽은 사람의 혼을 부르고 나서 상제가 머리를 풀고 슬피 울
   어 초상난 것을 알림. 또는 그런 절차.
86) 성복(成服): 초상이 났을 때 상복을 처음 입는 일.
87) 자하(子夏): 본명은 복상(卜商)이고 자하는 그의 자(字)임. 자하는 공자의 제자로서
   그가 서하(西河)에 있을 때 자식을 잃고 슬퍼해 눈이 멀었다는 일화가 있음.
88) 한자사(韓刺史): 한조종(韓朝宗, 686~750). 한조종은 중국 당나라 때의 인물로 형
   주자사, 경조윤을 지냄. 한조종이 형주 자사로 명망이 높아 사람들이 그를 한형주
   또는 한자사로 불렀음.
89) 호천지통(呼天之痛): 하늘을 향해 부르짖는 고통이라는 뜻으로 부모의 상 당함을
   이름.
90) 선성(先聲): 미리 보내는 기별.

(鸞輿)[91]를 갖추어 숙위(宿衛)[92]를 대궐 문밖에 배설하고 대군을 기다렸다. 해가 정오를 지날 적에 티끌이 아득히 동녘 가를 가리니 승전곡이 맑게 울리고 금부옥절(金符玉節)[93]이 햇빛에 빛나는 곳에 십만 대군이 물밀듯이 나아왔다. 군사들이 멀리서부터 임금의 가마가 친히 나와 있는 것을 보고는 소매를 걷어 올리고 좋아서 날뛰고 손발을 놀리며 춤을 추고 승전곡을 울리니 소리가 높은 하늘에 어려 금산(金山)이 무너지고 옥기둥이 꺾이는 듯하였다.

승상이 자식들과 함께 황망히 수레에서 내려 어탑(御榻)을 바라보며 여덟 번 절하고 머리를 조아리며 산호만세(山呼萬歲)[94]를 하였다. 임금이 팔채(八彩)[95]의 용안(龍顔)에 군대를 반기는 웃음이 가득하여 바삐 승상을 이끌어서 보고 몸을 편히 하라 하였다. 그리고 광록시(光祿寺)[96]의 주찬을 내려 옥술잔에 향기로운 술을 차례로 하사하며 치하해 말하였다.

"승상의 재주와 지략이 신기함은 안 지 오래였으나 어찌 강성한 동오와 사나운 주창을 그리 쉽게 소멸하고 승전가를 부르며 돌아올 줄 알았겠는가? 상부(相府)는 이른바 국가의 기둥과 주춧돌 같은 신

---

91) 난여(鸞輿): 임금이 거동할 때 타고 다니던 가마. 옥개(屋蓋)에 붉은 칠을 하고 황금으로 장식하였으며, 둥근 기둥 네 개로 작은 집을 지어 올려놓고 사방에 붉은 난간을 달았음.

92) 숙위(宿衛): 숙위. 숙직하면서 지키는 군사.

93) 금부옥절(金符玉節): 부절(符節)의 미칭. 부절은 임금이 신하에게 내려주던 신표(信標).

94) 산호만세(山呼萬歲): 나라의 중요 의식에서 신하들이 임금의 만수무강을 축원하여 두 손을 치켜들고 만세를 부르던 일. 중국 한나라 무제가 숭산(嵩山)에서 제사 지낼 때 신민(臣民)들이 만세를 삼창한 데서 유래함.

95) 팔채(八彩): 여덟 빛깔의 눈썹이라는 뜻으로, 제왕의 얼굴을 찬미하는 말. 중국 고대 순임금의 눈썹에 여덟 가지 색채가 있었다는 데서 유래함.

96) 광록시(光祿寺): 중국의 북제, 당나라 이후 제사나 조회(朝會) 따위를 맡아보던 관아.

하로다. 상부는 선제(先帝)의 탁고(托孤)[97]를 받들었으니 이번 상부의 공로는 장차 땅을 나누어 제후로 봉해도 그 큰 충성은 다 갚기 어렵도다. 운학 선생 형제는 또 북쪽 변방에서 일을 받들어 미처 돌아오지 않았으니 짐이 덕이 부족해 곳곳에서 도적이 일어나니 이 어찌 부끄럽지 않은가?"

승상이 머리를 조아려 사양하고 말하였다.

"신이 동오를 무찌르고 역적을 토벌한 것은 다 폐하의 큰 복에 힘입은 것이니 신에게 무슨 공이 있겠나이까?"

임금이 부마를 위로하여 말하였다.

"경은 금달(禁闥)[98]의 귀한 몸이로다."

이렇게 말하고 천 리 길에 더욱 염려하여 앉으나 서나 부마를 잊지 못하던 심정을 베풀었다.

---

97) 탁고(托孤): 신임하는 신하에게 어린 임금의 보호를 부탁하는 것.
98) 금달(禁闥): 궐내에서 임금이 평소에 거처하는 궁전의 앞문. 이봉현이 부마이므로 이와 같이 표현한 것임.

쌍천기봉 卷 18

이씨 집안 사람들이 부귀를 달가워하지 않고
요익은 이빙성과 재회하고, 이관성은 전생을 알게 되다

화설. 임금이 부마를 위로하며 말하였다.

"경의 충성이 크고 공이 이와 같으니 마땅히 땅을 떼어 제후에 봉할 것이로다."

부마가 먼저 고개를 조아리고 굳이 사양하며 말하였다.

"신 등이 나라를 위하고 아비를 염려하여 군대를 따라갔으나 조금의 공로도 없거늘 성지(聖旨)가 이 같으심을 생각이나 했겠나이까?"

임금이 또 문후를 인견(引見)[1]해 칭찬하고 축하하였다.

"경이 백면서생(白面書生)[2]으로서 주빈처럼 지혜와 꾀를 가진 장수를 한 달도 안 돼 물리쳤으니 그 재주는 족히 주유(周瑜)[3]를 비웃을 정도라, 어찌 기특하지 않은가?"

문후가 고개를 조아리고 말하였다.

---

1) 인견(引見): 윗사람이 아랫사람을 불러 만나 봄.
2) 백면서생(白面書生): 한갓 글만 읽고 세상일에는 전혀 경험이 없는 사람.
3) 주유(周瑜): 중국 삼국시대 오(吳)나라의 인물(175~210)로, 자는 공근(公瑾). 원술(袁術)의 휘하에 있다가 어렸을 때 친교를 맺었던 손책(孫策)에게로 달아나 그의 모사로 활약하였고, 손책이 죽은 후 그 동생 손권(孫權)을 도와 손권의 오나라 개국에 기여하고 손권을 설득하여 제갈공명과 함께 조조의 위나라 군사를 적벽(赤壁)에서 크게 무찌름. 후에 대도독이 되어 유비가 웅거하고 있던 형주(荊州)를 되찾으려다 제갈량의 계교에 속아 대패하고 분기가 발해 죽음.

"신하가 되어 작은 공을 이루었으니 족히 임금께서 일컬으실 바가 아니옵고, 주빈을 무찌른 것은 남궁 염 등의 장수들이 힘써 도와서 된 것이니 어찌 신의 공이라 하겠나이까?"

임금이 잠시 웃고 군정사(軍政事)[4]의 기록을 보아 훗날 공을 의논하려 하고 궁으로 돌아갔다.

승상은 임금의 가마를 모셔 가마가 대궐로 들어가는 것을 보고 집으로 갔다. 부마는 대궐에 들어가 태후와 황후에게 사은숙배(謝恩肅拜)[5]하기를 아뢰니 태후가 바삐 부마를 인견하고 마침내 공을 세우고 무사히 돌아온 것을 매우 치하하였다.

승상이 집으로 돌아가니 집안이 물 끓듯 하였다. 유 부인은 무평백을 생각해 새로이 심장이 끊어지는 줄을 깨닫지 못했으나 억지로 눈물을 참고 마음을 진정해 앉았다. 승상이 아들들과 함께 들어와 급히 절하고 유 부인 곁에 앉아 이별한 후의 안부를 물으니 얼굴에 가득한 온화한 기운이 온 자리에 쏘였다. 유 부인이 참으로 반가워함은 이를 것도 없고 기쁨이 마음속에 가득하였으나 한 조각 슬픈 마음이 속에 가득하여 밖으로 흘러나왔다. 그러나 이를 억지로 참고 탄식하며 말하였다.

"우리 아이가 만 리 밖 전쟁터에서 몸을 온전히 하고 도적을 무찔러 충성을 다했으니 거의 선군(先君)의 뜻을 이었구나. 또 모자가 모였으니 다시 무슨 한이 있겠느냐?"

승상이 온화한 목소리로 대답하였다.

"어머님의 말씀이 지극히 마땅하시거니와 어찌 슬픔이 과도하시어 얼굴색이 매우 좋지 않으시나이까?"

---

4) 군정사(軍政事): 군정사. 군대의 일을 기록한 사목.

5) 사은숙배(謝恩肅拜): 임금의 은혜에 감사하며 공손하고 경건하게 절을 올리던 일.

부인이 참고 말하였다.

"늙은 어미가 구태여 과도히 슬퍼하려 해서 그러는 것은 아니다. 마음이 자연히 서글퍼 먹는 것이 줄어들어서 낯빛이 그리되었으나 대단한 것은 아니다."

승상이 사례하고 대답하였다.

"두 아우가 불모의 땅에서 흉한 도적과 맞서 싸우는데 승패가 어떠하다 하며 설 씨 제수와 몽경 형제는 어디에 갔나이까?"

부인이 속으로 더욱 슬퍼 천천히 대답하였다.

"몽경이는 제 아비를 따라 군대에 가고, 설 씨 며느리는 친정에 갔더니 요사이 찬바람을 맞아 몸이 안 좋다 하여 몽한이가 따라가서 안 왔구나."

승상이 고개를 조아려 대답하고 한참을 모시고서 군대에서 있었던 일을 말하였다. 또 상서 이몽창이 주빈을 무찌르던 일을 아뢰니 조모 곁에서 온화한 목소리가 물처럼 흘러나왔다. 부인이 또한 자약히 말을 도와 승상의 마음을 위로하였다.

문득 빈객이 모이니 승상이 아들들을 거느리고 나가서 그들을 접대하였다. 조정의 모든 관료들이 각기 승상이 고금에 없는 공을 이룬 것을 어지럽게 하례하였다. 정 각로 문한이 이에 손을 잡고 칭찬하였다.

"형이 반년 내에 주창 같은 역적을 다 물리쳤으니 참으로 공덕이 와룡(臥龍)[6]에 지지 않고, 통쾌하게도 와룡이 오장원(五丈原)[7]에서

---

6) 와룡(臥龍): 중국 삼국시대 촉한 유비의 책사인 제갈량(諸葛亮, 181~234)의 별호. 자(字)는 공명(孔明). 유비를 도와 오나라와 연합하여 조조(曹操)의 위나라 군사를 대파하고 파촉(巴蜀)을 얻어 촉한을 세웠음. 유비가 죽은 후에 무향후(武鄕侯)로서 남방의 만족(蠻族)을 정벌하고, 위나라 사마의와 대전 중에 오장원(五丈原)에서 병사함.

7) 오장원(五丈原): 지금의 중국 섬서성(陝西省) 서안시(西安市) 서부, 치산현(岐山縣) 서

죽은 원한을 갚았네. 성상께서 형과 같은 신하를 두셨으니 베개를 높이시고 만년 세월을 근심하지 않으실 것이네."

승상이 겸양하여 하는 말마다 다 상황에 맞으니 자리에 있던 사람들이 다 무릎을 치며 감탄하였다. 더욱이 부마 등이 어린 나이로 재주가 대단함을 왁자지껄 칭찬하며, 문후가 주빈 무찌른 일을 기특하게 여기지 않는 이가 없었다.

석양에 손님들이 흩어지고 승상이 모친을 모시고 이 밤을 지냈다.

다음 날 새벽에 승상이 서헌에 나와 설씨 집안에 가 설 부인을 보려 하였다. 이때 몽한이 평소에 사랑받던 어린아이로서 숙부의 사랑을 입다가 숙부가 왔다는 말을 들었으나 조모가 급히 보지 말라 하였으므로 깊이 들어 있었다. 마음이 초조하다가 이틀이 되도록 승상이 들어오지 않으니 급한 마음에 모친을 속이고 서헌에 이르렀다. 그리고 승상에게 달려들어 붙들고 말하였다.

"조카가 아버님을 여의고서 바라는 바가 백부께 있는데 백부께서는 어찌 조카를 찾아보지 않으셨나이까?"

승상이 놀라 눈을 들어서 보니 몽한이 상복을 입고 흰 실을 머리에 매고 있는 것이었다. 그 참혹한 모습은 길 가는 사람이라도 눈물을 흘리게 할 정도인데 승상처럼 우애 있는 이의 마음이야 어떠하겠는가. 모친의 말이 핑계로 꾸며댄 것인 줄 알아 소리가 나는 줄을 깨닫지 못하고 몽한을 안고 목이 쉬도록 통곡하며 말하였다.

"네 아비가 무슨 병을 얻어 어느 날 죽은 것이냐?"

한이 울고 대답하였다.

"아버님이 북쪽으로 정벌하러 가셔서 군량이 없어 굶어 죽으셨다

남쪽에 있는 곳. 제갈량이 위(魏)나라의 장군 사마의(司馬懿)와 싸우던 중 병으로 죽은 곳임.

하나이다."

승상이 다 듣지도 않아 혼절해 엎어졌다. 부마 등이 천만뜻밖에도 몽한의 모습을 보고 놀라 슬퍼한 것이 어찌 승상에게 지겠는가. 모두 울며 부친을 구하니 승상이 겨우 정신을 차려 크게 탄식하고 말하였다.

"아득하고 아득한 푸른 하늘이 어찌 나의 한 팔을 앗으셨는가? 둘째아우의 기질이 본디 오래 살 그릇은 아니었으나 마침내 중도에 죽어서 서하(西河)의 탄식[8]을 끼칠 줄 알았는가?"

말을 마치고는 소리를 머금어 눈물이 맺힐 사이가 없었다. 한림의 거처를 물으니 별원에 있다 하므로 상서를 명해 불러오라 하였다. 상서가 친히 별원에 이르러서 보니 한림이 거적에 엎드려 있는데 상복이 온몸을 덮고 피눈물이 상복에 어룽져 있었다. 옥 같은 얼굴은 귀신의 모습처럼 되었으니 상서가 급히 한림을 붙들고 크게 울며 말하였다.

"아우가 오늘날 어찌 이러한 모습이 된 것이냐?"

한림이 문후를 보고 더욱 오장이 끊어지는 듯해 목이 쉬도록 통곡하고 혼절해 엎어졌다. 상서가 손을 잡아 구하고 말하였다.

"후사의 중함이 너 한 몸에 달려 있고, 숙부께서 기세(棄世)하심은 운수에 매인 것이니 너는 널리 생각해 몸을 버리려 하지 마라."

한림이 울며 말하였다.

"소제(小弟)가 어찌 대의(大義)를 모르겠나이까? 다만 부친께서 만리 밖 전쟁터에 가셔서 도적에게 핍박을 당해 마침내 돌아가셨으나 이 아우는 그 자식이 되어 임종에 얼굴도 뵙지 못했습니다. 이것이

---

8) 서하(西河)의 탄식: 자식을 잃은 슬픔을 말함. 공자의 제자 자하(子夏)가 서하에 있을 때 자식을 잃고 슬퍼해 눈이 멀도록 운 데서 유래함.

큰 한이 되었으니 살고자 하는 뜻이 조금도 없나이다."

상서가 눈물을 씻으며 말하였다.

"아버님이 아우를 보려 하시니 같이 가자."

그러고서 한림의 소매를 이끌어 서헌에 이르니 승상이 급히 한림의 손을 잡아 곁에 두고 목이 쉬도록 통곡하였다. 부마 등이 함께 통곡하니 곡소리가 하늘을 뒤흔들었다.

유 부인이 이 소식을 듣고, 승상이 전쟁터에서 풍상을 겪어 기력을 많이 소모했을 터인데 과도히 슬퍼한다면 그 몸을 반드시 버릴 것이었으므로 급히 좌우를 시켜 승상을 불렀다. 승상이 서러움을 서리담아 내당에 이르니, 부인이 두어 마디 통곡하여 조상(弔喪)하는 예를 이룬 후 승상을 붙들어 몸을 편히 하라 하고 울며 말하였다.

"남편을 따라서 죽지 않은 인생이 쓸모없이 살아 참혹한 광경을 보니 즉시 죽는 것이 원이었다. 그러나 다만 네 한 몸이 만금보다 더 한데, 만일 내가 마저 죽는다면 네가 또 반드시 죽을 것이니 내 끊는 듯한 간장을 서리담아 둘째를 잊은 듯이 지냈다. 오늘 네가 애통해하는 모습을 보니 형제 사이의 정으로 그른 일은 아니다. 그런데 네 몸이기는 하나 스스로 마음대로 할 것이 아니니 네가 지나치게 슬퍼해 어찌하려 하느냐?"

승상이 끝없이 흘리는 눈물이 소매를 적시는데, 다만 대답하였다.

"어머님의 가르침이 지극히 마땅하시니 제가 어찌 편벽되이 몸을 돌아보지 않겠나이까? 어머님은 염려하지 마소서."

그러고서 드디어 설 부인이 머무는 곳에 나아가 조문하니 피차 가슴이 막히고 피눈물이 고일 뿐이었다. 이때 설 부인이 승상은 무사히 돌아왔으나 그 남편은 운명이 기박하여 북쪽 변방에 몸을 버린 것을 매우 슬퍼하였다. 승상은 일찍이 그 모친이 소복한 것도 차마 눈을 들어 바로 보지 못했는데 오늘 설 부인처럼 아름다운 여인이 저렇듯 흉하게 차린 모습을 보니 가슴이 꺾어지며 미어지는 듯하였다. 한참이나 지난 후에 겨우 말을 꺼냈다.

"가문의 운세가 불행하고 소생 등의 액운이 기구하여 세 명의 형제가 차례를 잃었습니다. 장차 머리를 깎고 세상을 멀리하고 싶으나 집안에 계신 편친(偏親)을 위해 차마 못 할 뿐입니다. 소생 등의 마음이 이러한데 제수의 마음이야 더욱 일러 알 바가 아닐 것입니다. 그러나 위로 모친이 계시고 아래로 여러 아이들이 있으니 몸을 돌아보시고, 아이의 후사를 길이 생각하여 지나친 슬픔을 진정하소서."

설 부인은 피눈물이 소복을 적시고 목이 메어 한마디 말도 못 한 채 다만 눈물을 흘리며 승상의 말을 들을 뿐이었다.

승상이 외당에 나오니 조객이 문에 메여 계속 이어졌다. 승상이 서러움으로 몸이 부숴지는 듯하여 울음을 차마 그치지 못했으나 유 부인의 슬픔을 돋우지 않으려 다만 슬픔을 머금어 성복(成服)9)을 했다. 승상이 북쪽을 바라보고 한나절이나 통곡하니 부마 등의 설움도 승상에 지지 않았다.

천자가 수조(手詔)10)로 승상을 위로하고, 그 공로를 헤아려 승상을 왕의 자리에 봉하려 하였다. 그러나 승상의 심사가 만사가 꿈과 같다 함을 듣고 승상이 슬픈 마음에 왕의 자리를 더욱 굳이 사양할 줄로 알아 내색하지 않았다.

며칠이 지나, 소부 이연성이 온다는 선성(先聲)이 이르렀다. 승상이 자식들과 함께 멀리 나가 맞이해 보니 흰 만장(輓章)11)이 어지럽

---

9) 성복(成服): 초상이 났을 때 처음으로 상복을 입는 일.

10) 수조(手詔): 왕이 손수 쓴 조서.

11) 만장(輓章): 죽은 이를 슬퍼하여 지은 글. 또는 그 글을 비단이나 종이에 적어 기

고 붉은 명정(銘旌)¹²⁾은 바람에 나부꼈다. 승상이 그 모습을 보니 심장이 더욱 타는 듯하여 바삐 상구(喪柩)를 실은 수레 앞에 나아가 수레의 장막을 헤치고 관을 어루만지며 통곡하였다. 기운이 막히고 소리가 끊어져 한참 동안이나 정신을 차리지 못하다가 겨우 가슴에 맺힌 것을 쓸어내리고 관을 두드리고 울며 한성을 불러 말하였다.

"자희¹³⁾가 내가 길을 나설 적에 예전과 다르게 과도하게 슬퍼하기에 우형(愚兄)이 의심했으나 진실로 이리될 줄은 꿈에도 생각지 못했구나. 너는 어찌하여 중도에 죽어 집에 계신 편친께 불효를 끼치고 천륜으로 맺어진 형제의 정을 잊은 것이냐? 네 이름이 비록 밝고 충성이 크나 운명의 기박함이 이와 같아 아름다운 어린 아내를 천고의 죄인으로 만들고 외로운 어린 자식을 의지할 데 없도록 만들었단 말이냐?"

그러고서 크게 통곡하니 소리가 매우 처량하여 산천초목이 다 슬픈 빛을 도와 삼군의 대소 군졸 가운데 울지 않는 이가 없었다. 한림 몽경이 부친의 관을 붙들고 통곡하며 기절하여 정신을 차리지 못하니 부마 등이 놀라 한림을 붙들어 구하고 슬픈 눈물이 샘 솟듯 하였다.

이윽고 소부 이연성의 군대가 이르니 소부가 급히 승상을 붙들고 울며 말하였다.

"아우가 아버님을 여읜 후 두 형님을 우러러 한 목숨을 구차히 부지해 왔더니 오늘 모습이 무슨 광경이란 말입니까?"

그러고서 부마 등 다섯 사람과 승상이 소부를 붙들어 한바탕 통곡

(旗)처럼 만든 것. 주검을 산소로 옮길 때에 상여 뒤에 들고 따라감.

12) 명정(銘旌): 죽은 사람의 관직과 성씨 따위를 적은 기. 일정한 크기의 긴 천에 보통 다홍 바탕에 흰 글씨로 쓰며, 장사 지낼 때 상여 앞에서 들고 간 뒤에 널 위에 펴 묻음.

13) 자희: 이한성의 자(字).

을 하였다. 슬픈 눈물은 오월의 홍수 같고 서러워하는 구곡간장은 일만 개의 칼과 창을 대한 듯하였으니 어찌 재가 되지 않겠는가. 피차 슬픔과 서러움에 차이가 없었다.

한참이나 지나 소부가 울음을 그치고 조카들을 붙들어 울지 말라 한 후 승상의 손을 잡고 말하였다.

"둘째형님이 시운(時運)이 불행하고 천명이 이미 정해져 마침내 몸을 참혹히 마쳤으니 편친께 불효가 가볍지 않고 동기의 간장을 마디마디 끊어지도록 합니다. 그러나 형님이 가문의 큰 몸으로서 국가의 근심을 덜어 주시고 조카들이 나이가 어린데 큰 공을 이루었으니 이 또한 다행한 일입니다. 일가 형제, 부자, 숙질이 정벌하여 한 명 죽은 것이 괴이한 일이겠나이까?"

입으로는 이렇게 이르면서 몽경을 어루만지니 눈물이 비와 같이 흘렀다. 승상이 슬피 탄식을 하고 한참 지난 후에 길이 한숨 쉬고 말하였다.

"우리 형제가 팔자가 무상해 아버님을 여의고 이때까지 질긴 목숨을 구차히 부지해 형제가 서로 의지하며 위로하며 살았다. 그런데 자희가 이렇듯 먼저 죽었으니 장차 무엇을 생각할 것이며 모친의 슬퍼하시는 모습을 장사지내는 날에 어찌 보겠느냐?"

소부가 목이 쉬도록 눈물을 흘려 말을 하지 못하고 몽경을 위로할 뿐이었다.

소부는 삼군을 거느려 대궐로 갔다. 승상은 영구(靈柩)를 거느려 집안으로 돌아가니 온 집안의 윗사람, 아랫사람 할 것 없이 우는 소리가 하늘을 흔들었다. 유 부인과 설 씨는 발을 벗고 당 아래로 내려와 관을 붙들고서 목이 쉬도록 통곡하고 피를 무수히 토하고 기절하니 두 사람의 모습이 또한 같았다.

승상이 황망히 자식들을 시켜 설 부인을 붙들어 들어가도록 하고 모친을 모셔 정침(正寢)14)에 이르러 약물로 구하였다. 식경(食頃)15) 후에 부인이 겨우 깨어나 가슴을 두드리고 몸을 부딪쳐 무평백을 부르짖어 통곡하니 승상이 슬픔을 굳이 참고 눈물이 떨어지는 것도 참고 부인을 나직이 위로하였다.

"한성이 죽은 것은 다 천명이니 서러워해도 할 수 없나이다. 그런데 무슨 까닭으로 귀체를 이렇듯 힘들게 하시나이까?"

부인이 크게 울며 말하였다.

"한성이 단아하고 소졸(疏拙)16)하여 오래 살 그릇이 안 되는 줄을 알았으나 또 어찌 내 생전에 죽을 줄 알았겠느냐? 저의 목소리과 모습이 눈앞에 선해 잊으려 해도 잊지를 못하니 이 마음을 장차 어디에 둘 수 있겠느냐?"

승상이 가슴에 칼이 꽂힌 듯하고 구곡간장이 무너지니 위로할 말이 막혀 별 같은 눈동자를 낮추고 오랫동안 말없이 있었다.

이윽고 소부가 들어와 모친을 붙들고는 모친의 용모가 슬픔 때문에 앙상해진 것을 차마 보지 못하고 모친 가슴에 낯을 대고 울었다. 그 모습은 어렸을 때 어머니에게 하던 버릇까지는 아니어서 부인이 더욱 서러워하고 말하였다.

"너는 도적을 치고 고향에 돌아와 어미를 반기거늘 불쌍한 한성이는 외로운 넋이 어느 곳에서 방황하는 것이냐"

소부가 울고 아뢰었다.

"둘째형님을 생각하면 간담이 무너지고 넋이 달아날 듯하였으나

---

14) 정침(正寢): 거처하는 곳이 아니라 주로 일을 보는 곳으로 쓰는 몸채의 방.
15) 식경(食頃): 한 끼의 밥을 먹을 만한 잠깐 동안.
16) 소졸(疏拙): 꼼꼼하지 못하고 서투름.

따라 죽지는 못했습니다. 그런데 모친께서는 편벽되게 하나만을 생각해 몸을 버리려 하시니 저희는 다시 어디에 의지하겠나이까?"

부인이 길이 느껴 말하였다.

"내 어찌 한 자식을 위해 따라 죽으려 하겠느냐? 다만 마음의 고통을 참지 못해 자연히 울음을 그치지 못한 것이다. 나의 천명이 멀었으니 너희는 근심하지 마라."

소부가 기뻐해 다른 말을 하려 하였으나 모친의 슬픔을 돋울까 하여 다만 야선을 쳐 그 머리로 제(祭)했음을 고하고 승상이 큰 공을 이루고 돌아온 것이 일가에 경사임을 일컬으며 슬픔을 끊어 버리기를 고하였다. 이에 부인이 울며 말하였다.

"내 또 어찌 모르겠느냐? 둘째아이를 생각하니 나도 모르게 참지 못해 그런 것이다."

승상이 정성을 다해 부인을 위로하였다. 또 슬픈 마음을 위로하면서도 모친을 근심하는 마음이 지극하였다. 부인이 또한 사리를 알았으므로 겨우 참아 슬픔을 그치고, 정 부인이 그림자 좇듯 하며 곁에서 부인을 위로하였다.

승상 형제가 이에 마음을 놓고 밤이 되자 서헌으로 돌아갔다. 예전에 형제가 어깨를 나란히 해 함께 다니며 자나 깨나 서로 떠나지 않던 일을 생각하고 마음이 더욱 슬퍼 형제가 마주 보고는 눈물을 무수히 흘리니 눈물이 앉은 자리에 고였다. 승상이 이에 소부에게 지난 일을 물었다. 그 전에 무평백이 군량미가 다 떨어졌음을 보고 벌써 죽을 줄 알아 유서 두 장을 써서 속고름에 매어 두었는데 소부가 빈렴(殯殮)17)할 때 보고 풀어서 자신의 주머니 속에 넣어 두었었

---

17) 빈렴(殯殮): 시체를 염습하여 관에 넣어 안치함. 염빈(殮殯).

다. 차마 모친에게는 드리지 못하고 승상에게 이를 내어 주었다. 승상이 울며 받아서 보니 하나는 유 부인과 자기에게 쓴 것이었다. 그 내용은 다음과 같았다.

'불효, 불충한 사람 한성은 피눈물을 드리우고 머리를 조아려 모친과 형님을 생각하는 뜻이 뼈에 사무쳐 한 장의 혈서를 써서 옷 사이에 감추어 둡니다. 소자가 모친의 낳고 길러 주신 은혜를 받고 부친의 널리 교훈하시는 말씀을 들어 소년 시절에 과거에 급제하여 벼슬이 후백에 이르렀으니 길이 부모님을 모셔 백 년을 누릴까 하였습니다. 그런데 팔자가 기박하고 죄악이 중첩되어 아버님을 여의었습니다. 그럼에도 오히려 구차하게 산 것은 모친과 형님을 우러르고 믿어 어머님의 여생 동안 어머님을 모시고 위로하려 했기 때문입니다. 그런데 국가가 불행하여 형이 동쪽으로 정벌하러 가시니 소제의 마음이 어릿한 듯, 취한 듯하여 벌써 정신과 마음이 태반이나 날아갔습니다.

북흉노의 근심이 급한데 제가 국가의 은혜를 깊이 입은 터라 어리석은 마음에 한 번 북쪽에 이르게 되었습니다. 소제의 재주가 용렬하나 가볍게 죽지는 않을 것이었습니다. 그런데 하늘이 돕지 않아 천명이 다다랐고 안으로 군량이 다하고 밖으로 구원이 없었으니 제갈량(諸葛亮)[18]의 재주가 있다 한들 어찌 적을 쉽게 이길 수 있겠나이까? 매우 위급해 죽음이 가까이에 있었으니 이는 역시 하늘의 뜻이 정해진 것이라 한하는 것이 부질없습니다. 다만 모친께 서하(西河)의 설움[19]을 끼치고 형님을 다시 보지 못하고 죽으니 구천(九泉)

---

18) 제갈량(諸葛亮): 중국 삼국시대 촉한 유비의 책사(諸葛亮, 181~234)로 자(字)는 공명(孔明)이고 별호는 와룡(臥龍) 또는 복룡(伏龍).
19) 서하(西河)의 설움: 부모보다 자식이 먼저 죽어 느끼는 설움. 서하(西河)는 지금의

에 눈을 감지 못하겠나이다. 그러나 모친과 형님은 죽은 사람을 부질없이 생각지 마시고 만수무강하시며 형님은 소제의 자녀를 불쌍히 여겨 주소서.

슬프다! 형제가 옛날에 아버님을 모시고 즐기던 일이 어렴풋한 봄 꿈이 되었나이다. 모친께서 만일 불효자를 생각지 않으시고 천 년을 평안히 지내신다면 소자, 구원(九原)의 넋이 웃음을 머금을 것입니다. 가련하다! 나의 막내아이를 다시 보지 못하게 되었습니다. 형님은 소제의 뜻을 이어 각별히 내내 무양하소서.'

나머지 한 장은 부인과 자녀에게 쓴 것이었다.

승상이 다 보고 눈물이 샘 솟듯 하여 차마 보지 못하니 등불이 승상을 위해 빛을 감출 정도였다. 한참 지난 후에 승상이 눈물을 거두고 탄식하며 말하였다.

"물이 가득하면 넘치는 것은 늘 있는 일이요, 복선화음(福善禍淫)20)은 자고로 떳떳하였다. 우리 가문이 너무 번성하여 삼대의 부자, 형제가 조정의 대신으로 금자(金紫)21)와 옥대(玉帶)22)를 하고 관면(冠冕)23)이 면면히 이어졌으니 조물주가 시기하고 황천이 재앙을 내리셔서 아버님이 환갑이 겨우 넘으셨는데 돌아가시고 둘째아우가 또 이렇듯 참혹히 죽었구나. 이것이 다 우리가 삼가지 못하고 영화를 너무 누린 까닭이니 하늘을 원망하지 못하겠구나."

하남성(河南省) 안양(安陽). 중국 춘추시대 공자의 제자인 자하(子夏, B.C.508?~B.C.425?)가 서하(西河)에 있을 때 자식을 잃고 슬퍼해 눈이 멀도록 운 데서 유래함.

20) 복선화음(福善禍淫): 착한 사람에게는 복을 주고 악한 사람에게는 재앙을 줌.

21) 금자(金紫): 금인(金印)과 자수(紫綬). 금인은 관직의 표시로 차고 다니던 금으로 된 조각물이고, 자수는 고위 관료가 차던 호패(號牌)의 자줏빛 술임.

22) 옥대(玉帶): 임금이나 관리의 공복(公服)에 두르던, 옥으로 장식한 띠.

23) 관면(冠冕): 갓과 면류관이라는 뜻으로 벼슬아치를 이르는 말.

소부가 고개를 끄덕이며 말하였다.

"이 말씀이 참으로 옳습니다. 우리가 영화를 매양 누려서 조물주가 꺼리게 된 것입니다. 그런데 우리 부자, 형제가 특별히 남에게 해악을 끼친 일이 없는데도 이리되었으니 알지 못할 것은 하늘의 뜻인 듯합니다."

형제가 서로 이르며 길이 탄식하고 느껴 밤이 새도록 잠을 이루지 못하였다.

이후 형제가 아침저녁으로 제사를 극진히 하고 두 숙부가 한림을 사랑하여 잠시를 떠나지 않았다. 한성의 셋째딸 빙희 등이 모두 부친의 영궤를 붙들고 매우 서러워하니 눈에서 피가 날 정도였다.

승상이 택일하여 무평백 영구를 거느려 금주로 가게 되니, 설 부인이 하늘이 무너지는 한을 머금어 장차 한성의 뒤를 따르려 하였으나 천성이 약하고 그 가부의 유언을 차마 저버리지 못해 설움을 참아 시어머니를 위로하고 자녀를 보호하였다.

장사 지내는 날이 밤을 사이에 두고 있었다. 승상이 평생 사랑하던 아우를 지하의 음혼(陰魂)으로 만들어 다시 선영에 돌려보내게 되니 끝없는 설움과 한없는 한을 차마 견디지 못하였다. 그래서 문득 종이와 붓을 꺼내 제문을 지으니 말의 뜻이 간절하고 슬퍼 듣는 사람들이 다 눈물을 흘리며 서러워하지 않는 이가 없었다.

이에 의관을 고치고 영연(靈筵)24)에 나아가 술잔을 바치고, 부마가 매우 삼가 잔에 술을 따라 드리고 병부상서 문정후가 제문을 슬피 읽으니 제문의 내용은 다음과 같았다.

'유세차 모년 모월 모일에 큰형 자수는 피눈물을 뿌리고 슬픔을

---

24) 영연(靈筵): 죽은 사람의 영궤(靈几)와 그에 딸린 모든 것을 차려 놓는 곳.

머금어 어진 아우 자희의 영연에 통곡하고 절하노라. 아, 슬프다! 오늘이 생시냐, 꿈이냐? 만일 꿈이라면, 꿈에서 깨면 이 설움을 잊을 수 있을까? 참으로 생시라 한다면, 알지 못하겠구나, 이 무슨 일이며 이 무슨 모습이냐? 슬프고도 슬프구나! 옛날, 내가 세 살 적에 어머님이 너를 낳아 나의 항렬을 빛내셨으니 우리가 서로 이끌어 머리카락과 이가 자라지 않았을 때부터 서로 사랑이 지극했다. 아! 이어서 누이와 자경이 태어나 부모님의 양육을 받았으니 형제 세 사람이 서로 따르며 한시도 떠나는 것을 아까워했다. 이미 장성하여 형은 급제하여 벼슬이 재상의 반열에 이르고, 아우는 널리 청운을 잡아 대궐의 계단을 밟으니 고당(高堂)의 조모와 양친을 모셔 색동옷을 입고 춤추는25) 때를 얻었다.

아우는 옥 같은 얼굴에 섬섬옥수의 약한 몸으로도 해 도둑과 함께 역적을 소탕했으니 그 재주가 크고 공덕이 세상에 무쌍하여 성천자께서 내려 주신 벼슬을 두텁게 받았도다. 그때 우형(愚兄)이 조그만 공도 없이 삼공(三公)의 벼슬에 있었는데 아우는 금자(金紫)와 옥대(玉帶)를 하고 후백이 되었으니 문호가 너무 번성하는 것을 선친이 두려워하셨다. 안타깝구나! 수십 년 안에 자식과 조카들이 번성하여 백관 가운데 머릿수를 채우고, 부모님이 댁에 계셔 다른 사람들과 달리 건강하셨으므로 백 년을 모셔 즐길까 했다.

아, 슬프다! 존당께서 수명을 채우고 돌아가시자 선친께서 지극한 슬픔 때문에 세상을 버리셨으니 구곡이 마디마디 끊어지고 간장이 무너져 인간 세상에 있고 싶은 마음이 조금도 없었다. 그러나 외로우신 편모(偏母)를 위해 형제가 서로 의지하여 피차 설움을 서리담

---

25) 색동옷을~춤추는: 중국 춘추시대 초(楚)나라의 노래자(老萊子) 고사를 이름. 노래자는 일흔 살의 나이에 색동옷을 입고 부모 앞에서 춤을 추어 부모를 기쁘게 했다고 함.

고 위로하며 슬픔을 억제하여 삼년상을 무사히 지냈도다. 목숨이 질긴 줄을 한하였으나 우리 세 사람이 서로 좇아 편친을 모시고 남은 생을 마칠까 했더니 슬프구나, 네가 어찌 이에 이르렀단 말이냐?

국가가 불행해 동쪽 나라가 반란을 일으켜 천자의 마음을 어지럽히니 신하가 되어 어찌 사지(死地)를 사양하겠는가? 절월(節鉞)을 받들어 동강의 배를 타게 되니 아우가 내 손을 붙들고 슬퍼하는 모습이 전날과 다르므로 내 마음에 이미 아우가 이롭시 않을 것임을 의심하여 겉으로는 위로하였으나 내심으로는 슬퍼했다. 슬프구나! 말머리를 동쪽으로 돌려 서로 손을 나누었으나 나의 마음은 다 아우의 몸에 있었다. 아! 마침내 아우를 다시 보지 못하고 유명(幽明)이 가릴 줄을 어찌 알았겠는가? 아우의 충성으로 불모의 땅을 좋은 데 가듯 해 마음을 다해 나라의 은혜를 갚으려 했는데 하늘이 돕지 않고 네 명이 짧아 군량이 다했으니 귀신의 계략이 있다 한들 어찌 살 수 있었겠느냐? 슬프다! 한 번 몸을 버려 장순(張巡)[26]의 옛 자취를 따랐으니 비록 충렬은 고금에 희한하나 편친의 애도하심이 장차 몸을 보전치 못하실 정도가 되었도다. 또 외로운 조카와 제수의 비통함이 비할 곳이 없으니 참담한 광경은 옆 사람의 넋을 놀라게 하는구나. 아득하고 아득한 하늘이 차마 어찌 이런 일을 하시는 것인가? 아우는 진실로 앎이 있느냐, 없느냐? 만일 앎이 있다면 모든 사람의 설움을 살필 수 있을 것이다.

슬프고 슬프도다! 오늘로부터 형제의 항렬이 비었구나. 나는 외로이 자경과 함께 슬픔을 다할 것이니 옛날에 양친을 모시고 한 당에

---

26) 장순(張巡): 중국 당나라 현종(玄宗) 때의 명장(709~757). 안록산(安祿山)의 난이 일어나자 수양태수(睢陽太守) 허원(許遠)과 함께 성을 지키고 적장 윤자기(尹子琦)와 싸우며 성을 여러 달 동안 지켰으나 원군이 오지 않아 성은 함락되고 장순은 전사함.

서 즐기던 일이 아련한 봄꿈이 되었구나. 슬프도다! 가련한 넋이 어느 곳에서 이를 느끼는가? 이제 산에 눈이 펄펄 내리고 차가운 바람이 맹렬한데 네 관을 붙들어 선산으로 가니 이 마음을 참을 수 있겠느냐? 내가 참으로 서러운 것은 네가 돌아와 형제가 서로 보고 몽한을 마저 길러 성장함을 본 후에 일이 이러했다면 한 가지 한이나 없었을 것이다. 아! 우형이 인생 48년에 부귀와 영화를 두루 누려 이제 아우를 참혹히 이별하고 잠시도 인간 세상에 머물고 싶은 마음이 없구나. 그러나 일에 경중(輕重)이 있고 편친께 차마 불효를 더하지 못해 끓는 간장을 참고 꺾어지는 애를 서리담아 완연히 예전과 같이 있으니 참으로 동기의 정이 지극하다 하겠는가?

내 요행히 동쪽을 평정하고 개선가를 울려 돌아오니 마음이 나는 살 같아 바삐 옛 땅에 이르러 모친과 형제를 반길까 했더니 어찌 몽경의 흉한 복색과 아우의 얼굴 감춘 영궤를 볼 줄 알았겠는가? 이 서러운 한은 하늘이 바뀌어도 풀리지 않을 것이다. 그러나 돌이켜 생각하면 이 또 천명이니 마땅히 아우의 시체를 거두어 선영(先塋)에 장사 지내고 몽경을 보호하며 몽한을 아름답게 길러 어진 며느리를 얻어 준다면 남은 한이 잠깐 풀릴 것이로다.

이때를 당해 나의 넋이 날고 담이 마르며, 붓을 드니 눈물이 눈을 가리고 심신이 아득하므로 어찌 글을 이룰 수 있겠는가? 다만 지극한 천륜 사이로 오늘 천고의 영결을 당하매 전날 아우가 시문을 좋게 여기던 마음을 차마 저버리지 못해 한 줄 글로 나의 설움을 보이려 하였으나 본디 문장 재주가 너르지 못한 가운데 마음이 불안하여 열에 하나를 펴지 못했으니 아우는 나의 마음을 알 수 있겠느냐? 아, 슬프구나! 아우는 거의 살필지어다.'

문정후가 다 읽으니 승상이 관을 두드려 목이 쉬도록 통곡하였다.

흐르는 눈물이 강물과 같고 넋을 부르는 소리가 매우 슬퍼 산천초목도 함께 슬퍼할 듯하였다.

유 부인이 무평백의 영궤를 마저 보내고 설움을 이기지 못해 울음을 그치지 않으니 승상이 마음이 더욱 망극해 부인을 극진히 위로하였다. 소부와 아래로 세 아들을 집에 머무르게 하고 영구(靈柩)를 붙들어 길을 났다. 천자가 예부상서 위공부를 보내 치제(致祭)[27]하고 뒤를 따라 장례 지내는 데 참어하도록 해 행렬을 도왔다. 무평백을 추증해 무평왕으로 봉하고 시호를 진충의열공이라 하며 남방의 뭇 고을 수령에게 조서를 내려 다음 고을까지 호상(護喪)[28]하라 하니 그 영광이 거룩하였다.

승상이 상구(喪柩)를 거느려 금주에 이르러 친히 장소를 가려 안장(安葬)[29]하니 오장이 더욱 끊어지는 듯하였다. 경사에서는 모친을 위로하느라 시원하게 울지 못하다가 바야흐로 무덤을 두드려 종일토록 소리 내어 슬피 울었다. 눈물이 다해 피눈물이 묘 앞에 아롱지고 나중에는 소리가 이어질 듯, 끊어질 듯하니 슬픈 소리가 참으로 절절하였다. 한림이 또한 울고 자주 기절하였다. 묘 앞에 머리를 두드려 아득히 부친을 따르려 하고, 초연히 날아가려는 뜻이 있어 부친을 부르며 하 울었다. 그 슬픈 광경은 차마 바로 보지 못할 정도였으니 승상이 왼손으로는 한림을 잡고 오른손으로는 묘 앞을 두드려 통곡하며 말하였다.

"자희가 평소에 상관없는 남이 상복을 하고 부모를 불러도 눈물을 드리워 바로 보지 못하더니 오늘 너의 천금 같은 아이의 이런 모

---

27) 치제(致祭): 임금이 제물과 제문을 보내어 죽은 신하를 제사 지내던 일. 또는 그 제사.
28) 호상(護喪): 장례에 참석하여 상여 뒤를 따라감.
29) 안장(安葬): 편안하게 장사 지냄.

습을 보고서도 어찌 한마디 말이 없는 것이냐? 이 과연 유명(幽明)의 다름이 이 같은 것이냐?"

말을 마치고는 정신을 잃었다. 부마와 문후의 효성으로써 숙부 바라보기를 부친과 다름없이 하다가 오늘날 숙부를 비통하게 여의고 또 오늘, 땅 가운데 숙부를 영영 넣는 것을 보니 그 설움이 승상에게 지겠는가. 함께 통곡하여 그칠 줄을 모르다가 한나절 후 승상이 울음을 머금고 혼절하여 거꾸러지자 부마 형제가 승상을 붙들어 황급히 구호하며 한림을 흔들어 말하였다.

"아우가 비록 오늘 슬픔이 지극하다 한들 하나만 생각하고 몸을 버리려 하는가? 대인의 기운을 좀 살펴보아라."

한림이 이 말을 듣고 겨우 울음을 그치고는 승상이 혼절한 것을 보고 더욱 황망하여 어찌할 줄을 몰랐다. 부마 등이 좌우에 명해 평안한 교자(轎子)를 가져오게 해 승상을 모셔 옛집에 이르러 약물을 쳐 구호하였다. 식경 후, 승상이 겨우 정신을 차려 다시 무평백을 부르며 통곡을 그치지 않으니 부마가 앞에 나아가 울고 간하였다.

"숙부의 별세하심은 마음에 슬픈 일이나 아버님은 할아버님을 여의시고도 몸을 버리지 않으셨습니다. 지금에 이르러 슬픔에 간격이 없겠으나 도리상 경중(輕重)이 다르고 또한 조모님이 간절히 기다리시는데 어찌하여 몸을 돌아보지 않으시나이까?"

승상이 길게 탄식하고 대답하지 않았다.

승상이 슬픔 때문에 정신이 많이 쇠약해져 병이 생겨서 침상을 떠나지 못했다. 이에 두 아들에게 명해 묘 앞에 비석을 세우도록 하였다. 비석 세우는 일이 끝난 후, 위 상서가 황제의 명을 받들어 친히 가장(家狀)[30]을 지어 비(碑)에 새기니 내용은 다음과 같았다.

'대명(大明) 이부상서 한림학사 무평왕 진충의열공의 성은 이요,

명은 모(某)요, 별호는 운학 선생이로다. 공은 어려서부터 성품이 온화하고 공손하며 진중하고 정대하여 흡사 진(陳) 승상(丞相)31)의 성정을 닮았고 얼굴은 관옥(冠玉)을 낮게 여기며 어젊은 곽광(霍光)32)의 풍모를 따랐도다. 약관에 과거에 급제하여 조정에 서니 태종(太宗)33)의 총애하심이 심상치 않으셨도다. 공이 집안에 있을 적에 효도하고 우애하였으니 이는 당대에 겨룰 이가 없고 그 백형 운혜 선생의 훈계를 작은 일이라도 못 미칠 듯이 따랐으니 그 우애를 잠으로 알 수 있도다.

선덕(宣德)34) 원년에 역적 고후(高煦)35)가 조정에 반란을 일으키자, 공이 본디 섬섬옥수가 버들 같고 약함이 엉긴 기름 같았으나 재주가 신출귀몰하여 오래지 않아 개선가를 부르고 돌아왔도다. 이에 천자께서 지극히 아름답게 여기시어 공을 무평백에 봉하셨으니 청년에 작록(爵祿)이 겨룰 자가 없었으나 공은 인자하게 자신을 낮추고 겸손하기를 못 미칠 듯이 하였도다.

공은 어려서부터 충성은 급암(汲黯)36)을 낮게 여기며 기신(紀信)37)

30) 가장(家狀): 한 사람의 평생 동안 행적을 기록한 글.

31) 진(陳) 승상(丞相): 중국 한나라 고조 유방의 모사인 진평(陳平, ?~B.C.178). 한 고조를 도와 천하 통일을 이루고 승상을 역임하였으며, 후에는 여씨(呂氏) 일족을 주살하고 문제(文帝)를 옹립함.

32) 곽광(霍光): 중국 전한(前漢)의 장군(?~B.C. 68)인 듯하나 미상임.

33) 태종(太宗): 중국 명나라의 제3대 황제 주체(朱棣, 1360~1424)로, 태조(太祖) 홍무제(洪武帝)의 넷째 아들. 정난(靖難)의 변(變)을 일으켜 건문제(建文帝)를 폐위시키고 제위에 오름. 연호는 영락(永樂, 1403~1424).

34) 선덕(宣德): 중국 명나라 제5대 황제 선종(宣宗) 주첨기(朱瞻基)의 연호(1426~1435).

35) 고후(高煦): 한왕(漢王) 주고후(朱高煦)를 말함. 고후는 성조(成祖) 영락제(永樂帝)의 둘째 아들로 성조가 정난병(靖難兵)을 일으켜 즉위할 때 공을 세웠으나 조카인 선종(宣宗)이 즉위하자 거병하지만 붙잡혀 처형당함.

36) 급암(汲黯): 중국 전한(前漢) 무제 때의 간신(諫臣, ?~B.C.112). 자는 장유(長孺). 성

을 따르기를 원하였도다. 국가가 불행하여 천순(天順)38) 원년에 북 흉노가 반란을 일으켜 조정을 어지럽히니 허다한 관료 중에 한 명도 의기를 떨쳐 일어나는 이가 없거늘 공이 분개하여 죽음을 두려워하지 않고 자원해 출정하였도다. 깃발이 한 번 북으로 향하니 미친 도적을 근심할 바가 아니로되, 하늘이 돕지 않아 군량이 다했으니 장량(張良),39) 제갈량(諸葛亮)40)의 지혜와 중달(仲達)41)의 슬기가 있다 한들 어찌 벗어날 수가 있었겠는가? 죽기로 성을 지켰으나 장수들이 굶어 성이 함락되었도다. 공이 일이 급함을 보고 날랜 칼날이 한 번 가슴을 향하니, 관옥 같은 얼굴은 지하에 스러지고 운주유악(運籌帷幄)42)하던 재주는 속절없이 감춰지게 되었도다.

슬프다! 하늘이 공을 위해 빛을 고치고 해와 달이 빛을 잃었으니 지사(志士)의 눈물이 옷깃을 적시는도다. 고금을 헤아려도 비슷한 사람이 없되, 다만 당나라 때 사절(死節)43)한 장순(張巡)44)과 그 쌍

정이 엄격하고 직간을 잘하여 무제로부터 '사직(社稷)의 신하'라는 말을 들음.

37) 기신(紀信): 중국 한나라 고조(高祖) 유방 휘하의 장군(?~B.C.204). 고조 유방이 항우의 군사에게 포위당하자 자신이 유방으로 위장하여 항복하고 유방을 탈출시킨 후 자신은 살해당함.

38) 천순(天順): 중국 명나라 제6대 황제 영종(英宗) 때의 연호(1457~1464). 영종은 처음에 연호를 정통(正統, 1436~1449)으로 썼다가 토목의 변으로 잡혔다가 풀려나 복위한 후 천순 연호를 사용함.

39) 장량(張良): 장량. 중국 한(漢)나라 고조(高祖)의 모사(謀士)이자 건국 공신(?~B.C.168). 자는 자방(子房). 소하, 한신과 함께 한나라 창업의 삼걸(三傑)로 일컬어짐.

40) 제갈량(諸葛亮): 중국 삼국시대 촉한 유비의 책사(181~234). 자(字)는 공명(孔明)이고 별호는 와룡(臥龍) 또는 복룡(伏龍).

41) 중달(仲達): 중국 삼국시대 위(魏)나라의 명장인 사마의(司馬懿, 179~251). 중달은 그의 자(字). 촉한(蜀漢) 제갈공명의 도전에 잘 대처하는 등 큰 공을 세워, 그의 손자 사마염이 위(魏)에 이어 진(晉)을 세우는 데에 기초를 세움.

42) 운주유악(運籌帷幄): 운주(運籌)는 주판을 놓듯 이리저리 궁리하고 계획함을 의미하며, 유악(帷幄)은 슬기와 꾀를 내어 일을 처리하는 데 능함을 의미함. 중국 한(漢)나라 고조(高祖)의 모사(謀士)였던 장량(張良)이 장막 안에서 이리저리 꾀를 내었다는 데에서 연유한 말.

을 잃지 않았도다. 천자께서 그 공적에 감탄하여 공을 무평왕에 봉하시고 묘 앞에 비를 세워 그 사적(事跡)⁴⁵⁾을 새겨 천추에 없어지지 않도록 하셨으니, 예부상서 신 위공부는 황제의 명을 받들어 천순 원년 겨울 12월에 세우노라.'

승상이 수십 일을 머무르며 병을 조리하니 잠깐 병이 나았으나 아직 다 낫지는 않았다. 그러나 모친이 기다리는 줄을 생각하고 억지로 참아 길에 오르려 했다. 먼저 부친 묘소에 가 통곡하며 하직하였다. 새로이 부친의 온화하고 부드러운 목소리를 듣는 듯하였으나 묘가 벌써 마르고 산이 적적하므로 더욱 애통해 목이 쉬도록 눈물을 흘렸다. 무평백 분묘를 두드려 한나절을 통곡하고 차마 돌아서지 못하니 부마가 재삼 길을 떠날 시간이 늦어짐을 고하였다.

승상이 이에 함께 길을 나서 밤낮으로 가 경사에 이르렀다. 문무 관리들이 십 리 밖까지 나와 맞이해 집으로 가니 그 웅장한 행렬은 이루 기록하지 못할 정도였다.

승상이 무평백의 목주(木主)를 별당에 봉안(奉安)⁴⁶⁾하자, 유 부인이 깊이 슬퍼하니 승상이 재삼 위로하며 슬픔을 억제하도록 하였다. 또 설 부인 대접하기를 유 부인 버금으로 하고, 몽경 사랑하기를 자기 자식들보다 더하였다. 그리고 몽한을 진심을 다해 지극하게 이끌어 보호하였다. 그러나 만사가 다 꿈과 같고 세상일이 이러함을 느

---

43) 사절(死節): 절개를 위하여 목숨을 버림. 또는 그 절개.
44) 장순(張巡): 중국 당나라 현종(玄宗) 때의 명장(709~757). 안록산(安祿山)의 난이 일어나자 수양태수(睢陽太守) 허원(許遠)과 함께 성을 지키고 적장 윤자기(尹子琦)와 싸우며 성을 여러 달 동안 지켰으나 원군이 오지 않아 성은 함락되고 장순은 전사함.
45) 사적(事跡): 사업의 남은 자취.
46) 봉안(奉安): 신주(神主)나 화상(畫像)을 받들어 모심.

껴 모친 앞에서는 모친의 안색을 살펴 온화한 기운을 이루었으나 그 외에 서헌에 물러오면 한 번 시원하게 웃으며 이야기하는 적이 없었다. 그리고 소부와 함께 밤낮 한 곳에 거처하며 서로 따르는 정이 예전보다 더하였다.

이때 천자가 조서를 내려 마룡 등 아홉 사람을 다 두텁게 장례 지내라 하고 비를 세워 그 충렬을 기록하도록 하였다. 아홉 사람은 본디 무뢰배이며 협객으로서 처자가 없었는데, 벼슬에 매인 후에는 자연히 세월이 흘러 아내를 못 얻었다가 북쪽에 가 죽었다. 소부가 이에 이들의 신체를 수습해 오니 천자가 예관을 시켜 호송하도록 하고 좋은 산에 아홉 사람을 차례로 묻고 이 승상이 친히 제문을 지어 제사 지내 그 충성과 의리를 기렸다.

임금이 승상이 무평백의 장사를 지내고 상경했다는 소식을 듣고 며칠 후, 문화전(文華殿)[47)]에서 조회를 베풀어 대소 관료를 모아 조서를 내렸다.

'승상 이 모가 국가에 큰 공을 여러 번 세웠으나 그 명예나 이익에 관심이 없는 마음을 따라 한 번도 합당한 벼슬에 봉하지 못했도다. 그런데 이제 승상이 역적을 치고 큰 공을 이루었다. 역대로 공이 있는 자를 봉하고 죄가 있는 자를 벌함은 떳떳한 일이니 이는 짐이 스스로 만든 것이 아니다. 동오의 군정사(軍政事)[48)]를 올리도록 하라.'

말을 마치자, 이부상서가 자주색 도포에 금빛 허리띠를 하고 어탑(御榻) 아래에 나아가 여러 벌 문서를 임금 앞에 놓았다. 임금이 일

---

47) 문화전(文華殿): 중국 명나라와 청나라 때의 궁전 이름. 북경의 옛 자금성 동화문 안에 있었는데, 규모가 여타 궁전에 비해 작았으나 매우 정교하게 지어졌음. 명청 양대에 황제가 경사(經史)를 강론하던 장소로 쓰임.

48) 군정사(軍政事): 군정사. 군대의 일과 형편에 관한 일을 적은 기록.

일이 다 살펴보고 다시 조서를 내렸다.

'승상 이 모가 적을 무찌른 일은 옛날 제갈량(諸葛亮)[49]이라도 미치지 못할 것이니 그 공덕이 천고에 희한하고 고금에 무쌍하도다. 이에 특별히 본직 대승상 용두각 태학사 겸 구석 중서령 성도백 정공오국 충현왕에 봉하고, 부마도위 몽현은 하남왕 영주백에 봉하고, 병부상서 몽창은 어린 나이에 주빈 같은 명장을 몇 달 내에 무찔렀으니 그 공이 비길 데가 없으므로 문정공 연왕에 봉해 철권(鐵券)[50]을 주고, 호위장군 몽원은 호부상서 개국공에 봉하고, 수군부도독 몽상은 안두후 좌상경을 시키고, 편장군 몽필은 강음후 추밀사를 시키고, 최수현과 남궁 염은 대장군에 봉하고, 장성립과 전신은 표기대장군을 시키노라.'

그리고 그 나머지 대소 장사를 차례로 봉하였다. 승상이 크게 놀라 바삐 궁궐의 섬돌에서 내려가 머리를 두드리며 말하였다.

"신 등이 나라를 위해 조그만 도적을 무찔렀으나 이는 신하 된 자의 직분에 마땅한 일입니다. 그런데 어찌하여 왕의 벼슬을 삼부자에게 내려 복이 덜리도록 하시나이까? 신이 오늘 기름가마에 삶기기를 원하고 왕의 벼슬은 받지 못하겠나이다."

부마 형제가 모두 섬돌에서 내려가 관(冠)을 벗고 벌을 청하였다. 임금이 바삐 어린 내시에게 명령해 몸을 편안히 하도록 하고 말하였다.

"우리 대명(大明)이 나라를 건국한 이래로 누가 경 등과 같은 사람이 있었던가? 짐이 국법으로 벼슬을 내렸거늘 선생이 어찌하여 이런 고집스러운 말을 하는 것인가? 짐이 이에 조서를 내렸으니 감히

---

49) 제갈량(諸葛亮): 중국 삼국시대 촉한 유비의 책사(諸葛亮, 181~234). 자(字)는 공명(孔明)이고 별호는 와룡(臥龍) 또는 복룡(伏龍).

50) 철권(鐵券): 공신에게 수여하던 상훈 문서.

고치지 못할 것이라 경은 사양하지 말고 벼슬에 임하라."

승상이 머리를 조아리고 눈물을 흘리며 말하였다.

"신이 선제(先帝)의 간발(簡拔)[51]하심에 힘입어 조금의 공도 없이 승상의 자리에 있었습니다. 만일 신이 복을 감당할 만하다면 어찌 구태여 고집을 부리겠나이까? 이제 천운으로 조그만 도적을 무찔렀으나 이것은 신하의 직분에 당연한 것이니 신이 어찌 왕의 벼슬을 받겠나이까? 하물며 몽현과 몽창은 어린 사람들이니 저희를 어찌 왕이라 할 수 있겠나이까? 진실로 조물주가 꺼릴까 두렵고 황천이 그릇 여기실까 하나이다."

말을 마치자, 눈물이 소매를 적셨다. 머리를 두드려 사양하는 행동이 진심에서 우러나왔으니 겸손히 물러나려 하는 뜻이 나타났다. 임금이 할 수 없이 말하였다.

"경(卿)의 맑은 뜻을 따라 충현왕의 작위는 거둘 것이니 그 나머지는 짐의 뜻을 따르라. 자고로 개국공신이 왕의 벼슬에 자리한 것은 마땅한 예법이나 황숙(皇叔)[52]의 뜻도 짐이 이미 알고 있도다. 부마에게서 하남왕 명호를 거둘 것이니 하남공 인수를 받아 짐의 명령을 어기지 말라. 전날에 선생이 이르기를, '몽창에게 공이 있거든 봉작(封爵)[53]을 사양치 않겠습니다.'라 하더니 이제 몽창이 이런 큰 공을 이루었는데도 봉작을 사양하니 선생의 말이 전후에 다름을 한하노라. 그러나 이후에 이런 공이 있다면 몽창에게 왕의 벼슬을 줄 것이로다. 몽창을 본직 병부상서 문정공 우승상에 봉하노라."

승상이 다시 사양하며 말하였다.

---

51) 간발(簡拔): 여러 사람 가운데 골라 뽑음.
52) 황숙(皇叔): 이몽현의 어머니 계양 공주를 이름.
53) 봉작(封爵): 제후로 봉하고 관작을 줌.

"성상께서 작은 신하에게 큰 벼슬 내리시기를 어찌 초개(草芥)같이 하시나이까? 신의 한 마음은 신이 죽은 후에야 국사(國事)를 놓으려 하는 것이니 승상의 작위는 사양하지 않겠으나 정국공과 성도백의 벼슬은 환수하소서."

상이 정색하고 말하였다.

"경의 전후 대공을 생각하면 벌써 왕에 봉했을 것이나 경의 뜻이 큰 벼슬에 관심이 없어 다른 사람과 다르므로 짐이 그 뜻을 빼앗지 못한 것이었도다. 그러나 경이 또 어찌 한 국공(國公)이 되지 못하겠는가? 이렇게 말하는 것은 경이 반드시 짐을 가볍게 여기기 때문이로다."

승상이 바삐 벌을 청하고 다시 자식들의 관작 거두기를 청하였으나 임금이 낯빛을 바꾸어 대답하지 않고 소매를 떨쳐 내전으로 들어갔다. 승상이 황공하여 물러나 집에 돌아가 스스로 가문이 번성함을 두려워해 탄식함을 마지않았다.

다음 날, 임금이 다시 조서를 내려 북흉노를 정벌한 장사들에게 차례로 관작을 더하였다. 그리고 소부를 북주백에 봉하니 소부가 표(表)를 올려 사양하였으나 임금이 불윤(不允)하였다. 정 부인을 숙렬 부인에 봉하고 공주를 하남비에 봉하고 이씨 집안의 부인들에게 차례로 부인 직첩을 주고 유 부인을 현성숙요 정국부인이라 하니 이씨 온 집안에 영화가 매우 컸다. 그러나 유 부인과 승상으로부터 모든 사람이 조금도 기뻐하지 않고, 승상은 무평왕을 생각해 슬픈 눈물이 새로이 소매에 젖을 뿐이었다.

차설. 요 태상은 이 승상이 경사에 돌아와 위엄과 덕이 병행하는 것을 보고 마음이 편치 않았다. 이때 공 씨는 이 씨를 내치고는 요생에게서 사랑을 많이 받으려 하였다. 그러나 생은 공 씨에게 별 마음이 없어 이따금 공 씨 침소에 억지로 들어와도 부부 사이의 즐거움은 소원하였다. 공 씨가 이에 속으로 초조하여 금완과 함께 의논하니 금완이 이에 말하였다.

"내 요사이에 두고 보니 상공이 밤낮으로 이 씨만 생각하시고 낭자에게는 정이 소원하니 큰일을 도모하여 그 몸을 해치는 것이 어떠합니까?"

공 씨가 말하였다.

"여자는 지아비에게 일생이 달려 있는데 어찌 지아비를 해칠 수 있겠나이까?"

금완이 웃으며 말하였다.

"낭자는 공 시랑의 귀한 여자인데 어찌 필부의 박대를 감수하겠습니까? 소저가 요 탐화와 이름은 부부지만 실상은 남이니 저에게 무슨 절개를 지킬 일이 있겠나이까? 마땅히 계교로 저를 해쳐 요생을 인륜의 대죄인으로 만들고, 낭자는 친정에 가 아름다운 남자를 가려 일생을 평안히 누리는 것이 어찌 묘하지 않겠습니까?"

공 씨가 금완의 말을 다 듣고는 크게 기뻐하여 두 사람이 의논을 비밀히 하였다. 가만히 요 탐화의 글을 얻고 글씨체를 본떠서 축사(祝辭)[54]를 쓰고 무고(巫蠱)[55]를 요 태상이 자는 곳에 두었다.

요 태상이 며칠이 되지 않아 홀연 독한 병을 얻어 하루하루가 위독하였다. 자식들이 경황이 없이 밤낮으로 구호하였으나 조금의 효

---

54) 축사(祝辭): 귀신에게 비는 글.
55) 무고(巫蠱): 무술(巫術)로써 남을 저주함.

과도 없으므로 참으로 망극해하였다. 금완이 태상이 나은 때를 틈타 곁에 앉아 울고 말하였다.

"어르신의 병환이 예전에 이 소저가 어르신을 해쳤을 때의 증세 같으니 술사(術士)를 불러 기운을 살펴보는 것이 좋을 듯하나이다."

태상이 옳게 여겨 술사를 불러 집안을 둘러보고 기운을 살펴보라 하였다. 술사가 태상 침소 밑을 뚫고 더럽고 요망한 물건을 무수히 발견하였다. 또 하나의 축사가 있었으니 내용은 다음과 같았다.

'탐화 요익은 고개를 조아리고 하늘과 땅의 신께 고합니다. 제가 비록 요가의 자식이나 요가가 사리에 밝지 못해 저를 자식으로 알지 않으니 긴 날에 괴로움이 많습니다. 모든 신령은 힘을 합쳐 오늘 내로 그 넋을 잡아 풍도(酆都)[56]에 깊이 가두소서.'

태상이 다 보고는 크게 성을 내어 말하였다.

"역자(逆子)[57]가 어찌하여 끝내 아비를 해친단 말인가?"

그러고서 즉시 요익을 자신도 모르는 결에 칼을 메워 냉옥에 가두니 급사와 한림이 감히 아무 말도 못 하고 각각 눈물만 흘릴 따름이었다.

태상이 며칠을 조리해 기운이 돌아오자 바야흐로 대청 가운데 앉고 생을 결박시켜 대청 아래에 꿇리고 그 죄를 다스리려 하였다. 요생이 천만뜻밖에도 인륜의 큰 죄를 무릅썼으나 원통한 상황을 하소연할 곳이 없고 부친이 자기를 의심하는 것을 보니 장차 살려는 마음이 없었다. 사오일을 옥중에서 간장을 태우고 넋을 살라 자결하려 하여 식음을 전폐하였다. 그러던 중에 오늘 부친의 노기가 열렬하여 자기를 죽이려는 마음이 있는 것을 보니 한갓 눈물만 무수히 흘릴

---

56) 풍도(酆都): 도가에서 지옥을 이르는 말.
57) 역자(逆子): 부모의 의사를 거역한 아들.

뿐이요, 한마디를 내어 다투는 일이 없었다. 이에 태상이 더욱 노해 무거운 벌로 다스리려 하는데 홀연 정신이 어릿해 말이 나오지 않으니 태상이 어지러운 마음을 진정하지 못해 생을 도로 옥에 가두었다. 태상이 무죄한 자식을 한 죄로 밀어 넣었는데 신령이 곁에 있고 해와 달이 밝게 비추고 있으니 그 정신이 어찌 온전하겠는가. 좌우에서 태상을 붙들어 방안에 들어가 조리하도록 하였다.

이날 밤에 태상이 책상에 기대 있다가 홀연 한 꿈을 꾸니, 죽은 부인이 이르러 정색하고 말하였다.

"군(君)이 비록 어리석으나 부자는 타고난 친한 사람이라 어찌 아들을 인륜의 대죄인으로 만들려고 하나이까? 군이 조금이라도 이치를 안다면 차마 어찌 아들을 구덩이에 넣어 가둘 리가 있겠습니까? 첩이 어두운 곳에 있으나 설움을 참지 못해 군의 아득한 마음을 깨닫게 하려고 이르렀나이다. 익은 효성이 출천(出天)한 아이입니다. 천인 금완과 공 씨가 사리에 어두워 무죄한 익을 죽이려 한 것이니 어찌 유명(幽明)이 다르나 괘씸하지 않겠나이까? 금완을 벌을 준다면 일이 드러날 것입니다. 전날 이 씨를 해친 것도 금완과 공 씨가 저지른 일이니 군이 자세히 조사해 마지막을 보소서."

말을 마치자 안색이 매우 슬펐다. 공이 놀라 깨달으니 한 꿈이었다. 공이 마음이 슬픈 중에 홀연 환히 깨닫게 되었다.

이튿날 일찍감치 일어나 시중드는 종을 불러 형벌 기구를 특별히 엄정하게 갖추도록 하였다. 금완과 공 씨가 이에 의기양양하여 생이 오늘은 죽을 것이라 헤아렸다. 태상이 성낸 눈을 맹렬히 뜨고 벽력 같은 소리를 질러 금완을 매어 대청 아래에 꿇리도록 했다. 금완이 뜻밖에 이 광경을 보자 넋이 몸에 붙어 있지 않은 채 슬피 태상을 부르며 말하였다.

"첩의 이 모습이 어떻게 된 일이나이까? 첩이 어르신의 수건을 맡은 지 해가 오래되었으나 날로 조심하여 어르신에게 일찍이 죄를 얻은 일이 없었나이다. 그런데 오늘 이 모양을 보니 첩에게 무슨 벌이라도 주려 하시는 것이나이까?"

태상이 크게 꾸짖었다.

"천한 것이 어찌 감히 흉하고 독한 일을 해 나의 부자를 이간한 것이냐?"

그러고서 형장을 갖추고 처음 이 소저 해친 시말부터 지금 무고(巫蠱)의 일을 벌주어 물었다. 금완이 평생을 화려한 집에서 비단옷에 맛있는 음식을 지겹도록 누리다가 오늘 독한 형벌을 당하니 견딜 수가 없었다. 그래서 전후에 한 일이 공 씨의 부탁을 듣고 한 것임을 낱낱이 바로 고하였다. 태상이 크게 놀라고 노해 즉시 금완을 목 잘라 죽이고 공 씨를 불러 매우 꾸짖었다.

"그대는 사족의 몸으로 이런 교활하고 음험(陰險)[58]한 행동으로 적국(敵國)과 남편을 해쳤으니 인륜을 무너뜨린 나쁜 여자다. 그러니 어찌 잠시라도 집에 둘 수 있겠는가?"

말을 마치고는 공 씨의 등을 밀어 내치고는 좌우를 시켜 탐화를 불러오게 하였다. 그리고 탐화의 손을 잡고 눈물을 흘리며 말하였다.

"늙은 아비가 현명하지 못하고 어리석어 요망한 사람의 참소를 믿어 억울한 며느리를 내치고 끝내는 너를 의심했구나. 만일 네 모친의 정령이 아름답게 도와주지 않았다면 어찌 간악한 정황을 잘 알 수 있었겠느냐?"

말을 마치고 뉘우치기를 마지않으며 꿈의 말을 일렀다. 요 급사

---

58) 음험(陰險): 겉으로는 부드럽고 솔직한 체하나, 속은 내숭스럽고 음흉함.

형제는 슬픔과 기쁨이 교차하고 생은 의외에 누명을 벗고 부자의 인륜이 온전하게 되어 부친으로부터 자애로운 정을 입으니 당황하여 오히려 꿈인가 의심하였다.

태상이 당일에 이씨 집안에 이르렀다. 이때는 무평왕의 첫 기제사가 있어 승상이 영연(靈筵) 앞에서 예를 마치던 중이었다. 태상이 두어 말로 조문하니 승상의 눈물이 옷깃을 적셨다. 승상이 근심하고 탄식할 뿐이니, 이윽고 태상이 낯을 붉히고 방석을 떠나 사례하고 말하였다.

"학생이 어리석고 사리에 밝지 못해 어진 며느리를 그릇 의심하여 내쫓았습니다. 세월이 여러 번 바뀌었으나 깨닫지 못하다가 오늘날에 이르러 이러이러한 일이 있어 바야흐로 간악한 정황을 알게 되었습니다. 며느리의 억울함이 백옥과 같으나 그 자취가 간 곳이 없으니 오늘 합하(閤下)께 뵙는 것이 어찌 부끄럽지 않겠나이까?"

승상이 저 요 공이 조문하러 와서는, 자기는 바야흐로 설움이 가슴에 막혀 만사가 꿈과 같고 다 뜬구름 같은데, 아름답지 않은 말을 두서없이 하는 것을 보고 그 인물을 속으로 개탄하였으나 내색하지 않고 천천히 탄식하고 말하였다.

"전날에는 딸아이의 운수가 사납고 팔자가 기구하여 그렇게 된 것이니 어찌 존공의 탓이겠습니까? 조용히 생각해도 늦지 않을 것입니다."

이렇게 말하는 사이에 조문객이 계속해서 모이니 요 공이 다시 말을 거들지 못하고 돌아갔다.

태상이 하루는 생을 불러 말하였다.

"이제 이 씨의 거처를 알 수 없고 공 씨는 내쳤으니 남자가 하루도 홀로 있지 못할 것이라 널리 알아보아 어진 여자를 얻어 자손을 두는 것이 어떠하냐?"

생이 대답하였다.

"이 씨의 거처를 모르는 것은 다 소자 때문입니다. 이 공이 이르기를, '딸아이가 누명을 벗는 날에 그 종적을 알 수 있을 것이다.'라고 하였습니다. 그래서 이 공에게 여쭈려 하였으나 요사이 그 아우의 상사를 만나 만사에 무심하니 조용히 물어보아 그 거처를 안 후에 아내를 취해도 늦지 않을 것입니다."

태상이 그 말이 옳다고 하였다.

요 탐화가 이에 병부시랑으로 승진해 나랏일이 많을 뿐 아니라 승상이 매양 근심 어린 빛이 가득하고 말이 드물었으므로 감히 전날의 일을 묻지 못하였다.

하루는 봄날을 맞아 요익이 이씨 집안에 이르니, 마침 하남공 등은 조정에 가고 문 학사가 이에 있다가 요생을 맞아 서로 말하였다. 문 학사는 원래 생각이 크고 활달하였다. 빙성 소저가 요생을 속이고 숨어 있다는 말을 듣고는 승상의 깊은 뜻을 모르고 속으로 그 행동을 괴팍하게 여겨 한 번 요생에게 이르려 하던 참이었다. 이에 요생을 만나 웃고 물었다.

"자평이 홀아비로 있으니 어디에서 숙녀를 맞이해 왔는가?"

생이 탄식하고 말하였다.

"소제(小弟)는 운명이 기박해 얻은 아내도 보전치 못했는데 또 어찌 남에게 서러운 일을 시키겠는가?"

학사가 크게 웃고 말하였다.

"너는 녹록한 것이로다. 이 부인이 뼈에 사무치도록 너를 한스러워했는데 어찌 네 마음을 알았겠느냐?"

요생이 말하였다.

"이 씨가 소제를 만난 지 두 해나 되었으나 일찍이 소제에게 말하는 것을 듣지 못했네. 그러고서 이 씨가 곁을 떠났으니 그 마음속을 어찌 알겠는가마는 편협하게 소제를 한스러워할 까닭은 없네. 그런데 형은 그 거처를 알고 있는가?"

문 학사가 크게 웃고 말하였다.

"너의 행동이 갈수록 가소롭구나. 네가 이 부인을 데리고 있다가 내치고서는 어찌 나에게 묻는 것이냐?"

시랑이 탄식하고 말하였다.

"이 씨가 떠난 지 8년이 되었네. 소제가 고향을 그리워하는 마음이 해가 갈수록 깊어지고 점점 물욕이 없어져 짚신을 신고 산속으로 다니고 싶은 마음이 점점 일어났네. 그러나 부모님을 모시고 사는 처지에 마음대로 못 하고 화평히 지내고 있네만 무료함이 심하니 백균[59] 등을 보는 것이 낯이 두꺼운 일이네. 이 씨가 소제의 처자라 하여 이 씨를 지나치게 그리워하는 것은 아니네만, 소제의 전후 일을 생각해 본다면 소제가 무슨 사람이 되었다고 말할 수 있겠는가?"

말을 마치고는 눈물이 슬피 떨어지니 문 학사가 불쌍히 여겨 위로하였다.

"하늘이 그대와 이 부인을 유의하여 내셨으니 쉽게 헤어지겠는가? 자평의 심사가 하도 우울하니, 내 아까 들으니 후당 백화정에 모든 여자가 모였다 하니 가서 그 광경을 구경하는 것이 어떠한가?"

시랑이 탄식하고 말하였다.

"그대는 이 집의 친한 손님이지만 나 요 자평은 의절한 객이니 남의 집을 엿보는 것은 옳지 않네."

---

59) 백균: 이몽현의 자(字).

문생이 웃고 말하였다.

"이씨 집안이 자네와 의리를 끊은 것이 아니라 네가 잘못했기 때문에 이리된 것이다. 장모는 너를 저버린 적이 없고 또 네가 백균 등의 처자를 이전에 보았으니 보아도 무방하다. 들어가서 여자들의 소회를 차차 들어 보고 백달 등을 보채야겠다."

그러고서 요생의 손을 이끌어 후원을 관통해 들어가 수풀에 몸을 감추고 여자들을 보았다. 정지에는 여러 여자가 담백한 화장을 단정히 하고 차례로 벌여 앉아 꽃향기를 맡고 있었다. 다 각각 아름다운 자태를 지녀 꽃이 무색할 정도였다. 그런데 그중 한 여자가 비녀를 흐트러지게 꽂고 자리에 앉아 있는데 몸이 크고 얼굴이 윤택하였으니 어렴풋하였으나 영락없는 빙성 소저였다. 요생이 크게 놀라 말을 못 하고 있는데 문생이 웃음을 머금고 빙성 소저를 가리키며 말하였다.

"자평이 저 여자를 아는가?"

요생이 바야흐로 대답하였다.

"이는 바로 잃어버린 아내 이 씨 같은데 전보다 장성했으니 이는 생각지도 못한 일이네."

문생이 웃고 말하였다.

"네가 눈이 있으나 참으로 사람 볼 구슬이 없어서 그런 것이다."

두 사람이 서서 보더니 문 학사 부인이 아름다운 얼굴에 웃음을 띠고 말하였다.

"요사이에 들으니 요 태상이 잘못을 깨닫고 막내아우의 억울함을 살폈다 하나 아버님의 마음이 슬퍼서 다른 데 신경 쓸 겨를이 없어 요생이 아버님께 이르지 않는가 싶으니 형벽아, 너나 아비를 찾거라."

형벽이 앞에서 놀다가 말하였다.

"부친이 뉘신지 밤낮으로 모친께 물었으나 모친께서는 이르지 않으셨나이다. 숙모께서는 일러 주소서. 누가 제 부친이옵니까?"

빙성 소저가 탄식하고 말하였다.

"언니는 부질없는 말씀을 마소서. 소제가 어찌 다시 요씨 집안에 갈 사람이 되겠나이까?"

공주가 냉소하고 말하였다.

"소저는 괴이한 말씀을 마소서. 여자가 시가를 버리는 법이 어디에 있나이까?"

소저가 처연히 탄식하고 말하였다.

"옥주께서 첩의 심사를 모르시고 한갓 대의(大義)만 이르십니다. 소저의 사정은 다른 사람과는 다릅니다."

문 부인이 말하였다.

"너는 우스운 말 마라. 요 태상이 너를 내쫓았다 한들 요생의 풍채와 기골이 너에게 뒤지지 않고 또 요생이 너를 의심한 적이 없으니 네가 요생을 한스러워할 까닭이 없다."

소저가 탄식하고 말하였다.

"언니가 또 소제의 마음속에 맺힌 것을 모르는 것이나이까? 소제가 구천에 가도 풀리지 않고 망측한 것은 요생이 방탕하여 규중에 있는 소제를 사모하여 병을 이룬 것입니다. 요생이 저를 8년을 보지 않았는데도 때때로 넋이 놀라는데 소제가 다시 요생을 본다면 소제는 죽을 것입니다."

문 부인이 꾸짖었다.

"요랑의 당초 행동이 잠깐 도리에 어긋났으나 어느 남자가 너 같은 미색을 보고 무심하겠느냐? 이 말은 다 거짓으로 꾸며낸 말이요, 요 태상의 사나움을 한스러워해서 그런 것이다."

소저가 잠깐 웃고 말하였다.

"소제가 비록 예의를 모른다 한들 시아버님의 처치를 유감하겠나이까? 여자가 사람의 며느리가 되어 죄가 있든 없든 내쳐지는 것은 있을 수 있는 일입니다. 교묘히 해치려는 간악한 사람이 사악한 것이니 그 말을 곧이들으신 시아버님이 잘못한 것이겠나이까?"

장 부인이 웃으며 말하였다.

"이는 반드시 요 시랑에게 아첨하려 하여 요 태상의 행동을 옹호하는 말이다. 어느 법에 며느리에게 죄가 있다 한들 대낮에 내쫓는 경우가 있더냐?"

소저가 웃으며 말하였다.

"이는 도리에 어긋나나 저의 죄를 헤아린다면 오히려 가벼운 것입니다. 그러나 요생 두 글자는 꿈 같으니 그 소리만 들어도 놀랍습니다."

소 부인이 천천히 고개를 끄덕여 탄식하고 말하였다.

"요 부인의 말씀이 참으로 옳습니다. 내 몸 닦기를 못 미칠 듯이 하다가 더러운 욕이 몸에 임했으니 구천의 묘에서도 마음 한구석에 맺힌 한은 풀리지 않을 것입니다."

빙성 소저가 웃고 말하였다.

"오라버니의 행동이야 요생과 같겠나이까? 비교하는 것이 더럽습니다."

소 부인이 또한 웃고 말하였다.

"아가씨는 위로하지 마소서. 고금에 그런 사람이 어디에 있겠나이까?"

공주가 웃고 말하였다.

"자고로 미색은 성인도 멀리 못 하셨네. 그래서 문왕(文王)[60]께서 태사(太姒)[61]를 하수의 모래톱에서 구하시어 잠을 못 이루셨으니[62] 서방님이 무슨 마음으로 부인 같은 성녀(聖女)를 멀리하시겠는가? 이는 너무 책망하지 못할 것이네."

소 부인이 미소를 짓고 말하였다.

"그렇다면 옥주께서는 어찌하여 흥문의 소행을 꾸짖으시나이까? 흥문의 행동이 문정후 같더이다."

공주가 탄식하고 말하였다.

"흥문이는 실성한 미친 사람이니 제 어찌 서방님을 따르겠는가? 부인은 열 달 태교가 지극하여 성문이 온갖 행실에 군자의 도리를 다해 나쁨이 없으니, 첩의 어리석음을 부끄러워하네."

문 부인이 웃으며 말하였다.

"오라버니가 흥문을 다스리시는 것이 옛날 아버님의 모습을 본받았고 옥주의 엄정하심은 어머님께 지지 않으시니 양 씨가 어떠한지 훗날 구경하십시다."

공주가 말하였다.

"양 씨는 임사(姙姒)[63]의 덕(德)을 갖추고 있으나 흥문을 생각하면 한심합니다."

---

60) 문왕(文王): 중국 주(周)나라 무왕(武王)의 아버지로 이름은 창(昌). 기원전 12세기경에 활동하며 은나라 말기에 태공망 등 어진 선비들을 모아 국정을 바로잡고 융적(戎狄)을 토벌하여 아들 무왕이 주나라를 세울 수 있도록 기반을 닦아 주었음. 고대의 이상적인 성인 군주의 전형으로 꼽힘.

61) 태사(太姒): 중국 고대 문왕의 아내이자 주나라 무왕(武王)의 어머니. 그 시어머니 태임(太姙)과 함께 현모양처의 대명사로 일컬어짐.

62) 하수의~이루셨으니: 『시경』, <관저(關雎)>에 나오는 구절임. "꾸룩꾸룩 물새가 하수의 모래톱에 있네. …… 생각하고 생각하며 이리 뒤척 저리 뒤척 잠을 못 이루네."

63) 임사(姙姒): 중국 고대 주(周)나라 문왕(文王)의 어머니 태임(太姙)과 문왕의 아내이자 무왕(武王)의 어머니인 태사(太姒)를 아울러 이르는 말. 이들은 어진 아내이자 현명한 어머니라는 칭송을 받았음.

이처럼 담소하다가 날이 늦어지니 자리를 파하고 들어갔다.

요생이 빙성 소저의 얼굴을 보고 그 정대한 말을 듣자 미칠 듯 사랑하는 마음이 일었다. 또 빙성 소저를 지척에 두고서 오랫동안 애를 태우고 그리워한 것에 대해 속으로 애달파했다. 문생과 함께 돌아와 오래 속은 줄을 서로 이르고 웃다가 요생이 말하였다.

"백균 등은 나를 속였다 해도 형조차 속인 것은 무슨 뜻에서인가?"

문생이 말하였다.

"과연 악장(岳丈)의 뜻이 사리에 옳으셨으므로 자네에게 이르지 못한 것이네."

말이 잠시 멈춘 사이에 하남공 몽현 등이 이르러 나란히 앉으니 개국공 몽원이 말하였다.

"자평이 언제 왔는가?"

문생이 말하였다.

"벌써 와서 의절(義絶)한 객일네 하고 주인 없는 데 있지 않으려 하므로 내 힘써 권해 머무르게 했네."

강음후 몽필이 웃으며 말하였다.

"제 죄를 스스로 아는도다."

요생이 정색하고 말하였다.

"형은 후백(侯伯) 대신으로서 한갓 화려한 언변으로 사람 능욕하는 것만 능사로 알고 대의(大義)는 참으로 모르는구나. 그러나 인륜 가운데 부자(父子) 사이가 가장 큰데, 무슨 까닭으로 나의 아들을 감추어 두고 아버지와 아들이 서로 보았어도 근본을 이르지 않고 자기의 아들이라 하여 인륜을 어지럽혔는가? 또 이 씨는 여자가 되어 남편 몰래 숨어 피해 있는 것인가? 진실로 난형난모(難兄難母)[64]로다."

사람들이 듣고는 다 놀라 서로 보고 웃는데, 문정공이 정색하고 말하였다.

"자평이 하나만 알고 둘은 모르네. 누이의 죄목이 영친(令親)을 시살(弑殺)[65]하려 했다는 것이니 우리가 무슨 염치로 그대에게 이르겠는가? 누이가 구차하게 산 것도 자못 그른데 자평이 이런 말을 할 줄은 의외로다. 형벽이 그대의 아들인 줄 아비가 모르는데 누가 이르겠는가?"

요생이 정색한 채로 대답하지 않고 몸을 일으켜 대서헌에 가 승상을 보고 말하더니 이윽고 자리를 떠나 아뢰었다.

"전날에 소서(小壻)가 어리석어 이 씨를 내친 것은 참으로 잘못된 일이었나이다. 그렇다 해도 어지신 악장께서 소서의 처자를 집안에 두시고서 어찌 저를 속이셨나이까? 연고를 알고 싶나이다."

승상이 천천히 말하였다.

"과연 당초에 너에게 이르지 못한 것은 딸아이가 시아비를 시살하려 했다는 죄명이 있어 하늘의 해를 보지 못하고 있는데, 네가 아직 사사로운 정을 참지 못해 딸아이를 본다면 이는 딸아이의 죄 위에 죄를 더하는 것이라 사리에 맞지 않으니 이것이 너에게 이르지 못한 까닭이다. 죄명을 씻은 후에는 내 동기의 초상 때문에 내 정신이 많이 쇠약해져 미처 이런 일에 겨를을 두지 못해 못 이른 것이다. 그러나 어찌 내가 딸아이를 숨겨 두며 너에게 감정을 두겠느냐?"

말을 마치고는 성문에게 명령해 형벽을 불러 부자가 서로 보도록 하라 하였다. 안색이 부드럽고 자약하여 요생의 어지러운 간장을 온

---

64) 난형난모(難兄難母): 형이라 하기도 어렵고 어머니라 하기도 어려움. 난형난제(難兄
難弟)를 차용한 것으로 요생이 이 씨의 오라비 강음후 이봉필과 자신의 아내이자
형벽의 어머니 이 씨가 자신을 속인 것을 이른 것임.

65) 시살(弑殺): 부모나 임금을 죽임.

화하게 진정시키니 그 인물의 특이함을 여기에서 더욱 알 수 있다.

요생이 더욱 탄복하고 감격함을 이기지 못하고 있는데, 이윽고 형벽이 나와 부친을 보고 두 번 절하고 울며 말하였다.

"부친이 날마다 오셨으나 소자가 알지 못하고 지냈으니 그 죄는 만 번 죽어도 오히려 가볍나이다."

시랑이 형벽을 어루만지며 역시 안색이 처연하였다. 이에 승상이 말하였다.

"중간에 피차 모른 것은 부득이한 일이니 모름지기 슬픔을 그치고, 형벽이는 네 아비를 인도해 네 어미와 서로 보게 하라."

요생이 더욱 감격해 즉시 아들을 이끌고 소저 침소에 이르렀다. 소저가 옥침을 베고 슬픈 빛으로 누워 있다가 시랑을 보고 크게 놀라 낯빛이 변한 채 일어나 요생에게 예를 하고 들어가려 하였다. 시랑이 이에 바삐 비단 치마를 잡고 말하였다.

"부인은 참으로 인정도 없는 사람이오. 부부가 손을 나눈 지 8년 만에 남편이 악장(岳丈)의 명령을 받들어 왔으니 부인은 피하지 못할 것이오."

소저가 참고 앉으니 생이 한없이 반가움 가득한 정이 흘러나와 이에 손을 잡고 서글퍼 말하였다.

"옛날 부인이 겪은 화란(禍亂)은 말하려 하면 담이 차고 넋이 나니 다시 입에 담지 않겠소. 요망한 사람이 자취를 숨기지 못해 간사한 꾀가 드러나 부인이 다행히 누명을 벗었으니 이후에는 무사히 화락하여 8년 묵은 시름과 한을 갚을 것이오."

소저가 정색하고 대답하지 않으니 시랑이 간절히 빌어 말하였다.

"부인이 여러 사람이 모인 자리에서 소회를 말한 것을 들었소. 내 허물이 비록 그러하나 부인의 도리로 그렇게 말하는 것이 옳소?"

소저가 요생이 낮에 자신이 한 말을 들을 것을 괴이하게 여기고 놀랐으나 안색이 변하지 않은 채 끝까지 대답하지 않았다. 생이 초조하여 온갖 달래는 말로 소저를 타일렀으나 소저가 들은 척도 하지 않았다.

요생이 이날 밤에 머무르며 소저와 옛정을 이으니 새로운 은정이 한이 없었다.

다음 날 승상이 가마꾼을 갖춰 소저를 요씨 집안으로 보냈다. 소저가 마지못해 요씨 집안에 이르러 계단 밑에서 벌을 청하니 태상이 크게 놀라 눈을 동그랗게 뜬 채 말을 하지 못했다. 요 시랑이 자리를 떠나 연고를 고하니 태상이 바야흐로 정신을 진정해 소저에게 어서 오르라 하고 소저를 위로하였다.

"늙은이가 사리에 밝지 못해 며느리에게 고초를 겪게 했으니 이제 무슨 낯으로 며느리를 볼 수 있겠느냐? 그러나 전날에 이 늙은이가 영대인(令大人)을 볼 적에 낯이 두꺼움을 면치 못했더니 며느리가 다행히 탈이 없으니 기쁨이 산과 같고 바다와 같구나."

소저가 다만 사죄하고 말을 하지 않으니 태상이 전날 자신의 행동을 뉘우쳐 소저를 지극히 사랑하고 깊이 칭찬하였다. 이에 소저가 불안하여 온순히 사례할 뿐이었다.

소저가 이로부터 요씨 집안에 머무르며 태상을 효성을 다해 극진히 받들며 위로 두 동서 대접하기를 시어머니 대하듯 하였다. 그러나 생을 대하면 한결같이 냉정했으니 생의 정은 태산 같았으나 소저의 태도를 매우 근심하였다. 하남공이 이를 듣고 태상에게 청해 소저를 데려오고, 부모에게 청해 소저 타이를 것을 고하였다. 정 부인이 놀라 소저를 절절히 꾸짖어 그렇게 하면 안 됨을 경계하니 소저가 부모의 경계를 받들어 요생에게 힘써 온순하였다. 생이 이에 크게 기뻐하여 이후에는 남편은 온화하고 아내는 순종하는 도리가 가득하였다.

승상이 매양 빙성 소저의 일생을 근심하다가 이제 무사하니 비록 기뻤으나 마음 한구석에 슬픔이 맺혀 밤낮으로 눈썹을 펴 지내는 적이 없었다.

하루는 꿈을 꾸니 무평백이 나아와 말하였다.

"소제(小弟)가 죽은 것은 또한 천명이거늘 형님이 너무 슬퍼하시니 소제가 지하에서 음혼이 편치 않습니다. 부친이 계시던 누각 안 주홍 궤짝에 책이 있으니 그것을 보면 윤회한 것을 아실 것입니다."

승상이 놀라 깨어 꿈속의 일을 기록하고 허황하다 여겼으나 시험 삼아 친히 노각헌에 들어가 서책을 일일이 살펴 주홍 궤짝을 발견하였다. 궤짝을 열어서 보니 과연 한 권의 책이 있는데 굳이 봉하고 겉에 '모월 모일에 장성(將星)66)이 열 것이다.'라고 써져 있었다.

승상이 속으로 허망하게 여겼으나 시험 삼아 봉한 것을 뜯고 보니 이는 곧 전생에 윤회하고 보응(報應)67)한 이야기로 내용은 다음과 같았다.

'승상 이관성은 촉한(蜀漢)의 제갈공명(諸葛孔明)68)이다. 제갈공명은 본디 천지의 조화와 인간 만물의 본성을 꿰뚫고, 그 기이한 꾀와

---

66) 장성(將星): 대장에 상응하는 별로, 여기에서는 이관성을 이름. 이관성은 <쌍천기봉>에서 계속 제갈공명에 비유된바 제갈공명에 해당하는 별이 장성임.

67) 보응(報應): 착한 일과 악한 일이 그 원인과 결과에 따라 대갚음을 받음.

68) 제갈공명(諸葛孔明): 중국 삼국시대 촉한 유비의 책사인 제갈량(諸葛亮, 181~234)을 이름. 공명(孔明)은 그의 자이고, 별호는 와룡(臥龍) 또는 복룡(伏龍). 유비를 도와 오(吳)나라와 연합하여 조조(曹操)의 위(魏)나라 군사를 대파하고 파촉(巴蜀)을 얻어 촉한을 세웠음. 유비가 죽은 후에 무향후(武鄕侯)로서 남방의 만족(蠻族)을 정벌하고, 위나라 사마의와 대전 중에 오장원(五丈原)에서 병사함.

신비한 계책은 고금에 쌍이 없으며 백전백승하는 재주가 있었으나 하늘이 돕지 않아 오장원(五丈原)69)에서 한 목숨을 버렸다. 원혼이 지하에서 풀리지 않아 오로지 지닌 하나의 생각은 인간 세상에 다시 나가 전생의 남은 한을 푸는 것이었다. 그런데 공명이 한 일은 대개 나라를 위한 것이었으나 전후 수백여 차례 싸움에서 사람을 많이 죽였으므로 몇 백 년 동안 도를 닦아 사람들의 원한을 풀어 주었다. 그런 후 영락(永樂)70) 초에 소년으로 과거에 급제하여 먼저 이부(吏部)와 옥당(玉堂)의 우두머리를 지내고 약관에 재상의 자리에 위치해 이십 년 부귀를 누리도록 한다. 그 후 전생에 스스로 저지른 일은 아니나 주유(周瑜)71)가 공명(孔明)72) 때문에 내장의 종기가 터져 죽었으니, 잠깐 쌓은 악이 없지 않아 장년(壯年)에 이 태사를 여의어 잠깐 무궁한 한을 품게 한다. 또 정통(正統)73) 황제를 북흉노에게서 구해 전생에 한나라를 통일하지 못한 한을 갚도록 한다. 주창은 조조(曹操)74)의 후신(後身)이라 하늘이 특별히 이 공의 손에 죽게 하니

---

69) 오장원(五丈原): 지금의 중국 섬서성(陝西省) 서안시(西安市) 서부, 치산현(岐山縣) 서남쪽에 있는 곳. 제갈량이 위(魏)나라의 장군 사마의(司馬懿)와 싸우던 중 병으로 죽은 곳임.

70) 영락(永樂): 중국 명나라 제3대 황제인 태종의 연호(1403~1424).

71) 주유(周瑜): 중국 삼국시대 오(吳)나라의 인물(175~210)로, 자는 공근(公瑾). 원술(袁術)의 휘하에 있다가 어렸을 때 친교를 맺었던 손책(孫策)에게로 달아나 그의 모사로 활약하였고, 손책이 죽은 후 그 동생 손권(孫權)을 도와 손권의 오나라 개국에 기여하고 손권을 설득하여 제갈공명과 함께 조조의 위나라 군사를 적벽(赤壁)에서 크게 무찌름. 후에 대도독이 되어 유비가 웅거하고 있던 형주(荊州)를 되찾으려다 제갈량의 계교에 속아 대패하고 분기가 발해 죽음.

72) 공명(孔明): 중국 삼국시대 촉한 유비의 책사인 제갈량(諸葛亮, 181~234)의 자(字).

73) 정통(正統): 중국 명(明)나라 제6대 황제인 영종(英宗) 때의 연호(1435~1449). 영종의 이름은 주기진(朱祁鎭, 1427~1464)으로, 후에 연호를 천순(天順, 1457~1464)으로 바꿈.

74) 조조(曹操): 155~220. 삼국시대 위나라 건국의 기틀을 닦은 이로 자는 맹덕(孟德). 스스로 후한의 승상이 되어 여러 제후들을 연파해 실질적 권력을 가진 패자가 됨.

어찌 천도가 분명하지 않은가.

정 씨는 천상의 금모낭랑(金母娘娘)[75]으로서 작은 죄가 있어 상제께서 장성(將星)의 배우자로 정하셨으나 잠깐 고락(苦樂)을 겪도록 해 그 죄를 채우도록 하셨다. 부마 이몽현은 강유(姜維)[76]의 후신(後身)이다. 강유는 큰 재주가 있었으나 하늘이 돕지 않아 몸이 종회(鍾會)[77]의 수레 앞에 꿇렸다. 후세에 부끄러움이 많고 구천에서의 한이 지극하여 자청해 승상의 장자가 되어 무궁히 효를 닦아 전생에 승상의 유언을 저버린 죄[78]를 갚는다. 오왕을 잡아 승상 제갈량의 원수를 갚고 여러 번 싸움에서 다 백전백승하니 이는 다 전세의 원한을 갚도록 하기 위한 것이다. 문정공 몽창은 위연(魏延)[79]의 후신이다. 위연이 일찍이 소열황제(昭烈皇帝)[80]를 도와 공적이 희한하였으나, 다만 성격이 편협하고 과격하여 공을 다퉈 나라에 반역하는

75) 금모낭랑(金母娘娘): 요지(瑤池)에 산다는 서왕모(西王母)를 가리킴. 서왕모는 『산해경(山海經)』에서는 곤륜산에 사는 인면(人面)·호치(虎齒)·표미(豹尾)의 신인(神人)이라고 하나, 일반적으로는 불사(不死)의 약을 가지고 있는 아름다운 선녀로 전해짐.

76) 강유(姜維): 중국 삼국시대 촉한의 무장(202~264). 천수군(天水郡) 기현(冀縣) 사람으로 자는 백약(伯約). 이민족인 강족들을 격퇴하는 등 위나라 소속으로 공을 세운 그는 제갈량의 제1차 북벌 때 촉나라에 투항해 재능을 인정받아 여러 번 승리를 거둠. 그는 제갈량의 후계자로서 여러 차례 촉의 위기를 구하고 촉나라 멸망 후에도 재건을 위해 노력을 다함. 촉을 위해 위나라 점령군 종회(鍾會)에게 항복해 종회를 부추겨 난을 일으키도록 했으나 실패하고 살해당함.

77) 종회(鍾會): 촉한을 멸망시킨 위나라 원정군의 사령관으로, 강유를 항복시키고 후에 촉나라 땅을 기반으로 강유와 함께 반란을 일으켰으나 실패하고 살해당함.

78) 전생에~죄: 제갈량이 죽을 때 강유에게 촉나라를 부탁하는 유언을 남겼으나 유비의 아들 유선이 위나라에 항복함으로써 결과적으로 그 유언을 받들지 못하게 된 것을 이름.

79) 위연(魏延): 중국 후한 말, 삼국시대 촉한의 장군(?~234). 용맹이 뛰어나 한중을 진수하고 제갈량의 북벌에도 참여해 공을 세웠으나 다른 장수들과 불화하는 경우가 많았고 특히 양의와 사이가 좋지 않았음. 제갈량 사후 회군 지시를 어기고 내분을 일으켰다가 마대에 의해 죽음.

80) 소열황제(昭烈皇帝): 유비(劉備, 161~223)를 이름. 소열은 유비의 묘호.

죄를 지었으므로 그 두 아들과 아내81)를 죽여 그 죄를 갚도록 한다. 또 이 공이 공명(孔明)으로서 비록 위연이 반역할 줄을 알았으나, 위연의 공을 잊고 거짓으로 칠성기를 세워 위연을 골짜기 가운데에 넣고 불에 태워 죽이려 하였으니,82) 그 원한으로 이몽창이 소흥에 귀양 가 이 공의 심려를 태우게 한다. 제갈량이 두 번째 계교로 마대(馬岱)83)를 주어 위연이 끝내 칼 아래 귀신이 되도록 하였으니,84) 비록 그렇게 된 것은 자신의 죄 때문이었으나 위연이 원한이 깊었으므로 오강(吳江)에 빠져 이 공의 간장을 태우게 하니 이는 다 하늘이 정해준 운명이다.

소 씨는 형주 선배 조삼의 한 딸로서 얼굴이 고금에 무쌍하니 위연이 사모해 구혼하였다. 조삼은 위연의 성품이 붙는 불 같음을 꺼려 물리치니 위연이 사모하는 마음을 참지 못해 한밤중에 들어가 조 씨를 겁탈하려 하였다. 조 씨가 욕을 당하지 않으려고 자결하니 위연이 대로하여 조삼의 부부를 다 죽였다. 조 씨가 부모를 돌아보지 않은 죄가 중하였으나 그 후 위연이 죽을 때까지 조 씨를 잊지 못해 넋이 풍도(酆都)85)에 들어가 송사하였다. 하늘이 그 지극한 정을 베지 못해 당 태종 적에 위연은 적유신이라는 사람이 되고 조 씨는 백가의 딸이 되어 부부가 되었다. 적생이 급제하고 잘 살다가 아름다

---

81) 그~아내: 이몽창의 아들 이윤문과 이영문, 첫째아내였던 상 씨를 이름.

82) 거짓으로~하였으니: 제갈량이 위의 장수 사마의(司馬懿)와 전투를 벌일 적에 위연에게 명령해 사마의의 군대를 자신이 칠성기를 세워 둔 상방곡 입구로 유인하라 해, 양곡을 빼앗으러 상방곡에 진입한 사마의의 군대를 태워 죽이려 한 일을 말함. <쌍천기봉>의 작가는 위연도 제갈량의 이 작전 때문에 죽을 수도 있었음을 말한 것임.

83) 마대(馬岱): 촉한의 장령(?~?). 제갈량이 죽고, 위연(魏延)과 양의(楊儀)가 서로 공방을 벌일 때 제갈량이 짜놓은 계획에 따라 위연을 도와주는 척하다가 위연의 목을 침.

84) 위연이~하였으니: 제갈량의 유언을 들은 마대가 위연을 죽인 일을 말함.

85) 풍도(酆都): 도가에서, '지옥'을 이르는 말.

운 창녀 두 사람에게 잠깐 눈을 주어 정을 맺으니 백 씨가 대로하여 두 창녀의 손목을 베어 죽이고 또 스스로 경솔히 몸을 마쳤다. 백 씨는 부모를 가볍게 여긴 죄가 매우 무거우므로 소씨 집안의 딸이 되고 그 창녀 두 사람이 하나는 정 각로의 시녀 옥란이 되고 하나는 조 국구의 딸이 되어 소 씨가 무궁한 고난을 겪도록 한다. 당초에 소 씨가 내세(來世)와 전생에 다 일찍 죽어 행복을 누리지 못했으므로 이생에서는 여러 자녀를 두어 복을 누리도록 한다.

양의(楊儀)[86]는 주빈이 되어 문정후 손에 죽어 전세(前世)의 과보(果報)[87]를 받고,[88] 전생에 지은 많은 죄를 다 이생에서 벌 받도록 하였다. 개국공 몽원은 마속(馬謖)[89]의 후신이니 마속은 일을 그릇하여 가정(街亭) 전투에서 패배하고 국법으로 처형되었다. 전생에 무향후(武鄕侯)[90]의 은혜를 저버린 일이 많았으므로 이생에서 그의 아들이 되어 효도를 다한다. 사마의(司馬懿)[91]는 오나라의 태자가 되어 몽원의 손에 잡힌다. 강유가 사마의를 삼키지 못한 것을 한스

---

86) 양의(楊儀): 촉한의 대신(?~235)으로 용병과 기획에 재간이 있었음. 병이 위중해진 제갈량이 비밀리에 그에게 퇴군(退軍)하는 계책을 가르쳤고, 제갈량이 죽자 가르쳐 준 방법대로 군사를 철수시킴. 그러고서 명령에 불복하고 군사를 이끌고 온 위연(魏延)을, 마대에 의해 죽게 함.

87) 과보(果報): 과거 또는 전생의 선악의 인연에 따라서 뒷날 길흉화복의 갚음을 받음. 인과응보(因果應報).

88) 양의(楊儀)는~받고: 이몽창의 전신(前身)인 위연이 주빈의 전신인 양의에게 죽어 위연이 양의에게 원한이 있었으므로 이생에서는 이 관계가 반대로 되게 해 위연의 원한을 풀어 주었다는 말임.

89) 마속(馬謖): 촉한의 장령(190~228). 적벽대전 후 유비에게 귀순해 제갈량의 신임을 받았으나 가정(街亭) 전투에서 참패하면서 상관인 제갈량의 손에 죽음.

90) 무향후(武鄕侯): 제갈량이 받은 작위의 이름. 무향현은 서주(徐州) 낭야군(琅邪郡)에 있으며, 위나라의 영토에 속했음.

91) 사마의(司馬懿): 중국 삼국시대 위(魏)나라의 장수(179~251). 자(字)는 중달. 촉한(蜀漢) 제갈공명의 도전에 잘 대처하는 등 큰 공을 세워, 그의 손자 사마염이 위(魏)에 이어 진(晉)을 세우는 데에 기초를 세움.

러워했으므로 두 사람이 사마의 죽이기를 다투어 몽원이 오나라 태
자를 죽이니 이는 다 전세의 원수를 금생에 갚은 것이다. 마대와 왕
평(王平)92)은 제갈 승상에게 은혜를 두텁게 입었으므로 넷째아들과
다섯째아들이 되어 이 공에게 효도를 다한다. 무평백 한성은 제갈근
(諸葛瑾)93)의 후신으로 다시 이관성의 동기가 되어 공후(公侯)94)의
벼슬을 하나 다만 전생에 심지가 굳지 못해 형제가 임금을 각각 섬
겼으므로95) 한성이 마흔다섯 살에 북쪽 오랑캐 땅에 가 죽는다. 연
성은 방통(龐統)96)의 후신으로 전세에 임금을 위해 잘 죽지 못했으
므로 이생에서는 후백(侯伯)이 되어 무궁한 영화를 누릴 것이다.'

　그 아래 홍문의 사적이 있었는데 승상이 참으로 맹랑하게 여겼다.
그러나 대개 선친이 남긴 것이므로 입으로 시비를 하지 않고 급히
거두어 바삐 봉해서 넣고 입 밖에 내지 않았다. 애달픈 것은 그 아래
기이한 말이 많았으나 뒷사람이 알지 못한 것이다. 앞의 이야기는
승상이 음영하며 볼 적에 기실(記室)97) 유문한이 밖에 앉아서 일일

---

92) 왕평(王平): 촉한의 장령(?~248). 조조의 수하 장수였으나 한중(漢中)을 정벌하는
　　과정에 유비에게 귀순함. 제갈량이 제1차 북벌 때, 왕평에게 마속(馬謖)을 보좌하여
　　가정(街亭)을 지키라는 명령을 내렸으나 마속은 왕평의 충고를 거절하여 대패함.

93) 제갈근(諸葛瑾): 자는 자유(子瑜)이며 낭야(瑯琊) 양도(陽都) 사람(174~241). 제갈
　　량의 형. 후한 말에 난을 피해 강동으로 가니 손권이 강동을 장악하고서 그를 초빙
　　해 상빈(上賓)으로 삼음.

94) 공후(公侯): 군주가 내려 준 땅을 다스리던 사람이라는 뜻으로 높은 벼슬을 이름.

95) 형제가~섬겼으므로: 형인 제갈근은 오나라의 손권을 섬기고 아우인 제갈량은 촉나
　　라의 유비를 섬긴 것을 이름.

96) 방통(龐統): 중국 후한 말의 인물로 유비 휘하의 모사(178 또는 179년~213 또는
　　214). 자는 사원(士元). 일명 봉추(鳳雛). 형주 양양군 사람으로 유비는 처음에 방통
　　의 능력을 변변찮게 여겼으나 제갈량과 노숙의 추천으로 방통을 중용함. 방통은 연
　　환계(連環計)로 조조의 선박들을 불태우는 데 기여하는 등 촉을 위해 많은 공을 세
　　움. 유비가 촉군(蜀郡)을 공격할 때 유비에게 잘못된 조언을 해 유비 군이 유장 휘
　　하의 장임에게 패하는 데 빌미를 제공하고 자신도 낙봉파에서 전사함.

97) 기실(記室): 기록에 관한 사무를 맡아보던 벼슬. 여기에서는 이씨 집안의 기록을 말함.

이 듣고 일기를 썼으므로 책에 오른 것이다. 노각헌까지 여느 사람은 오지 않았으니 문정공 등이 몰랐고, 뒤의 자손은 천서(天書)의 존재를 몰랐으므로 그 아래의 말을 후인이 알지 못하게 되었다.

승상이 이후에 하늘의 뜻이 너무 공교함을 허탄하게 여겼으나 잠깐 마음을 놓았다.

세월이 물 흐르는 듯하여 무평백의 삼년상이 지나니 일가의 사람들이 한없이 슬퍼하였다.

무평백의 차자 몽한이 열세 살이 되니 승상이 죽은 아우의 뜻을 이어 몽한을 지극히 어루만지며 사랑하였다. 그러나 몽한은 천성이 호탕하고 발랄하여 협사(俠士)에 가까웠으므로 승상이 비록 몽한을 사랑하였으나 몽한을 엄히 다스려 그 마음을 경계시켰다. 그러나 몽한은 어려서부터 그 부친과 모친의 연약한 사랑에 빠져 버릇이 없었으므로 하남공 등과 숙부 모르게 집안에서 창녀를 끼고 풍악으로 소일하였다. 성문이 이 행동을 알고 아버지에게 고하니 문정공이 놀라 즉시 몽경을 대해 눈물을 흘리고 말하였다.

"숙부께서 세상을 떠나신 후에 후사(後嗣)의 중함이 아우와 몽한에게 있는데 몽한이 이제 이처럼 행동이 사납고 도리에 어긋나니 장차 어찌하면 되겠느냐?"

한림이 놀라고 한심하여 이에 탄식하고 말하였다.

"소제(小弟)가 아버님을 여읜 뒤로 인간 세상에 대한 생각이 조금도 없었으나 다행히 숙부의 하해와 같으신 사랑에 힘입어 목숨을 구차히 이어가고 있었습니다. 그런데 한 조각 설움이 구곡에 맺혀 있거늘 사제(舍弟)98)가 이런 외람된 일을 하고 설움을 모르니 어찌 한심하지 않나이까? 숙부께 고해 다스리시도록 하겠나이다."

공이 말하였다.

"네 말이 옳으나 숙모의 몽한 사랑이 자못 크시니 아버님께 고해 죄를 얻어 주는 것은 가당치 않다. 네가 모름지기 일의 이치를 들어 몽한을 경계하라. 한이 또 총명하고 효성스러운 아이니 혹 깨닫는 바가 있을 것이다."

한림이 명령을 들었다.

이날 몽한을 불러 손을 잡고 눈물이 낯에 가득한 채 일렀다.

"아우가 부친을 여의었으니 서러운 줄을 아느냐?"

한이 슬픈 빛으로 대답하였다.

"아우가 또한 사람의 정이 있으니 어찌 설움을 모르겠나이까?"

한림이 울며 말하였다.

"네 슬픈 줄을 안다면 이제 돌아가신 아버님 묘에 흙이 채 마르지 않았고, 백부의 엄하심이 다른 사람과 다르실 뿐만 아니라 예(禮)를 지극히 하시거늘, 네 어린아이로서 창녀를 밤낮으로 끼고 술을 마시는 것이 옳으냐?"

한이 그 형이 자신의 행실을 아는 데 놀라고 괴이하게 여겨 이에 사죄하였다.

"소제(小弟)가 한때의 정욕으로 미녀의 색과 음악을 참지 못했습니다. 그런데 형님의 경계가 지극하시니 이후에는 영영 하지 않겠나이다."

한림이 기뻐해 재삼 당부하며 경계하였다. 공자가 좋은 낯빛으로 순순히 응대하다가 물러나 몰래 예전처럼 주색에 잠겼다.

한림이 공자를 경계하고 문정공에게 이를 이르고 기뻐하였다. 공

---

98) 사제(舍弟): 남에게 자기의 아우를 겸손하게 이르는 말.

이 입으로 말은 안 했으나 공자를 믿지 않아 그의 행동을 세심히 살폈다.

문정공이 하루는 두루 돌아다니다가 별원(別園)에 이르렀다. 원래 이 별원은 이씨 집안의 동편에 있으니 집이 십여 간이나 한 곳에 방은 없고 넓은 대청만 있었다. 원래 태사공의 아전들이 있던 대청으로, 태사가 세상을 떠난 후 승상이 아전들을 다 각부에 올리고 그곳을 비워 두어 티끌이 가득해 사람이 가지 않는 곳이었다. 그 벽에는 태사가 신임하던 아전 소청이 그려 놓은 서화(書畫)가 있었다. 소청은 옛 아전의 자식으로 얼굴이 곱고 글을 잘하며 겸해 서화를 절묘하게 했으므로 고금의 서화를 본떠 벽에 빼곡히 그려 놓았다. 서화는 생기가 발랄했으므로 하남공 형제가 이따금 보았는데 이날 문정공이 그곳에 이른 것이다.

이때 몽한이 그곳에서 창녀들을 옆에 끼고 추잡한 짓을 하며 풍악을 즐기고 있었다. 문정공이 그것을 보고 놀라고 한심하여 가만히 볼 따름이니, 몽한이 뜻밖에 공을 보고 크게 놀라 급히 일어나 공을 맞았다. 공이 정색하고 좌우를 불러 모든 창녀를 다 결박하도록 해 명령을 기다리라 하고 몽한을 돌아보아 말하였다.

"오늘 아우의 행동을 보니 가문의 명성을 많이 떨어뜨릴 것이라 마지못해 아버님께 한 번 고해야 할 듯하니 행여 나를 용서하라."

말을 마치고는 소매를 떨치고 돌아와 한림에게 이를 이르고 말하였다.

"백영[99]이 당당한 재상 집안의 공자로서 대낮에 천한 사람과 몸을 함께해 티끌 가운데 구르니 이는 숙부의 맑은 덕을 떨어뜨리는

---

99) 백영: 이몽한의 자(字).

일이다. 장차 아버님께 고해 잘 처리하려 하는데 아우는 어떻게 생각하는가?"

한림이 놀라 말하였다.

"전날 소제가 몽한을 조용히 경계할 적에 흔쾌히 따르겠다 하더니 또 어찌 이럴 줄 알았겠나이까? 만일 이대로 버려둔다면 훗날이 두려우니 백부께 고해 몽한을 다스리시도록 하겠나이다."

그러고서 눈물을 흘리고 서헌에 나아가 승상에게 사연을 자세히 고하였다. 승상이 말을 다 듣고 크게 놀라 말없이 있다가 이윽고 말하였다.

"네 아비가 너희 형제를 남겨 후사의 중함이 너희에게 있거늘 내가 불초해 몽한을 가르치지 못해 이런 일이 생겼으니 어찌 부끄럽지 않으냐?"

말을 마치고 마음속 깊이 분한 빛이 낯 위에 어렸다. 그러고는 아전을 불러 모아 공자 옆에서 시중드는 창녀를 다 잡아 때리도록 한 후 교방(敎坊)에서 창녀들의 이름을 파내고 멀리 내쳤다. 공자를 불러, 공자가 자리에 이르자 타일러 말하였다.

"네 죄를 본다면 너는 오늘 무거운 벌을 면치 못할 것이나 네 아비가 평소에 너를 만금과 같은 보배로 알아 한시도 너를 손에서 놓지 않던 모습을 생각하면 내 심장이 베이는 듯하므로 너에게 벌을 주지 않을 것이다. 이는 네 몸을 아껴서 그런 것이 아니고 내가 약해서 그런 것이 아니니, 너는 이후에는 마음을 닦아 이씨 집안의 가풍을 떨어뜨리지 마라."

문한이 뜻밖에도 자기 소행이 발각돼 승상의 처치가 이러하고 자기를 대해 승상의 말이 이렇듯 엄정하니 두렵고 부끄러워 죽으려 해도 죽을 땅이 없어 다만 사죄할 뿐이었다.

이후에, 승상이 특별히 책망을 더하는 일은 없었으나 공자에게 감히 자기 곁을 떠나지 못하도록 하였다. 이에 공자가 감히 자기의 본기운을 내부리지 못해 머리를 움츠리고 집안에 고요히 들어앉아 있게 되니 심사가 우울해 도리어 병이 나 얼굴이 초췌해졌다.

승상이 널리 신붓감을 구해 예부좌시랑 심언수의 셋째딸을 몽한과 혼인시켰다. 심 씨는 옥 같은 얼굴에 달 같은 자태를 지녀 꽃과 달을 이길 정도였다. 유 부인과 승상이 놀리고 기쁜 중에 새로이 무평백을 생각해 슬픈 눈물이 각각 소매를 적시니 더욱이 설 부인과 한림의 슬픈 회포를 이를 수 있겠는가. 소리를 삼켜 울기를 마지않았다.

심 씨는 얼굴이 빼어나고 행동이 특출나 당대에 독보적이었다. 설 부인이 슬픈 중에도 심 씨를 매우 사랑하고, 승상이 더욱 슬퍼 심 씨 사랑하기를 친며느리처럼 하였다. 공자가 심 씨를 산과 바다처럼 깊이 사랑하여 잠시도 떨어져 있지 않으니 승상이 그 금실이 화락함을 기뻐하였다. 심 씨가 또한 예의로 생을 인도하니 생이 또 진중하고 정대하여 오랫동안 졸렬한 행동을 보이지 않았다.

하루는 생이 외가에 갔다가 친우 최생이라는 자를 만났다. 최생이 생을 이끌고 창루에 가 즐기니 온갖 미녀가 다 모여 각각 교태를 머금고 금슬(琴瑟)을 일시에 연주하였다. 생이 이런 화려하고 사치스러운 모습을 보지 않다가 그윽이 좋게 여겨 즐거운 빛으로 술과 안주를 먹으며 저물도록 즐겼다. 취운이라는 창녀를 가까이해 크게 미혹되어 마음이 미칠 것 같아 취운을 삼 일을 끼고 잔치하며 즐기다가 집으로 돌아갔다.

승상이 생에게 갔던 곳을 물으니 생이 대답하였다.

"외조부께서 만류하시기에 이제야 왔나이다."

승상이 의심하였으나 생이 지금은 심 씨와 함께 신혼의 정이 지극하고 또 창기 집에 다니는 줄은 천만뜻밖이었으므로 내색하지 않았다. 생이 숙부를 두려워해 이후에는 한 꾀를 생각해 내었다. 저녁에는 예전처럼 문안을 마치고 남 보는 데서는 심 씨 처소로 가는 체하다가 몸을 빼 술집에 가 취운과 함께 자고 새벽에 돌아오니 그것을 누가 알겠는가.

생이 점점 외입하여 취운과 함께 술을 마시며 날을 보냈다. 창녀란 것은 하루 대접하고 하룻밤 자는 값이 백은으로 30금이 예사로 넘었으니, 창모(娼母)가 저 이 공자가 부잣집 자제인 줄을 알아 40금으로 올려 값을 요구하였다. 생이 달리 얻을 길은 없고 애꿎은 심 씨 침소에 가 구슬과 보배를 주워 날라 백금 싼 것도 10금에 쳐 주었다. 긴 날에 옥비녀, 옥가락지, 옥장식, 옥노리개 등을 모두 내어다가 없앤 후에 이제 의복을 내라 하니 심 씨가 참다 못해 정색하고 말하였다.

"전후에 내어 간 물품이 다 첩의 것이 아니라 숙모와 시어머님께서 마련해 주신 것이니 그것들을 찾으시면 어찌하나이까?"

생이 손을 저어 말하였다.

"그대는 가만히 있게. 내 오래지 않아 청운을 잡아 옥계에 오르면 옷과 물품을 이 두 발로 갚을 것이네."

심 씨가 마음에 불안하고 저의 행동을 도리에 어긋난 것으로 여겼으나 여자가 되어 지아비의 단점을 남에게 이르는 것은 덕이 아니었으므로 잠자코 나중을 보려 하였다.

생이 한 달 남짓해 심 씨의 옷을 다 내가니 어느 날 밤에 심 씨의 유모가 근심스럽게 말하였다.

"상공의 행동이 저렇듯 잘못되셨을 뿐 아니라 소저의 물품을 다 내가니 훗날 정당(正堂)의 어른께서 찾으시면 어찌하려 하시나이까?"

심 씨가 미소를 짓고 말하였다.

"내 몸을 판들 가부가 하는 일을 어찌하겠는가? 어미는 말을 할 적에 반드시 살펴 주변 사람의 귀에 들어가게 하지 말게."

유모가 잠자코 있었다.

마침 소 부인의 딸 일주 소저가 백화각에 가 문안하고 어머니 침소로 가다가 이 말을 다 듣고 맑은 총명에 크게 의심하며 죽매각으로 갔다. 문정공이 죽매각에 들어와 이에 안석(案席)에 기대 부인과 말을 하다가 소저의 맑은 용모가 어두운 방에 밝은 것을 보고 새로이 사랑하여 나오게 해 무릎 위에 앉히고 기뻐하며 말하였다.

"딸아이가 어미보다 나으니 언제 자라 군자를 얻어 좋은 짝으로 삼겠느냐?"

이에 부인을 향해 웃고 말하였다.

"딸아이의 행동이 어떻게 보이오?"

부인이 한참 후에 대답하였다.

"군자의 사랑을 너무 받아 여자의 행실을 모르니 흠입니다."

공이 웃고 말하였다.

"딸아이가 여자의 행실을 아는 것이 부인만 할 것이니 부인은 근심하지 마오."

소저가 부모의 말이 그친 후, 들은 말을 고하니 공이 놀라서 깊이 생각하다가 말하였다.

"백영이 반드시 술집에 다니는가 싶으니 어찌 한심하지 않은가? 이 일은 그냥 두지 못하겠구나."

이렇게 말하고 이튿날 승상에게 가만히 이 일을 고하였다. 승상이 다 듣고는 놀라고 한심하여 잠자코 말을 하지 않았다.

이날 밤에 승상이 정 부인 방에 들어가 시녀를 시켜 심 씨 침소에 가 몽한을 불러오라 하였다. 시녀가 가더니 돌아와 말하였다.

"안 계십니다."

승상이 믄득 밖으로 나가 서제(庶弟) 문성을 불러 주루(酒樓)에 가 몽한을 불러오라 하였다. 문성이 명령을 듣고 주루에 이르니, 몽한은 바야흐로 심 씨의 붉은 비단치마를 가져다 창모에게 주고 술을 마시며 취운을 끼고 흥이 높아 있었다. 문성이 어이없이 여겨 즉시 나아가 몽한을 흔들며 말하였다.

"공자님, 이 어떻게 된 일이오? 큰어르신께서 부르시나이다."

공자가 문성을 보고 크게 놀라 급히 빌며 일렀다.

"아저씨는 내가 여기에 있었다는 말을 숙부께 고하지 말게."

문성이 말하였다.

"어르신이 벌써 아시고 나에게 명령해 불러오라 하셨으니 잠자코 갑시다."

공자가 할 수 없이 문성을 따라 이르러 승상을 뵈었다. 승상이 다른 말은 않고 문성에게 자기 곁에서 자라 하니 공자가 마음을 놓아 곁에서 잤다.

이튿날 승상이 내당에 들어가 심 씨를 불러 생이 가져간 것을 목록으로 적어 내라 하니 심 씨가 누구 명령이라고 거스르겠는가. 급히 머리를 숙이고 고하였다.

"숙모님과 시어머님이 주신 것이 다 없으니 그 발기(-記)[100]를 보시면 아실 것입니다. 그러니 새로이 목록을 만들 일이 없나이다."

승상이 손녀 미주 소저를 불러 당초에 심 씨에게 준 발기를 내오게 해서 보니 의복과 물품이 수만 금이 넘었다. 승상이 어이없어 말

---

100) 발기(-記): 사람이나 물건의 이름을 죽 적어 놓은 글.

을 하지 않고 외당에 나와 취운을 잡아 발기의 물품 가져간 것을 물어 벌을 주고 사내종을 보내 창루를 뒤지도록 하였다. 창모가, 벌써 물품을 팔아 공자의 먹을 것으로 삼았으니 판 곳에 가 물리자고 말하니 창두가 돌아가 이대로 고하였다. 승상이 그 조카의 아름답지 않은 일이 이웃과 시장에 퍼지는 것을 차마 하지 못해 다만 취운과 창모를 매로 때려 먼 곳에 내치고 창루는 헐어서 부지로 두었다.

그러고는 홱 소매를 떨치고 내당에 들어가 유 부인에게 전후 곡절을 고하고 눈물을 머금어 말하였다.

"자희101)가 늘 몽한이를 자기 몸보다도 더 귀하게 여기던 마음을 생각하니 제가 새삼 마음을 둘 곳이 없나이다. 그러나 몽한이가 사람 무리에 들지 못하게 되었으니 몽한이를 다스리려 하나이다."

유 부인이 탄식하고 말하였다.

"내 마음이 또한 슬프니 너는 나에게 묻지 말고 몽한이를 엄히 다스려 제 아비에게 욕이 미치지 않도록 하라."

승상이 명령을 듣고 물러나 설 부인 침소에 이르렀다. 부인이 일어나 승상을 맞아 몽한의 불초함을 사죄하니 승상이 대답하였다.

"몽한의 불초함은 다 소생이 가르치지 못해서입니다. 죽은 동생을 저버림이 심하니 먼저 제수께 죄를 청하고 몽한을 다스리려 하니 삼가 명을 청하나이다."

설 부인이 놀라 홀연 두 줄기 눈물을 비처럼 흘리며 말하였다.

"그 죄는 죽어도 갚기 어려울 것입니다. 그러나 죽은 아버지가 그 아이를 귀하게 여겨 한시도 무릎 위에서 내리지 않았으니 이번은 용서해 주시면 매우 다행이겠나이다."

---

101) 자희: 이한성의 자(字).

승상이 낯빛을 바로 하고 기운을 온화하게 하여 대답하였다.

"소생이 어리석으나 어찌 이를 생각지 않았겠습니까? 몽한이가 전날 자못 가문의 명성을 추락시킨 죄를 지었을 때 잠깐 꾸짖는 일이 있었다면 이런 해괴한 거동이 없었을 것입니다. 그때 잠자코 있었더니 제 마음이 문득 방자하여, 군자가 이를 만한 일은 아니나 처자의 물품을 다 버렸으니 이는 그저 두지 못할 일입니다. 또 제 재상 집안의 공자로서 한밤중에 창루를 분주히 다녔으니 이제 버려둔다면 훗날이 두려울 것입니다. 소생이 사리에 밝지 못하나 몽한이의 몸을 아끼는 것은 제수께 지지 않으니 다시 명을 청하나이다."

설 부인이 슬피 울며 말을 못 하다가 한참 지나서야 말하였다.

"이후에 잘못한 일이 있으면 첩이 스스로 죄를 감당할 것이니 이번은 그냥 내버려 두시기를 원하나이다."

승상이 홀연히 웃고 사죄해 말하였다.

"소생이 제수씨의 명을 거역한 죄로 벌을 받겠으나 이는 결코 그저 두지 못할 일입니다. 그저 둔다면 죽은 아우에게는 물론 선친께 불효가 가볍지 않을 것이니 제수씨는 살피소서."

말을 마치고는 좋지 않은 낯빛으로 벌떡 일어나 나왔다. 서헌에 자리를 잡은 후 좌우에 명령해 몽한을 잡아 와 결박하게 하고 죄를 일일이 따져 말하였다.

"네 팔자가 무상하여 아비를 중도에 여의고 외로운 편모슬하에 있으면서 무엇이 시원하고 즐거워 어린아이가 창녀와 정을 통하고 학업을 전폐하는 것이냐? 그 죄가 중하나 네 아비를 생각해 그 죄를 용서하였으니 네 조금이라도 사람의 마음이 있다면 내 마음을 알아서 고치는 것이 옳았을 것이다. 그런데 무슨 까닭으로 조강지처를 나무라고 청루 더러운 집의 주인이 되어 숙모와 편모가 마련해 아내에게 준 물품을 다 내가고 군자가 한밤중에 분주하게 숙부 몰래 미색을 찾는 것이냐? 네 만일 오늘 살이 아파 뉘우침이 있다면 집안에 머무르게 할 것이나, 끝내 뉘우침이 없다면 내 생전에 너를 내 눈에 보이지 못하도록 할 것이다."

말을 마치고는 몽한의 죄를 따지며 10여 대를 쳐 끌어 내쳤다. 바야흐로 슬픈 눈물이 옷깃에 줄줄이 흘렀다. 승상이 이에 이르렀다.

"제 아비가 있었다면 내가 몽한이의 죄를 다스림이 이보다 더했어도 내 마음이 어찌 불안했겠는가? 다만 자희는 구천에서 이런 일이 있었던 줄도 모를 것이니, 몽한이의 살이 떨어져 나간 것을 어찌 서러워하지 않겠는가?"

말을 마치고 입에서 피를 토하고 거꾸러졌다. 자식들이 급히 구해 한참 지난 후에야 겨우 깨어나 눈물을 흘리고 설 부인 처소에 가 명령 거역한 데 대해 벌을 청하였다. 그러고서 눈물이 낯에 가득해 말을 이루지 못하니 설 부인이 울고 사례해 말하였다.

"첩이 사사로이 작은 정으로 몽한이를 아낀 것이 있었으나 여자의 좁은 도량을 아주버님이 개회치 않고 몽한이를 다스리신 것이 옳으니 그것이 어찌 벌을 청하실 일이겠나이까?"

승상이 길이 한숨 쉬고 또 사례하고 위로한 후 물러났다. 문정공 등에게 명령해 의약을 극진히 갖추어 몽한을 구호하도록 하고 설 부인을 너그러이 위로하며 만사에 마음을 다 쓰니 안색이 몰라보게 바뀌었다.

몽한이 백부의 책망을 듣고 바야흐로 제 일이 잘못된 줄을 깨달아 마음을 널리 해 병을 조리하였다. 한 달 남짓해 쾌차해 일어나 하남공을 대해 눈물을 흘리고 말하였다.

"소제(小弟)가 사리에 밝지 못해 유교의 가르침에 죄를 얻었으니 백부께서 책망하신 것이 옳습니다. 그러니 어찌 한스러워할 일이 있겠나이까? 여러 때 문안을 폐하고 모친을 뵌 지 오래니 길이 사모하는 정을 참지 못하겠나이다. 형님 등은 이 마음을 고하여 주소서."

하남공 등 여러 사람이 몽한을 불쌍히 여겨 즉시 들어가 승상에게 고하였다. 승상이 이에 좌우의 사람들을 시켜 몽한을 불러오게 하니 몽한이 들어와 고개를 조아리고 벌 주기를 청하며 눈물을 흘렸다. 승상이 몽한의 손을 잡고 역시 눈물이 낯에 가득한 채 오열하며 말하였다.

"내가 사리에 밝지 못해 너를 가르치지 못한 것이 있다 한들 네 어찌 아비를 잊고 그른 곳에 빠져 이씨 가문의 맑은 덕을 떨어뜨린 것이냐? 이후에나 행실을 닦는다면 네 아저씨가 동생 저버린 죄를 면할까 하노라."

생이 황공하고 슬퍼 고개를 조아리고 눈물을 흘려 말하였다.

"소질(小姪)이 비록 사리에 어두우나 설마 또 잘못하는 일이 있겠나이까?"

승상이 눈물을 거두어 몽한을 어루만져 사랑함이 예전 같으니 생이 은혜에 감격하였다. 물러나 설 부인을 뵈니 부인이 병이 속히 나은 것을 기뻐하고 훗날에는 그러지 말기를 경계하였다. 몽한이 유부인에게 들어가 뵈니 부인이 무평백을 생각하고 슬퍼하며 생을 절절히 꾸짖어 다음에는 그러지 말라고 경계하였다.

생이 크게 깨달아 이후에는 전날의 과오를 뉘우쳐 스스로 책망하였다. 이듬해에 과거에 급제하여 벼슬을 태자소사까지 하고 한림은 그 부친의 벼슬을 이어받았다. 승상이 세월이 오랠수록 슬퍼하며 한림 등을 어루만지며 사랑하기를 자기 자식들보다 더하였다.

소부 이연성 또한 첫째아들 몽석과 둘째아들 몽성과 셋째아들 몽감, 넷째아들 몽영이 다 과거에 급제하여 맑은 벼슬을 하고, 장녀는 가 학사 부인이 되고 차녀는 유 시랑 처가 되었다.

승상 형제가 자녀를 다 성혼시키고 유 부인을 모셔 무궁한 복록을 누렸으나 모든 생각이 중년에 세상을 떠난 태사, 그리고 무평백에게 있어 슬프지 않은 적이 없었다. 다 각각 수명대로 살고 자손이 면면히 이어져 끊이지 않고 대대로 관작이 그치지 않았으니 어찌 기특하지 않은가.

이때 승상의 막하 기실(記室) 유문한이 이부일기(李府日記)를 맡아서 하였으니 바깥의 일을 모르는 일이 없고, 내당 기실 옥한은 유문한의 얼매(孽妹)니 두 사람이 이씨 집안 내외의 일을 매우 자세히 알았다. 그래서 가만히 기이한 사적을 베껴 다른 곳에 보관해 두고 후세 사람이 알게 하려 하였다. 그러나 승상 등과 문정공 등이 이런 일을 좋게 여기지 않았으므로 그들이 살아 있는 동안에는 기록하지 못하였다. 그 뒤 유문한이 죽은 후 이부일기 베낀 것이 유문한의 자손에게 전해 내려갔다.

융경(隆慶)[102] 황제 때 설최의 칠대손 설문이 급제하여 한림학사가 되어 사기(史記)를 편찬할 적에 승상과 문정공의 전후 큰 공로와 충성이 고금에 없으니 설문이 스스로 선조의 혐원(嫌怨)[103]을 생각해 붓을 가지고 만일에 한 말이라도 이 공이 관련된 데가 있으면 다 빼 버렸다. 유문한 육대손인 유형이 또한 한림수찬이 되어 함께 있다가 설문의 행동을 괴이하게 여겨 말하였다.

"공은 국가의 사기(史記)를 지으면서 이 공 같은 어진 재상을 빼

---

102) 융경(隆慶): 중국 명나라 제13대 황제인 목종(穆宗) 때의 연호(1567~1572).
103) 혐원(嫌怨): 싫어하고 원망함.

는 것인가?"

설문이 말하였다.

"이 공의 전후 처사가 너무 고금에 드물어 도리어 허탄한 데 가깝네. 그래서 후인이 믿지 않으면 역대 황제들께서 세상을 다스리고 백성을 구제한 큰 덕이 또 허사가 될 것이므로 뺀 것이네."

유형이 설문의 마음 씀씀이가 도리에 맞지 않는다 여겨 설문을 힘써 비방하니 설문이 노해 진기정 등을 부추겨 유형을 양주로 귀양 가도록 하였다. 유 한림이 분을 머금고 양주에 이르러 초가집을 짓고 세월을 보내며 마음속으로 이 승상의 명망이 후세에 빠진 것을 한하였다. 그래서 선조 유문한이 남긴 이부일기를 내어 그 가운데 기이한 말만 뽑아 전(傳)을 지었다. 그리고 문정공 몽창이 소 씨와 두 팔찌 덕에 기특하게 합쳐진 것을 토대로 제목을 '쌍천기봉(雙釧奇逢)'이라 하였다. 또 요 시랑 부인 빙성을 한 전에 넣어 이야기를 만들려 하였다. 그런데 본토인 위한은 요 시랑의 문객 위봉의 자손이었다. 위봉이 일찍이 요 시랑의 은혜를 입어 그 집의 일기를 맡아 모르는 일이 없었다. 또 북주백 이연성의 장자 몽석의 둘째부인 요 씨는 태상의 아우로서 허다한 사연이 있었으므로 드디어 전을 지어 제목을 '몽서화'라 하여 여러 권의 책을 만들어 두었다. 위한이 유 한림과 사귀며 다니다가 한림이 '쌍천기봉'을 편찬하는 것을 보고 말하였다.

"매사에 여러 사람의 말을 듣는 것은 번잡하네. 내게 선조께서 남겨 주신 책이 있으니 요 시랑 부인의 이야기는 빼는 것이 옳겠네."

그러고서 '몽서화'를 가져와 보이니 유 한림이 그 문체에 탄복하고 말하였다.

"문정공의 아들들과 하남공 아들들의 사적이 더 기특하나 이 전이 너무 지루하니 별전(別傳)을 만들어 후세에 전해야겠네."

그러고서 '이씨세대록(李氏世代錄)'을 지었다. 홍문 등 형제 및 성문 사형제의 사연과 경문이 본부모 찾은 일이며 허다하게 기이한 일들이 세대록에 다 자세히 있다.

유 한림과 위한 두 사람이 세 가지 책을 모든 데 전하였다. 보는 사람들이 비록 이 승상의 위엄과 덕을 들었으나 이와 같을 줄은 몰랐더니, 바야흐로 기특하게 여겨 다투이 베껴 집안의 보배로 삼았다. 이 책들은 심지어 외국에까지 흘러갔다.

이 전이 그쳐져 끝나는 부분이 없는 것은 나머지 이야기가 '이씨 세대록'에 있기 때문이니, 후세인들은 '이씨세대록'까지 마저 보아 기이한 일을 자세히 알라.

끝.

제2부

주석 및 교감

A. 원문

1. 저본은 한국학중앙연구원 소장본(18권 18책)으로 하였다.
2. 면을 구분해 표시하였다.
3. 한자어가 들어간 어휘는 한자 병기를 원칙으로 하였다.
4. 음이 변이된 한자어 및 한자와 한글의 복합어는 원문대로 쓰고 한자를 병기하였다. 예) 고이(怪異). 겁칙(劫-)
6. 현대 맞춤법 규정에 의거해 띄어쓰기를 하되, '소왈(笑曰)'처럼 '왈(曰)'과 결합하는 1음절 어휘는 붙여 썼다.

B. 주석

1. 다음과 같은 경우에 각주를 통해 풀이를 해 주었다.
   가. 인명, 국명, 지명, 관명 등의 고유명사
   나. 전고(典故)
   다. 뜻을 풀이할 필요가 있는 어휘
2. 현대어와 다른 표기의 표제어일 경우, 먼저 현대어로 옮겼다.
   예) 츄천(秋天): 추천.
3. 주격조사 'ㅣ'가 결합된 명사를 표제어로 할 경우, 현대어로 옮길 때 'ㅣ'는 옮기지 않았다. 예) 긔위(氣宇ㅣ): 기우.

C. 교감

1. 교감을 했을 경우 다른 주석과 구분해 주기 위해 [교]로 표기하였다.
2. 원문의 분명한 오류는 수정하고 그 사실을 주석을 통해 밝혔다.
3. 원문의 의미가 분명하지 않은 경우, 국립중앙도서관 소장본을 참고해 수정하고 주석을 통해 그 사실을 밝혔다.
4. 알 수 없는 어휘의 경우 '미상'이라 명기하였다.

빵쳔긔봉(雙釧奇逢) 권지십칠(卷之十七)

°••

1면

화셜(話說). 니(李) 샹셰(尙書ㅣ) 삼군(三軍) ᄉ졸(士卒)을 젼령(傳
令)[1]ᄒ야 강샹(江上)의 대쇼(大小) 젼션(戰船)을 슈습(收拾)ᄒ야 졀
강(浙江)으로 긔발(旗-)을 두로혀니 군셰(軍勢) 대진(大振)[2]ᄒ고 호
령(號令)이 셜이 ᄀᆞ튼야 지나는 바에 닌읍(隣邑) 쥬현(州縣)이 긔ᄃᆡ
(機對)[3] 영후(迎厚)[4]ᄒ며 향민(鄕民)이 부로휴유(扶老携幼)[5]ᄒ야 위
덕(威德)[6]을 칭찬(稱讚)ᄒ더라.

십여(十餘) 일(日)을 힝(行)ᄒ야 긔쥐(冀州)[7] ᄃᆡ경(地境)에 니르러
ᄂᆞᆫ 초매(哨馬ㅣ)[8] 션보(先報)[9]ᄒᄃᆡ,

"원슈(元帥) 노애(老爺ㅣ) 임의 승쳡(勝捷)[10]ᄒ야 오왕(吳王) 쥬챵

---

1) 젼령(傳令): 전령. 명령을 전함.

2) 대진(大振): 크게 떨침.

3) 긔ᄃᆡ(機對): 기대. 응대가 기민함.

4) 영후(迎厚): 매우 환영함.

5) 부로휴유(扶老携幼): 노인은 부축하고 어린아이는 이끌고 감.

6) 위덕(威德): 위엄과 덕.

7) 긔쥐(冀州): 기주. 지금의 하북성(河北省) 기현(冀縣)으로 보이나 분명하지 않음. <쌍
천긔봉>이 <삼국지연의>에 많이 의존함을 감안하면 여기에서의 기주는 삼국시대 때
원소가 웅거했던 곳을 가리키는 것으로 볼 수 있으나, 그 경우 기주는 위의 세력권이
므로 동오를 배경으로 한 설정과 배치됨.

8) 초매(哨馬ㅣ): 보초병.

9) 션보(先報): 선보. 먼저 보고함.

10) 승쳡(勝捷): 승첩. 승전.

을 거의 잡게 되엿더니 오(吳) 셰ᄌ(世子) 한이 아비를 구(救)ᄒ야 도망(逃亡)ᄒ야 다라나 소쥬(蘇州)[11] 산음[12](山陰)[13]에 웅거(雄據)[14] ᄒ니 원슈(元帥) 노애(老爺ㅣ) 아직 강두(江頭)에 머무러 ᄉ졸(士卒)에 노고(勞苦)ᄒ 거슬 쉬오며 노야(老爺)의 슈로(水路) 대병(大兵)을 기다려 대듸(大隊) 군매(軍馬ㅣ)

ᄒ가지로 교젼(交戰)ᄒ야 오왕(吳王)을 멸(滅)ᄒ려 ᄒ신다 ᄒ더이다."

샹셰(尚書ㅣ) 듯고 더옥 촉힝(促行)[15]ᄒ야 년(連)ᄒ야 슈로(水路)로 힝(行)ᄒ야 ᄉ오(四五) 일(日) 만에 졀강(浙江)에 니르니 대명(待命)[16] 초매(哨馬ㅣ) 발셔 샹셔(尚書)의 오ᄂ 션셩(先聲)[17]을 승샹(丞相)긔 알외엿더라.

부ᄌ(父子) 형뎨(兄弟) 일시(一時)에 모다 구별(久別)[18]을 단취(團聚)[19]ᄒ니 샹하(上下) 냥졍(兩情)의 환환희희(歡歡喜喜)ᄒ미 블문가지(不問可知)[20]러라. 피ᄎ(彼此ㅣ) 젼진(戰塵)[21] 승픽(勝敗)와 슈말

---

11) 소쥬(蘇州): 소주. 중국 강소성(江蘇省) 동남부 태호(太湖)의 동쪽 기슭에 있는 도시.
12) 음: [교] 원문에는 '읍'으로 되어 있으나 오기로 보이므로 국도본(18:2)을 따름.
13) 산음(山陰): 중국 절강성(浙江省) 소흥부(紹興府)에 속했던 현의 이름.
14) 웅거(雄據): 어떤 지역을 차지하고 굳세게 막아 지킴.
15) 촉힝(促行): 촉행. 행군을 재촉함.
16) 대명(待命): 명령을 기다림.
17) 션셩(先聲): 선성. 미리 보내는 기별.
18) 구별(久別): 오랜 이별.
19) 단취(團聚): 단취. 집안 식구나 친한 사람들끼리 화목하게 한자리에 모임.
20) 블문가지(不問可知): 불문가지. 묻지 않아도 알 수 있음.
21) 젼진(戰塵): 전진. 전쟁터.

(首末)을 다 닐오민 샹셔(尚書)는 부군(父君)의 신명(神明)ᄒ신 지혜 (智慧)를 우러라 심[22]복(心服)[23]ᄒ고 승샹(丞相)은 ᄋᄌ(兒子)의 년소(年少) 대ᄌᆡ(大才)로 쥬빈 ᄀᆞᄐᆞᆫ 지모(智謀) 냥쟝(良將)을 ᄒᆞᆫ 쇠로 파(破)ᄒᆞ믈 긔특(奇特)이 넉이고 슌슈환의 공뇌(功勞)를 크게 표장 (表章)[24]ᄒᆞ야 군졍ᄉ(軍政事)[25]의 읏듬 공뇌(功勞)로 긔록(記錄)ᄒ 라[26] ᄒ다.

승샹(丞相)이 부도독(副都督) 몽샹의

3면

벼슬을 아이고 빅의(白衣)로 죵군(從軍)ᄒᆞᄆᆞᆯ 고이(怪異)히 넉여 연고 (緣故)를 믈온ᄃᆡ, 한님(翰林)은 황공(惶恐) 믁연(默然)ᄒᆞ야 돈슈(頓首) 복디(伏地)ᄒᆞ야 말이 업고 샹셰(尚書ㅣ) 면관(免冠) 고두(叩頭) 청죄 (請罪)ᄒᆞ야 젼후슈말(前後首末)을 ᄌᆞ초지죵(自初至終)이 고(告)ᄒᆞ고 스ᄉᆞ로 교뎨(教弟)[27] 어하(御下)[28]에 블엄(不嚴)ᄒᆞᆫ 죄(罪)를 청(請)ᄒ 니 승샹(丞相)이 쳥필(聽畢)에 어히업셔 ᄒᆞ나 임의 왕ᄉᆡ(往事ㅣ)오, 샹셔(尚書)의 다ᄉᆞ리미 명빅(明白)ᄒᆞ야 죄벌(罪罰)이 ᄌᆞ셔(仔細)ᄒᆞᄆᆞᆯ 드ᄅᆞᆷᄋᆡ 다시ᄂᆞᆫ 더을 거시 업ᄂᆞᆫ 고(故)로 비록 쟝칙(杖責)[29]을 더으지

---

22) 심: [교] 원문에는 '십'으로 되어 있으나 문맥을 고려하여 이와 같이 수정함.
23) 심복(心服): 마음속으로 기뻐하며 성심을 다하여 순종함.
24) 표장(表章): 표장. 어떤 일에 좋은 성과를 내었거나 훌륭한 행실을 한 데 대하여 세상에 널리 알려 칭찬함.
25) 군졍ᄉ(軍政事): 군정사. 군대 내의 일을 기록한 사목(事目).
26) 라: [교] 원문에는 '리'로 되어 있으나 오기로 보임.
27) 교뎨(教弟): 교제. 아우를 가르침.
28) 어하(御下): 아랫사람을 통솔하고 통제함.
29) 쟝칙(杖責): 장책. 태형으로 벌함.

아니ᄒ나 한님(翰林)을 안젼(案前)에 꿀니고 음황(淫荒)³⁰⁾ 방ᄌ(放恣)
ᄒ야 신ᄌ(臣子)의 도리(道理)에 국명(國命)을 밧ᄌ와 새외(塞外)에
츌뎡(出征)ᄒ야 군듕(軍中)에 녀싴(女色)을 관졍(關情)³¹⁾ᄒ미 ᄉ죄(死
罪)에 당연(當然)ᄒ믈 경계(警戒)ᄒ미 비록 치며 꾸짓지 아니ᄒ나

4면

안뫼(顔貌 l) 싁싁ᄒ고 말숨이 엄슉(嚴肅)ᄒ야 동일(冬日)에 화(和
홈과 하일(夏日)에 두리오미 이시니 좌위(左右 l) 블감앙시(不敢仰
視)³²⁾ᄒ고 한님(翰林)이 한츌쳠빅(汗出沾背)³³⁾ᄒ야 머리를 두다려
죄(罪)를 쳥(請)ᄒ고 감(敢)히 우러러보지 못ᄒ더라.

승샹(丞相) 부지(父子 l) 냥쳐(兩處) 군졸(軍卒)을 모도미 새로이
셜연(設宴)³⁴⁾ 호군(犒軍)³⁵⁾ᄒ야 즐기고 날을 갈히여 대ᄃᆡ(大隊) 인매
(人馬 l) 츌ᄒᆡᆼ(出行) 도강(渡江)ᄒ야 산음(山陰)으로 나아갈ᄉᆡ 슈빅
(數百) 쳑(隻) 대션(大船)을 듕뉴(中流)³⁶⁾ᄒ야 나아가니 히샹(海上)의
금괴(金鼓 l)³⁷⁾ 졔명(齊鳴)³⁸⁾ᄒ고 고각(鼓角)이 년텬(連天)³⁹⁾ᄒ야 하
늘과 뫼히 ᄒ가지로 동(動)ᄒ니 믈결이 뒤눕는 듯ᄒ더라.

---

30) 음황(淫荒): 주색에 빠져 행동이 거칢.

31) 관졍(關情): 관정. 뜻을 머물러 둠. 마음에 둠.

32) 블감앙시(不敢仰視): 불감앙시. 감히 우러러보지 못함.

33) 한츌쳠빅(汗出沾背): 한출첨배. 부끄럽거나 무서워 땀이 솟아 등까지 흠뻑 젖음.

34) 셜연(設宴): 설연. 잔치를 베풂.

35) 호군(犒軍): 군사들에게 음식을 주어 위로함.

36) 듕뉴(中流): 중류. 물 가운데로 나감.

37) 금괴(金鼓 l): 군중에서 지휘하는 신호로 쓰던 징과 북.

38) 졔명(齊鳴): 제명. 일제히 울림.

39) 년텬(連天): 연천. 하늘에까지 닿음.

임의 힝(行)ᄒ여 믓히 ᄂ리ᄆ 톄탐(體探)40)이 믄득 보(報)ᄒ딕,

'쥬챵의 부ᄌ(父子ㅣ) 쥬빈의 망(亡)ᄒᄆᆯ 듯고 산음(山陰)을 바리
고 국도(國都)로 다라가다.'

ᄒ거ᄂ

°••

5면

원쉬(元帥ㅣ) 듯고 전령(傳令)ᄒ야 긔치(旗幟)ᄅᆯ 오셩(吳城)으로 두
로혀니,

이ᄯᅵ, 니(李) 원슈(元帥) 부ᄌ(父子) 뉵(六) 인(人)의 신츌귀믈(神出
鬼沒)41)ᄒ 지조(才操)와 지략(才略)이 한신(韓信),42) 쥬아부(周亞
夫)43)에 지나다 ᄒ야 동오(東吳) 일경(一境)의 ᄋ동(兒童) 쥬졸(走
卒)44)이 모로리 업더라. ᄂᆫ읍(隣邑) 디방(地方)에 동오(東吳) 디경(地
境)을 직흰 관쟝(關長)45)의 무리, 오왕(吳王)의 군위(軍威)와 쥬빈의

---

40) 톄탐(體探): 체탐. 찾아가서 자세히 탐지하고 들음. 여기에서는 그러한 군인을 이름.

41) 신츌귀믈(神出鬼沒): 신출귀몰. 귀신처럼 자유자재로 나타났다 사라졌다 함.

42) 한신(韓信): 중국 전한의 무장(武將, ?~B.C.196). 회음(淮陰)의 평민 집안에서 태어
나 진(秦)나라 말에, 초나라를 세운 항우(項羽) 밑에 들어갔으나 항우가 자신을 미관
말직으로 두자, 유방의 휘하에 들어감. 한신은 자신의 재능을 눈여겨본 유방의 부하
소하(蕭何)에게 발탁되어 유방을 도와 조(趙)·위(魏)·연(燕)·제(齊) 나라를 차례
로 멸망시키고 항우를 공격하여 큰 공을 세움. 한신은 통일이 된 후 초왕에 봉해졌
으나 한 고조는 그를 경계하여 회음후(淮陰侯)로 강등시키고, 한신은 결국 후에 여
태후에게 살해됨.

43) 쥬아부(周亞夫): 주아부. 중국 전한의 관료(?~B.C.143). 전한의 개국공신 주발(周勃)
의 아들로 주발의 작위를 이어받아 조후(條侯)가 됨. 문제(文帝) 때 흉노(凶奴)가 침
입하자 세류영(細柳營)에서 주둔하며 흉노를 크게 물리쳤는데 이때 군영의 기율을
엄격하게 해 문제의 칭찬을 받기도 함. 문제(文帝)가 죽은 후 거기장군이 되고, 경
제(景帝)가 즉위한 후 태위가 되어 오초칠국(吳楚七國)의 난을 진압하고 승상이 됨.
만년에 경제(景帝)의 의심을 받아 고문을 당하고 굶겨진 후 피를 토하고 죽음.

44) 쥬졸(走卒): 주졸. 남의 심부름을 하면서 여기저기 바쁘게 돌아다니는 사람.

지모(智謀)로 픽(敗)ᄒ믈 드르미 져마다 낙담샹혼(落膽喪魂)46)치 아니리 업ᄂ지라 ᄒᆫ 살을 허비(虛費)치 아냐셔 망풍귀슌(望風歸順)47) ᄒ야 향화(香火) 등촉(燈燭)으로 마ᄌ니 원쉬(元帥ㅣ) 님(臨)ᄒᄂ 곳마다 졔관(諸官)을 무휼(撫恤)48)ᄒ믈 뎍ᄌ(赤子)49)ᄀᆺ치 ᄒ고 츄호(秋毫)ᄅᆯ 블범(不犯)ᄒ니 동오(東吳) 인심(人心)이 다 흡연(翕然)50)ᄒ야 원슈(元帥)의 셩덕(盛德)을 닐ᄏ더라.

ᄒᆡᆼ(行)ᄒ야 오셩(吳城) 슈십(數十) 니(里) 밧긔 니ᄅ러 다시 싸홈을 도도니 오군(吳軍) 셰작(細作)51)이 밧비

• • •

6면

국도(國都)애 보(報)ᄒ니라.

이ᄯᆡ, 오왕(吳王) 쥬챵이 동강(東江)의셔 니(李) 원슈(元帥)긔 대픽(大敗)ᄒ야 거의 잡히게 되엿다가 셰ᄌ(世子)의 구(救)ᄒ믈 닙어 겨요 픽잔(敗殘) 여졸(餘卒)을 거ᄂ려 산음(山陰)에 웅거(雄據)ᄒ엿더니 믄득 셰작(細作)이 보(報)ᄒ되,

'원슈(元帥) 니(李) 모(某)의 ᄎᄌ(次子) 몽챵이 슈군대도독(水軍大都督)이 되여 쥬빈을 잡아 죽이고 부ᄌ(父子ㅣ) 합병(合兵)ᄒ야 승승

---

45) 관쟝(關長): 관장. 관문의 대장.
46) 낙담샹혼(落膽喪魂): 낙담상혼. 간이 떨어지고 얼이 빠진다는 뜻으로 매우 놀라고 두려워함을 이름.
47) 망풍귀슌(望風歸順): 망풍귀순. 소문만 듣고도 놀라서 돌아와 항복함.
48) 무휼(撫恤): 어려운 처지에 있는 사람을 불쌍히 여겨 위로하고 물질로 도움.
49) 뎍ᄌ(赤子): 적자. 태어난 지 얼마 안 된 아이.
50) 흡연(翕然): 대중의 뜻이 하나로 쏠리는 정도가 대단함.
51) 셰작(細作): 세작. 간첩.

쟝구(乘勝長驅)ᄒ야 산음(山陰)으로 즛쳐 온다.'

ᄒ여늘 오왕(吳王)이 쥬빈의 죽으믈 듯고 크게 놀나고 슬허 통곡(慟哭) 왈(曰),

"쥬빈은 나의 슈족(手足) ᄀᆞᆺ튼 냥쟝(良將)이러니 이졔 웅직(雄才) 대략(大略)을 품고 슈ᄌᆞ(豎子)52)의 손에 죽으니 엇지 앗갑고 슬푸지 아니ᄒ리오?"

통곡(慟哭)ᄒ믈 마지아니ᄒ기늘 셰ᄌᆞ(世子) 한이 지삼(再三) 관위(寬慰) 왈(曰),

"부왕(父王)은 관심(寬心)53)ᄒ시고 ᄯᅩ 이곳

・・・

7면

의 오릭 이실 곳이 아니라. 블구(不久)에 관셩 부지(父子ㅣ) 군(軍)을 거ᄂᆞ려 산음(山陰)을 엄습(掩襲)54)ᄒᆞᆯ 거시니 부왕(父王)은 비회(悲懷)를 관억(寬抑)55)ᄒ시고 ᄲᆞᆯ니 국도(國都)에 도라가 다시 무ᄉᆞ(武士)를 모흐고 병갑(兵甲)56)을 슈습(收拾)ᄒ야 쥬 쟝군(將軍)의 원슈(怨讐)를 갑게 ᄒ쇼셔."

왕(王)이 셰ᄌᆞ(世子)의 말을 올히 넉여 즉시(卽時) 우름을 긋치고 군(軍)을 거두어 국도(國都)에 도라와 ᄉᆞ문(四門)에 방(榜) 붓쳐 용쟝(勇將) 무ᄉᆞ(武士)를 부ᄅᆞ며 도셩(都城) 빅셩(百姓)을 다 ᄲᆞᆫ 군ᄉᆞ(軍

---

52) 슈ᄌᆞ(豎子): 수자. '풋내기'라는 뜻으로, 남을 낮잡아 이르는 말.

53) 관심(寬心): 마음을 편안히 함.

54) 엄습(掩襲): 갑자기 습격함.

55) 관억(寬抑): 너그러운 마음으로 억제함.

56) 병갑(兵甲): 무장한 병정.

士)의 항오(行伍)57)를 메워 날마다 군亽(軍士)를 년습(鍊習)ᄒᆞ더니,

과연(果然) 오라지 아냐 탐매(探馬ㅣ)58) 보(報)ᄒᆞ되,

'텬병(天兵)이 임의 셩하(城下)에 니ᄅᆞ럿다.'

ᄒᆞ더니, ᄯᅩ 이윽고 싸홈을 지쵹ᄒᆞᆫ다 ᄒᆞ여 고각(鼓角) 함셩(喊聲)이 진텬(震天)59)ᄒᆞ야 바로 셩ᄂᆡ(城內)를 함몰(陷沒)ᄒᆞᄂᆞᆫ 듯ᄒᆞᆫ지라. 쥬챵이 대로(大怒)ᄒᆞ야

이에 슈만(數萬) 갑병(甲兵)을 뎡졔(整齊)ᄒᆞ야 셰ᄌᆞ(世子) 쥬한과 부쟝(副將) 울니호를 명(命)ᄒᆞ야 싸호라 ᄒᆞ니 한이 즉시(卽時) 울니호로 더브러 피갑샹마(被甲上馬)60)ᄒᆞ고 삼만(三萬) 쟝뎡(壯丁)을 거ᄂᆞ려 인군(引軍)ᄒᆞ야 셩문(城門)을 크게 열고 한이 당젼(當前) 대호(大呼) 왈(曰),

"너히 부ᄌᆞ(父子ㅣ) 엇지 이딕도록 우리를 업슈히 넉이ᄂᆞᆫ다? 너히 『츈츄(春秋)』를 아지 못ᄒᆞ미라. 한(漢) 고뎨(高帝) 칠십여(七十餘) 젼(戰)을 대픿(大敗)ᄒᆞ야 형양(衡陽)의 죽을 번ᄒᆞ고61) 슈슈(修水)에 도망(逃亡)한 목숨62)이로되 오히려 영웅(英雄)에 긔운을 최찰(摧擦)63)

---

57) 항오(行伍): 군대를 편성한 행렬.

58) 탐매(探馬ㅣ): 적의 동정을 살피는 기병(騎兵).

59) 진텬(震天): 진천. 소리가 하늘에까지 떨쳐 울림.

60) 피갑샹마(被甲上馬): 피갑상마. 갑옷을 입고 말에 오름.

61) 한(漢) 고제(高帝)~번ᄒᆞ고: 한나라 고제가 칠십여 싸움에 대패하여 형양에서 죽을 뻔하고. 유방이 항우가 사실상 천하의 주인이 되자 중원의 통로인 잔도를 불살라 항우를 공격하지 않겠다는 뜻을 보였다가 후에 예전의 잔도를 보수해 중원을 침공하였으나, 오히려 항우에게 연전연패하여 형양에서 죽을 뻔한 일을 말함. 유방은 이 싸움에서 가짜를 남겨 두고 간신히 달아남.

치 아니ᄒ고 히하(垓下)[64] 일젼(一戰)에 ᄉ빅(四百) 년(年) 긔업(基業)[65]을 닐웟ᄂᆞ니 이제 우리 부왕(父王)의 일이 졍(正)히 초한(楚漢)[66]과 ᄀᆞᆺᄐᆞᆫ지라 너히 너모 업슈히 넉이지 말나. 이번(-番)은 당당(堂堂)히 니관셩 부ᄌᆞ(父子)

···

9면

룰 다 잡아 ᄧ져 죽여 쥬빈의 원슈(怨讐)를 갑고 너히 슈십만(數十萬) 병(兵)이 편갑(片甲)[67]도 도라가지 못ᄒ게 ᄒ리라.”

언미필(言未畢)에 명진(明陣) 즁(中)에서 문긔(門旗)[68] 열니ᄂ 곳에 일원(一員) 대쟝(大將)이 농금봉시투고(龍金鳳翅--)[69]에 슌금갑옷(純金甲-)슬 닙고 통텬빅옥ᄃᆡ(通天白玉帶)[70]예 오셕강궁(五石强弓)[71]을 씌고 쳔니대완마(千里大宛馬)[72] 우히 쟝챵대도(長槍大刀)[73]를 두

---

62) 슈슈(修水)에~목숨: 수수에 도망한 목숨. 항우가 유방의 60만 대군을 몰살시킨 팽성 전투 가운데, 수수(修水) 전투에서 유방의 군사 10만 명이 죽고 유방 자신은 간신히 도망한 일을 말함.

63) 최찰(摧擦): 꺾임. 최절(摧折).

64) 히하(垓下): 해하. 항우와 유방이 마지막으로 결전을 벌인 장소. 유방과 그의 부하 한신에게 공격당한 항우는 대패하고 달아나 화현(和縣)의 오강포(烏江浦)에서 자결함.

65) 긔업(基業): 기업. 기틀이 되는 업적.

66) 초한(楚漢): 초나라와 한나라.

67) 편갑(片甲): 갑옷의 조각. 싸움에 지고 난 병사를 비유적으로 이르는 말.

68) 문긔(門旗): 문기. 진문(陣門) 밖에 세우던 군기(軍旗).

69) 농금봉시투고(龍金鳳翅--): 용금봉시투구. 금으로 만들고 봉의 깃 모양으로 꾸민 투구.

70) 통텬빅옥ᄃᆡ(通天白玉帶): 통천백옥대. 무소의 뿔로 만들고 백옥으로 장식한 띠.

71) 오셕강궁(五石强弓): 오석강궁. 5석(石) 무게의 강한 활. 5석은 지금의 단위로 환산하면 360kg에 해당함.

72) 쳔니대완마(千里大宛馬): 천리대완마. 천 리를 가는 대완의 말. 대완은 옛날 서역(西域) 36국(國) 중의 하나로 한(漢)나라 장건(張騫)이 그곳의 한혈마(汗血馬)에 반해 천마(天馬)라고 이름을 붙였다 함.

르며 나아오니 적쉬(敵首ㅣ)[74] 몬져 바라보믹 텬신(天神) 굿튼 풍치(風采)와 관옥지용(冠玉之容)[75]이 초한(楚漢) 적 진(陳) 승상(丞相)[76]이 죽지 아녓고 삼국(三國) 적 빅면쟝군(白面將軍) 마밍긔(馬孟起)[77] 다시 도라온 듯ᄒ니 이ᄂ 슈군대도독(水軍大都督) 병부샹셔(兵部尚書) 대ᄉ마(大司馬) 니몽챵이라. 큰 긔(旗) 붓치이ᄂ 곳에 금ᄌ어필(金字御筆)이 두렷ᄒ니 가(可)히 늠늠(凜凜)ᄒ 긔질(氣質)과 당당(堂堂)ᄒ 풍위(風威)ᄅ 뭇지 아냐 알너

●●●

10면

라. 오(吳) 셰ᄌ(世子), 군신(群臣)이 바라보믹 황홀(恍惚)ᄒ믈 니긔지 못ᄒ야 소릭ᄅ 놉혀 웨여 왈(曰),

"나ᄂ 오(吳) 태ᄌ(太子) 한이라. 명쟝(明將)은 무명(無名) 쇼쟝(少將)이 능(能)히 날을 딕적(對敵)ᄒ다?"

샹셰(尚書ㅣ) 듁졀강편(竹節鋼鞭)[78]을 드러 가ᄅ쳐 꾸지져 왈(曰),

---

73) 쟝챵대도(長槍大刀): 장창대도. 긴 창과 큰 칼.

74) 적쉬(敵首ㅣ): 적수. 적의 우두머리.

75) 관옥지용(冠玉之容): 관옥과 같은 용모. 관옥은 관(冠)의 앞을 꾸미는 옥으로, 남자의 아름다움을 이르는 말.

76) 진(陳) 승상(丞相): 진 승상. 한(漢) 나라의 공신 진평(陳平, ?~B.C.178)을 이름. 처음에는 항우(項羽)를 따랐으나 후에 유방(劉邦)을 도와 뛰어난 지략으로 한(漢)나라 통일에 공을 세운 것으로 평가받음. 여후(呂后)가 전권을 장악하자 정사를 돌보지 않다가 여후 사망 후 여씨(呂氏) 일족을 주살하고 문제(文帝)를 옹립하여 왕실을 평정하고 어진 재상으로 이름을 떨침.

77) 마밍긔(馬孟起): 마맹기. 중국 삼국시대 촉한(蜀漢)의 장군 마초(馬超, 176~222)를 이름. 맹기는 그의 자(字). 후한 말(後漢末)에 편장군(偏將軍)으로 조조와 싸워 대패해 가문이 몰살당하고 후에 유비에게 망명해 공을 세워 좌장군, 표기장군에 이르고 죽은 후 시호를 받아 위후(威侯)가 됨.

78) 듁졀강편(竹節鋼鞭): 죽절강편. 대나무 무늬가 새겨진, 쇠로 만든 채찍.

"너히 부즈(父子)는 시무(時務)79)를 아지 못ㅎ는 간젹(奸賊)80)이라. 네 아비 쥬챵이 오히려 나히 노셩(老成)ㅎ고『츈츄(春秋)』를 익이 보아 거의 텬의(天意)를 알 듯ㅎ거늘 무식블통(無識不通)ㅎ야 여러 번(番) 텬병(天兵)을 항거(抗拒)ㅎ니 그 죄(罪) 블용쥬(不容誅ㅣ)81)라. 이졔 텬병(天兵)이 셩하(城下)에 니르믄 쟝츳(將次ㅅ) 셩지(城地)를 뭇지르고 너히 부즈(父子)의 역텬(逆天)흔 머리를 버혀 텬하(天下)에 효시(梟示)82)ㅎ야 그 죄(罪)를 졍(正)히 ㅎ고즈 ㅎ거늘 역뉴(逆類ㅣ) 엇지 죽을 줄을 아지 못ㅎ고 이런 담되(膽大)흔

・••

11면

말을 ㅎ는다?"

한이 대로(大怒)ㅎ야 답(答)지 아니ㅎ고 바로 칼을 두르며 니(李)샹셔(尙書)를 취(取)ㅎ거늘 샹셔(尙書) 챵(槍)을 둘너 마즈 십여(十餘) 합(合)에 쥬한이 능(能)히 당(當)치 못ㅎ야 물머리를 두로혀 다라나거늘 샹셰(尙書ㅣ) 일진(一陣)을 모라 후군(後軍)을 크게 엄살(掩殺)83)ㅎ니 한과 울니회 능(能)히 대젹(對敵)지 못ㅎ야 도로혀 군ㅅ(軍士)를 틱반(太半)이나 죽이고 도라가 아비 보기를 붓그려 닐오되,

"쇼지(小子ㅣ) 명쟝(明將)의 빅면(白面)을 너모 업슈히 녁여 픽(敗)ㅎ엿거니와 다만 흔 일이 잇더이다."

---

79) 시무(時務): 시급한 일. 그 시대에 중요하게 다루어야 할 일.
80) 간젹(奸賊): 간적. 간악한 도적.
81) 블용쥬(不容誅ㅣ): 불용주. 목이 베어져도 용납받지 못함.
82) 효시(梟示): 효수하여 경계하는 뜻으로 모두에게 보임. 효수란 죄인의 목을 베어 높은 곳에 매달던 일.
83) 엄살(掩殺): 갑자기 습격해 죽임.

왕(王)이 문왈(問曰),

"므슴 일이러뇨?"

한이 골오딕,

"히익(孩兒ㅣ) 보오니 몽챵의 부지(父子ㅣ) 여러 번(番) 승젼(勝戰)
ᄒ믈 어드미 의긔양양(意氣揚揚)ᄒ야 방ᄌ무인(放恣無人)ᄒ며 우리
동오(東吳)의ᄂᆞᆫ 사름이

•••

12면

업순 것ᄀᆞᆺ치 넉여 적무양위(敵無揚威)[84] 홀 ᄲᅮᆫ 아니라 그 말졸(末卒)
에 니ᄅᆞ히 오국(吳國) 디경(地境) 알오믈 무인디경(無人之境)ᄀᆞᆺ치 ᄒ
니 엇지 분히(憤駭)[85] 치 아니리오? ᄋᆞ히(兒孩) ᄒᆞᆫ 계교(計巧)를 싱각
건딕 여ᄎᆞ여ᄎᆞ(如此如此) ᄒ야 거즛 항셔(降書)를 올니고 날을 긔약
(期約)ᄒ야 예츤[86]ᄌᆞ박(曳櫬自縛)[87] ᄒ야 항복(降伏)ᄒ고 셩샹(城上)
의 항긔(降旗)를 세워 져의 의심(疑心)을 업게 ᄒ면 져의 군심(軍心)
이 히티(懈怠)[88] ᄒ고 ᄯᅩ 여러 달 한마(汗馬)[89]의 근노(勤勞)ᄒ던 쟝
졸(將卒)이 반다시 아등(我等)의 항복(降伏)ᄒ믈 드ᄅᆞ면 군심(軍心)
이 바야흐로 도라보는 념녜(念慮ㅣ) 업슨즉 ᄆᆞᄋᆞᆷ을 노하 히티(懈怠)
홀 거시니 이ᄴᅢ를 당(當)ᄒ야 무인모야(無人暮夜)[90]에 강병밍쟝(强

---

84) 적무양위(敵無揚威): 적무양위. 적수가 없는 것처럼 위엄을 뽐냄.

85) 분히(憤駭): 분해. 분하고 마음이 어지러움.

86) 츤: [교] 원무에는 '촌'으로 되어 있으나 오기로 보임.

87) 예츤ᄌᆞ박(曳櫬自縛): 예츤자박. 관을 끌고 스스로 몸을 묶음.

88) 히티(懈怠): 해태. 게으름.

89) 한마(汗馬): 줄곧 달려 등에 땀이 밴 말이라는 뜻으로 전투를 많이 했음을 이름.

90) 무인모야(無人暮夜): 사람이 다니지 않는 깊은 밤.

兵猛將)을 인(引) ᄒ야 진(陣)을 엄습(掩襲) ᄒ면 엇지 니관셩 부ᄌ(父子) 뉵(六) 인(人)을 잡아 쥬

∴

13면

빈의 원슈(怨讐)ᄅ를 갑지 못ᄒᆞᆯ가 근심ᄒ리오? 인(因) ᄒ야 그 슈십만(數十萬) 대군(大軍)을 믓질너 편갑(片甲)도 도라가지 못ᄒ세 ᄒᆞ고 승승쟝구(乘勝長驅) ᄒ야 대군(大軍)을 기리 모라 쟝안(長安)을 믓지ᄅ면 엇지 구우(區宇)91)ᄅ를 통일(統一) ᄒᆞ야 픠업(霸業)92)을 도모(圖謀)치 못ᄒᆞᆯ가 근심ᄒ리오?"

오왕(吳王)이 이 말을 듯고 대희(大喜) 왈(曰),

"오ᄋ(吾兒)의 명달(明達)ᄒᆞᆫ 소견(所見)은 냥평(良平)93)과 계갈공명(諸葛孔明)94)이 부싱(復生)95) ᄒ엿도다."

ᄒᆞ고 즉시(卽時) 원슈(元帥) 오셰영과 대쟝군(大將軍) 셔유문과 부쟝(副將) 울니호ᄅ를 다 모하 샹의(相議) ᄒ기를 맛ᄎᆞᄆᆡ 모든 의논(議論)이 다 구일(ㅁ一)96) ᄒᆞ야 셰ᄌ(世子)의 계교(計巧) 맛당ᄒ니 금일

---

91) 구우(區宇): 갈라진 구역. 천하.

92) 픠업(霸業): 패업. 원래 덕이 아닌 힘으로 천하를 통일하는 것을 의미하나 여기에서는 통일의 의미로 쓰임.

93) 냥평(良平): 양평. 중국 한(漢)나라 유방(劉邦)을 도와 그가 천하를 통일할 수 있도록 도운 장량(張良, ?~B.C.168)과 진평(陳平, ?~B.C.178)을 이름. '양평지지(良平之智)'라는 말이 생길 정도로 둘 다 뛰어난 지혜를 지닌 인물로 여겨짐.

94) 제갈공명(諸葛孔明): 제갈공명. 중국 삼국시대 촉한 유비의 책사인 제갈량(諸葛亮, 181~234)을 이름. 공명(孔明)은 그의 자(字)이고 별호는 와룡(臥龍) 또는 복룡(伏龍). 유비를 도와 오(吳)나라와 연합하여 조조(曹操)의 위(魏)나라 군사를 대파하고 파촉(巴蜀)을 얻어 촉한을 세웠음. 유비가 죽은 후에 무향후(武鄕侯)로서 남방의 만족(蠻族)을 정벌하고, 위나라 사마의와 대전 중에 오장원(五丈原)에서 병사함.

95) 부싱(復生): 부생. 다시 살아남.

96) 구일(ㅁ一): 의견이 같음.

(今日)이라도 셜니 힝(行)ᄒ야지라 ᄒ거늘 왕(王)이 즉시(卽時) 거즛
항셔(降書)를 닷가 본국(本國) 승샹(丞相) 심규를 주어 명진(明陣)에
보ᄂ니,

심귀 항셔(降書)를 품고 ᄉ오(四五) 개(介) 죵인(從人)으로 더브러
물을 달녀 명진(明陣)에 다ᄃ라 웨여 닐오ᄃ,

"국왕(國王)이 대국(大國) 원슈(元帥)의 교화(敎化)를 습복(慴伏)97)
ᄒ야 진졍(眞情)으로 쳐음 그른 거슬 곳쳐 항복(降伏)고즈 ᄒᄂ 고
(故)로 내 이졔 항셔(降書)를 가져 니ᄅ러시니 진문(陣門)을 열고 셔
로 화친(和親)을 ᄆᆽ지라."

ᄒᄃ, 명진(明陣)의셔 듯고 즉시(卽時) 진문(陣門)을 열고 말쟝(末
將)이 나아와 마즈 인도(引導)ᄒ야 쟝듕(帳中)에 드러가니 원쉬(元帥
ㅣ) 금관ᄌ포(金冠紫袍)98)로 승샹(繩牀)99)에 거러안즈시니 쥬안(酒
顔)이 반타(半酡)100)ᄒ고 의뫼101)(儀貌ㅣ)102) 호활(豪活)103)ᄒ야 안
하무인(眼下無人)104)ᄒ더라. 심귀 쟝젼(帳前)105)에 니ᄅ러 머리 조아

---

97) 습복(慴伏): 위엄에 눌러서 복종함.
98) 금관ᄌ포(金冠紫袍): 금관자포. 금으로 만든 관과 자줏빛 도포.
99) 승샹(繩牀): 승상. 직사각형 가죽 조각의 두 끝에 네모진 다리를 대어 접고 펼 수 있
   게 만든, 휴대하기 편리한 의자.
100) 반타(半酡): 반쯤 붉음.
101) 외: [교] 원문에는 '믜'로 되어 있으나 오기로 보임.
102) 의뫼(儀貌ㅣ): 차림새와 모습.
103) 호활(豪活): 호방하고 쾌활함.
104) 안하무인(眼下無人): 눈 아래에 사람이 없다는 뜻으로, 방자하고 교만하여 다른 사
   람을 업신여김을 이르는 말.

지비(再拜)ᄒ고 고왈(告曰),

"우리 국군(國君)이 본(本)딕 뎨실(帝室) 지친(至親)으로 반심(叛心)이 업거늘 간신(奸臣)이 당권(當權)106)ᄒ야 국군(國君)을 달닉여 빅

••

15면

셩(百姓)의 화(禍)를 씨쳣더니 이제 국왕(國王)이 뉘웃처 죄(罪)를 ᄌ칙(自責)ᄒ시고 특별(特別)이 노한(老漢)107)을 보닉여 원슈(元帥) 대인(大人) 안젼(案前)에 빅알(拜謁)ᄒ고 기리 화호(和好)108)를 언약(言約)ᄒ고 딕딕(代代)로 다시 모반(謀反)치 아니리라 ᄒ더이다."

원쉬(元帥ㅣ) 쳥파(聽罷)에 완완(緩緩)이 닐오딕,

"오왕(吳王)이 임의 허믈을 뉘웃ᄎ니 맛당히 항복(降伏)ᄒ 뜻이 잇거든 쳑화(斥和)109)ᄒ던 간신(奸臣)을 다 믹여 텬죠(天朝)에 밧치고 스스로 예츤110)ᄌ박(曳櫬自縛)ᄒ야 진젼(陣前)에 와 항복(降伏)ᄒ게 ᄒ라."

심귀 언언(言言)이 머리 조아 글오딕,

"삼가 대인(大人) 명(命)딕로 ᄒ리이다."

원쉬(元帥ㅣ) 날호여 국셔(國書)를 드리라 ᄒ야 써혀 보니 언언ᄌᄌ(言言字字)히 ᄀ졀(懇切)ᄒ야 무도블명(無道不明)111)ᄒ 죄(罪)를

---

105) 쟝젼(帳前): 장전. 장막의 앞.
106) 당권(當權): 권세나 정권을 잡음.
107) 노한(老漢): 늙은 사내. 여기서는 승상 '심규'가 스스로 칭하는 말임.
108) 화호(和好): 사이가 좋고 친함.
109) 쳑화(斥和): 척화. 화친을 배척함.
110) 츤: [교] 원무에는 '촌'으로 되어 있으나 오기로 보임.
111) 무도블명(無道不明): 무도불명. 도리를 지키지 못하고 사리에 어두움.

닐콧고 명일(明日) 셩문(城門)을 열어 항복(降伏)ᄒ리라 ᄒ

엿더라. 원슈(元帥ㅣ) 간파(看罷)에 이연(怡然)112) 잠소(暫笑)ᄒ고 심
규를 잔치ᄒ야 ᄃᆡ졉(待接)ᄒᆞᆯ시 흔연(欣然)이 호샹(壺觴)113)을 ᄌᆞ작
(自酌)ᄒ며 졔쟝(諸將)다려 닐오ᄃᆡ,

"이졔 오왕(吳王)이 이러틋 졍(正)으로 항복(降伏)ᄒ니 무슴 근심
이 이시리오? 너희 쟝졸(將卒)이 한마(汗馬)에 여러 달 슈고ᄒ고 노
고(勞苦)ᄒ여시니 금일(今日)노븟터 술을 취(醉)ᄒ고 평안(平安)이
줌ᄌ 젼진(戰塵) ᄉ이에 분쥬(奔走)ᄒ야 챵대(槍-)를 베던 근심을 니
ᄌᆞ라."

부원슈(副元帥) 이하(以下)로 졔쟝(諸將) 군졸(軍卒)이 다 쳥녕(聽
令)ᄒ고 즐겨 술을 취(醉)ᄒ고 잔(盞)을 거후르며 희긔(喜氣) ᄌᆞ약(自
若)ᄒ야 져마다 오왕(吳王)의 귀슌(歸順)ᄒᄆᆞᆯ 깃거 조금도 의심(疑
心)ᄒᄂᆞᆫ 긔ᄉᆡᆨ(氣色)이 업ᄉ니, 심규 심하(心下)에 득계(得計)114)ᄒᆞ와
대희(大喜)ᄒ더라. 이에 하직(下直)ᄒ고 도라갈시 원슈(元帥ㅣ) 심

규를 금ᄇᆡᆨ(金帛)으로 샹샤(賞賜)ᄒ며 왕(王)의게 회셔(回書)ᄒ야 부
ᄃᆡ 실신(失信)치 말나 ᄒ더라.

---

112) 이연(怡然): 편안한 모양.
113) 호샹(壺觴): 호상. 술병과 술잔.
114) 득계(得計): 계책이 통함.

심귀 국즁(國中)에 도라와 왕(王)긔 뵈고 명진(明陣) 슈말(首末)을 일일(一一)히 고(告)ᄒ고 바히 의심(疑心)치 아니ᄒ던 줄 알외니 오왕(吳王) 부ᄌ(父子ㅣ) 대희(大喜)ᄒ야 약속(約束)을 굿게 뎡(定)ᄒ고 즉시(卽時) 셩상(城上)에 항긔(降旗)를 세오니 국즁(國中) 신민(臣民)이 진실(眞實)노 그러ᄒᆫ가 ᄒ야 깃거ᄒ더라.

명진(明陣) 초매(哨馬ㅣ) 오국(吳國) 셩ᄂᆡ(城內)에 항긔(降旗)를 세워시믈 알외니 승샹(丞相)이 잠소(暫笑) 졈두(點頭)[115] ᄒ고,

이날 셕양(夕陽)에 원쉬(元帥ㅣ) 젼령(傳令)ᄒ야 삼군(三軍)을 비블니 먹이고 약속(約束)홀ᄉᆡ 부원슈(副元帥) 계양도위(--都尉) 몽현으로 삼쳔(三千) 군마(軍馬)를 거ᄂᆞ려 북문(北門) 밧 산곡(山谷) 소로(小路)에 ᄆᆡ복(埋伏)ᄒ엿다가 오왕(吳王)이 반다시 북문(北門)으로 다라날 거시니 잡으

• • •

18면

라 ᄒ고 대도독(大都督) 몽챵으로 삼쳔(三千) 군(軍)을 거ᄂᆞ려 동문(東門)을 직희라[116] ᄒ고 몽샹으로 셔문(西門)을 직희라 ᄒ고 원쉬(元帥ㅣ) 스스로 대ᄃᆡ(大隊) 인마(人馬)를 거ᄂᆞ려 듕영(中營)에 깁히 드러 변(變)을 기다릴ᄉᆡ 진즁(陣中)에 등화(燈火)를 다 ᄭᅳ고 인셩(人聲)이 고요ᄒ야 ᄌᆞᄂᆞ 듯ᄒ더라.

이적에 오왕(吳王)이 젼혀(全-) 의심(疑心)치 아니ᄒ고 ᄉ졸(士卒)을 비블니 먹이고 군ᄉ(軍士)를 함믜(銜枚)[117]ᄒ고 물을 ᄌᆞ갈 먹여

---

115) 졈두(點頭): 점두. 고개를 끄덕임.

116) 라: [교] 원문에는 '리'로 되어 있으나 오기인 듯함.

117) 함믜(銜枚): 함매. 군사가 행진할 때에 떠들지 못하도록 군졸들의 입에 나무 막대

이경(二更) 초(初)에 국도(國都)를 써나 셩문(城門)을 フ만이 열고 삼
경(三更) 시말(時末)에 명진(明陣)에 다드른니 진즁(陣中)이 고요ᄒ
야 경뎜(更點)118) 소릭 게어를 쓰름이오 인셩(人聲)이 젹연(寂然)ᄒ
지라. 오국(吳國) 군해(軍下ㅣ)119) 반다시 명진(明陣) 군심(軍心)이
히틱(懈怠)ᄒ야 깁히 잠든 줄노 알믹 조금도 근심치 아니ᄒ고 오왕
(吳王)이 바로 당

19면

젼(當前)ᄒ야 동셔남븍(東西南北) ᄉ문(四門)을 쎄쳐 드러가니 평원
(平原) 광야(廣野)의 헛된 진셰(陣勢)를 베퍼 졍긔(旌旗) 버러시니 황연
(荒煙)120)이 젹막(寂寞)ᄒ야 깁히 드러갈ᄉ록 사름의 ᄌ최 업ᄂ지라.
　오왕(吳王) 군신(君臣)이 계교((計巧)에 쎅진 줄 씨다라 일시(一時)
에 군(軍)을 믈니더니 홀연(忽然) 듕군(中軍) 쟝딕(將臺)121)에서 일셩
(一聲) 방포(放砲)에 금괴(金鼓ㅣ) 년텬(連天)ᄒ고 명나뇌고(鳴螺擂
鼓)122)ᄒ며 ᄉ면팔방(四面八方)에 블빗치 됴요(照耀)123)ᄒ야 빅쥬(白
晝)를 묘시(藐視)124)ᄒᄂ지라. 오왕(吳王) 군신(君臣)이 대황실식(大

　기를 물리던 일.
118) 경뎜(更點): 경점. 북이나 징을 쳐서 알려 주던 시간. 하룻밤의 시간을 다섯 경(更)
　　으로 나누고, 한 경은 다섯 점(點)으로 나누어서, 매 경을 알릴 때에는 북을, 점을
　　알릴 때에는 징을 침.
119) 군해(軍下ㅣ): 군사의 무리.
120) 황연(荒煙): 인기척이 없음.
121) 쟝딕(將臺): 장대. 장수의 지휘대.
122) 명나뇌고(鳴螺擂鼓): 명라뇌고. 소라로 만든 악기를 불고, 북을 쉴 새 없이 빨리 침.
123) 됴요(照耀): 조요. 밝게 비쳐서 빛남.
124) 묘시(藐視): 업신여겨 깔봄.

湟失色)125)ᄒ야 분분(紛紛)126) 퇴쥬(退走)ᄒ야 일젼(一戰)을 교젼(交
戰)치 못ᄒ야셔 스ᄉ로 슈미(首尾)를 도라보지 못ᄒ고 ᄉ산분쥬(四
散奔走)127)ᄒ니 서로 즛바라 죽ᄂ 쟤(者ㅣ) 부지기쉬(不知其數ㅣ)오
어즈러온 시셕(矢石)128) 아리 죽ᄂ 쟤(者ㅣ) ᄯ 무슈(無數)ᄒ더라. ᄉ
면(四面) 믹복(埋伏)이

· • •

20면

일시(一時)에 츄살(追殺)129)ᄒ니 삼경(三更)으로븟터 계명(鷄鳴)가지
ᄡᅡ호니 적시(積屍)130) 여산(如山)ᄒ고 혈뉴(血流) 셩쳔(成川)이라. 오
셰영은 니몽샹131)의 싱금(生擒)ᄒ ᄇᆡ 되니 셰영이 스ᄉ로 ᄌᆞ결(自決)
ᄒ야 죽다. 셔유문은 대도독(大都督) 병부샹셔(兵部尙書) 니몽챵의
버힌 배 되고, 오(吳) 셰ᄌ(世子) 한은 부도독(副都督) 몽원의 버힌
배 되니 오왕(吳王)의 십만군(十萬軍) 쟝졸(將卒)이 금야(今夜) 일젼
(一戰)에 거의 다 파몰(破歿)ᄒ니 닐온바 편갑(片甲)이 남지 못ᄒ미
라. 오왕(吳王) 챵이 난병(亂兵) 즁(中)에 외로이 도망(逃亡)ᄒ야 픽
잔군(敗殘軍) 오십(五十) 긔(騎)를 거ᄂᆞ려 븍문(北門)으로 다라나다
가 부원슈(副元帥) 니몽현의 싱금(生擒)ᄒ미 되니라.

이러구러 동방(東方)이 쾌(快)히 붉고 히샹(海上)에 죠일(朝日)이

---

125) 대황실식(大遑失色): 대황실색. 크게 당황하여 낯빛이 바뀜.

126) 분분(紛紛): 여럿이 한데 뒤섞여 어수선함.

127) ᄉ산분쥬(四散奔走): 사산분주. 사방으로 흩어져 달아남.

128) 시셕(矢石): 시석. 옛날에 전쟁터에서 쓰던 화살과 돌.

129) 츄살(追殺): 추살. 뒤쫓아 가서 죽임.

130) 적시(積屍): 겹겹이 쌓인 시체.

131) 샹: [교] 원문에는 '셩'으로 되어 있으나 맥락을 고려하여 국도본(18:20)을 따름.

느즈미 원쉬(元帥ㅣ) 바야흐로 쟝(將)132)에 올나 쟝졸(將卒)을 뎜고(點考)

···

21면

ᄒ니 죽은 재(者ㅣ) 만여(萬餘) 명(名)이오, 항재(降者ㅣ) 만여(萬餘) 명(名)이오, 샹(傷)ᄒ 재(者ㅣ) 팔쳔여(八千餘) 인(人)이러라. 졔군(諸軍) 쟝졸(將卒)이 다 공뇌(功勞)를 드리니 ᄎ례(次例)로 군졍ᄉ(軍政事)133)에 올닐ᄉᆡ 부원슈(副元帥) 몽현이 오왕(吳王)을 싱금(生擒)ᄒ야 읏듬 공(功)이 되엿더라. ᄉ졸(士卒)이 오왕(吳王)을 미여 쟝하(將下)에 드러오니 원쉬(元帥ㅣ) 흔연(欣然)이 좌우(左右)로 민 거슬 그ᄅ고 위로(慰勞)ᄒ야 항복(降伏)ᄒ기를 권(勸)ᄒᄃᆡ 쥬챵이 앙텬(仰天) 탄왈(嘆曰),

"대쟝뷔(大丈夫ㅣ) 엇지 남의 아ᄅᆡ 무릅흘 쑬니오?"

언파(言罷)에 크게 소ᄅᆡ를 질으고 분긔(憤氣) 막질녀 업더지거늘 모다 붓드러 니ᄅᆞ혀니 임의 혀를 무러 죽엇더라.

원쉬(元帥ㅣ) 탄왈(嘆曰),

"쥬챵이 비록 반역(叛逆)이나 뎨실지엽(帝室之葉)134)이니 가(可)히 참슈(斬首)135)치 못ᄒ리라."

ᄒ고

"후쟝(厚葬)136)ᄒ라."

---

132) 쟝(將): 장. 장대(將臺), 즉 장수의 지휘대.

133) 군졍ᄉ(軍政事): 군정사. 군대 내의 일을 기록한 사목.

134) 뎨실지엽(帝室之葉): 제실지엽. 황실과 가까운 친족.

135) 참슈(斬首): 참수. 목을 벰.

ᄒ다.

∴∙∙

22면

ᄎ일(此日), 승샹(丞相)이 대군(大軍)을 거ᄂ려 셩(城)의 드러가니 오국(吳國) 신민(臣民)이 믈 ᄯᆯ틋 ᄒ야 곡셩(哭聲)이 챵텬(漲天)137)ᄒ 더라. 궐문(闕門)에 니ᄅ니 슈문(守門) ᄂᆡᄉᆡ(內使ㅣ)138) 황망(慌忙)139)이 궐문(闕門)을 열어 대군(大軍)을 마ᄌᆞᄆᆡ 왕(王)의 뎐가냥쳔(全家良賤)140)을 거두어 밧치니 왕비(王妃)ᄂᆞᆫ 발셔 누(樓)에 ᄭᅥ러져 죽엇더라. 원쉬(元帥ㅣ) ᄉᆞ문(四門)에 방(榜) 븟쳐 안민(安民)ᄒ고 국ᄂᆡ(國內)에 드러가 보니 픽각(貝閣)141)에 쟝녀(壯麗)142) ᄒᆞᆷ과 쥬문(朱門)에 화려(華麗)ᄒ미 텬ᄌᆞ(天子) 궁듕(宮中)으로 다ᄅᆞ미 업거ᄂᆞᆯ 이에 부고(府庫) 창늠(倉廩)143)을 열어 빅셩(百姓)을 진휼(賑恤)144)ᄒ 니 인심(人心)이 흡연(恰然)145)ᄒ더라.

오왕(吳王) 비빙(妃嬪) ᄌᆞ녀(子女)ᄂᆞᆫ 다 원도(遠島)에 안치(安置)146)ᄒ고 오국(吳國) 신뇨(臣僚) 가온ᄃᆡ 어진 쟈(者)를 갈히여 봉

---

136) 후쟝(厚葬): 후장. 두터운 셩의(誠意)로 쟝례를 지냄. 또는 그 쟝례.

137) 챵텬(漲天): 챵천. 하늘에 퍼져 가득함.

138) ᄂᆡᄉᆡ(內使ㅣ): 내사. 안에서 지키던 내시.

139) 황망(慌忙): 마음이 몹시 급하여 당황하고 허둥지둥하는 면이 있음.

140) 뎐가냥쳔(全家良賤): 젼가양쳔. 온 집안의 양인과 천민 모두를 아우르는 말.

141) 픽각(貝閣): 패각. 대궐.

142) 쟝녀(壯麗): 장려. 웅장하고 화려함.

143) 창늠(倉廩): 창름. 예전에, 곳간으로 쓰려고 지은 집.

144) 진휼(賑恤): 불쌍하고 가련하게 여겨 도와줌.

145) 흡연(恰然): 흡족해함.

146) 안치(安置): 귀양 간 죄수의 거주를 제한하던 일.

왕(封王)[147]ㅎ야 국도(國都)를 진뎡(鎭靜)ㅎ게 ㅎ니 신왕(新王)의 셩
명(姓名)은 빅흠약이라 나히 만흐나 풍신(風神)[148]

...

23면

이 쥰슈(俊秀)ㅎ고 덕되(德道ㅣ) 관인(寬仁)ㅎ야 진짓 왕쟈(王者)의
샹뫼(相貌ㅣ)러라. 원쉬(元帥ㅣ) 쳡음(捷音)[149]을 뇽뎐(龍殿)[150]에 보
(報)ㅎ고 신왕(新王)의 봉쟉(封爵)을 쳥(請)ㅎ야 슈월(數月)을 머무러
이시미 교홰(敎化ㅣ) 대치(大治)[151]ㅎ야 오국(吳國)에 강악(强惡)흔
인심(人心)이 녀졍도치(厲精圖治)[152]ㅎ더라.

슈월(數月) 만에 과연(果然) 황시(皇使ㅣ)[153] 졀월(節鉞)[154]을 거
느려 니르러 젼후(前後) 공덕(功德)을 칭송(稱頌)ㅎ시고 슈이 환경
(還京)ㅎ라 ㅎ시니 원쉬(元帥ㅣ) 졔즈(諸子)와 졔쟝(諸將)으로 더브
러 북향ᄉ빅(北向四拜)ㅎ고 됴셔(詔書)를 밧즈오미 망궐샤은(望闕謝
恩)[155]ㅎ고 즉시(卽時) 힝쟝(行裝)[156]을 슈습(收拾)ㅎ야 환경(還京)

---

147) 봉왕(封王): 황제가 신하를 왕으로 봉함.
148) 풍신(風神): 드러나 보이는 사람의 겉모양.
149) 쳡음(捷音): 첩음. 전쟁에서 이겼다는 소식.
150) 뇽뎐(龍殿): 용전. 황제가 있는 궁전을 이름.
151) 대치(大治): 크게 다스려짐.
152) 녀졍도치(厲精圖治): 여정도치. 온 힘을 다하여 정치에 힘쓴다는 뜻으로 여기에서
    는 '다스려짐'의 의미로 쓰임.
153) 황시(皇使ㅣ): 황사. 황제가 보낸 사신.
154) 졀월(節鉞): 절월. 절부월(節斧鉞). 관리가 지방에 부임할 때에 임금이 내어 주던
    물건. 절은 수기(手旗)와 같이 만들고 부월은 도끼와 같이 만든 것으로, 군령을 어
    긴 자에 대한 생살권(生殺權)을 상징함.
155) 망궐샤은(望闕謝恩): 망궐사은. 대궐 쪽을 향하여 사은함.
156) 힝쟝(行裝): 행장. 여행할 때 쓰는 물건과 차림.

홀시 오왕(吳王)이 셰ᄌ(世子) 군신(群臣)을 거ᄂ려 빅(百) 니(里) 밧긔 와 연향전송(宴饗餞送)157)ᄒ며 ᄌ삼(再三) 칭은송덕(稱恩頌德)158) ᄒ더라.

대군(大軍)이 일노(一路)에 무ᄉ(無事)히 힝(行)ᄒ야 초동(初冬) 념간(念間)159)에 바야흐로 황성(皇城)에 니ᄅ니라.

화셜(話說). 경ᄉ(京師) 니(李) 샹

∴

24면

부(相府)의셔 승샹(丞相) 뉵(六) 부ᄌ(父子ㅣ) 가듕(家中)을 쩌나니 학발(鶴髮) 편모(偏母)와 동긔(同氣) 쳐ᄌ(妻子)의 우례(憂慮ㅣ) 간절(懇切)ᄒ야 슉식(宿食)이 편(便)치 아니ᄒ나 텬ᄌ(天子ㅣ) 시시(時時)로 샹방(尚房)160) 어션(御膳)161)과 옥빅(玉帛) 치단(綵緞)을 ᄂ리오샤 태부인(太夫人)을 위로(慰勞)ᄒ시니 은영(恩榮)162)이 가지록 호탕(浩蕩)163)ᄒ시더라.

승샹(丞相)이 가국(家國)을 쩌ᄂ는 지 일(一) 월(月)이 못ᄒ야셔 믄득 유쥐(幽州)164) 졀도ᄉ(節度使)의 쥬문(奏文)이 통졍ᄉ(通政司)165)에

---

157) 연향전송(宴饗餞送): 연향전송. 잔치를 베풀어 손님을 접대하고 전별하여 보냄.

158) 칭은송덕(稱恩頌德): 칭은송덕. 은덕을 칭송함.

159) 념간(念間): 염간. 스무날의 전후.

160) 샹방(尚房): 상방. 상의원(尚衣院). 궁궐의 의복, 음식, 기물 등 임금이 일용에 쓰는 물건을 만들던 한 나라 때의 관서.

161) 어션(御膳): 어선. 임금에게 올리는 음식.

162) 은영(恩榮): 임금의 은혜.

163) 호탕(浩蕩): 물이 넓어 끝이 없음.

164) 유쥐(幽州): 유주. 현재의 북경시와 천진시 일대, 하북성 일부 북부 지역을 이름.

165) 통졍ᄉ(通政司): 통정사. 상소 등 궁중 내외의 문서를 관장하던 관청.

올으니 이 곳 북흉노(北匈奴) 니견(狸犬)¹⁶⁶⁾의 반샹(叛狀)¹⁶⁷⁾이라.
븍디(北地) 노적(奴賊)이 강용(强勇)을 밋고 오합지졸(烏合之卒)¹⁶⁸⁾
을 모화 닌읍(隣邑)을 노략(擄掠)ㅎ야 계쥐(薊州)¹⁶⁹⁾를 함몰(陷沒)¹⁷⁰⁾
ㅎ고 또 유쥐(幽州)를 침노(侵擄)¹⁷¹⁾ㅎ야 유쥐(幽州) 뉵십여(六十餘)
셩(城)을 거의 반(半) 남아 븍노(北奴)의 취(取)ㅎ 배 되다 ㅎ여시니
변뵈(變報ㅣ)¹⁷²⁾ 옥탑(玉榻)에 올으믹 만셰황애(萬歲皇爺ㅣ)¹⁷³⁾ 농누
(龍樓)¹⁷⁴⁾ 어침(御寢)¹⁷⁵⁾에 슉쉬(熟睡ㅣ)¹⁷⁶⁾

* ● ●

25면

안온(安穩)치 못ㅎ샤 금난뎐(金鑾殿)¹⁷⁷⁾에 셜조(設朝)¹⁷⁸⁾ㅎ시니 옥계
난폐(玉階蘭陛)¹⁷⁹⁾에 진신(搢紳)¹⁸⁰⁾ 쟝뷔(丈夫ㅣ) 제제(濟濟)¹⁸¹⁾히 모

---

166) 니견(狸犬): 이견. 살쾡이와 개.

167) 반샹(叛狀): 반상. 모반했다는 내용.

168) 오합지졸(烏合之卒): 까마귀가 모인 것처럼 질서가 없이 모인 병졸이라는 뜻으로,
임시로 모여들어서 규율이 없고 무질서한 병졸 또는 군중을 이르는 말.

169) 계쥐(薊州): 계주. 현재의 하북성 천진시 계현(薊縣)을 이름.

170) 함몰(陷沒): 재난을 당하여 멸망함.

171) 침노(侵擄): 남의 나라를 불법으로 쳐들어가거나 쳐들어옴.

172) 변뵈(變報ㅣ): 변을 알리는 보고.

173) 만셰황애(萬歲皇爺ㅣ): 만세황야. 황제.

174) 농누(龍樓): 용루. 대궐.

175) 어침(御寢): 임금의 침침.

176) 슉쉬(熟睡ㅣ): 숙수. 잠이 깊이 듦.

177) 금난뎐(金鑾殿): 금란전. 당(唐) 덕종(德宗) 때 금란파(金鑾坡) 위에 세웠기 때문에
붙여진 이름으로, 보통은 관각을 가리킴.

178) 셜조(設朝): 설조. 조회를 베풂.

179) 옥계난폐(玉階蘭陛): 옥과 난초 같은 계단이라는 뜻으로 궁궐의 계단을 아름답게
표현한 말.

180) 진신(搢紳): 홀을 큰 띠에 꽂는다는 뜻으로, 모든 벼슬아치를 통틀어 이르는 말.

드미 별 ᄀᆞᆺᄐᆞᆫ 관(冠)과 둘 ᄀᆞᆺᄐᆞᆫ 픽옥(佩玉)[182]이 쟝쟝(錚錚)[183]ᄒᆞ야 요뎐슌일(堯天舜日)[184]이 다 니ᄅᆞ러 남훈뎐샹(南薰殿上)[185]에 화긔(和氣)를 닐윗ᄂᆞᆫ 듯ᄒᆞ더라. 샹(上)이 옥음(玉音)을 ᄂᆞ리오샤 ᄀᆞᆯᄋᆞ샤ᄃᆡ,

"동오(東吳)의 반샹(叛狀)이 급(急)ᄒᆞ기로 니(李) 샹부(相府)의 부ᄌᆞ(父子) 뉵(六) 인(人)이 다 나가시니 쟝ᄎᆞ(將次ㅅ) 군국(君國) 대ᄉᆞ(大事)를 의논(議論)ᄒᆞ리 업ᄂᆞᆫ 쩌어늘 쏘 븍젹(北狄)의 난(亂)이 급(急)ᄒᆞ니 이를 엇지ᄒᆞ리오? 경(卿) 등(等)이 지용(智勇) 모ᄉᆞ(謀士)를 쳔거(薦擧)ᄒᆞ야 딤(朕)의 근심을 덜게 ᄒᆞ라."

뇽음(龍音)이 이호삼환(二呼三喚)[186]에 좌반우렬(左班右列)[187]에 가득ᄒᆞᆫ 냥관(兩官) 문뮈(文武ㅣ) 면면샹고(面面相顧)[188]ᄒᆞ야 능(能)히 말을 못 ᄒᆞᄂᆞᆫ지라. 샹(上)이 뎐안옥ᄉᆡᆨ(天顔玉色)[189]의 ᄌᆞ못 블예(不豫)[190]ᄒᆞ시믈

• • •

26면

쩌여 칙교(責敎)[191]를 ᄂᆞ리오려 ᄒᆞ시더니 믄득 좌반(左班) 즁(中)에

---

181) 제제(濟濟): 제제. 많고 성함.

182) 픽옥(佩玉): 패옥. 황제나 황후의 법복이나 문무백관의 조복(朝服)과 제복의 좌우에 늘이어 차던 옥.

183) 쟝쟝(錚錚): 쟁쟁. 옥이 부딪혀 맑게 울리는 소리.

184) 요뎐슌일(堯天舜日): 요천순일. '요순시대의 천하'를 가리키는 말로 태평성대를 뜻함.

185) 남훈뎐샹(南薰殿上): 남훈전상. 남훈전 가. 남훈전은 순(舜)임금이 살던 궁궐을 이름.

186) 이호삼환(二呼三喚): 두 번 세 번 부름.

187) 좌반우렬(左班右列): 좌반우열. 좌우로 신분의 차례대로 열을 지어 있음.

188) 면면샹고(面面相顧): 면면상고. 아무 말도 없이 서로 얼굴만 물끄러미 바라봄.

189) 뎐안옥ᄉᆡᆨ(天顔玉色): 천안옥색. 임금의 얼굴과 안색.

190) 블예(不豫): 불예. 기쁘지 않음.

191) 칙교(責敎): 책교. 황제가 신하를 꾸짖는 교지.

일위(一位) 대신(大臣)이 각모(角帽)를 숙이고 즈포(紫袍)를 싀어 일요(逸腰)[192] 보듸(寶帶)[193]를 완이(宛爾)[194]ᄒ고 샹각(相角)[195]을 압두어 나아와 츌반주(出班奏)[196] 왈(曰),

"미신(微臣)이 비록 지죄(才操ㅣ) 업ᄉ나 황샹(皇上)이 만일(萬一) 일녀지ᄉ(一旅之師)[197]로써 빌니실진듸 당당(堂堂)이 광구(狂寇)[198]를 삭평(削平)[199]ᄒ야 도라오리이다."

텬안(天顔)이 경희(驚喜)ᄒ샤 보시니 이ᄂᆞᆫ 운학 션싱(先生) 무평[200]빅 니한셩이라. 샹(上)이 흔연(欣然)이 옥음(玉音)을 열어 ᄀᆞᆯᄋᆞ샤듸,

"경(卿)의 신무지략(神武才略)[201]을 아란 지 오란지라 엇지 다시 념녀(念慮)ᄒ리오마ᄂᆞᆫ 북흉노(北匈奴)ᄂᆞᆫ 극(極)히 녕한(獰悍)[202]ᄒ 무리오 샹뷔(相府ㅣ) 츌ᄉ(出師)ᄒ연 지 오라지 아니ᄒ거ᄂᆞᆯ 션싱(先生)이 ᄯᅩ 변새(邊塞)에 나아가면 녕당(令堂) 슬해(膝下ㅣ) 엇지 젹막(寂寞)지 아

---

192) 일요(逸腰): 빼어난 허리.
193) 보듸(寶帶): 보대. 보옥(寶玉)으로 장식한 띠.
194) 완이(宛爾): 빛나는 모양.
195) 샹각(相角): 상각. '서로 다툼'의 뜻으로 보이나 미상임.
196) 츌반주(出班奏): 출반주. 여러 신하 가운데 특별히 혼자 나아가 임금에게 아룀.
197) 일녀지ᄉ(一旅之師): 일려지사. 한 무리의 군대.
198) 광구(狂寇): 미친 도적.
199) 삭평(削平): 반란이나 소요를 누르고 평온하게 진정함.
200) 평: [교] 원문에는 '령'으로 되어 있으나 앞의 예를 따라 이와 같이 수정함.
201) 신무지략(神武才略): 신무재략. 훌륭한 무예와 용맹, 재주와 지략.
202) 녕한(獰悍): 영한. 모질고 사나움.

니리오?"

무평203)빅이 미쳐 답주(答奏)치 못호야셔 태즈소부(太子少傅) 니연셩이 나아와 머리 조아 주왈(奏曰),

"신(臣) 슈부직(雖不才)나 형(兄)을 조촌 븍노(北奴)룰 호가지로 쳐 멸(滅)호믈 쳥(請)호ᄂ이다."

무평204)빅이 쏘 주왈(奏曰),

"고어(古語)의 왈(曰), '스군(事君)은 대얘(大也ㅣ)오, 스친(事親)은 소얘(小也ㅣ)라.' 호니 신(臣) 등(等)이 비록 집의 노뫼(老母ㅣ) 이스오나 엇지 군은(君恩)을 경시(輕視)호야 폐해(陛下ㅣ) 옥침(玉枕)에 슉식(宿食)이 블안(不安)호시거ᄂ 신(臣)의 형뎨(兄弟) 소소(小小) 스졍(私情)에 구애(拘礙)205)호야 당당(堂堂)호 군신(君臣) 대의(大義)룰 휴손(虧損)206)호리잇고?"

샹(上)이 쳥파(聽罷)에 그 튱셩(忠誠)을 감동(感動)호샤 옥음(玉音)이 슌슌(諄諄)207)호야 은비(恩庇)208)룰 두터이 호시고 이에 무평209)빅을 빅(拜)호야 졍븍대원슈(征北大元帥)룰 빅(拜)호샤 샹방인검(尙房印劍)210)과 옥부금졀(玉符金節)211)을

---

203) 평: [교] 원문에는 '령'으로 되어 있으나 앞의 예를 따라 이와 같이 수정함.
204) 평: [교] 원문에는 '령'으로 되어 있으나 앞의 예를 따라 이와 같이 수정함.
205) 구애(拘礙): 거리끼거나 얽매임.
206) 휴손(虧損): 어그러뜨림.
207) 슌슌(諄諄): 순순. 다정하고 친절함.
208) 은비(恩庇): 은혜.
209) 평: [교] 원문에는 '령'으로 되어 있으나 앞의 예를 따라 이와 같이 수정함.
210) 샹방인검(尙房印劍): 상방인검. 상방검이라고도 함. 상방(尙房)은 임금이 일용에 쓰

ᄂ리오샤 부원슈(副元帥) 이하(以下)로 션참후계(先斬後啓)212)ᄒ라
ᄒ시고, 소부(少傳)로 부원슈(副元帥)를 ᄒ이시고 농의대쟝군(--大將
軍) 윤셩화로 좌선봉(左先鋒)을 ᄒ이시고 국ᄌ감(國子監)213) 좨214)
쥬(祭酒)215) 거216)긔 쟝군(將軍) 마룡, 등공, 초영, 홍긔, 구셩, 한표,
쥬람, 호쳘원, 영빅217)슈 구(九) 인(人)으로 좌우(左右) 편쟝(偏將)218)
과 좌우익(左右翼)219)을 숨고 군졍(軍情)220)이 긴급(緊急)ᄒ니 급급
(急急) 발힝(發行)ᄒ라 ᄒ시니 냥(兩) 원슈(元帥ㅣ) 뎐폐(殿陛)에 고
두(叩頭) 샤은(謝恩)ᄒ고 믈너나 교쟝(敎場)221)에 나아가 오군문(五
軍門)222) 웅병(雄兵)223) 쟝졸(將卒)을 다 ᄲᆡ ᄌ모밧아224) 년습(練習)

는 물건을 만들던 한 나라 때의 관서로, 이곳에서 만든 칼을 상방검이라고 함. 상
방검은 임금을 상징하는 물건으로 전쟁 등의 중요한 일에서 임금을 대신하여 일을
집행하게 한다는 의미로 하사하였음.

211) 옥부금절(玉符金節): 옥부금절. 부절(符節)의 미칭. 부절은 돌이나 대나무, 옥 따위
로 만들어 신표로 삼던 물건.

212) 션참후계(先斬後啓): 선참후계. 군율(軍律)을 어긴 사람을 먼저 처형(處刑)하고 나
중에 임금에게 보고함.

213) 국ᄌ감(國子監): 국자감. 원래 중국 수나라 때에, 양제가 국자학을 고쳐 둔 교육 기관.

214) 좨: [교] 원문에는 '태'로 되어 있으나 오기로 보임.

215) 좨쥬(祭酒): 좨주. 국자감을 주관하는 관리.

216) 거: [교] 원문에는 '지'로 되어 있으나 오기로 보이므로 국도본(18:29)을 따름.

217) 빅: [교] 원문에는 이 뒤에 '빅'이 있으나 뒤에 계속 '영빅슈'로 나오므로 삭제함.

218) 편쟝(偏將): 편장. 대장을 돕는 장수.

219) 좌우익(左右翼): 왼쪽과 오른쪽에 있는 군대의 장수.

220) 군졍(軍情): 군정. 군대 내의 형편.

221) 교쟝(敎場): 교장. 군사 교육 또는 군사 훈련을 위한 교육 시설을 갖추어 놓은 곳.

222) 오군문(五軍門): 오군(五軍). 고대의 군제(軍制)로 명나라 때에는 경군(京軍) 삼대영
(三大營) 가운데 하나였음. 성조(成祖) 때 수도를 방어하는 보병과 기병을 나누어
중군(中軍), 좌액(左掖), 우액(右掖), 좌초(左哨), 우초(右哨)의 오부(五部)로 하였는

ᄒᆞ기ᄅᆞᆯ 맛ᄎᆞ믹 본부(本府)에 도라오니,

ᄎᆞ시(此時), 니부(李府)의 이 소식(消息)이 니ᄅᆞ니 샹해(上下ㅣ) 대경(大驚)ᄒᆞ고 졔부인(諸夫人)과 졔ᄉᆡᆼ(諸生), 졔쇼졔(諸小姐ㅣ) 다 실ᄉᆡᆨ(失色)ᄒᆞ야 뉴 부인(夫人)이 탄식(歎息) 왈(曰),

"신ᄌᆞ(臣子ㅣ) 튱의(忠義)ᄅᆞᆯ 다

●●●

29면

ᄒᆞ믄 그ᄅᆞ지 아니ᄒᆞ거니와 한셩의 평일(平日) ᄌᆞ샹인효(慈詳仁孝)[225]ᄒᆞ므로 ᄒᆡᆼᄉᆞ(行事ㅣ) 엇지 황당(荒唐)ᄒᆞ기에 갓가오뇨? 관ᄋᆡ(-兒ㅣ) 졔손(諸孫)으로 더브러 동ᄒᆡᆼ(同行)ᄒᆞ야 아직 소식(消息)이 업ᄉᆞ니 노뫼(老母ㅣ) 슉식(宿食)이 편(便)치 아니ᄒᆞ고 ᄯᅩ 근릭(近來)에 몽ᄉᆡ(夢事ㅣ) ᄌᆞ못 블길(不吉)ᄒᆞ거늘 한셩, 연셩이 늙은 어미ᄅᆞᆯ ᄉᆡᆼ각지 아니ᄒᆞ고 븍노(北奴) ᄒᆡᆼ도(行途)ᄅᆞᆯ 닐우니 엇지 념녀(念慮)롭지 아니ᄒᆞ리오?"

셜 부인(夫人)이 ᄯᅩᄒᆞᆫ 놀나기ᄅᆞᆯ 마지아니ᄒᆞ니 뎡 부인(夫人)과 쇼 부인(夫人)이 화셩유ᄉᆡᆨ(和聲柔色)[226]으로 태부인(太夫人)을 위로(慰勞)ᄒᆞ더니,

셕양(夕陽)의 무평[227]빅이 쇼부(少傅)로 더브러 바로 년무쟝(演武

데 이를 또한 오군(五軍)이라 일렀음. 오군은 또 조정의 군대를 범칭하는 말로 쓰이기도 하였음.

223) 웅병(雄兵): 용맹스러운 병사.

224) ᄌᆞ모밧아: '점고하여'으로 뜻으로 보이나 미상임.

225) ᄌᆞ샹인효(慈詳仁孝): 자상인효. 성품이 자상하고 어질며 효성스러움.

226) 화셩유ᄉᆡᆨ(和聲柔色): 화성유색. 온화한 말과 부드러운 얼굴빛.

227) 평: [교] 원문에는 '령'으로 되어 있으나 앞의 예를 따라 이와 같이 수정함.

場)으로셔 도라오니 슈려(秀麗)흔 광치(光彩)와 호일(豪逸)[228]흔 긔
샹(氣像)이 융복(戎服) 가온듸 더옥 빗나고 청슈미염(淸鬚美髥)[229]은
가슴

30면

의 덥혓ᄂᆞᆯ듸 팔(八) 쳑(尺) 경뉸(徑輪)[230]의 칠쳑신(七尺身) 비과슬
(臂過膝)[231]ᄒᆞ야 죠복(朝服) 가온듸ᄂᆞᆫ 냥(兩) 개(個) 단아(端雅)흔 ᄌᆡ
샹(宰相)이러니 융장(戎裝) 가온듸ᄂᆞᆫ 언건(偃蹇)[232]흔 호걸(豪傑)이
라. 뉴 부인(夫人)이 근심ᄒᆞᄂᆞᆫ 가온듸나 두굿기믈 마지아냐 역탄역
소(亦嘆亦笑) 왈(曰),

  "내 ᄋᆞ히(兒孩) 톄졔(體制)[233] 가(可)히 익군보국지심(愛君報國之
心)[234]은 아름답다 닐오려니와 미망노모(未亡老母)의 지ᄌᆞ(止慈)[235]
뎌독(舐犢)[236]은 오히려 망ᄆᆡ(忘昧)[237]ᄒᆞ냐? 여형(汝兄)이 국ᄉᆞ(國事)

---

228) 호일(豪逸): 예절이나 사소한 일에 매임이 없이 호방함.

229) 청슈미염(淸鬚美髥): 청수미염. 선명하고 아름다운 수염.

230) 경뉸(徑輪): 경륜. 지름과 둘레를 아울러 이르는 말로 여기에서는 키를 말함.

231) 비과슬(臂過膝): 팔이 무릎 아래로 내려왔다는 뜻으로, 영웅의 모습을 형상화한
    말임.

232) 언건(偃蹇): 건장한 모양.

233) 톄졔(體制): 체제. 생기거나 이루어진 틀. 또는 그런 됨됨이.

234) 익군보국지심(愛君報國之心): 애군보국지심. 임금을 사랑하고 나라의 은혜를 갚으
    려는 마음.

235) 지ᄌᆞ(止慈): 지자. 부모가 자식을 지극히 사랑함.

236) 뎌독(舐犢): 지독. 송아지를 핥아 주는 어미 소의 사랑이라는 뜻으로 자식을 매우
    사랑하는 어버이의 마음을 표현한 말임. 양표(楊彪)의 아들 양수(楊修)가 조조(曹
    操)에게 죽임을 당하였는데, 그 뒤에 조조가 양표에게 왜 그토록 야위었느냐고 묻
    자, 양표가 "늙은 소가 송아지를 핥아 주는 애정을 아직도 지니고 있어서 그렇다.
    猶懷老牛舐犢之愛"라고 대답한 고사에서 유래함. 『후한서(後漢書)』, 「양진열전(楊
    震列傳)」.

로 봉ᄉᆞ(奉仕)ᄒᆞ야 환가지속(還家之速)238)이 아득ᄒᆞᆫ 바에 너희 냥인
(兩人)이 ᄯᅩ 원힝(遠行)ᄒᆞ니 져 븍노(北奴)ᄂᆞᆫ 무의무륜(無義無倫)239)
ᄒᆞᆫ 이적(夷狄)240)이라 ᄯᅩ 완만(頑慢)241) 용한(勇悍)242)ᄒᆞ미 남만(南
蠻)243) 밍확(孟獲)244)의 등갑군(藤甲軍)245) 일뉘(一類ㅣ)라 ᄒᆞ거늘
노뫼(老母ㅣ) 엇지 남이(南夷)에 념녀(念慮)와 븍이(北夷)에 근심이
슉식(宿食)의 평안(平安)ᄒᆞ리오?”

설파(說罷)에 츄연(惆然) 쟝탄(長歎)ᄒᆞ야

°••

31면

심(甚)히 즐기지 아니ᄒᆞ니 냥인(兩人)이 ᄌᆞ교(慈教)를 듯ᄌᆞ오미 감오
(感悟)ᄒᆞ나 이셩(怡聲)246) 화긔(和氣)ᄒᆞ야 호언(好言)으로 위로(慰勞)
ᄒᆞᆯᄉᆡ 무평247)빅이 ᄌᆞ부인(慈夫人) ᄬᅡ유(雙乳)248)를 붓들고 위로(慰

---

237) 망미(忘昧): 망매. 잊음.

238) 환가지속(還家之速): 집에 돌아올 기약.

239) 무의무륜(無義無倫): 의리도 없고 윤리도 없음.

240) 이적(夷狄): 오랑캐.

241) 완만(頑慢): 성질이 모질고 거만함.

242) 용한(勇悍): 날래고 사나움.

243) 남만(南蠻): 예전에, 중국에서 남쪽의 오랑캐라는 뜻으로 남쪽 지방에 사는 민족을
낮잡아 이르던 말.

244) 밍확(孟獲): 맹획. 삼국시대 촉(蜀)나라 건녕(建寧) 사람. 유비(劉備)가 죽은 뒤 옹개
(雍闓)와 함께 촉나라에 반기를 들었다가 남정(南征)한 제갈량(諸葛亮)에게 일곱 번
붙잡혔다가 일곱 번 풀려난 뒤 항복하여 제갈량의 심복(心腹)이 됨. <삼국지연의>.

245) 등갑군(藤甲軍): 맹획의 부대가 입었다고 전해지는 등나무로 만든 갑옷. 매우 가볍
고 칼과 화살에 끄떡없는 갑옷으로 맹획이 등나무 갑옷을 입은 병사들과 함께 촉
나라 군사를 공격하여 큰 타격을 입혔음.

246) 이셩(怡聲): 이성. 말소리를 부드럽게 함.

247) 평: [교] 원문에는 '령'으로 되어 있으나 앞의 예를 따라 이와 같이 수정함.

248) ᄬᅡ유(雙乳): 쌍유. 두 젖가슴.

勞) 주왈(奏曰),

"주위(慈闈)²⁴⁹⁾는 믈념(勿念)ᄒ소셔. 히이(孩兒ㅣ) 맛당히 셩쥬(聖主)의 홍²⁵⁰⁾복(洪福)²⁵¹⁾을 닙ᄉ와 흉노(匈奴)를 소멸(消滅)ᄒ고 승젼개가(勝戰凱歌)²⁵²⁾로 도라오리이다."

부인(夫人)이 탄식(歎息) 유유(儒儒)²⁵³⁾ᄒ야 맛ᄎᆷᄂᆡ 즐기지 아니ᄒ더라.

ᄎ야(此夜)의 냥인(兩人)이 각각(各各) ᄉ침(私寢)²⁵⁴⁾에 가 부인(夫人)을 니별(離別)홀ᄉᆡ, 무평²⁵⁵⁾빅이 셜 부인(夫人) 침소(寢所)에 니ᄅᆞ니 부인(夫人)이 공(公)의 원힝(遠行)을 슬허 쌍미(雙眉)에 일만(一萬) 근심을 믜것다가 니러 마ᄌᆞ니 빅(伯)이 흔연(欣然)이 나아가 집슈년슬(執手連膝)²⁵⁶⁾ᄒ야 웃고 닐오ᄃᆡ,

"대쟝뷔(大丈夫ㅣ) 당당(堂堂)히 진튱보국(盡忠報國)²⁵⁷⁾ᄒ야 몸이 죽은 후(後)

• • •

32면

긋칠 거시니 비록 죽엄을 믈가족에 ᄡᅡ 도라온들 므슴 흔(恨)이 이시

---

249) 주위(慈闈): 자위. 원래는 남에게 자기 어머니를 높여 이르는 말이나 여기에서는 자기 어머니를 부르는 말로 쓰임.

250) 홍: [교] 원문에는 '흥'으로 되어 있으나 오기로 보임.

251) 홍복(洪福): 큰 복.

252) 승전개가(勝戰凱歌): 승전개가. 싸움에서 이기고 돌아올 때에 부르는 노래.

253) 유유(儒儒): 어물어물함.

254) ᄉ침(私寢): 사침. 아내가 있는 방. 사실.

255) 평: [교] 원문에는 '령'으로 되어 있으나 앞의 예를 따라 이와 같이 수정함.

256) 집슈년슬(執手連膝): 집수연슬. 손을 잡고 무릎을 맞댐.

257) 진튱보국(盡忠報國): 진충보국. 충성을 다해 나라의 은혜를 갚음.

리오마는 다만 학발(鶴髮) 편친(偏親)의 막대(莫大)흔 블효(不孝)와 그디 츈쉭(春色)이 쇠(衰)치 아냐시믈 앗기노라."

셜파(說罷)에 츄연(惆然) 변쉭(變色)ᄒ믈 씨닷지 못ᄒ니 부인(夫人)이 쳥필(聽畢)에 공(公)의 언참(言讖)258)의 블길(不吉)ᄒ믈 대경(大驚)ᄒ야 셩안(星眼)에 쥬뤼(珠淚ㅣ) 어릐믈 씨닷지 못ᄒ나 십분(十分) 강잉(强仍)ᄒ야 디왈(對曰),

"군지(君子ㅣ) 비록 원니(遠離)259)ᄒ시는 심식(心事ㅣ) 블안(不安)ᄒ시나 엇지 언참(言讖)의 블길(不吉)ᄒ믈 숨가지 아니시느니잇고? 쳡(妾)이 심(甚)이 괴아(怪訝)260)ᄒ믈 니긔지 못ᄒ리로소이다."

빅(伯)이 츄연(惆然) 왈(曰),

"인지싱셰(人之生世)에 싱(生)은 대야(大也ㅣ)오 ᄉ(死)는 쇼야(小也ㅣ)라. 일싱일ᄉ(一生一死)는 덧덧흔 도리(道理)오, 슈요장단(壽夭長短)261)은 텬슈(天數)에 달닌 배라 엇지 인력(人力)에 밋

• • •

33면

츨 배리오? 싱(生)이 현마262) 븍노(北奴)를 두려ᄒ미 아니로디 근닉(近來) 심식(心事ㅣ) 비황(悲惶)263)ᄒ고 형장(兄丈)과 졔질(諸姪)이 집을 쩌는 후(後) 더옥 심식(心事ㅣ) 울울(鬱鬱)ᄒ야 지젹기264) 어려

---

258) 언참(言讖): 미래의 사실을 꼭 맞추어 예언하는 말.

259) 원니(遠離): 원리. 멀리 떨어짐.

260) 괴아(怪訝): 괴이하고 의심스러움.

261) 슈요쟝단(壽夭長短): 수요장단. 오래 삶과 일찍 죽음.

262) 현마: 설마.

263) 비황(悲惶): 슬프고 두려움.

264) 지젹기: '다잡기'의 뜻으로 보이나 미상임.

오니 셜亽(設使) 븍노(北奴)를 파(破)ᄒ고 무亽(無事)히 도라오나 반다시 셰연(世緣)이 오라지 아닐가 ᄒᄂ니 ᄉᆡᆼ(生)이 부지박덕(不才薄德)265)으로 쇼년(少年) 닙죠(立朝)266)ᄒ야 작위(爵位) 경상(卿相)267)의 니르고 년급ᄉ십오셰(年及四十五歲)268)오, 이ᄌᆞ삼녜(二子三女 l) 이시니 죽으나 ᄯᅩ 무어시 슬푸며 늣거오리오마ᄂᆞᆫ ᄌᆞ졍(慈庭)의 막대(莫大)ᄒᆞᆫ 블효(不孝)와 부인(夫人)의 박명(薄命)을 깃칠가 슬허ᄒᄂ라."

셜파(說罷)에 ᄡᅡᆼ셩봉목(雙星鳳目)269)에 츄쉬(秋水 l)270) 징동(爭動)271)ᄒ니 부인(夫人)이 십분(十分) 경동(驚動)ᄒ나 ᄌᆡ삼(再三) 화셩유어(和聲柔語)272)로 위로(慰勞)ᄒ더라.

야심(夜深)ᄒᄆᆡ 부뷔(夫婦 l) ᄉᆞᆼ상슈리(牀上繡裡)273)에 나아가ᄆᆡ 은ᄋᆡ(恩愛) 진

• • •

34면

듕(珍重)ᄒ야 빅(百) 년(年)의 늣거온 연분(緣分)을 금야(今夜) 회실(會室)에 천고(千古)에 영별(永別)이 될 줄 엇지 알니오. 부부(夫婦)

---

265) 부지박덕(不才薄德): 부재박덕. 재주가 없고 덕이 부족함.

266) 닙죠(立朝): 입조. 벼슬길에 오름.

267) 경상(卿相): 경상. 육경(六卿)과 삼상(三相)을 아울러 이르는 말. 재상(宰相).

268) 년급ᄉ십오셰(年及四十五歲): 연급사십오세. 나이가 마흔다섯 살이 됨.

269) ᄡᅡᆼ셩봉목(雙星鳳目): 쌍성봉목. 별 같은 봉황의 두 눈.

270) 츄쉬(秋水 l): 추수. 가을철에 맑게 흐르는 물이라는 뜻으로 여기에서는 눈물을 이름.

271) 징동(爭動): 쟁동. '다투어 움직임'의 뜻으로 보이나 미상임.

272) 화셩유어(和聲柔語): 화성유어. 온화한 음성과 부드러운 말.

273) ᄉᆞᆼ상슈리(牀上繡裡): 상상수리. 침상 위 수놓은 이불.

냥인(兩人)이 유유(幽悠)274) 경경(耿耿)275)ᄒ야 전전블ᄆᆡ(輾轉不寐)276)ᄒ니라.

명죠(明朝)의 무평277)빅 부부(夫婦)와 쇼부(少傅) 부뷔(夫婦 l) 정당(正堂)에 문안(問安)ᄒ고 드듸여 가즁(家中)에 소연(小宴)을 베퍼 서로 니별(離別)ᄒᆞᆯᄉᆡ 거류(去留) 냥별(兩別)이 의의(依依)278)ᄒ고 샹하(上下) 니졍(離情)이 ᄎᆞ아(嗟訝)279)ᄒ야 긔록(記錄)기 어렵더라. 냥(兩) 워쉬(元帥 l) 모젼(母前)의 ᄌᆡ삼(再三) 하직(下直)ᄒ고 부인(夫人)으로 분슈(分手)ᄒᆞᆯᄉᆡ 무평280)빅이 몽한을 ᄡᅳ다듬고 ᄌᆞ녀부(子女婦)를 면면(面面)이 가ᄎᆞᄒ야 ᄒᆞᆫ 번(番) 거름의 셰 번(番) 도라보믈 면(免)치 못ᄒ더라. 뉴 부인(夫人)이 ᄯᅩᄒᆞᆫ 무평281)빅을 ᄯᅥ나ᄂᆞᆫ 심ᄉᆡ(心思 l) ᄌᆞ못 아연(啞然)282)ᄒ니 ᄌᆞ가지심(自家之心)이나 스ᄉᆞ로 고이(怪異)ᄒᆞᆷ믈 ᄂᆞᆺ기지 못

• • •

35면

ᄒ야 강작(強作)283)ᄒ기를 싱각ᄒᆞ며 셜 시(氏)의 심ᄉᆡ(心思 l) ᄯᅩ ᄒᆞᆫ 가지라 스ᄉᆞ로 거지(擧止) 실조(失措)ᄒ니 냥(兩) 뎡 부인(夫人)284)이

---

274) 유유(幽悠): 그윽하고 깊음.

275) 경경(耿耿): 밝게 빛나거나 마음에 잊지 못하고 그리워하는 모양.

276) 젼젼블ᄆᆡ(輾轉不寐): 전전불매. 누워서 몸을 이리저리 뒤척이며 잠을 이루지 못함.

277) 평: [교] 원문에는 '령'으로 되어 있으나 앞의 예를 따라 이와 같이 수정함.

278) 의의(依依): 헤어지기가 서운함.

279) ᄎᆞ아(嗟訝): 차아. 슬프고 놀라움.

280) 평: [교] 원문에는 '령'으로 되어 있으나 앞의 예를 따라 이와 같이 수정함.

281) 평: [교] 원문에는 '령'으로 되어 있으나 앞의 예를 따라 이와 같이 수정함.

282) 아연(啞然): 놀라 어안이 벙벙한 모양.

283) 강작(強作): 억지로 기운을 냄.

지삼(再三) 위회(慰懷)285)ᄒᆞ더라.

한님(翰林) 몽경286)이 제뎨(諸弟)로 더브러 교외(郊外)에 나아가 부슉(父叔)을 빈별(拜別)ᄒᆞ고 도라오니 가듕(家中)이 젹연(寂然)ᄒᆞ야 빈 집 ᄀᆞᆺᄐᆞ니 합문(闔門)287)에 화긔(和氣) ᄉᆞ연(捨然)288)ᄒᆞ더라.

어시(於時)에 샹(上)이 난가(鸞駕)289)를 동(動)ᄒᆞ샤 븍졍(北征) 졔군(諸軍)을 교외(郊外)에 젼숑(餞送)ᄒᆞ시니 니가(李家) 졔공(諸公)의 영춍(榮寵)290)이 더옥 새롭더라.

ᄎᆞ셜(且說). 무평291)빅이 뇽뎐(龍殿)292)에 빈ᄉᆞ(拜謝)293)ᄒᆞ고 대딕(大隊)294) 인마(人馬)를 븍(北)으로 두로혀니 ᄎᆞ시(此時) 텬슌(天順)295) 원년(元年) 츈삼월(春三月) 회간(晦間)296)이러라. 대군(大軍)이 호호탕탕(浩浩蕩蕩)297)이 힝(行)ᄒᆞ야 월여(月餘)298)에 챵쥐(滄州)299) 지

---

284) 냥(兩) 뎡 부인(夫人): 양 정 부인. 이관성의 아내 정몽홍과 이연성의 아내 정혜아를 이름.

285) 위회(慰懷): 마음을 위로함.

286) 경: [교] 원문에는 '셩'으로 되어 있으나 앞의 예를 따라 이와 같이 수정함.

287) 합문(闔門): 온 집안.

288) ᄉᆞ연(捨然): 사연. '사라짐'의 뜻으로 보이나 미상임.

289) 난가(鸞駕): 임금이 거둥할 때 타고 다니던 가마

290) 영총(榮寵): 영화와 임금의 총애.

291) 평: [교] 원문에는 '령'으로 되어 있으나 앞의 예를 따라 이와 같이 수정함.

292) 뇽뎐(龍殿): 용전. 임금이 있는 궁전을 이르던 말.

293) 빈ᄉᆞ(拜謝): 배사. 사은숙배. 임금의 은혜에 감사하며 공손하고 경건하게 절을 올림.

294) 대딕(大隊): 대대. 군대 편성 단위의 하나.

295) 텬슌(天順): 천순. 중국 명나라 제6대 황제인 영종(英宗) 때의 연호(1457~1464). 영종이 토목의 변으로 붙잡혀 있다 복위하여 이전의 연호인 정통(正統) 대신 다시 정한 연호임.

296) 회간(晦間): 그믐날 앞뒤의 며칠 동안.

297) 호호탕탕(浩浩蕩蕩): 기세 있고 힘참.

298) 월여(月餘): 한 달이 조금 넘는 기간.

299) 챵쥐(滄州): 창주. 명나라 때 북경 하간부(河間府)에 속했던 도시로, 현재의 하북성

경(地境)에 니르러 젼군(前軍)[300]이 보(報)ᄒᆞ되 븍뇌(北奴ㅣ) 임의 대병(大兵)을

··●

36면

유쥐(幽州)에 둔취(屯聚)[301]ᄒᆞ엿고 냥도(糧道)[302]를 ᄭᅳᆫ허시니 유쥐(幽州) 일읍(一邑)이 크게 소요(騷擾)ᄒᆞ다 ᄒᆞ거ᄂᆞᆯ 원쉬(元帥ㅣ) 부원슈(副元帥)를 되(對)ᄒᆞ야 글오되,

"도젹(盜賊)의 봉예(鋒銳)[303] 이ᄀᆞ치 셩(盛)ᄒᆞ고 ᄯᅩ 냥최(糧草ㅣ)[304] 풍족(豊足)다 ᄒᆞ니 군ᄉᆡ(軍士ㅣ) 일시(一時)에 나아가지 못ᄒᆞᆯ 거시니 현뎨(賢弟)ᄂᆞᆫ 맛당이 챵쥐(滄州)에 머무러 각읍(各邑)에 젼령(傳令)ᄒᆞ야 미곡(米穀)과 싀초(柴草)[305]를 운젼(運轉)ᄒᆞ야 일삭(一朔) 닉(內)에 몬져 유쥐(幽州)로 밋게 ᄒᆞ고 현뎨(賢弟) 미조ᄎᆞ[306] 오라. 우형(愚兄)이 유쥐(幽州) 가 산관(山關)[307]에 머무러 ᄯᅢ를 슬피고 결젼(決戰)ᄒᆞ야 아의 도라오믈 등되(等待)[308]ᄒᆞ리라."

부원쉬(副元帥ㅣ) 명(命)을 밧아 이에 챵쥐(滄州)에 머믈고 대원슈

(河北省) 창주시.
300) 젼군(前軍): 전군. 앞장서서 나아가는 군대.
301) 둔취(屯聚): 둔취. 주둔해 모여 있음.
302) 냥도(糧道): 양도. 군량미를 운반하는 길.
303) 봉예(鋒銳): 예봉. 날카로운 기세.
304) 냥최(糧草ㅣ): 양초. 군사(軍士)가 먹을 양식과 말을 먹일 꼴을 통틀어 이르는 말.
305) 싀초(柴草): 시초. 땔나무로 쓰는 풀. 여기에서는 마초(馬草), 즉 말에게 먹이는 풀을 말함.
306) 미조ᄎᆞ: 뒤이어.
307) 산관(山關): 산에 쌓은 성채.
308) 등되(等待): 등대. 미리 준비하고 기다림.

(大元帥)는 유쥐(幽州)로 나아갈식 군(軍)을 두 쎄에 난화 형뎨(兄弟) 각각(各各) 거ᄂ리고 마룡, 등공 등(等) 슈

• ••

37면

쟝(數將)이 원슈(元帥)를 좃춫더라.

무평309)빅이 십여(十餘) 일(日) 만에 유쥐(幽州)에 니ᄅ니 산관(山關)의 태슈(太守) 셜문귀 먼니 나와 영졉(迎接)ᄒ야 아즁(衙中)에 드러가 대군(大軍)을 안둔(安屯)ᄒ고 한훤(寒暄)310)을 파(罷)ᄒ미 원쉬(元帥ㅣ) 젹셰(敵勢)를 무ᄅ니 셜 태슈(太守ㅣ) 고왈(告曰),

"븍흉뇌(北匈奴ㅣ) 극(極)히 강셩(强盛)홀 ᄲᆞᆫ 아니라 션봉(先鋒) 탈진, 무신, 야어, 고신이 극(極)히 용밍(勇猛)하고 지혜(智慧) 만인부당지용(萬人不當之勇)311)이 이시니 향(向)ᄒᄂ 바에 능(能)히 경젹(輕敵)312)지 못ᄒᄂ지라. 이러므로 유쥐(幽州) 뉵십여(六十餘) 읍(邑)이 거의 반(半) 남아 아인 배 되여 각각 직희엿던 쟝슈(將帥)와 관군(官軍)이 혹(或) ᄲᅡ화 죽으며 혹(或) 도망(逃亡)ᄒ야 혹(或) 젹(敵)의게 항복(降伏)ᄒ여시니 졀도ᄉ(節度使) 셜만챵은 쇼관(小官)의 종속(種屬)313)이러니 처음에

• ••

38면

---

309) 펑: [교] 원문에는 '령'으로 되어 있으나 앞의 예를 따라 이와 같이 수정함.

310) 한훤(寒暄): 날씨의 춥고 더움을 말하는 인사.

311) 만인부당지용(萬人不當之勇): 만 명의 사람으로도 능히 당해 낼 수 없는 용맹.

312) 경젹(輕敵): 경적. 경솔히 대적함.

313) 종속(種屬): 종속. 가문의 일원.

관군(官軍)을 거느려 딕젹(對敵)ᄒ다가 십만(十萬) 군(軍)을 다 도젹(盜賊)의 도창(刀槍) 아릭 죽이고 젹셰(敵勢)를 능(能)히 당(當)치 못ᄒ미 도젹(盜賊)의 욕(辱)을 밧지 아니려 ᄒ야 스스로 ᄌ결(自決)ᄒ야시니 그 가속(家屬)이 다만 부인(夫人)과 일(一) 직(子ㅣ) 어렷더니 난병(亂兵) 즁(中)에 셩(城)이 함(陷)ᄒ니 그 ᄉ싱(死生)을 아지 못ᄒᄂ이다. 기여(其餘) 슈령(首領) 방빅(方伯)이 죽은 재(者ㅣ) 오륙(五六)인(人)이니 그 가속(家屬)이 합(合)ᄒ여 ᄉ십여(四十餘) 인(人)이오, 항재(降者ㅣ) 십여(十餘) 인(人)이니 원슈(元帥)ᄂ 가비야히 넉이지 마르소셔. 븍젹(北狄)이 ᄒ갓 흉(凶)ᄒᆯ 쑨 아니라 븍쥐(北州), 유쥐(幽州) 등쳐(等處)에 미곡(米穀)과 싀최(柴草ㅣ) 다 계쥐(薊州) 부현(府縣)으로셔 슈운(輸運)314)ᄒ야 올니ᄂ 줄 알고 몬져 계쥐(薊州)를 엄습(掩襲)315)ᄒ여시니 ᄉ면(四面)으로 드ᄂ 냥최(糧草ㅣ)316) 다 씬허

39면

졋ᄂ지라. 다만 산관과 회음과 단양과 단쳔과 년쳔과 슌챵과 쇼음과 봉산과 문음317)의 비록 약간 미곡(米穀)이 이시나 셰월(歲月)이 오릭ᆫ 즉 냥최(糧草ㅣ) 군핍(窘乏)318)ᄒᆯ 거시니 강젹(强敵)을 딕젹(對敵)기 어려올가 ᄒᄂ이다."

원슈(元帥ㅣ) 졈두(點頭) 왈(曰),

---

314) 슈운(輸運): 수운. 운송이나 운반보다 큰 규모로 사람을 태워 나르거나 물건을 실어 나름.
315) 엄습(掩襲): 갑자기 습격함.
316) 냥최(糧草ㅣ): 양초. 군사(軍士)가 먹을 양식과 말을 먹일 꼴을 통틀어 이르는 말.
317) 산관과~문음: 모두 하북성과 그 인근 지방에 속해 있었을 것으로 추측되나 미상임.
318) 군핍(窘乏): 필요한 것이 없거나 모자라 군색하고 아쉬움.

"발셔 이러홀 쥴 싱각ᄒ여 부도독(副都督)으로 ᄒ야금 대군(大軍)을 두 쎄에 난화 챵쥐(滄州) 산셩(山城)에 머무러 닌읍(隣邑)에 미곡(米穀)을 거두며 싀초(柴草)를 슈운(輸運)ᄒ야 일삭(一朔) 닉(內)에 산관(山關)으로 슈운(輸運)ᄒ라 ᄒ엿노라."

ᄒ고 이에 전령(傳令)ᄒ야 셩샹(城上)의 긔치(旗幟)를 세워 텬병(天兵)이 왓ᄂᆞᆫ 쥴 알게 ᄒ고 격셔(檄書)를 지어 븍진(北陣)의 보닉니,

이쩌, 븍흉뇌(北匈奴ㅣ) 본(本)딕 ᄉᆞ막(沙漠)에 싱쟝(生長)ᄒᆞᆫ 배라 샹뫼(相貌ㅣ)

● ● ●

40면

흉녕(凶獰)319)ᄒ고 긔골(氣骨)이 녕한(獰悍)320)ᄒ더라. 션덕(宣德)321) 년간(年間)에 그ᅌᅳ기 반심(叛心)을 품어 ᄀᆞ마니 용ᄉᆞ(勇士)를 초모(招募)322)ᄒ며 군마(軍馬)를 훈련(訓練)ᄒ야 군위(軍威)를 힘뼈 다ᄉᆞ리나 금텬ᄌᆡ(今天子ㅣ) 셩덕(聖德)이 광화(光華)ᄒ샤 ᄉᆞ이(四夷)323) 왕화(王化)324)를 진복(震服)325)ᄒ고 안흐로 니(李) 샹국(相國) 등(等)이 당권(當權)326)ᄒ야 니음양슌ᄉᆞ시(理陰陽順四時)327)ᄒ니 우슌풍죠

---

319) 흉녕(凶獰): 성질이 흉악하고 사나움.

320) 녕한(獰悍): 영한. 모질고 사나움.

321) 션덕(宣德): 선덕. 중국 명나라의 제5대 황제인 선종(宣宗) 때의 연호(1425~1435).

322) 초모(招募): 사람을 불러서 모음.

323) ᄉᆞ이 (四夷): 사이. 예전에, 중국의 사방에 있던 동이, 서융, 남만, 북적을 통틀어 이르던 말.

324) 왕화(王化): 임금의 덕행으로 감화하게 함. 또는 그런 감화.

325) 진복(震服): 두려워 따름.

326) 당권(當權): 권세나 정권을 잡음.

327) 니음양슌ᄉᆞ시(理陰陽順四時): 이음양순사시. 음양(陰陽)을 다스리고 사시(四時)에

(雨順風調)328)ᄒ야 화이(華夷)329)에 영명(英名)330)이 드레고 위엄(威嚴)이 번니(藩夷)331)에 ᄀ득ᄒ니 능(能)히 졸연(猝然)이 병위(兵威)를 니ᄅ혀지 못ᄒ야 다만 군냥(軍糧)을 둔취(屯聚)332)ᄒ고 병갑(兵甲)을 다ᄉ려 ᄡᅥ를 녀언 지 ᄉ오(四五) 년(年)에 텬지(天子ㅣ) 안가(晏駕)333)ᄒ시고 신텬지(新天子ㅣ) 즉위(卽位)ᄒ시니 븍뇌(北奴ㅣ) 바야흐로 용약환희(踊躍歡喜)334)ᄒ야 슈년(數年) 됴공(租貢)을 폐(廢)ᄒ고 인병솔군(引兵率軍)335)ᄒ니

• • •

41면

션봉(先鋒) 탈목진과 대쟝군(大將軍) 울공손이와 지휘ᄉ(指揮師) 야어, 고신336)으로 더브러 인병(引兵)337)ᄒ야 대죠(大朝) 디경(地境)을 침범(侵犯)ᄒ야 쟝ᄎᆺ(將次ㅅ) 각쳐(各處) 쥐군(州郡)을 노략(擄掠)338)ᄒ니 병(兵)이 님(臨)ᄒᄂ 곳마다 대쳡(大捷)339)ᄒᄂ지라.

순응함.

328) 우슌풍죠(雨順風調): 우순풍조. 비가 때맞추어 알맞게 내리고 바람이 고르게 붊.

329) 화이(華夷): 중국 민족과 그 주변의 오랑캐.

330) 영명(英名): 뛰어난 명성이나 명예.

331) 번니(藩夷): 번이. 중국 사람들이 중국의 남쪽과 동쪽에 있는 종족을 낮잡는 뜻으로 이르던 말. 오랑캐.

332) 둔취(屯聚): 둔취. 원래 여러 사람이 한 곳에 모여 있다는 의미이나 여기에서는 군량을 모았다는 뜻으로 쓰임.

333) 안가(晏駕): 임금이 세상을 떠남.

334) 용약환희(踊躍歡喜): 좋아서 뛰고 환희함.

335) 인병솔군(引兵率軍): 군대를 인솔함.

336) 신: [교] 원문에는 '진'으로 되어 있으나 앞의 예를 따라 이와 같이 수정함.

337) 인병(引兵): 군대를 이끎.

338) 노략(擄掠): 떼를 지어 돌아다니며 사람을 해치거나 재물을 강제로 빼앗음.

339) 대쳡(大捷): 대첩. 크게 이김.

드듸여 승승쟝구(乘勝長驅)340)호야 임의 계쥬(薊州)를 앗고 쏘 유쥬(幽州)를 범(犯)호니 계쥬(薊州) 즈스(刺史) 니희는 극(極)히 용녈(庸劣)흔 재(者ㅣ)라 관군(官軍)을 거느려 감(敢)이 빳홀 의스(意思)를 못 호고 힘힘이341) 손을 뭇거 미이믈 밧고 오랑키의게 항복(降服)호믈 면(免)치 못호니 북뇌(北奴ㅣ) 비록 죽이지 아니나 오랑키소견(所見)의도 용녈(庸劣)호야 쁠 듸 업스믈 보고 임의(任意)로 도라가라 호니 니희 진퇴유곡(進退維谷)342)호니 가속(家屬)343)을 닛그러 허다(許多) 관고(官庫) 지믈(財物)은 닐

● ● ●

42면

오도 말고 제집 가지(家財)344)를 다 일허바리고 젼젼(輾轉)345) 걸식(乞食)호야 깁히 슘엇더니 맛춤늬 난병(亂兵)346) 즁(中)에 죽인 배 되다.

유쥬(幽州) 절도스(節度使) 셜만챵은 영웅(英雄)이 개셰(蓋世)347)호고 튱녈(忠烈)이 ᄀ작흔지라 북적(北狄)의 핍박(逼迫)호믈 듸로(大怒)호야 즉시(卽是) 십만(十萬) 관군(官軍)을 뎜고(點考)348)호야 의갑(衣甲)349)을 빗늬고 님진(臨陣)350)호야 교젼(交戰)코즈 호거늘 부인

---

340) 승승쟝구(乘勝長驅): 승승장구. 싸움에 이긴 여세를 타서 계속 몰아침.

341) 힘힘이: 부질없이.

342) 진퇴유곡(進退維谷): 앞과 뒤에 오직 골짜기만 있다는 뜻으로, 이러지도 저러지도 못하고 꼼짝할 수 없는 궁지를 이름.

343) 가속(家屬): 한 집안에 딸린 구성원. 식솔(食率).

344) 가지(家財): 가재. 집안의 재물.

345) 젼젼(輾轉): 전전. 이리저리 옮겨 다님.

346) 난병(亂兵): 어지러운 전쟁.

347) 개셰(蓋世): 개세. 기상이나 위력, 재능 따위가 세상을 뒤덮음.

348) 뎜고(點考): 점고. 명부에 일일이 점을 찍어 가며 사람의 수를 조사함.

(夫人)이 간왈(諫曰),

"가(可)치 아니ᄒ이다. 븍뇌(北奴ㅣ) 극(極)히 효용(驍勇)351)ᄒ니 경적(輕敵)352)지 못홀지라. 쳡(妾)의 소견(所見)은 맛당이 관문(關門)을 굿이 닷고 안병부동(按兵不動)353)ᄒ야 죠뎡(朝廷)에 표(表)를 올녀 구병(救兵)을 쳥(請)ᄒ여 텬병(天兵)이 니ᄅ기를 기다려 외응ᄂᆡ합(外應內合)354)ᄒ야 크게 치면 가(可)히 니긜 법(法) 잇거니와 이졔 미쳐 졍예(精銳)355)

∘••

43면

치 아닌 군ᄉ(軍士)로뻐 븍적(北狄)의 강한(強悍)356)ᄒ믈 막으려 ᄒ다가 만일(萬一) 일이 그릇되면 우흐로 국가(國家) 대ᄉᆡ(大事ㅣ) 그릇될 거시오 ᄒᆞᆫ 번(番) 군(軍)이 파(破)ᄒ고 셩(城)이 함(陷)ᄒ민 쏘ᄒᆞᆫ 군후(君侯)의 셩명(性命)357)이 위틱(危殆)홀가 ᄒᄂ이다."

졀되(節度ㅣ) 분연(憤然)358) 왈(曰),

"대쟝뷔(大丈夫ㅣ) 엇지 븍녁(北-) 오랑키를 두리리오? 맛당이 ᄒᆞᆫ 번(番) ᄡᅡ화 승부(勝負)를 결(決)ᄒ리니 내 져희를 파(破)치 못ᄒ면

---

349) 의갑(衣甲): 갑옷.
350) 님진(臨陣): 임진. 전쟁터에 나섬.
351) 효용(驍勇): 사납고 날램.
352) 경적(輕敵): 경적. 경솔히 대적함.
353) 안병부동(按兵不動): 군대를 한 곳에 멈추어 두고 움직이지 않음.
354) 외응ᄂᆡ합(外應內合): 외응내합. 밖에서 응하고 안에서 부합함.
355) 졍예(精銳): 정예. 썩 날래고 용맹스러움.
356) 강한(強悍): 굳세고 강함.
357) 셩명(性命): 성명. 목숨.
358) 분연(憤然): 성을 벌컥 내며 분해하는 기색이 있음.

내 가(可)히 죽을 뜻룸이라. 대쟝뷔(大丈夫ㅣ) 당당(堂堂)이 흔 번(番) 싸화 신졀(臣節)359)에 죽으미 맛당ㅎ니 엇지 죽기를 두려 쇼리를 움치고 머리를 슉이리오? 부인(夫人)은 념녀(念慮)를 말나. 다만 복(僕)이 이번 가미 진실(眞實)노 싱ᄉ(生死)를 뎡(定)치 못ᄒ리니 부인(夫人)은 ᄋᄌ(兒子)를 보호(保護)ᄒ야 먼니 숨어 난(亂)을

· • •

44면

피(避)ᄒ엿다가 ᄉ셰(事勢)를 보와 산관(山關)의 가 질ᄋ(姪兒)를 ᄎᄌ 경ᄉ(京師)로 도라가라."

부인(夫人)이 식견(識見)이 관대(寬大)360)흔 녀ᄌ(女子ㅣ)라 공(公)의 고집(固執)을 아ᄂ지라 홀일업셔 다시 만뉴(挽留)치 못ᄒ더라.

셜 졀되(節度ㅣ) 인병(引兵)ᄒ야 관(關) 밧긔 나아가 븍적(北狄)과 크게 싸화 몬져 션봉(先鋒)을 죽이고 적병(敵兵)이 도라올 길을 ᄂᆫᄎ니 다시 도라오지 못ᄒ야 ᄎ야(此夜)의 산곡(山谷) 간(間)에 둔영(屯營)361)ᄒ엿더니, 븍뇌(北奴ㅣ) 군(軍)을 모라 이 밤의 진(陣)을 겁칙(劫敕)362)ᄒ니 관군(官軍)이 대픽(大敗)ᄒ야 반(半) 남아 죽고 여졸(餘卒)363)은 ᄉ산분궤(四散奔潰)364)ᄒ야 혹(或) 다라나며 혹(或) 항복(降服)ᄒ니 졀되(節度ㅣ) 홀노 필마(匹馬)를 달녀 호구(虎口)를 버셔나디 몸 우희 젼후(前後) 십여(十餘) 챵(槍)을 마ᄌ시니 능(能)히

---

359) 신졀(臣節): 신절. 신하가 지켜야 할 절개.
360) 관대(寬大): 마음이 너그럽고 큼.
361) 둔영(屯營): 군영을 주둔시킴.
362) 겁칙(劫敕): 겁박하여 탈취함.
363) 여졸(餘卒): 남은 군졸.
364) ᄉ산분궤(四散奔潰): 사산분궤. 사방으로 뿔뿔이 흩어짐.

먼니 도망(逃亡)홀 길이 업고 산상(山上) 산하(山下) 亽면(四面)

에 적병(敵兵)이 겹겹 밀밀(密密)365)이 빳시니 비됴(飛鳥ㅣ)366)라도 나라갈 길이 업거늘 적(敵)이 또 서로 웨여 닐오딕,

　"다민 설만챵을 잡아 오라."

　웨지지ᄂᆞᆫ지라 졀되(節度ㅣ) 스亽로 면(免)치 못홀 줄 알고 앙텬(仰天) 왈(曰),

　"내 가(可)히 도라가지 못ᄒᆞ리로다. 내 븍적(北狄)을 버혀 국난(國難)을 진뎡(鎭靜)ᄒᆞ려 ᄒᆞ엿더니 이졔 믄득 공(功)을 닐우지 못ᄒᆞ고 힘힘이 죽게 되니 엇지 슬푸지 아니ᄒᆞ리오? 슈연(雖然)이나 나ᄂᆞᆫ 텬죠(天朝) 튱신(忠臣)이라 ᄎᆞ마 븍노(北奴)의 욕(辱)을 밧으리오? ᄎᆞᆯ하리 스亽로 죽으리라."

　ᄒᆞ고 놉흔 뫼히 올나 낭혈(狼穴)367)에 써러져 죽거늘 그즁(-中) 심복(心腹) 쟝관(將官) 일(一) 인(人)이 도망(逃亡)ᄒᆞ야 뫼히 숨엇다가 후(後)에 니(李) 쇼부(少傅) 연셩이 븍노(北奴)를 파(破)ᄒᆞᆫ 후(後) 졀도(節度)의 신톄(身體)를 거

두어 도라오니 셜 ᄌᆞ亽(刺史ㅣ) 거두어 반쟝(返葬)368)ᄒᆞ야 도라가고,

---

365) 밀밀(密密): 아주 빽빽함.
366) 비됴(飛鳥ㅣ): 비조. 나는 새.
367) 낭혈(狼穴): 이리 소굴.

그 부인(夫人)이 망극(罔極)흐믈 니긔지 못흐나 대의(大義)를 아는
고(故)로 이쎠에 감(敢)히 슬푸믈 나는 되로 못 흐야 급급(急急)히
남의(男衣)를 개착(改着)흐고 심복(心腹) 시녀(侍女) 수오(四五) 인
(人)으로 더브러 으즈(兒子)를 다리고 경보(輕寶)³⁶⁹⁾를 품어 북문(北
門)으로 도망(逃亡)흐야 진망산에 숨어 암혈(巖穴) 속에 업되여 산과
(山果)와 숑엽(松葉)을 싸 먹으나 거의 죽게 되엿더니 적병(敵兵)이
셩(城)을 함(陷)흔 후 근쳐(近處)에 군(軍)을 거두어 다른 되로 가니
부인(夫人)이 도라오고즈 흐나 간괘(干戈ㅣ)³⁷⁰⁾ 막혀시니 홀일업셔
깁히 산수(山寺)에 뉴락(留落)³⁷¹⁾흐야더니 북난(北亂)이 평정(平定)
흔 후(後)에 바야흐로 도라와 친척(親戚)을 츠즈 경수(京師)의 녯집
으로 오니라.

북군(北軍)이 임의 셜 졀

• • •

47면

도(節度)를 파(破)흐고 셩(城)을 아스미 병셰(兵勢) 대진(大振)³⁷²⁾흔
지라 지나는 바에 쥬현(州縣) 방빅(方伯)³⁷³⁾이 망풍귀항(望風歸
降)³⁷⁴⁾흐야 빗호지 아녀셔 스스로 도라가며 죽이지 아녀셔 스스로 죽

---

368) 반쟝(返葬): 반장. 객지에서 죽은 사람을 그가 살던 곳이나 그의 고향으로 옮겨서
　　　장사를 지냄.
369) 경보(輕寶): 몸에 지니고 다니기에 편한 가벼운 보배.
370) 간괘(干戈ㅣ): 방패와 창이라는 뜻으로 전쟁을 이름.
371) 뉴락(留落): 유락. 타향에서 머물러 있음.
372) 대진(大振): 크게 떨침.
373) 방빅(方伯): 방백. 각 고을의 으뜸 벼슬. 수령.
374) 망풍귀항(望風歸降): 소문만 듣고도 놀라서 돌아와 항복함.

으며 절노 항복(降服)ᄒ야 슈십(數十) 군현(郡縣)을 어드니 유쥐(幽州) 산관(山關) 셜 태쉬(太守ㅣ) 대경실쉭(大驚失色)[375]ᄒ야 감(敢)히 경 젹(輕敵)[376]지 못홀 줄 알고 관문(關門)을 굿이 닷고 안병부동(按兵不動)[377]ᄒ며 일변(一邊)으로 녈읍(列邑) 군현(郡縣)의 표고(表告)[378]ᄒ 야 죠뎡(朝廷)에 알외여 원[379]병(援兵)을 쳥(請)ᄒ엿더라.

명진(明陣)의 격셰(檄書ㅣ) 븍진(北陣)에 니ᄅ민 븍뇌(北奴ㅣ) 제 쟝(諸將) ᄉ졸(士卒)을 모흐고 격서(檄書)를 밧아 보니 ᄒ여시ᄃᆡ,

'뎐슌(天順) 원년(元年) 하(夏) 오월(五月) 모일(某日)에 졍븍대원 슈(征北大元帥) 텬하병마졀도ᄉ(天下兵馬節度使) 니(李) 모(某)ᄂ 븍 노(北奴) 왕(王)의게 글월을 붓치ᄂ니

● ● ●

48면

고어(古語)의 왈(曰), '보텬디해(普天之下ㅣ) 막비왕퇴(莫非王土ㅣ)오, 솔토지빈[380](率土之濱)이 막비왕신(莫非王臣)[381]'인즉 왕(王)이 비록 변디(邊地) ᄉ막(沙漠)에 싱장(生長)ᄒ야 왕화(王化)[382]를 밧ᄌᆸ지 못 ᄒ여시나 번국(藩國)[383] 쇼방(小邦)이라 엇지 명죠지신(明朝之臣)[384]

---

375) 대경실쉭(大驚失色): 대경실색. 크게 놀라 낯빛이 변함.

376) 경젹(輕敵): 경적. 경솔히 대적함.

377) 안병부동(按兵不動): 군대를 한 곳에 멈추어 두고 움직이지 않음.

378) 표고(表告): 표를 올려 고함.

379) 원: [교] 원문에는 '완'으로 되어 있으나 오기로 보임.

380) 빈: [교] 원문에는 '민'으로 되어 있으나 오기로 보임.

381) 보텬디해(普天之下ㅣ)~막비왕신(莫非王臣): 보천지하 막비왕토요, 솔토지빈이 막 비왕신. 하늘 아래에 왕의 땅 아닌 것이 없고, 땅의 끝까지 왕의 신하 아닌 사람이 없다. 『시경』, <북산(北山)>.

382) 왕화(王化): 임금의 교화.

이 아니며 비록 호풍역속(胡風域俗)385)이나 군신(君臣) 대의(大義)를
아지 못ᄒ며 텬시(天時)를 아지 못ᄒ느뇨? 망녕(妄靈)도이 텬위(天
威)386)를 항형(抗衡)387)ᄒ야 지경(地境)을 침노(侵擄)388)ᄒ며 군민
(群民)을 살ᄒᆡ(殺害)ᄒ니 기죄(其罪) 블용쥐(不容誅ㅣ)389)라. 만셰텬
ᄌᆡ(萬歲天子ㅣ) 드ᄅ시고 텬위(天威) 진노(震怒)390)ᄒ샤 아등(我等)
을 명(命)ᄒ샤 오십만(五十萬) 대군(大軍)을 거ᄂ려 치라 ᄒ시니 이
에 대병(大兵)이 니ᄅ럿ᄂ니 만일(萬一) 텬위(天威)를 두려ᄒ거든 쎌
니 취(取)ᄒ엿던 바 녈읍(列邑) 군현(郡縣)을 다 도라보ᄂ고 항복(降
服)ᄒ면 셩명(性命)을 보젼(保全)ᄒ야 왕위(王位)

• • •

49면

를 일치 아니ᄒ려니와 블연(不然)즉 텬병(天兵)을 나오ᄂ 날은 옥셕
(玉石)이 구분(俱焚)391)ᄒ리라.'

ᄒ엿더라.

븍노(北奴) 군신(君臣)이 밧아 보고 모든 오랑키 믁연(默然)ᄒ야
말을 못 ᄒ거ᄂ 븍뇌(北奴ㅣ) 대로(大怒)ᄒ야 글월을 뮈치고 대ᄆᆡ(大
罵) 왈(曰),

383) 번국(藩國): 제후의 나라.
384) 명죠지신(明朝之臣): 명조지신. 명나라 조정의 신하.
385) 호풍역속(胡風域俗): 오랑캐 땅의 풍속.
386) 텬위(天威): 천위. 천자의 위엄.
387) 항형(抗衡): 서로 지지 아니하고 맞섬.
388) 침노(侵擄): 남의 나라를 불법으로 쳐들어가거나 쳐들어옴.
389) 블용쥐(不容誅ㅣ): 불용주. 목 베어 죽어도 용납받지 못함.
390) 진노(震怒): 존엄한 사람이 몹시 노함.
391) 구분(俱焚): 다 탐.

"명데(明帝) 진실(眞實)노 어리고 아득ᄒ도다. 니한셩 형데(兄弟)
ᄂ 블과(不過) 옥당(玉堂)392) 한원(翰苑)393)의 붓디를 희롱(戲弄)ᄒ
ᄂ 녹녹(碌碌)394)ᄒ 무리라 엇지 군무(軍務)를 알 거시라 감(敢)이
날을 디젹(對敵)ᄒ려 ᄒᄂ뇨? 필뷔(匹夫ㅣ) 감(敢)히 날을 업슈히 넉
여 말슴이 이러틋 틴만(怠慢)ᄒ니 엇지 요디(饒待)395)ᄒ리오?"

드디여 ᄉᄌ(使者)를 잡아드려 귀를 버히며 코흘 깍가 도라보니며
닐오니,

"네 도라가 니한셩 필부(匹夫)다려 닐오라. 븍왕(北王)이 임의 응
텬슌인(應天順人)396)ᄒ야 텬

∘••

50면

명(天命)을 밧은 님군이라 당당(堂堂)이 너히 즁원(中原)을 멸(滅)ᄒ
야 원(元)나라 원슈(怨讐)를 갑고 너히 ᄌ손(子孫)으로 ᄒ야금 ᄌᄌ
손손(子子孫孫)이 노안비슬(奴顔婢膝)397)ᄒ야 내 신해(臣下ㅣ) 되게
홀 거시니 너모 방ᄌ(放恣)치 말나. 즐겨 항복(降服)ᄒ면 가(可)히 녈
후(列侯)에 부귀(富貴)를 일치 아니려니와 블연(不然)즉 셩명(性命)
을 보젼(保全)치 못ᄒ리라."

---

392) 옥당(玉堂): 홍문관(弘文館)의 별칭. 홍문관은 전적의 교정, 생도의 교육 등을 맡아
함. 당나라 때 처음 설치되어 명나라 초에는 있었으나 오래지 않아 없어지고 선덕
(宣德) 연간에 다시 설치되었다가 후에 문연각(文淵閣)에 병입(幷入)됨.

393) 한원(翰苑): 한림원(翰林院)의 별칭. 당나라 초에 설치되어 명나라 때에는 저작(著
作), 사서 편수, 도서 등의 사무를 맡아 함

394) 녹녹(碌碌): 녹록. 평범하고 보잘것없음.

395) 요디(饒待): 요대. 잘 대우해 줌.

396) 응텬슌인(應天順人): 응천순인. 하늘의 뜻에 응하고 사람들의 바람을 좇음.

397) 노안비슬(奴顔婢膝): 남자 종의 아첨하는 얼굴과 여자 종의 무릎걸음이라는 뜻으
로, 하인처럼 굽실거리는 얼굴로 비굴하게 알랑대는 태도를 비유적으로 이르는 말.

ᄒ니 ᄉ재(使者ㅣ) 겨유 목숨을 보젼(保全)ᄒ야 산관(山關)에 도라
와 슈말(首末)을 고(告)ᄒ니 무평398)빅이 대로(大怒)ᄒ야 이에 군마
(軍馬)를 뎡졔(整齊)399)ᄒ야 교젼(交戰)코ᄌ ᄒ더니 믄득 북진(北陣)
의셔 호쟝(胡將) 탈목진을 보닉여 셩하(城下) 문밧(門-)긔 와 소릭 질
너 ᄡᅡ홈을 도도며 공(公)을 슈욕(羞辱)400)ᄒ는지라 무평401)빅이 대
로(大怒)ᄒ야 급(急)히 관문(關門)을 열고 산하(山下)에 ᄂ리니 십만
(十萬) 졍병(精兵)이 좃찻

• • •

51면

더라.

북진(北陣) 즁(中)에셔 명군(明軍)의 하산(下山) 교젼(交戰)코ᄌ ᄒ
믈 보고 북군(北軍)이 웨여 왈(曰),

"우리 황뎨(皇帝) 명쟝(明將)을 친(親)이 보와 말ᄒᄌ ᄒ신다."

ᄒ더니 북흉뇌(北匈奴ㅣ) 문긔(門旗)402) 아릭 나아오니 머리에 약
대403) 머리 ᄀᆺ튼 거슬 쓰고 엇게에 흑닌갑(黑鱗甲)404)을 닙고 화안
금졍슈(火眼金睛獸)405)란 즘싱을 타고 손에 쇠방픽롤 들고 좌우(左
右)에 무슈(無數)ᄒ 오랑키 시위(侍衛)ᄒ여 나오니 흉녕(凶獰)406)ᄒ

---

398) 평: [교] 원문에는 '령'으로 되어 있으나 앞의 예를 따라 이와 같이 수정함.

399) 뎡졔(整齊): 정제. 격식에 맞게 차려입고 매무시를 바르게 함.

400) 슈욕(羞辱): 수욕. 치욕을 줌.

401) 평: [교] 원문에는 '령'으로 되어 있으나 앞의 예를 따라 이와 같이 수정함.

402) 문긔(門旗): 문기. 진문(陣門) 밖에 세우던 군기(軍旗).

403) 약대: 낙타.

404) 흑닌갑(黑鱗甲): 흑린갑. 검은 비늘로 덮인 갑옷.

405) 화안금졍슈(火眼金睛獸): 화안금정수. 모든 것을 통찰할 수 있는 안목을 가진 짐승.
<봉신연의>에서 진기(陳奇)가 타고 다니는 것으로 설정된 짐승.

거동(擧動)이 흔 무리 귀신(鬼神) ズ트니 텬병(天兵) 스졸(士卒)이 바라보고 실식상담(失色喪膽)[407]ᄒᆞ여 아니리 업더라.

북흉뇌(北匈奴ㅣ) 먼니 바라보니 명군(明軍) 진듕(陣中)에 오식(五色) 긔치(旗幟) 나붓기고 졍긔(旌旗) 부월(斧鉞)[408]이 폐일(蔽日)[409]흔딕 십만(十萬) 뎡병(精兵)이 믈미둦 나오니 개개(箇箇)히 의갑(衣甲)이 션명(鮮明)ᄒᆞ고 영용(英勇)이 개셰(蓋世)ᄒᆞ거늘 대원쉬(大元帥ㅣ) 머리의 농(龍)

그린 투구를 ᄡᅳ고 옥산(玉山)[410]이 엄연(儼然)[411]흔 엇게에 황금쇄ズ갑(黃金鎖子甲)[412]에 슈젼포(繡戰袍)[413]를 쪄닙고 일희 허리에 팔난(八鸞)[414] 그린 옥셔씌(玉犀-)[415]를 두루고 단[416]궁비젼(檀弓飛箭)[417]을 ズ초와 쳔니츄풍마(千里追風馬)[418] 우히 금안(金鞍)을 도

---

406) 흉녕(凶獰): 성질이 흉악하고 사나움.

407) 실식상담(失色喪膽): 실색상담. 낯빛이 바뀌고 넋을 잃음.

408) 부월(斧鉞): 도끼와 같이 만든 것으로, 군령을 어긴 자에 대한 생살권(生殺權)을 상징함.

409) 폐일(蔽日): 해를 가림.

410) 옥산(玉山): 외모와 풍채가 뛰어난 사람을 비유적으로 이르는 말.

411) 엄연(儼然): 뚜렷함.

412) 황금쇄ズ갑(黃金鎖子甲): 황금쇄자갑. 돼지가죽으로 만든 미늘을 서로 꿰어서 만든 뒤 황금을 입힌 갑옷.

413) 슈젼포(繡戰袍): 수전포. 수를 놓은 전포. 전포는 장수가 입던 긴 웃옷.

414) 팔난(八鸞): 팔란. 여덟 마리의 난새.

415) 옥셔씌(玉犀-): 옥서띠. 옥으로 만든 서띠. 서띠는 무소의 뿔로 장식한, 허리에 두르는 띠.

416) 단: [교] 원문에는 '난'으로 되어 있으나 오기로 보임.

417) 단궁비젼(檀弓飛箭): 단궁비전. 박달나무로 만든 활과 매우 빠른 화살.

도고 봉두무우훼(鳳頭舞羽鞋)⁴¹⁹⁾룰 신고 좌슈(左手)의 듁졀금칙(竹節金-)⁴²⁰⁾룰 들고 우슈(右手)의ᄂ 방쳔화극(方天畫戟)⁴²¹⁾을 잡아시니 긔질(氣質)이 영위(英偉)⁴²²⁾ᄒ고 긔샹(氣像)이 탁낙(卓犖)⁴²³⁾ᄒ야 와줌(臥蠶) 눈셥⁴²⁴⁾과 단봉(丹鳳) 냥안(兩眼)이며 단⁴²⁵⁾ᄉ(丹沙) 쥬슌(朱脣)이오 쳥슈미염(淸鬚美髥)⁴²⁶⁾이라. 빗ᄂ 광칙(光彩) 삼군(三軍)의 소ᄉ나니 븍노(北奴) 군신(君臣)이 바라보고 대경(大驚) 칭찬(稱讚)ᄒ여 반다시 텬신(天神)이 강님(降臨)ᄒ가 의심(疑心)ᄒ더라.

븍뇌(北奴ㅣ) 몬져 치룰 드러 가르쳐 닐오딕,

"갑쥐(甲胄ㅣ)⁴²⁷⁾ 지신(在身)ᄒ 고(故)로 감블녜슈(敢不禮數)⁴²⁸⁾ᄒᄂ니 명공(明公)은 힝(幸)여 무례(無禮)

• • •

53면

ᄒ믈 용셔(容恕)ᄒ라. 괴(孤ㅣ)⁴²⁹⁾ 아ᄌ(俄者)⁴³⁰⁾의 공(公)의 글월을

---

418) 쳔니츄풍마(千里追風馬): 천리추풍마. 바람을 따라 천 리를 내달리는 말.

419) 봉두무우훼(鳳頭舞羽鞋): 봉두무우혜. 앞을 봉황의 머리 모양으로 내어 꾸미고 옆을 봉황이 날아가는 모양을 그려 넣은 신.

420) 듁졀금칙(竹節金-): 죽절금채. 대나무 무늬가 새겨진 쇠채찍.

421) 방쳔화극(方天畫戟): 방천화극. 언월도(偃月刀)나 창 모양으로 만든 옛날 중국 무기의 하나.

422) 영위(英偉): 영특하고 위대함.

423) 탁낙(卓犖): 탁락. 남보다 두드러지게 뛰어남.

424) 와줌(臥蠶) 눈셥: 와잠 눈썹. 누에가 누워 있는 모양 같은 눈썹. 잘생긴 남자의 눈썹을 표현할 때 주로 사용되는 표현.

425) 단: [교] 원문에는 '넉'으로 되어 있으나 오기로 보임.

426) 쳥슈미염(淸鬚美髥): 청수미염. 맑고 아름다운 수염.

427) 갑쥐(甲胄ㅣ): 갑주. 갑옷과 투구.

428) 감블녜슈(敢不禮數): 감불예수. 감히 예의로 인사하지 못함.

429) 괴(孤ㅣ): 예전에, 왕이나 제후가 자기를 낮추어 이르던 일인칭 대명사.

보니 극(極)히 블통무식(不通無識)431)ᄒ야 텬시(天時)를 아지 못홀
ᄲᅳᆫ 아니라 ᄉ연(辭緣)432)이 극(極)히 블슌(不順)433)ᄒ거늘 버히려 ᄒ
다가 십분(十分) 용셔(容恕)ᄒ야 다만 이비(耳鼻)434)를 훼(毁)ᄒ여 보
닉엿ᄂ니 명공(明公)은 고이(怪異)히 넉이지 말나. 일즉 ᄉ인(使人)
으로 말슴을 젼(傳)ᄒ미 잇더니 공(公)이 드ᄅ시니잇가? 태의(台
意)435) 여하(如何)오?"

무녕436)빅이 쳥파(聽罷)에 줌미(蠶眉)를 거스리고 봉안(鳳眼)을 슈
졍(修整)437)ᄒ야 졍셩(正聲)438) 대민(大罵)439) 왈(曰),

"븍방(北方) 미쳔(微賤)ᄒᆫ 오랑키 감(敢)히 텬명(天命)을 항거(抗
拒)ᄒ니 그 죄(罪) 만ᄉ무셕(萬死無惜)440)이어늘 ᄯᅩ 텬ᄉ(天使)441)를
참욕(慘辱)442)ᄒ니 ᄉᄉ(事事)의 가살지죄(可殺之罪)443)라. 아모리
호적(胡狄)의 흉완(凶頑)444)ᄒᆫ 낫가족인들 감(敢)히 흉언(凶言)을 간
ᄉ(奸詐)히 쑴이리오? 내 당당(堂堂)히 너를

---

430) 아ᄌ(俄者): 아자. 아까.
431) 블통무식(不通無識): 불통무식. 이치에 통달하지 않고 무식함.
432) ᄉ연(辭緣): 사연. 말의 내용.
433) 블슌(不順): 불순. 공손하지 않음.
434) 이비(耳鼻): 귀와 코.
435) 태의(台意): 상대방의 의견을 높여 이르는 말.
436) 녕: [교] 원문에는 '령'으로 되어 있으나 앞의 예를 따라 이와 같이 수정함.
437) 슈졍(修整): 수정. 고쳐서 정돈함.
438) 졍셩(正聲): 정성. 목소리를 엄정히 함.
439) 대민(大罵): 대매. 크게 꾸짖음.
440) 만ᄉ무셕(萬死無惜): 만사무석. 만 번 죽어도 아깝지 않음.
441) 텬ᄉ(天使): 천사. 천자가 보낸 사신.
442) 참욕(慘辱): 무참히 모욕함.
443) 가살지죄(可殺之罪): 죽임을 당할 만한 죄.
444) 흉완(凶頑): 흉악하고 모짊.

54면

잡아 머리를 버혀 턴하(天下)의 호령(號令)ᄒ고 북방(北方)을 줏불와
호역(胡域)에 더러온 튓글을 씨셔 바리려 ᄒ노라."

븍뇌(北奴ㅣ) 대로(大怒) 왈(曰),

"나ᄂ 너희 져문 나흘 어엿비 넉이고 인ᄌᆡ(人才)ᄅᆞᆯ ᄉᆞ랑ᄒ미어늘
너ᄂ 가지록 호슈(虎鬚)[445]ᄅᆞᆯ 거우고져[446] ᄒᄂ뇨? 네 나의 됴흔 ᄯᆞᆺ
을 져바리니 가(可)히 용ᄉᆞ(容赦)치 못ᄒ리라."

좌우(左右)ᄅᆞᆯ 도라보아 왈(曰),

"뉘 가(可)히 한성 필부(匹夫)ᄅᆞᆯ 잡아 분(憤)을 플소?"

언미필(言未畢)에 션봉(先鋒) 탈목진, 울공손이 빵고검(雙股劍)[447]
을 두ᄅᆞ며 나아오니 명진(明陣) 즁(中)의셔 윤 션봉(先鋒), 니쟝국이
ᄂᆡ다라 마ᄌ 빳호니 븍진(北陣) 즁(中)의셔 ᄯᅩ 야어, 고신[448]이 ᄂᆡ다
라 웨여 닐오ᄃᆡ,

"우리 부ᄃᆡ 니한성을 잡으리니 너희 등(等)은 우리 젹슈(敵手ㅣ)
아니라 샐니 믈너나라."

명진(明陣)

---

445) 호슈(虎鬚): 호수. 범의 수염.

446) 거우고져: 집적거려 성나게 하고자.

447) 빵고검(雙股劍): 쌍고검. 유비가 썼다는 두 자루의 검으로, 자웅일대검(雌雄一對劍)
으로도 불림. <삼국지연의>.

448) 신: [교] 원문에는 '진'으로 되어 있으나 앞의 예를 따라 이와 같이 수정함.

즁(中)에셔 초449)영, 홍450)긔 이(二) 쟝(將)이 대로(大怒)ᄒ야 삼(三)
쳑(尺) 냥인도(兩刃刀)451)를 두로고 도화구(桃花駒)452)를 치쳐 닉다
라 야어, 고신453)을 마ᄌ 젼블슈합(戰不數合)454)에 야에 초455)영을
질너 마하(馬下)에 ᄂ리치니 명진(明陣) 샹(上)에셔 냥쟝(兩將)의 죽
ᄂ 양(樣)을 보고 구셩, 한픠456) ᄯ 닉다라 빠화 죽으니 윤 션봉(先
鋒), 니쟝국은 오히려 탈목진, 울공손을 딕젹(對敵)ᄒᄆ 진짓 젹슈
(敵手ㅣ)러라.

무평457)빅이 진젼(陣前)의셔 네 쟝슈(將帥)의 죽ᄂ 양(樣)을 보고
대로(大怒)ᄒ야 마롱, 등공으로 나 딕젹(對敵)ᄒ라 ᄒ더니 야어, 고
신458)이 ᄉ(四) 쟝(將)을 죽이ᄆ 예긔(銳氣) 빈빈(倍倍)ᄒ야 진젼(陣
前)에셔 횡힝(橫行)ᄒ며 닐오딕,

"너히 쟝슈(將帥ㅣ) 다 용녈(庸劣)ᄒ니 능(能)히 우리를 당(當)ᄒ리
오? 니한셩이 쟝슈(將帥) 되여 져ᄂ 춤아 무셔워 님진(臨陣)459)치 못
ᄒ고 무죄(無罪)

---

449) 초: [교] 원문에는 '총'으로 되어 있으나 앞의 예를 따라 이와 같이 수정함.
450) 홍: [교] 원문에는 '홍'으로 되어 있으나 앞의 예를 따라 이와 같이 수정함.
451) 냥인도(兩刃刀): 양인도. 양쪽에 날이 있는 칼.
452) 도화구(桃花駒): 흰털에 붉은 점이 있는 말. 월모마(月毛馬).
453) 신: [교] 원문에는 '진'으로 되어 있으나 앞의 예를 따라 이와 같이 수정함.
454) 젼블슈합(戰不數合): 전불수합. 싸운 지 몇 합이 되지 않음.
455) 초: [교] 원문에는 '총'으로 되어 있으나 앞의 예를 따라 이와 같이 수정함.
456) 픠: [교] 원문에는 '퇴'로 되어 있으나 앞의 예를 따라 이와 같이 수정함.
457) 평: [교] 원문에는 '령'으로 되어 있으나 앞의 예를 따라 이와 같이 수정함.
458) 신: [교] 원문에는 '진'으로 되어 있으나 앞의 예를 따라 이와 같이 수정함.
459) 님진(臨陣): 임진. 전쟁터에 나섬.

혼 아쟝(亞將)460)을 다 죽이는도다."

ᄒ거늘 무평461)빅이 대로(大怒)ᄒ야 듁졀편(竹節鞭)462)을 두로고 쳔니구(千里駒)를 치쳐 ᄂᆞ다라 바로 야어, 고신463)을 취(取)ᄒ니 야어, 고신464)이 졍(正)히 ᄉ(四) 쟝(將)을 버혀 예긔(銳氣) 빅빅(倍倍)ᄒ지라 원슈(元帥ㅣ) 교젼(交戰)ᄒᄆᆞᆯ 보고 ᄀᆞ쟝 업슈히 넉여 게얼니 칼을 들너 마ᄌᆞ니 원슈(元帥ㅣ) 분(憤)혼 긔운이 츙텬(衝天)465)ᄒ엿ᄂᆞᆫ지라 원슈(元帥ㅣ) 분녁(奮力)466)ᄒ야 칼이 니러나는 곳에 검광(劍光)이 셤삭(閃爍)467)ᄒ며 야어의 머리를 버혀 ᄂᆞ리치니 고신468)이 니(李) 공(公)을 너모 업슈이 넉이다가 야어를 버혀 ᄂᆞ리치는 양(樣)을 보고 경겁(驚怯)469)ᄒ야 ᄆᆞᆯ을 두로혀 다라나고ᄌᆞ ᄒ거늘 원슈(元帥ㅣ) 대호(大呼) 왈(曰),

"븍젹(北狄)은 닷지 말나. 나의 놀난 칼날이 엇지 너를 샤(赦)

---

460) 아쟝(亞將): 아장. 대장의 바로 아래 벼슬.

461) 평: [교] 원문에는 '령'으로 되어 있으나 앞의 예를 따라 이와 같이 수정함.

462) 듁졀편(竹節鞭): 죽절편. 대나무 무늬가 새겨진 채찍.

463) 신: [교] 원문에는 '진'으로 되어 있으나 앞의 예를 따라 이와 같이 수정함.

464) 신: [교] 원문에는 '진'으로 되어 있으나 앞의 예를 따라 이와 같이 수정함.

465) 츙텬(衝天): 충천. 분하거나 의로운 기개, 기세 따위가 북받쳐 오름.

466) 분녁(奮力): 분력. 힘을 떨쳐 일으킴.

467) 셤삭(閃爍): 섬삭. 번쩍하고 빛나는 모양.

468) 신: [교] 원문에는 '진'으로 되어 있으나 앞의 예를 따라 이와 같이 수정함.

469) 경겁(驚怯): 놀라고 겁을 냄.

호리오?"

언미필(言未畢)에 고신⁴⁷⁰⁾을 마ᄌ 버혀 ᄂ리치니 북군(北軍)이 원슈(元帥)의 옥면뉴풍(玉面柔風)⁴⁷¹⁾의 신뉴(新柳) ᄀ탄 긔샹(氣像)과 청슈(淸秀)ᄒᆫ 골격(骨格)을 보고 ᄀ장 약(弱)히 넉이다가 냥쟝(兩將)을 년(連)ᄒ야 버히믈 보고 놀나지 아니리 업더라.

윤 션봉(先鋒)이 원슈(元帥)의 호쟝(胡將) 죽이ᄂ 양(樣)을 보고 분용(奮勇)⁴⁷²⁾ᄒ야 일셩(一聲) 음아(吟哦)⁴⁷³⁾의 울공손을 질너 마하(馬下)에 ᄂ리치니 탈목진이 급(急)히 ᄆᆯ머리를 두로혀 다라ᄂᄂ지라. 북뇌(北奴ㅣ) 일젼(一戰)에 삼(三) 쟝(將)이 죽으믈 분노(忿怒)ᄒ야 다시 교젼(交戰)코ᄌ ᄒ나 날이 임의 느졋ᄂ지라 징(錚)⁴⁷⁴⁾을 울녀 군(軍)을 거두니 냥진(兩陣)이 다 한(恨)을 먹음고 군(軍)을 거두미 명일(明日) 교젼(交戰)ᄒ야 승부(勝負)를 결(決)ᄒ려 ᄒ더라.

니(李) 원슈(元帥ㅣ) 군(軍)을 거

두어 산관(山關)에 도라오니 셜 태슈(太守ㅣ) 마ᄌ 승픽(勝敗)를 닐

---

470) 신: [교] 원문에는 '진'으로 되어 있으나 앞의 예를 따라 이와 같이 수정함.

471) 옥면뉴풍(玉面柔風): 옥면유풍. 옥같이 깨끗한 얼굴과 부드러운 풍모.

472) 분용(奮勇): 용감히 떨쳐 일어남.

473) 음아(吟哦): '소리를 낮게 지름'의 뜻으로 보이나 미상임.

474) 징(錚): 쟁. 풍물놀이와 무악 따위에 사용하는 타악기의 하나. 놋쇠로 만들어 채로 쳐서 소리를 내는 악기. 꽹과리.

오고 북적(北狄)의 강용(强勇)[475]을 근심ᄒ야 잠을 닐우지 못ᄒ더니,
이젹에 북뇌(北奴ㅣ) 본진(本陣)에 도라와 졔쟝(諸將)을 모화 의논
(議論) 왈(曰),

"니한셩은 녹녹(碌碌)ᄒ 용지(庸者ㅣ) 아니라 쟝냥(張良),[476] 진평
(陳平)[477]의 지모(智謀)와 마밍긔(馬孟起)[478]의 용(勇)이 겸젼(兼
全)[479]ᄒ 재(者ㅣ)라 산관(山關)을 가비야히 파(破)치 못ᄒ가 ᄒ노라."

승상(丞相) 야야경이 헌칙(獻策)[480] 왈(曰),

"이졔 한셩을 파(破)코ᄌ ᄒ면 맛당히 한셩의 냥도(糧道)[481]를 안
흐로 ᄭᆫ코 밧그로 치기를 급(急)히 ᄒ면 가(可)히 근심 업시 파(破)ᄒ
리이다. 신(臣)이 ᄒ 계교(計巧) 이시니 군ᄉ(軍士) 가온ᄃ ᄀᆞ쟝 영오
(穎悟)[482]ᄒ 쟈(者)를 갈히여 즁원(中原) 의복(衣服)을 닙혀 명일(明
日) 교젼(交戰)ᄒ ᄻ 명군(明軍) 즁(中)에 셧겨 산관(山關)에 드러가

---

475) 강용(强勇): 강하고 용맹함.
476) 쟝냥(張良): 장량. 중국 한(漢)나라 고조(高祖) 때의 재상(?~B.C.168). 자는 자방
(子房)이고 시호는 문성공(文成公). 일찍이 유방의 모사로 있으면서 소하(蕭何)와
함께 한나라 창업에 힘썼고, 그 공으로 유후(留侯)에 책봉됨. 말년에 유방이 자신
을 의심한다는 것을 알고 은거하여 살았음.
477) 진평(陳平): 중국 한나라의 정치가(?~B.C.178). 처음에는 항우(項羽)를 따랐으나
후에 유방(劉邦)을 도와 뛰어난 지략으로 한(漢)나라 통일에 공을 세운 것으로 평
가받음. 여후(呂后)가 전권을 장악하자 정사를 멀리하다가 여후 사망 후 여씨(呂
氏) 일족을 주살하고 문제(文帝)를 옹립하여 왕실을 평정하고 어진 재상으로 이름
을 떨침.
478) 마밍긔(馬孟起): 마맹기. 중국 삼국시대 촉나라 마초(馬超, 176~222)를 이름. 맹기
는 그의 자(字). 양주 부풍군 무릉현 사람으로 유비의 부하로 활약함.
479) 겸젼(兼全): 겸전. 겸하여 갖춤.
480) 헌칙(獻策): 헌책. 계책을 올림.
481) 냥도(糧道): 양도. 군량미를 운반하는 길.
482) 영오(穎悟): 남보다 뛰어나게 영리하고 슬기로움.

59면

관(關) 안히 깁히 숨엇다가 반야(半夜)의 냥초(糧草) 빳흔 곳에 블을 노흐면 엇지 묘(妙)치 아니리잇고?"

북뇌(北奴ㅣ) 올히 넉여 굴오딕,

"이런 대스(大事)를 엇지 흔 군졸(軍卒)의게 맛기리오? 맛당히 지용(智勇) 모스(謀士)를 갈히여 보닉리라."

이에 쟝전지휘스(帳前指揮使) 목고탈을 블너드리니 목고탈이 얼골이 풍화(豊華)ᄒᆞ고 오랑킈 즁(中)의 쥰슈(俊秀)ᄒᆞ더라. 북뇌(北奴ㅣ) 계교(計巧)를 일일(一一)히 가르치고 싹근 딕 미츨 쓰러 망건(網巾)을 쎠오고 흔 벌 즁원(中原) 의복(衣服)을 가져 닙히니 이는 유쥬(幽州) 여러 군현(郡縣)을 아슬 젹 어든 의건(衣巾)이러라. 목고탈이 미시[483]와 건어(乾魚)를 가지고 화약(火藥), 염초(焰硝),[484] 유황(硫黄) 등믈(等物)을 굿초와 가지고 딕령(待令)ᄒᆞ엿더라.

명일(明日) 냥진(兩陣)이 쏘 샹지(相支)[485]ᄒᆞ야 빳홀 젹의

60면

적이 츠젼츠쥬(且戰且走)[486]ᄒᆞ야 각별(各別) 승부(勝負ㅣ) 업더니 셕양(夕陽)의 냥군(兩軍)이 징(錚) 쳐 파(罷)ᄒᆞ다.

츠시(此時), 무평[487]빅이 군즁(軍中)의 냥최(糧草ㅣ) 졈졈(漸漸) 부

---

483) 미시: 미수. 설탕물이나 꿀물에 미숫가루를 탄 여름철 음료.
484) 염초(焰硝): 화약.
485) 샹지(相支): 상지. 서로 버팀.
486) 츠젼츠쥬(且戰且走): 차전차주. 싸우기도 하고 달아나기도 함.

쪽(不足)ᄒ믈 근심ᄒ야 부원슈(副元帥)의 왕반(往返)488)이 거의로디 소식(消息)이 업스믈 근심ᄒ더니 산관(山關) 뒤히 칠빅(七百) 니(里) 허(許)489)의 운암슈 즁의게 일만(一萬) 셕(石) 곡식(穀食)이 이시디 병괘(兵戈ㅣ) 막혀 통(通)치 못ᄒ믈 셜 태슈(太守ㅣ) 고(告)ᄒᄂᆞᆫ지라 원쉬(元帥ㅣ) 셜 공(公)을 명(命)ᄒ야 슈운(輸運)ᄒ야 가져오라 ᄒ니 셜 태슈(太守ㅣ) 슈빅(數百) 승(乘) 슈릭와 슈쳔(數千) 갑ᄉᆞ(甲士)를 거ᄂᆞ려 냥초(糧草)를 운젼(運轉)490)ᄒ라 갈ᄉᆡ, 원ᄂᆡ(元來) 셜 공(公)이 이곳에 부임(赴任) 슈년(數年)이러니 일즉 샹실(喪室)ᄒ고 지쳐491)(再妻) 호 시(氏) 친모(親母) 샹ᄉᆞ(喪事)를 맛나 도라가시니 ᄌᆞ네(子女ㅣ) 업셔 가속(家屬)이 이곳의 업ᄉᆞᆫ지라 홀노 산관(山關)을

●●●

61면

써ᄂᆞ니 다만 원슈(元帥) 일힝(一行)이 머무럿더라.

시야(是夜) 삼경(三更)에 목고탈이 미고(米庫)에 블을 노흔지라 슈만(數萬) 셕(石) 곡식(穀食)이 낫낫치 소화(燒火)ᄒ니 군즁(軍中)이 최후(最後)에 알고 대경(大驚)ᄒ야 원슈(元帥)긔 고(告)ᄒ니, 원쉬(元帥ㅣ) 즘결에 놀나 친(親)이 군졸(軍卒)을 거ᄂᆞ려 블을 구(救)ᄒ나 임의 텬명(天命)이 명(定)ᄒ 쉬(數ㅣ) 잇고 운학 션싱(先生)의 대명(大命)492)이 거의라 엇지 인력(人力)에 밋츨 비리오. 동풍(東風)이 크게

---

487) 평: [교] 원문에는 '령'으로 되어 있으나 앞의 예를 따라 이와 같이 수정함.

488) 왕반(往返): 갔다가 돌아옴.

489) 허(許): 쯤.

490) 운젼(運轉): 운전. 옮김.

491) 지쳐: [교] 원문에는 없으나 문맥을 고려하여 국도본(18:60)을 따라 삽입함.

492) 대명(大命): 천명(天命).

니러나고 년염(煙焰)493)이 챵텬(漲天)494)후야 블꼿치 하늘에 다핫ᄂ
지라. 화셰(火勢) 년(連)ᄒ야 붓기를 긋치지 아니ᄒ니 원슈(元帥)로
붓터 제군(諸軍) 쟝졸(將卒)이 오뉵(五六) 일(日)을 먹지 못ᄒ고 ᄌ지
못ᄒᄃ 블을 구(救)치 못ᄒ고 셩즁(城中)의 일두미(一斗米)를 판득
(辦得)495)홀 길이 업ᄂ지라.496)

•••

62면

일(一) 승(升) 미곡(米穀)이 남지 아냐 낫낫치 지 되엿고 믈이 최(草
ㅣ) 업ᄉ니 굽을 두다려 작난(作亂)이 진동(震動)ᄒ고 관즁(關中)에
약간 플이 이시나 믈이 슈십만(數十萬)이니 엇지 능(能)히 당(當)ᄒ
리오. 더옥 군쟝(軍將) ᄉ졸(士卒)의 무리 다 쥬려 날을 혜여 죽기를
긔약(期約)ᄒ거늘 외완(外援)497)이 그첫고 븍젹(北狄)은 날마다 셩하
(城下)의 와 싸홈을 도도니 삼군(三軍) 쟝졸(將卒)의 예긔(銳氣) 소삭
(蕭索)498)ᄒ고 영웅(英雄)의 긔운(氣運)이 최찰(摧擦)499)ᄒ엿ᄂ지라.
　이쩍, 윤 션봉(先鋒)은 셜 태슈(太守)를 조ᄎ 운암ᄉ의 가고 니쟝
국, 등공, 마룡 등(等)이 군즁(軍中)의 잇더라.
　븍병(北兵)이 날마다 산관(山關) 셩쳡(城堞)에 돌며 닐오ᄃ,

---

493) 년염(煙焰): 연염. 연기 속에서 타오르는 불길.
494) 챵텬(漲天): 창천. 하늘에 퍼져 가득함.
495) 판득(辦得): 이리저리 변통해 얻음.
496) 업ᄂ지라: [교] 원문에는 이 뒤에 '원슈로붓터 말졸에 니르히 오륙 일을 졀곡ᄒ고
　　블을 구ᄒ냐'가 있으나 앞의 부분과 중복되므로 삭제함.
497) 외완(外援): 외원. 바깥의 구원병.
498) 소삭(蕭索): 다 없어짐.
499) 최찰(摧擦): 꺾임.

"너히 스졸(士卒)이

므슴 죄(罪) 이시리오? 우리 황뎨(皇帝) 블구(不久)에 텬하(天下)를
혼일(混一)500) ᄒ즉 너히 다 우리 황뎨(皇帝)의 뎍ᄌ(赤子ㅣ)501)라 슈
이 관문(關門)을 열고 항복(降服)ᄒ면 죄(罪)를 샤(赦)홀 거시니 니한
셩에 머리를 드리면 쳔금(千金)을 주고 녈후(列侯)를 봉(封)ᄒ리라."
ᄒ니 군심(軍心)이 날노 소요(騷擾)ᄒ믈 면(免)치 못ᄒ고 인심(人
心)이 ᄒᆫ갈ᄀᆺ지 아닌지라 원슈(元帥)의 위덕(威德)을 목욕(沐浴)감
은502) 뉴(類)ᄂ 참아 원슈(元帥)를 죽여 항복(降服)홀 쯧은 업ᄉ나
각각(各各) 목숨을 도망(逃亡)코ᄌ ᄒᄂ니 만ᄒ니 원쉬(元帥ㅣ) 스ᄉ
로 긔아(飢餓)를 니긔지 못ᄒ고 군심(軍心)이 어ᄌ러오믈 보미 스ᄉ
로 직희지 못홀 줄 ᄭᅵ닷고 심니(心裏)에 슬허ᄒ더라.
ᄎ야(此夜)의 칼을 집고 쟝즁(帳中)에 나아와 텬문(天文)을 슬피니
ᄎ시(此時)

칠월(七月) 망간(望間)이라. 츄야(秋夜) 냥월(亮月)503)이 됴요(照耀)
ᄒ야 쳥공(靑空)에 일(一) 졈(點) 부운(浮雲)이 업고 셩쉬(星宿ㅣ) 녁

---

500) 혼일(混一): 통일.
501) 뎍ᄌ(赤子ㅣ): 적자. 임금이 갓난아이처럼 여겨 사랑한다는 뜻으로, 그 나라의 백성
    을 이르던 말.
502) 목욕(沐浴)감은: 교화 등을 입은.
503) 냥월(亮月): 양월. 밝은 달.

녁(歷歷) 거 동(東)으로 형장(兄丈)과 부마(駙馬) 등(等) 제질(諸姪)에 쥬셩(主星)을 슬피니 모든 별이 광최(光彩) 당당(堂堂) 야 방위(方位)를 일치 아녀시니 그 몸이 무 (無事) 야 승젼(勝戰) 환가(還家) 미 쉬오믈 알지라. 빅(伯)이 슬픈 가온 나 희동안식(喜動顔色)504) 고 쏘 (自己) 쥬셩(主星)을 보니 졍긔(精氣)를 일허 황황(遑遑)505)이 방위(方位)를 써나고 는지라. 빅(伯)이 아연대경(啞然大驚)506) 야 잡앗던 옥홀(玉笏)을 디져 단(嘆) 야 굴오 ,

"텬쉬(天數 ㅣ) 이러 니 대명(大命)이 거의라 내 엇지 사라 졔향(帝鄕)507)의 도라가기를 바라리오? 통의(痛矣), 통의(痛矣)라! 죽으믄 족(足)히 셜지 아니 되 임년(臨年)508) (慈闈)에 막대(莫大) 블효(不孝)와 셜 시(氏)의

. . .

65면

박명(薄命)을 씨치니 내 엇지 구텬지하(九泉之下)에 눈을 감으리오?"

셜파(說罷)에 기리 탄아(歎訝)509) 슈셩(數聲)에 블너 왈(曰),

"유유창텬(悠悠蒼天)510)아 하인얘(此何人也 ㅣ)오? (慈闈)와 형뎨(兄弟) 질(子姪)을 다시 보지 못 고 이 몸이 만니졀새(萬里絶

---

504) 희동안식(喜動顔色): 희동안색. 기쁜 빛이 얼굴에 드러남.

505) 황황(遑遑): 갈팡질팡 어쩔 줄 모르게 급함.

506) 아연대경(啞然大驚): 너무 놀라 어안이 벙벙함.

507) 졔향(帝鄕): 제향. 황제가 있는 나라의 서울이라는 뜻으로 여기에서는 자기 집이 있는 북경을 말함.

508) 임년(臨年): 일정한 나이에 도달함. 노년(老年).

509) 탄아(歎訝): 탄식함.

510) 유유창텬(悠悠蒼天): 유유창천. 아득하고 아득한 푸른 하늘.

塞)511)에 늣거온 죽엄이 되리니 만고(萬古) 튱녈(忠烈)에 붓그럽지 아니ᄒ며 우흐로 군친(君親)을 다 져버려시니 만고(萬古) 블튱블효(不忠不孝)의 죄명(罪名)이 홀노 ᄎ신(此身)의 담당(擔當)홀 줄 알니오?"

기리 강개(慷慨)ᄒ야 영웅(英雄)의 눈믈이 방타(滂沱)512)ᄒ니 스스로 셩음(聲音)이 격녈(激烈)ᄒ야 소ᄅ 나믈 ᄭᆡ닷지 못ᄒ야 니향ᄉ친부(離鄕思親賦)513) 일(一) 슈(首)ᄅᆯ 지어 ᄆᆰ게 읇흐니 여졀여원(如絶如怨)514)ᄒ고 여읍515)여소(如泣如訴)516)ᄒ며 여희여차(如噫如嗟)517)ᄒ야 마디마다 원(怨)이 ᄆᆡ치고 ᄌᆞᄌᆞ(字字)마다 슬푸미 바라나

○●●

66면

니 홀연(忽然) 냥풍(凉風)518)이 츄츄(啾啾)519)ᄒ야 시름을 돕ᄂᆫ 듯ᄒ고 츄월(秋月)이 슈ᄉᆡᆨ(愁色)520)ᄒ야 광휘(光輝)ᄅᆯ 감초니 위(爲)ᄒ야 ᄉᆡᆨ(色)이 시름ᄒᄂᆫ 듯ᄒ며 음운(陰雲)521)이 ᄉᆞ긔(邪氣)522)ᄒ야 벽련

---

511) 만니졀새(萬里絶塞): 만리절새. 매우 멀리 떨어진 변방.

512) 방타(滂沱): 눈물이 줄줄 흐름.

513) 니향ᄉ친부(離鄕思親賦): 이향사친부. 고향을 떠나 어버이를 그리워하는 내용의 부(賦).

514) 여졀여원(如絶如怨): 여절여원. 끊어지는 듯하고 원망하는 듯함.

515) 읍: [교] 원문에는 '음'으로 되어 있으나 오기로 보임.

516) 여읍여소(如泣如訴): 흐느끼는 듯하고 하소연하는 듯함. 소식(蘇軾)의 <전적벽부(前赤壁賦)>에 나오는 구절.

517) 여희여차(如噫如嗟): 여희여차. 탄식하는 듯하고 한탄하는 듯함.

518) 냥풍(凉風): 양풍. 서늘한 바람.

519) 츄츄(啾啾): 추추. 벌레, 새, 말, 귀신 따위의 우는 소리가 구슬픔.

520) 슈ᄉᆡᆨ(愁色): 수색. 근심 어린 빛을 띰.

521) 음운(陰雲): 하늘을 덮은 검은 구름.

522) ᄉᆞ긔(邪氣): 사기. 요사스럽고 나쁜 기운을 내보냄.

(碧天)523)이 음이(陰靄)524)를 짓는 듯ᄒᆞ지라.

음파(吟罷)에 실셩휘톄(失聲揮涕)525)ᄒᆞ믈 ᄭᅵ닷지 못ᄒᆞ야 모든 쟝 졸(將卒)ᄃᆞ려 닐오ᄃᆡ,

"이졔 안흐로 군량(軍糧)이 진(盡)ᄒᆞ고 밧그로 외완(外援)526)이 ᄭᅳᆺ 쳐 소식(消息)이 업ᄉᆞ니 슈양산(首陽山)527)이 아니로ᄃᆡ 쟝졸(將卒)이 아ᄉᆞ(餓死)528)ᄒᆞ미 죠셕(朝夕)에 잇거늘 ᄯᅩ 븍노(北奴)의 핍박(逼迫) ᄒᆞ미 심(甚)ᄒᆞ니 진실(眞實)노 셩(城)을 보젼(保全)기 어려온지라. 나 의 블튱블효(不忠不孝)ᄂᆞᆫ ᄲᅡᅙᆞᆯ 곳이 업거니와 여등(汝等) ᄉᆞ졸(士卒) 이 하죄(何罪)리오? 너희ᄂᆞᆫ 아직 권도(權道)529)로 욕(辱)을 ᄎᆞᆷ아 븍 노(北奴)의게 항복(降服)ᄒᆞ야 명(命)을 보젼(保全)ᄒᆞ엿다가 븍노(北 奴)ᄅᆞᆯ 멸(滅)ᄒᆞ

•••

67면

ᄂᆞᆫ ᄯᅢ에 다시 텬병(天兵)을 조ᄎᆞ 도라가라. 내 다만 홀노 관(關)을 직 희여 명(命)을 맛ᄎᆞ리라."

졔군(諸軍) ᄉᆞ졸(士卒)이 원슈(元帥)의 슬허ᄒᆞᄂᆞᆫ 거동(擧動)을 ᄎᆞᆷ 아 보지 못ᄒᆞ야 져마다 실셩톄읍(失聲涕泣)530)ᄒᆞ야 ᄒᆞᆫ가지로 죽기를

---

523) 벽텬(碧天): 벽천. 푸른 하늘.

524) 음이(陰靄): '짙은 안개'의 뜻으로 보이나 미상임.

525) 실셩휘톄(失聲揮涕): 실셩휘체. 목이 쉬도록 눈물을 흘림.

526) 외완(外援): 외원. 바깥의 구원병.

527) 슈양산(首陽山): 수양산. 중국 주나라 때 백이(伯夷)와 숙제(叔弟)가, 제후인 주나라 무왕이 천자인 은나라 주왕(紂王)을 치려 하자 이를 말렸으나 무왕이 자신들의 말 을 듣지 않자 수양산에 들어가 굶어 죽었다는 고사가 전함.

528) 아ᄉᆞ(餓死): 아사. 굶어 죽음.

529) 권도(權道): 목적 달성을 위해 임기응변으로 취하는 방편.

원(願)ᄒ더라.

원쉬(元帥ㅣ) 쟝(帳)에 드러가 지필(紙筆)을 나와 모친(母親)과 형쟝(兄丈)긔 영결셔(永訣書)531)를 지어 속옷 고름의 믹고 심ᄉ(心思ㅣ) 별(別)노 비열(悲咽)532)ᄒ야 졉533)목(接目)534)지 못ᄒ더라.

명일(明日)에 니ᄅ러는 관듕(關中) 샹해(上下ㅣ) 졀식(絶食)ᄒ연 지 뉵(六) 일(日)이라. 쟝졸(將卒)이 흔가지로 ᄉ싱(死生)이 엄엄(奄奄)535)ᄒ엿더니 목고탈이 임의 간계(奸計)로 냥초(糧草)의 블을 노코 오히려 관문(關門)을 날 길히 업ᄉ니 원듕(園中)에 깁히 숨어 믹시와 건어(乾魚)를 요긔(療飢)536)ᄒ야 날을 보닉더니 이날이야 군즁(軍中)이

...

68면

다 진(盡)ᄒ여 업더지믈 보고 바야흐로 날이 붉지 아냐셔 관문(關門)을 여러 븍군(北軍)을 마즈니 ᄶ 오경(五更)이라. 새벽 둘빗치 희미(熹微)ᄒ고537) 벽텬(碧天)이 슈ᄉ(愁色)을 씌인 듯ᄒ야 음긔(陰氣) ᄌ옥ᄒ니 이 ᄯ 텬도(天道)의 희 극(極)ᄒ 지앙(災殃)을 느리오미나 인명(人命)을 앗기시는 듯ᄒ더라.

---

530) 실셩톄읍(失聲涕泣): 실성체읍. 목이 쉬도록 욺.

531) 영결셔(永訣書): 영결서. 영영 이별하는 편지.

532) 비열(悲咽): 슬퍼 오열함.

533) 졉: [교] 원문에는 '졈'으로 되어 있으나 오기로 보임.

534) 졉목(接目): 접목. 눈을 붙인다는 뜻으로, 잠을 자는 것을 이르는 말.

535) 엄엄(奄奄): 숨이 곧 끊어지려 하거나 매우 약한 상태에 있음.

536) 요긔(療飢): 요기. 시장기를 겨우 면할 정도로 조금 먹음.

537) 새벽 둘빗치 희미(熹微)ᄒ고: 새별 달빛이 희미하고. 도잠(陶潛)의 <귀거래사(歸去來辭)>에 "새벽 빛이 희미함을 한하네. 恨晨光之熹微."라는 구절이 있음.

북흉뇌(北匈奴ㅣ) 대군(大軍)을 거느려 산관(山關)을 돌입(突入)ㅎ
야 무인디경(無人之境)ㄱᆺ치 드러가니 살벌(殺伐)538) 소ᄅᆞ 진동(震動)
ㅎ고 함셩(喊聲)이 뫼히 문허지ᄂᆞ 듯ㅎ고 바다히 뒤눕ᄂᆞ 듯ㅎ더라.
관즁(關中) 쟝졸(將卒)이 긔아(飢餓)ᄅᆞ 니긔지 못ㅎ야 졍신(精神)이
아득ᄒᆞ 가온ᄃᆡ 살벌(殺伐) 소ᄅᆞ를 듯고 넉시 비월(飛越)539)ㅎ야 황황
망망(慌慌忙忙)540)이 챵대(槍-)541)ᄅᆞ 밋쳐 거두지 못ㅎ야 죽ᄂᆞ 재(者
ㅣ) 부지기쉬(不知其數ㅣ)러라.

원

쉬(元帥ㅣ) 분용(憤湧)542)이 격발(激發)ㅎ야 분연(憤然)이 피갑샹마
(被甲上馬)543)ㅎ고 집검ᄂᆡ츌(執劍乃出)544)ㅎ니 등공, 마룡, 영빅슈,
호쳘원, 쥬람,545) 니경무 등(等) 졔쟝(諸將)이 분녁(奮力)ㅎ야 ᄂᆡ다라
ᄡᆞ화 승뷔(勝負ㅣ) 업스니 등공, 마룡, 영빅슈, 호쳘원, 쥬람546) 오
(五) 쟝(將)이 다 난군(亂軍) 즁(中)에 죽은 배 되고 니(李) 원쉬(元帥
ㅣ) 홀노 분용(憤湧)ㅎ야 ᄉᆞ싱(死生)으로써 ᄡᅡ화 븍쟝(北將) 탈목진,
야노로, 셔믁고, 우샹담을 버히니 젼후(前後)에 십여(十餘) 챵(槍)을

---

538) 살벌(殺伐): 병력으로 죽이고 들이침.
539) 비월(飛越): 정신이 아뜩하도록 낢.
540) 황황망망(慌慌忙忙): 마음이 몹시 급하여 당황하고 허둥지둥함.
541) 챵대(槍-): 창대. 창의 길고 굵은 자루.
542) 분용(憤湧): 분한 마음이 북받쳐 오름.
543) 피갑샹마(被甲上馬): 피갑상마. 갑옷을 입고 말에 오름.
544) 집검ᄂᆡ츌(執劍乃出): 집검내출. 검을 잡고서 이에 출전함.
545) 람: [교] 원문에는 '담'으로 되어 있으나 앞의 예를 따라 이와 같이 수정함.
546) 람: [교] 원문에는 '담'으로 되어 있으나 앞의 예를 따라 이와 같이 수정함.

마춧더라. 니경무로 더브러 진녁(盡力)ㅎ야 남군(南軍)을 바라고 다라나랴 ㅎ나 북군(北軍)이 쳘통(鐵桶)ㄱ치 빠 즛쳐 드러오니 무평547)빅이 스스로 슷지 못홀 줄 알고 바로 북군(北軍)을 즛쳐 드러가니,

셜 태쉬(太守ㅣ), 윤 션봉(先鋒)으로 더브러 산관(山關)이 위급(危急)ㅎ믈

●●●

70면

듯고 냥초(糧草)룰 슈운(輸運)ㅎ야 급급(急急)히 도라오니 이 광경(光景)이라 피츳(彼此) 챵황실조(倉黃失措)548)ㅎ야 무평549)빅의 스싱(死生)을 미쳐 아지 못ㅎ고 시살(厮殺)550)ㅎ니 북군(北軍)이 젼혀(全-) 싱각지 아닌 비라 북군(北軍)이 무망(無妄)의 냥노(兩路) 대군(大軍)을 맛나 엄살(掩殺)551)ㅎ니 서로 블분슈미(不分首尾)552)ㅎ고 즛블와 죽는 재(者ㅣ) 무슈(無數)ㅎ더라.

부원쉬(副元帥ㅣ) 이에 다드르니 윤 션봉(先鋒)이 크게 웨여 골오딕,

"원쉬(元帥ㅣ) 임의 블힝(不幸)ㅎ여시니 부원슈(副元帥)와 계쟝(諸將)은 용심(用心)553)ㅎ야 북노(北奴)룰 즛질너 편갑(片甲)554)도 도라가지 못ㅎ게 ㅎ야 원슈(怨讐)룰 갑흐라."

---

547) 평: [교] 원문에는 '령'으로 되어 있으나 앞의 예를 따라 이와 같이 수정함.

548) 챵황실조(倉黃失措): 창황실조. 경황이 없어 어찌할 바를 모름.

549) 평: [교] 원문에는 '령'으로 되어 있으나 앞의 예를 따라 이와 같이 수정함.

550) 시살(厮殺): 싸움터에서 마구 침.

551) 엄살(掩殺): 갑자기 습격해 죽임.

552) 블분슈미(不分首尾): 불분수미. 앞뒤를 분간하지 못함.

553) 용심(用心): 마음을 다함.

554) 편갑(片甲): 싸움에 지고 난 군사를 비유적으로 이르는 말.

쇼부(少傅)와 제군(諸軍) 쟝졸(將卒)이 추언(此言)을 듯고 대경실
식(大驚失色)ᄒᆞ야 부원쉬(副元帥ㅣ) 방셩대곡(放聲大哭)555)ᄒᆞ야 거
의 믈게 나려질 번ᄒᆞ니 듕쟝(衆將)이 연망(連忙)이 위로(慰勞)ᄒᆞ야

아직 이러툿 ᄒᆞ미 블가(不可)ᄒᆞ니 이모려나 븍노(北奴)를 잡아 원슈
(怨讐)를 갑흐라 ᄒᆞ니 쇼뷔(少傅ㅣ) 슬푸믈 천만(千萬) 관억(寬抑)ᄒᆞ
야 분용(憤湧)을 발(發)ᄒᆞ야 슈십(數十) 원(員) 밍쟝(猛將)을 지휘(指
揮)ᄒᆞ여 적군(敵軍)을 맛나ᄂᆞᆫ 족족 플 버히듯 ᄒᆞ니 잠시(暫時) 수이
적시(積屍) 여산(如山)ᄒᆞ고 혈뉴(血流) 셩쳔(成川)ᄒᆞ엿더라.

븍적(北狄)이 방비(防備)치 아닌 대군(大軍)을 맛나 밋쳐 손을 놀
니지 못ᄒᆞ야 십만(十萬) 적군(敵軍)이 금일(今日) 흔 ᄡᆞ홈의 남으니
업더라. 윤 션봉556)(先鋒)이 븍노(北奴)를 싱금(生擒)ᄒᆞ고 니쟝국557)
은 야야경558)을 버히고 그 남아 슈십(數十) 원(員) 호쟝(胡將)은 낫
낫치 난군(亂軍) 즁(中)에 죽이다. 임의 븍노(北奴)를 싱금(生擒)ᄒᆞ미
날이 황혼(黃昏)에 미첫더라.

부원쉬(副元帥ㅣ) 바야흐로 징(鉦)을 울녀 군(軍)을 거두어 ᄉᆞ문
(四門)의

---

555) 방셩대곡(放聲大哭): 방성대곡. 목 놓아 통곡함.
556) 션봉: [교] 원문에는 '쟝군'으로 되어 있으나 앞에서 '윤성화'가 좌선봉으로 나온 바
    있으므로 이와 같이 수정함.
557) 쟝국: [교] 원문에는 '션봉'으로 되어 있으나 앞의 예를 따라 이와 같이 수정함.
558) 경: [교] 원문에는 '셩'으로 되어 있으나 앞의 예를 따라 이와 같이 수정함.

안민(安民)ᄒ고 쟝즁(帳中)에 드러오니 산관(山關) 오십(五十) 니(里)에 북군(北軍)과 명군(明軍)의 죽엄이 쌀녀시니 그 슈(數)를 혜지 못ᄒᆞ니라. 원쉬(元帥 ㅣ) 명(命)ᄒ야 북군(北軍)의 허다(許多) 죽엄을 셩외(城外)에 ᄂ치고 명군(明軍)의 죽엄은 낫낫치 거두어 별디(別地)에 무드라 ᄒ니라.

쇼뷔(少傅 ㅣ) 술노 쟝위(帳幃)559)를 적시니 이러구러 무평560)빅을 념습(殮襲)561) 입관(入棺)ᄒ야 셩복(成服)562)을 지ᄂ미 쇼부(少傅)의 풍뉴(風流) 신광(神光)이 날노 초췌(憔悴)ᄒ야 몰나보게 되엿더라. 쇼뷔(少傅 ㅣ) 바야흐로 북흉노(北匈奴) 야563)션을 결박(結縛)ᄒ야 무평564)빅 녕궤(靈几) 알픠 꿀니고 몬져 ᄉ지(四肢)를 가르고 념통을 ᄂ며 머리를 버혀 졔문(祭文) 지어 졔(祭)ᄒ미 졔문(祭文) 닑기를 파(罷)ᄒ고 헌작(獻酌)565)홀ᄉ 슬픈 눈믈이 빅포(白袍) ᄉ미를

젹시ᄂ지라. 군즁(軍中)에 상번(喪幡)566)을 버리고 향탁(香卓)을 빈

---

559) 쟝위(帳幃): 장위. 장막.

560) 평: [교] 원문에는 '령'으로 되어 있으나 앞의 예를 따라 이와 같이 수정함.

561) 념습(殮襲): 염습. 시신을 씻긴 뒤 수의를 갈아입히고 염포로 묶는 일.

562) 셩복(成服): 성복. 초상이 나서 처음으로 상복을 입음. 보통 초상난 지 나흘 되는 날부터 입음.

563) 야: [교] 원문에는 '니'로 되어 있으나 앞의 예를 따라 이와 같이 수정함.

564) 평: [교] 원문에는 '령'으로 되어 있으나 앞의 예를 따라 이와 같이 수정함.

565) 헌작(獻酌): 잔을 올림.

셜(排設)ᄒ미 쇼부(少傅)의 슬허ᄒ미 더옥 새롭더라.

부원쉬(副元帥ㅣ) 대병(大兵)을 거ᄂ려 북도(北道)의 드러가 호인(胡人) 듕(中) 민망(民望)567)이 놉흔 쟈(者)를 갈히여 북쥬(北主)를 세우고 북노(北奴)의 뎐가냥쳔(全家良賤)을 다 거두어 이삼족(理三族)568)ᄒ다.

부원쉬(副元帥ㅣ) ᄯ로 마룡, 등공 등(等) 구(九) 인(人)의 신톄(身體)를 기두이 금슈(錦繡)로 념습(殮襲), 입관(入棺)ᄒ야 환경(還京) 시(時)의 ᄒ가지로 거ᄂ려 오려 ᄒ더라.

슈월(數月)을 유쥐(幽州) 산관(山關)에 뉴진(留陣)ᄒ야 산난(散亂)ᄒᆫ 민심(民心)을 뎡(靜)ᄒ고 황명(皇命)이 니ᄅ기를 기다리미, 부원쉬(副元帥ㅣ) 구원(九原)569)에 망형(亡兄)을 싱각ᄒ고 홀노 제향(帝鄉)의 도라갈 바를 혜아리미 날노 심신(心身)이 산난(散亂)ᄒ고 시(時)로 간담(肝膽)이 번요(煩擾)570)ᄒ니 월여(月餘)

• • •

74면

의 밋쳐ᄂ 의용(儀容)571)이 환탈(換奪)572)ᄒ야 화월(花月) ᄀᆺᄐ 풍치(風采) 귀형(鬼形)이 일워시니 삼군(三軍) 쟝졸(將卒)이 근심ᄒ야 위로(慰勞)ᄒ기를 마지아니ᄒ더라.

---

566) 상번(喪幡): 상가에서 다는 흰색의 좁고 긴 모양의 기.

567) 민망(民望): 백성들의 신망.

568) 이삼족(理三族): 삼족을 다스림.

569) 구원(九原): 사람이 죽은 뒤에 그 혼이 가서 산다고 하는 세상. 저승.

570) 번요(煩擾): 번거롭고 어지러움.

571) 의용(儀容): 몸을 가지는 태도. 또는 차린 모습.

572) 환탈(換奪): 전혀 다른 사람처럼 됨.

이씌 븍난(北亂)이 평졍(平定)ᄒᆞ미 바야흐로 산간(山間)에 망명(亡命)ᄒᆞ엿던 인민(人民)과 현관(縣官)이 다 도라오니, 이 가온듸 유쥐(幽州) 졀도ᄉᆞ(節度使) 셜 공(公)의 신톄(身體)ᄅᆞᆯ ᄎᆞᄌᆞ 도라오고 그 부인(夫人)이 ᄋᆞᄌᆞ(兒子)로 더브러 ᄎᆞᄌᆞ 니ᄅᆞ니, 셜 태쉬(太守ㅣ) 마ᄌᆞ 통곡(慟哭)ᄒᆞ며 샹슈(喪需)573)ᄅᆞᆯ 다ᄉᆞ려 념빙(殮殯), 입관(入棺)ᄒᆞ야 셩복(成服)ᄒᆞ고 부인(夫人)과 ᄋᆞ지(兒子ㅣ), 노복(奴僕)을 거ᄂᆞ려 슈샹(守喪)574)ᄒᆞ야 고향(故鄉)에 도라가니라.

슈월(數月) 만에 경ᄉᆞ(京師)로조ᄎᆞ 듕시(中使ㅣ) 니ᄅᆞ니 쇼뷔(少傅ㅣ) 향안(香案)을 비셜(排設)ᄒᆞ고 즁ᄉᆞ(中使)ᄅᆞᆯ 마ᄌᆞ 븍향(北向) 사비(四拜) 후(後) 됴셔(詔書)ᄅᆞᆯ 여러 보니 대개(大概) ᄀᆞᆯ와시듸,

75면

'의외(意外)에 쳡음(捷音)575)과 흉보(凶報)ᄅᆞᆯ 드ᄅᆞ니 아지 못게라, 쑴이냐 샹시(常時)냐. 딤(朕)이 경(卿) 등(等)을 븍새(北塞)의 보닌 후(後)로 흉노(匈奴)ᄅᆞᆯ 토멸(討滅)576)ᄒᆞ고 승젼개가(勝戰凱歌)로 도라와 군신(君臣)이 반기기ᄅᆞᆯ 긔약(期約)ᄒᆞ엿더니 엇지 한셩의 풍신(風神) 직덕(才德)으로 븍새(北塞)의 명(命)을 바릴 줄 알니오. 이재(哀哉)라! 여형(汝兄)의 튱의대졀(忠義大節)인즉 가(可)히 금셕(金石)에 박아 쳔츄(千秋)에 민멸(泯滅)577)치 아니ᄒᆞ려니와 슬푸다, ᄉᆞ쟤(死

---

573) 샹슈(喪需): 상수. 초상 치르는 데 드는 물건.

574) 슈샹(守喪): 수상. 상을 치름.

575) 쳡음(捷音): 첩음. 전쟁에 이겼다는 소식.

576) 토멸(討滅): 쳐서 없애 버림.

577) 민멸(泯滅): 닳아 없어짐.

者)는 블가부싱(不可復生)[578]이라 븍노(北奴)를 잡아 비록 원슈(怨讐)를 갑하시나 한셩이 엇지 구원(九原)에 알오미 이시리오. 딤심(朕心)이 감오(感悟)[579]ㅎ믈 니긔지 못ㅎ거든 더옥 그 노년(老年) 편모(偏母)와 경(卿) 등(等)의 특츌(特出)ㅎ 우익(友愛)로써 그 심ᄉ(心思)를 블문가지(不問可知)라 엇지 ᄎ(嗟)홉지[580] 아니ㅎ리오? 경(卿)은 셜

76면

니 환죠(還朝)[581]ㅎ야 군신(君臣)이 서로 반기게 ㅎ고 경(卿)의 노모(老母)를 위로(慰勞)ㅎ라.'

ㅎ여 계시더라.

부원쉬(副元帥ㅣ) 간필(看畢)[582]에 수뤼(垂淚ㅣ) 만면(滿面)ㅎ야 즁ᄉ(中使)로 셔로 볼시 피치(彼此ㅣ) 녜필(禮畢)에 즁싀(中使ㅣ) 무평[583]빅의 참상(慘喪)[584]을 치위(致慰)[585]ㅎ고 녕궤(靈几) 하(下)에 됴상(弔喪)ᄒᆞᆯ시 부원쉬(副元帥ㅣ) 눈믈이 하슈(河水) ᄀᆞᆺ고 셩음(聲音)이 오열(嗚咽)ㅎ야 참담(慘憺)ᄒᆞᆫ 거동(擧動)이 힝뇌(行路ㅣ)[586]라도 감동(感動)ᄒᆞᆯ지라 즁싀(中使ㅣ) 위(爲)ㅎ야 눈믈 흐ᄅᆞᆷ믈 ᄭᅦ닷지 못ᄒᆞ더라.

---

578) 블가부싱(不可復生): 불가부생. 다시 살아나지 못함.

579) 감오(感悟): 느껴 깨달음.

580) ᄎ(嗟)홉지: 차흡지. 매우 슬프지.

581) 환죠(還朝): 환조. 조정으로 돌아옴.

582) 간필(看畢): 다 봄.

583) 평: [교] 원문에는 '령'으로 되어 있으나 앞의 예를 따라 이와 같이 수정함.

584) 참상(慘喪): 참상. 부모보다 자손이 먼저 죽은 상사.

585) 치위(致慰): 상중(喪中)이나 복중(服中)에 있는 사람을 위로함.

586) 힝뇌(行路ㅣ): 행로. 길을 가는 사람이라는 뜻으로 전혀 알지 못하는 사람을 말함.

어시(於時)에 각읍(各邑) 인관(印官)587)이 뷔여 님직(任者ㅣ)588) 업더니 텬직(天子ㅣ) 다시 제읍(諸邑)에 신관(新官)을 신점(新點)589) ᄒ시니 슈십여(數十餘) 현(縣) ᄌᄉ(刺史)와 방빅(方伯)이 일시(一時)에 니ᄅ러 부임(赴任)ᄒ고 산관(山關)에 모다 니(李) 원슈(元帥)ᄅᆞ 됴샹(弔喪)ᄒ니 만군(萬軍)의 슬푼 곡셩(哭聲)이 새로이 구텬(九泉)

의 ᄉ못더라.

드듸여 각쳐(各處) 일을 다 션쳐(善處)ᄒ미 쟝ᄎᆞ(將次ㅅ) 대군(大軍)을 두로혀 경ᄉ(京師)에 도라올ᄉᆡ 각읍(各邑) 닌현(隣縣)이 무평590)빅의 만니졀새(萬里絶塞)에 튱의(忠義)로 몸을 맛쳐 넉시 고원(故園)에 도라가믈 늣기지 아니리 업ᄉ지라 부의(賻儀)ᄅᆞ 두터이 ᄒ고 닷토와 됴샹(弔喪)ᄒ니 쇼뷔(少傅ㅣ) 일노(一路)의 발힝(發行)ᄒ미 져녁마다 관역(館驛)에 드ᄂᆞ 쎠 무평591)빅의 녕혼(靈魂)을 인도(引導)ᄒ야 샹번(喪幡)을 두로고 아춤의 관ᄉ(館舍)ᄅᆞ 써날 제마다 졀새(絶塞)에 망혼(亡魂)을 블너 도라올ᄉᆡ 쇼부(少傅)의 간곡(肝曲)592)이 ᄉ희ᄂᆞ 듯ᄒ야 겨요 형회(形骸)593)만 걸넛더라.

---

587) 인관(印官): 중국 명(明)과 청(淸)의 제도에서 포정사(布政使)로부터 지주(知州), 지현(知縣) 등 각급 지방관은 모두 정방형의 도장을 썼으므로 정인관(正印官) 혹은 인관(印官)으로 불렀고, 기타 임시로 파견된 관리와 비정규 관원은 장방형(長方形)의 도장을 썼음. 여기에서는 지방 관원을 의미함.

588) 님직(任者ㅣ): 임자. 부임한 사람.

589) 신점(新點): 신점. 새로 낙점함.

590) 평: [교] 원문에는 '령'으로 되어 있으나 앞의 예를 따라 이와 같이 수정함.

591) 평: [교] 원문에는 '령'으로 되어 있으나 앞의 예를 따라 이와 같이 수정함.

592) 간곡(肝曲): 간장.

이러틋 상심(傷心) 비도(悲悼)ᄒᆞᄂᆞᆫ 가온ᄃᆡ 일노(一路)의 무ᄉᆞ(無事)히 ᄒᆡᆼ(行)ᄒᆞ야 월여(月餘)에 경ᄉᆞ(京師)에 니ᄅᆞ니, ᄢᆡ 초동(初冬)이 되여시니 만산(滿山) 빅셜(白雪)과 월하(月下) 상풍(霜風)이

∴•

78면

더옥 슈인(愁人)594)의 비회(悲懷)를 돕ᄂᆞᆫ지라. 쇼부(少傅)와 삼군(三軍) 쟝졸(將卒)이 불이 황셩(皇城)을 드듸ᄂᆞᆫ 바에 더옥 무평595)빅을 싱각ᄒᆞ고 슬허ᄒᆞ더라.

화셜(話說). 경ᄉᆞ(京師)의셔 니(李) 샹부(相府) 뉴 부인(夫人)이 쟝ᄌᆞ(長子)와 졔손(諸孫)을 니별(離別)ᄒᆞ고 심회(心懷) 암연(黯然)596)ᄒᆞ거ᄂᆞᆯ ᄯᅩ다시 냥ᄌᆡ(兩子ㅣ) 블모디지(不毛之地)597)에 나아가니 비록 것ᄎ로 타연(泰然)598)ᄒᆞ여 냥자(兩子)의 니가(離家)599)ᄒᆞᄂᆞᆫ 심회(心懷)를 돕지 아니ᄒᆞ나 기심(其心)이 엇지 타연(泰然)ᄒᆞ리오. 화죠월셕(花朝月夕)600)에 챵텬(蒼天)에 츅슈(祝手)601)ᄒᆞ야 졔ᄌᆞ졔손(諸子諸孫)의 수이 승젼(勝戰) 환가(還家)ᄒᆞ기를 원(願)ᄒᆞ더니,

일월(日月)이 여류(如流)ᄒᆞ야 ᄉᆞ오(四五) 삭(朔)에 미ᄎᆞ니 비로소

---

593) 형히(形骸): 형해. 사람의 몸과 뼈.

594) 슈인(愁人): 수인. 근심하는 사람.

595) 평: [교] 원문에는 '령'으로 되어 있으나 앞의 예를 따라 이와 같이 수정함.

596) 암연(黯然): 슬프고 침울함.

597) 블모디지(不毛之地): 불모지지. 땅이 거칠고 메말라 식물이 나거나 자라지 않는 땅.

598) 타연(泰然): 태연. 마땅히 머뭇거리거나 두려워할 상황에서 태도나 기색이 아무렇지도 않은 듯이 예사로움.

599) 니가(離家): 이가. 집을 떠남.

600) 화죠월셕(花朝月夕): 화조월석. 꽃 피는 아침과 달 밝은 밤.

601) 츅슈(祝手): 축수. 두 손바닥을 마주 대고 빎.

동오(東吳)의 쳡셔(捷書)602)와 희보(喜報)603)룰 어드나 븍새(北塞)에 소식(消息)은 아으라ᄒ니 일가(一家)의 근심이 즁텹(重疊)ᄒ더니,

일일(一日)은 부인(夫人)이 심ᄉᆡ(心思ㅣ)

ᄒ●●

79면

번민(煩悶)ᄒ야 ᄎ즈(次子) 무평604)빅의 형용(形容)이 안젼(眼前)에 삼삼ᄒ거늘 부인(夫人)이 더욱 심ᄉᆡ(心思ㅣ) 어즈러워 야심(夜深)ᄒ도록 졉605)목(接目)606)지 못ᄒ니 임의 졔부(諸婦) 졔손(諸孫)이 다 믈너낫ᄂ지라. 슈인(數人)이 시침(侍寢)ᄒ나 각각(各各) 단잠이 깁허 침쉬(寢睡ㅣ)607) 혼혼(昏昏)ᄒ니 부인(夫人)이 홀노 심회(心懷) 지젹지608) 못ᄒ야 죵야(終夜) 블ᄆᆡ(不寐)609)러니 벼개에 즙간(暫間) 비겨 가ᄆᆡ(假寐)610)ᄒ믹 ᄉ몽비몽(似夢非夢) 간(間)에 무평611)빅이 드러와 슬하(膝下)에 졀ᄒ고 머리룰 두다려 울며 고왈(告曰),

"히익(孩兒ㅣ) 블효블튱(不孝不忠)ᄒ와 이졔 만니졀새(萬里絶塞)에 유톄(遺體)612)룰 바려ᄉ오니 이 비록 텬명(天命)이오나 다시 모친

---

602) 쳡셔(捷書): 첩서. 싸움에서 승리한 것을 보고하는 글.

603) 희보(喜報): 기쁜 소식.

604) 평: [교] 원문에는 '령'으로 되어 있으나 앞의 예를 따라 이와 같이 수정함.

605) 졉: [교] 원문에는 '졈'으로 되어 있으나 오기로 보임.

606) 졉목(接目): 접목. 눈을 붙인다는 뜻으로, 잠을 자는 것을 이르는 말.

607) 침쉬(寢睡ㅣ): 침수. 잠을 높여 이르는 말.

608) 지젹지: 맥락상 '억누르지'의 뜻으로 보이나 미상임.

609) 블ᄆᆡ(不寐): 불매. 잠을 자지 못함.

610) 가ᄆᆡ(假寐): 가매. 잠시 잠을 잠.

611) 평: [교] 원문에는 '령'으로 되어 있으나 앞의 예를 따라 이와 같이 수정함.

612) 유톄(遺體): 유체. 부모가 남겨 준 몸.

(母親) 슬하(膝下)에 절ᄒᆞ지 못ᄒᆞ오니 천고(千古) 유한(遺恨)이로소이다."

셜파(說罷)에 슬피 통곡(慟哭)ᄒᆞ거늘 부인(夫人)이 반기고 놀나 붓들고 연고(緣故)를 뭇고ᄌᆞ ᄒᆞ더니 그 우는 소

●●●

80면

리에 놀나 ᄭᆡ다ᄅᆞ니 벼개 우히 ᄒᆞᆫ 움이라. 몽ᄉᆞ(夢事ㅣ) ᄌᆞ못 명명(明明)ᄒᆞ니 부인(夫人)이 심회(心懷) 경난(驚亂)613)ᄒᆞ야 ᄉᆞᄉᆞ(事事) 난녀(亂慮ㅣ)614) 빅츌(百出)ᄒᆞ니 인(因)ᄒᆞ야 졉615)목(接目)지 못ᄒᆞ여더니,

명죠(明朝)에 삼부(三婦ㅣ) 모드니 태부인(太夫人)이 츄연(惆然) 블낙(不樂)ᄒᆞ야 ᄉᆞ식(辭色)이 블예(不豫)616)ᄒᆞ니 뎡 부인(夫人)이 상하(牀下)에 ᄭᅮ러 긔톄(氣體)617) 블안(不安)ᄒᆞ신가 ᄌᆞ시 뭇ᄌᆞ온ᄃᆡ 태부인(太夫人)이 빈미(顰眉)618) 탄식(歎息) 왈(曰),

"삼ᄌᆞ(三子)와 제손(諸孫)이 다 집을 쩌난 지 오라ᄃᆡ 북새(北塞)에 소식(消息)을 듯지 못ᄒᆞ니 심ᄉᆞ(心思ㅣ) 엇지 즐거오리오? 년야(連夜) 심회(心懷) ᄉᆞ오나오니 몽죠(夢兆ㅣ)619) ᄌᆞ연(自然) 블길(不吉)ᄒᆞ야 우심(憂心)620)이 외모(外貌)의 나타나도다."

---

613) 경난(驚亂): 경란. 놀라고 어지러움.

614) 난녀(亂慮ㅣ): 난려. 어지러운 염려.

615) 졉: [교] 원문에는 '졈'으로 되어 있으나 오기로 보임.

616) 블예(不豫): 불예. 좋지 않음.

617) 긔톄(氣體): 기체. 몸과 마음의 형편.

618) 빈미(顰眉): 눈썹을 찡그림.

619) 몽죠(夢兆ㅣ): 꿈에 나타나는 길흉의 징조.

셜 부인(夫人)이 믄득 가월(佳月)621)을 츅합(蹙合)622)ᄒ고 주왈
(奏曰),

"쳡(妾)이 ᄯᅩ흔 작야(昨夜)의 심ᄉᆞ(心思ㅣ) 번민(煩悶)ᄒ와 계유 가
ᄆᆡ(假寐)ᄒ오ᄆᆡ 가군(家君)이 피ᄅᆞᆯ

81면

흘니고 드러와 닐오ᄃᆡ, '임의 디하인(地下人)이 되여시니 군친(君親)
긔 블튱블효(不忠不孝)ᄅᆞᆯ 슬허ᄒ노라.' ᄒ고, '빅슉(伯叔)과 졔질(諸
姪)을 다시 보지 못ᄒ니 유한(遺恨)이오, 쳡(妾)의 박명(薄命)과 ᄌᆞ녀
(子女)의 지통(至痛)을 기치니 엇지 슬푸지 아니ᄒ리오?' ᄒ옵거ᄂᆞᆯ
쳡(妾)이 놀나 연고(緣故)ᄅᆞᆯ 뭇고ᄌᆞ ᄒ다가 ᄭᆡ치오니 ᄭᅮᆷ이라 쳡심(妾
心)이 경악(驚愕)623)ᄒ믈 니긔지 못ᄒ옵ᄂᆞ니 아지 못게라, 가군(家
君)이 북새(北塞)에서 블ᄒᆡᆼ(不幸)ᄒ미 잇ᄂᆞᆫ가 ᄒᄂᆞ이다."

태부인(太夫人)이 쳥파(聽罷)에 심혼(心魂)이 더옥 경난(驚亂)ᄒ야
말을 못 ᄒ고 샹연(傷然) 슈루(垂淚)ᄒ니 냥(兩) 뎡 부인(夫人)이 ᄯᅩ
흔 경아(驚訝)624)ᄒ나 ᄀᆡ용(改容) 화긔(和氣)ᄒ야 화셩유어(和聲柔
語)625)로 존고(尊姑)와 셜 부인(夫人)을 위로(慰勞)ᄒ더라.

태부인(太夫人)과 셜 부인(夫人)이 시일(是日)노붓터 심ᄉᆞ(心思ㅣ)

---

620) 우심(憂心): 근심하는 마음.
621) 가월(佳月): 아름다운 달이라는 뜻으로 미인의 눈썹을 형용하는 말. 가월쌍미(佳月
雙眉).
622) 츅합(蹙合): 축합. 찡그림.
623) 경악(驚愕): 매우 놀람.
624) 경아(驚訝): 놀라고 의아해함.
625) 화셩유어(和聲柔語): 화성유어. 온화한 소리와 부드러운 말.

망망(茫茫)626) 후야

• • •

82면

즐기지 아니후야 침식(寢食)이 편(便)치 아니후니 가중(家中)이 우황
(憂遑)627) 후믈 마지아니후더라.

이러구러 광음(光陰)이 어류(如流)후야 월어(月餘)에 밋첫더니 믄
득 북새(北塞)에 소식(消息)이 이륵는 곳에 몬져 간담(肝膽)이 써러
지고 구회(九廻)628) 붕삭(崩鑠)629)후는지라. 밧비 셔간(書簡)을 써혀
보니 일쟝(一場) 참악(慘愕)630)훈 바는 무평631)빅의 참뵈(慘報ㅣ)632)
라. 태부인(太夫人)과 셜 부인(夫人) 모지(母子ㅣ) 실셩혼졀(失性昏
絶)633)후야 능(能)히 우룸이 닛다히지634) 못후니 슬푸미 좌우(左右)
를 동(動)후는지라. 뎡 부인(夫人)과 일가(一家) 샹해(上下ㅣ) 참통비
졀(慘痛悲絶)635)후미 엇지 일구(一口)로 긔록(記錄)후리오. 샹하(上
下)의 이셩(哀聲)이 진동(震動)후고 셜 부인(夫人)과 한님(翰林) 몽한
과 빙희 등(等)이 일시(一時)에 발샹(發喪)636) 거이(擧哀)후니 참참비

---

626) 망망(茫茫): 어렴풋하고 아득함.

627) 우황(憂遑): 걱정하고 경황이 없음.

628) 구회(九廻): 아홉 굽이의 간장. 마음속에 시름이나 슬픔이 맺혀서 풀리지 않음을
뜻하는 말.

629) 붕삭(崩鑠): 붕삭. '무너지고 부서짐'의 뜻으로 보이나 미상임.

630) 참악(慘愕): 참혹하고 놀람.

631) 평: [교] 원문에는 '령'으로 되어 있으나 앞의 예를 따라 이와 같이 수정함.

632) 참뵈(慘報ㅣ): 비통한 소식.

633) 실셩혼졀(失性昏絶): 실성혼절. 정신을 잃고 기절함.

634) 닛다히지: 잇대지. 끊어지지 않게 계속 이어.

635) 참통비졀(慘痛悲絶): 참통비절. 매우 슬퍼함.

636) 발샹(發喪): 상례에서, 죽은 사람의 혼을 부르고 나서 상제가 머리를 풀고 슬피 울

원(慘慘悲怨)637) 혼   거동(擧動)을   견재(見者])   막블싀비(莫不嘶悲)638)러라.

겨요 슬푸믈

진졍(鎭靜)ᄒ야 별당(別堂)에 허위(虛位)를 비셜(排設)ᄒ고 셩복(成服)639)을 지니미 일가(一家)의 비풍(悲風)이 만지(滿地)ᄒ니 태부인(太夫人)의 역니지통(逆理之痛)640)과 단댱지곡(斷腸之哭)641)은 복ᄌ하(卜子夏),642) 한ᄌᄉ(韓刺史)643)의 지나고 셜 부인(夫人)의 궁텬디통(窮天之痛)644)은 망망(茫茫)이 쓸올 둧ᄒ고 한님(翰林) 형뎨(兄弟) ᄌ남(子男)645)의 호텬지통(呼天之痛)646)은 부앙텬디(俯仰天地)647)의

───────────────

　어 초상난 것을 알림. 또는 그런 절차.

637) 참참비원(慘慘悲怨): 참혹하고 매우 슬픔.

638) 막블싀비(莫不嘶悲): 막불시비. 울며 슬퍼하지 않는 이가 없음.

639) 셩복(成服): 성복. 초상이 났을 때 상복을 처음 입는 일.

640) 역니지통(逆理之痛): 역리지통. 이치를 거스른 데서 오는 슬픔. 자기보다 나이 어린 사람이 죽어서 느끼는 슬픔.

641) 단댱지곡(斷腸之哭): 단장지곡. 몹시 슬퍼 창자가 끊어질 듯이 우는 통곡.

642) 복ᄌ하(卜子夏): 복자하. 자하(子夏)를 이름. 본명은 복상(卜商)이고 자하는 그의 자(字)임. 자하는 공자의 제자로서 그가 서하(西河)에 있을 때 자식을 잃고 슬퍼해 눈이 멀었다는 일화가 있음.

643) 한ᄌᄉ(韓刺史): 한자사. 한조종(韓朝宗, 686~750)을 이르는 듯하나 미상임. 한조종은 중국 당나라 때의 인물로 형주자사, 경조윤을 지냄. 한조종이 형주 자사로 명망이 높아 사람들이 그를 한형주 또는 한자사로 불렀음.

644) 궁텬디통(窮天之痛): 궁천지통. 하늘에 사무치는 고통이나 설움.

645) ᄌ남(子男): 자남. 자제.

646) 호텬지통(呼天之痛): 호천지통. 하늘을 향해 부르짖는 고통이라는 뜻으로 부모의 상 당함을 이름.

647) 부앙텬디(俯仰天地): 부앙천지. 하늘을 우러러보고 땅을 내려다봄.

할 곳이 업순 듯ᄒ더라.

이젹에 동오(東吳)의셔 세 번(番) 쳡음(捷音)648)이 니ᄅ고 대군(大軍)이 도라오ᄂᆞ 션성(先聲)649)이 니ᄅ니 가국(家國)의 깃거ᄒ미 일희일비(一喜一悲)ᄒ야 비회(悲懷) 샹반(相伴)ᄒ더라. 텬ᄌ(天子ㅣ) 하됴(下詔)ᄒ샤 동오(東吳) 대군(大軍)이 도라오거든 무평650)빅의 문부(聞訃)651)ᄅᆞᆯ 밧비 젼(傳)치 말나 ᄒ시고 태부인(太夫人)이 역시(亦是) 쟝ᄌ(長子)의 심ᄉ(心思)ᄅᆞᆯ 요동(搖動)지 아니려 가듕(家中)에 명(命)을 ᄂᆞ리와 승샹(丞相) 부ᄌ(父子ㅣ) 도라오나 무평652)빅

· • •

84면

의 흉보(凶報)ᄅᆞᆯ 밧비 젼(傳)ᄒ야 놀나게 말나 ᄒ엿고 ᄯᅩ 샹교(上敎)ᄅᆞᆯ 인(因)ᄒ야 죠뎡(朝廷)이 여출일구(如出一口)653)ᄒ야 승샹(丞相) 부ᄌ(父子ㅣ) 도라오나 그 가듕(家中)의셔 발셜(發說)치 아닌 젼(前)은 됴위(弔慰)654)치 아니려 ᄒ더라.

동(冬) 십월(十月) 초슌(初旬)의 동오(東吳) 대군(大軍)이 경ᄉ(京師)의 니ᄅ니 텬ᄌ(天子ㅣ) 난여(鸞輿)655)ᄅᆞᆯ ᄀᆞ초샤 슉위(宿衛)656)ᄅᆞᆯ

---

648) 쳡음(捷音): 첩음. 전쟁에서 승리했다는 소식.

649) 션성(先聲): 선성. 미리 보내는 기별.

650) 평: [교] 원문에는 '령'으로 되어 있으나 앞의 예를 따라 이와 같이 수정함.

651) 문부(聞訃): 부고(訃告)를 들음.

652) 평: [교] 원문에는 '령'으로 되어 있으나 앞의 예를 따라 이와 같이 수정함.

653) 여출일구(如出一口): 여출일구. 말이 한 입에서 나온 듯함.

654) 됴위(弔慰): 조위. 죽은 사람을 조문(弔問)하고 유가족을 위문함.

655) 난여(鸞輿): 임금이 거둥할 때 타고 다니던 가마. 옥개(屋蓋)에 붉은 칠을 하고 황금으로 장식하였으며, 둥근 기둥 네 개로 작은 집을 지어 올려놓고 사방에 붉은 난간을 달았음.

문외(門外)에 빈셜(排設)ᄒ시고 대군(大軍)을 기다리시더니, 일영(日影)657)이 쟝반(將半)658)에 뒷글이 아득ᄒ여 동녁가을 가리오며 승전곡(勝戰曲)이 요랑(嘹喨)659)ᄒ고 금부옥졀(金符玉節)660)이 일식(日色)에 휘황(輝煌)ᄒᆫ 곳에 십만(十萬) 대군(大軍)이 믈미듯 나아와 먼니셔붓터 어개(御駕ㅣ)661) 친영(親迎)662)ᄒ시믈 보고 양비용약(攘臂踊躍)663)ᄒ야 슈무족도(手舞足蹈)664)ᄒ며 승전곡(勝戰曲)을 울니니 소리 구소(九霄)665)에 어리고 금산(金山)이 문허지며 옥기동(玉--)이

●●●

85면

썩거지ᄂᆫ 듯ᄒ더라.

승샹(丞相)이 제ᄌ(諸子)로 더브러 황망(慌忙)666)이 하거(下車)ᄒ야 어탑(御榻)을 바라며 팔빈(八拜) 고두(叩頭)ᄒ고 산호만셰(山呼萬歲)667)ᄒ니 샹(上)이 팔치(八彩)668) 뇽안(龍顔)669)에 반기시ᄂᆫ 우음

---

656) 슉위(宿衛): 숙위. 숙직하면서 지키는 군사.

657) 일영(日影): 햇빛이 비쳐서 생기는 그림자.

658) 쟝반(將半): 장반. 장차 절반이 되려 함.

659) 요랑(嘹喨): 소리가 맑고 낭랑함.

660) 금부옥졀(金符玉節): 금부옥절. 부절(符節)의 미칭. 부절은 임금이 신하에게 내려주던 신표(信標).

661) 어개(御駕ㅣ): 임금의 가마.

662) 친영(親迎): 친히 맞이함.

663) 양비용약(攘臂踊躍): 소매를 걷어 올리고 좋아서 뜀.

664) 슈무족도(手舞足蹈): 수무족도. 몹시 좋아서 날뜀.

665) 구소(九霄): 높은 하늘.

666) 황망(慌忙): 마음이 몹시 급하여 허둥지둥함.

667) 산호만셰(山呼萬歲): 산호만세. 나라의 중요 의식에서 신하들이 임금의 만수무강을 축원하여 두 손을 치켜들고 만세를 부르던 일. 중국 한나라 무제가 숭산(嵩山)에서 제사 지낼 때 신민(臣民)들이 만세를 삼창한 데서 유래함.

이 가득ㅎ샤 밧비 인견(引見)670)ㅎ야 평신(平身)671)ㅎ라 ㅎ시고 광녹시(光祿寺)672)에 쥬찬(酒饌)을 나리와 옥비(玉杯)에 향온(香醞)을 ᄎ례(次例)로 반사(頒賜)673)ㅎ시며 치하(致賀)ㅎ야 굴오샤ᄃᆡ,

"샹부(相府)의 지략(才略)이 신긔(神奇)ㅎ믄 아란 지 오라거니와 엇지 동오(東吳)의 강셩(强盛)홈과 쥬챵의 용한(勇悍)674)ㅎ믈 그리 슈이 소멸(掃滅)ㅎ며 승젼개가(勝戰凱歌)로 도라올 줄 알니오? 닐온 바 샹부(相府)ᄂᆞᆫ 국가(國家)에 쥬셕시신(柱石之臣)675)이라. 딤(朕)이 션뎨(先帝)에 탁고(托孤)676)를 밧ᄌᆞ와시니 금번(今番) 샹부(相府)의 공뇌(功勞)ᄂᆞᆫ 쟝ᄎᆞᆺ(將次ㅅ) 녈토봉왕(裂土封王)677)ㅎ나 늉공튱녈(隆功忠烈)678)을 다 갑기 어렵도다. 운학 션

• ● ●

86면

싱(先生) 곤계(昆季)ᄂᆞᆫ 쏘 북새(北塞)에 봉ᄉᆞ(奉事)679)ㅎ야 미쳐 도라

---

668) 팔치(八彩): 팔채. 여덟 빛깔의 눈썹이라는 뜻으로, 제왕의 얼굴을 찬미하는 말. 중국 고대 순임금의 눈썹에 여덟 가지 색채가 있었다는 데서 유래함.

669) 농안(龍顏): 용안. 임금의 얼굴.

670) 인견(引見): 이끌어 봄.

671) 평신(平身): 엎드려 절한 뒤에 몸을 그 전대로 펴는 것.

672) 광녹시(光祿寺): 광록시. 제사나 조회(朝會) 따위를 맡아보던 관아.

673) 반사(頒賜): 반사. 임금이 녹봉이나 물건을 내려 나누어 주던 일.

674) 용한(勇悍): 용맹하고 사나움.

675) 쥬셕지신(柱石之臣): 주석지신. 기둥과 주춧돌 같은 신하라는 뜻으로 나라에 중요한 구실을 하는 신하를 말함.

676) 탁고(托孤): 신임하는 신하에게 어린 임금의 보호를 부탁하는 것.

677) 녈토봉왕(裂土封王): 열토봉황. 땅을 나누어 왕으로 봉함.

678) 늉공튱녈(隆功忠烈): 융공충렬. 나라에 세운 큰 공과 충성.

679) 봉ᄉᆞ(奉事): 봉사. 임금의 일을 받듦.

오지 아냐시니 딤(朕)이 덕(德)이 박(薄)ᄒ야 쳐쳐(處處)에 도적(盜賊)이 니러나니 이 엇지 붓그럽지 아니ᄒ리오?"

승샹(丞相)이 고두(叩頭) 스양(辭讓) 왈(曰),

"신(臣)이 동오(東吳)를 파(破)ᄒ고 반적(叛賊)680)을 쥬멸(誅滅)681)ᄒ오믄 다 폐하(陛下) 홍682)복(洪福)을 힘닙샤오미라 신(臣)이 므슴 공(功)이 이시리잇고?"

ᄒ더라.

샹(上)이 부마(駙馬)를 위로(慰勞)ᄒ야 ᄀᆞᆯ오샤ᄃᆡ,

"경(卿)은 금달(禁闥)683)에 귀(貴)ᄒᆫ 몸이라."

쳔(千) 니(里) 힝도(行途)를 더옥 념녀(念慮)ᄒ야 침좌(寢座)에 경경(耿耿)684)턴 바를 베프시더라.

---

680) 반적(叛賊): 모반한 역적.

681) 쥬멸(誅滅): 주멸. 죄인을 죽여 없앰.

682) 홍: [교] 원문에는 '홍'으로 되어 있으나 오기로 보임.

683) 금달(禁闥): 궐내에서 임금이 평소에 거처하는 궁전의 앞문. 이몽현이 부마이므로 이와 같이 표현한 것임.

684) 경경(耿耿): 마음에 잊히지 않고 염려됨.

썅쳔긔봉(雙釧奇逢) 권지십팔(卷之十八)

∵●●

1면

학셜(話說). 샹(上)이 부마(駙馬)를 위로(慰勞)ᄒ야 글ᄋᆞ샤ᄃᆡ,

"경(卿)의 튱(忠)이 크고 공(功)이 여ᄎᆞ(如此)ᄒ니 당당(堂堂)히 짜흘 버혀 봉(封)ᄒ리로다."

부매(駙馬ㅣ) 몬져 돈슈(頓首) 고ᄉᆞ(固辭)[1] 왈(曰),

"신(臣) 등(等)이 나라흘 위(爲)ᄒ고 아비를 념녀(念慮)ᄒ야 군즁(軍中)의 ᄯᆞᆯ와가나 조곰도 공(功)이 업ᄉᆞᆸ거ᄂᆞᆯ 셩지(聖旨)이 ᄀᆞᆺ튼시믈 혜아리리잇고?"

샹(上)이 또 문후를 인견(引見)[2]ᄒ샤 칭하(稱賀) 왈(曰),

"경(卿)이 ᄇᆡᆨ면셔ᄉᆡᆼ(白面書生)[3]으로 쥬빈 ᄀᆞᆺ튼 지모(智謀)[4] 가진 쟝슈(將帥)를 일월지ᄂᆡ(一月之內)에 쳐 믈니치니 ᄌᆡ조(才操ㅣ) 족(足)히 쥬랑(周郎)[5]을 우을지라 엇지 긔특(奇特)지 아니리오?"

문휘 고두(叩頭) 왈(曰),

---

1) 고ᄉᆞ(固辭): 고사. 굳이 사양함.

2) 인견(引見): 윗사람이 아랫사람을 불러 만나 봄.

3) ᄇᆡᆨ면셔ᄉᆡᆼ(白面書生): 백면서생. 한갓 글만 읽고 세상일에는 전혀 경험이 없는 사람.

4) 지모(智謀): 지혜와 꾀.

5) 쥬랑(周郎): 주랑. 주유(周瑜)를 가리킴. 중국 삼국시대 오(吳)나라의 인물(175~210)로, 자는 공근(公瑾). 원술(袁術)의 휘하에 있다가 어렸을 때 친교를 맺었던 손책(孫策)에게로 달아나 그의 모사로 활약하였고, 손책이 죽은 후 그 동생 손권(孫權)을 도와 손권의 오나라 개국에 기여하고 손권을 설득하여 제갈공명과 함께 조조의 위나라 군사를 적벽(赤壁)에서 크게 무찌름. 후에 대도독이 되어 유비가 웅거하고 있던 형주(荊州)를 되찾으려다 제갈량의 계교에 속아 대패하고 분기가 발해 죽음.

"신지(臣子ㅣ) 되여 적은 공(功)을 닐우니 죡(足)히 셩의(聖意) 일
크람 죡ᄒ온 일이 아니옵고 쥬빈을 파(破)ᄒ오믄 남궁 념 등(等) 졔
쟝(諸將)의

●●●

2면

힘뼈 도으미니 엇지 신(臣)의 공(功)이리잇가?"

샹(上)이 잠소(暫笑)ᄒ시고 군졍ᄉ(軍政事)⁶⁾의 치부(置簿)⁷⁾를 보
와 타일(他日) 공(功)을 의논(議論)ᄒ려 ᄒ시고 환궁(還宮)ᄒ시니,

승샹(丞相)이 어가(御駕)를 뫼셔 대닉(大內)로 드ᄅ시믈 보고 부마
(駙馬)ᄂᆞᆫ 금즁(禁中)⁸⁾의 드러가 태후(太后)와 황후(皇后)긔 슉ᄉ(肅
謝)⁹⁾ᄒ믈 알외니 태휘(太后ㅣ) 밧비 부마(駙馬)를 인견(引見)ᄒ시고
맛ᄎᆞᆷᄂᆡ 공(功)을 닐우고 무ᄉ(無事)히 도라오믈 만만(萬萬) 치하(致
賀)ᄒ시더라.

승샹(丞相)이 집의 도라오ᄆᆡ 가즁(家中)이 믈 쓸틋 ᄒ고 뉴 부인
(夫人)이 무평빅을 싱각고 새로이 심쟝(心臟)이 슷쳐지믈 ᄭᆡ닷지 못
ᄒ되 강잉(强仍)¹⁰⁾ᄒ야 눈믈을 참고 진뎡(鎭靜)ᄒ야 안잣더니, 승샹
(丞相)이 ᄋ ᄌ(兒子)로 더부러 드러와 밧비 졀ᄒ고 겻히 안ᄌ 별닉존

---

6) 군졍ᄉ(軍政事): 군정사. 군대의 일을 기록한 사목.
7) 치부(置簿): 금전이나 물건 따위가 들어오고 나감을 기록함. 또는 그런 장부. 여기에
   서는 군대의 일정을 기록한 장부를 이름.
8) 금즁(禁中): 금중. 대궐.
9) 슉ᄉ(肅謝): 숙사. 임금의 은혜에 감사하며 공손하고 경건하게 절을 올리던 일로, '숙
   배(肅拜)'와 '사은(謝恩)'을 아울러 이르는 말임. 원래 숙배는 새 벼슬에 임명되어 처
   음으로 출근할 때 먼저 대궐에 들어가서 임금에게 절하는 것이고 사은은 은혜에 사
   례함으로써 인사하는 일을 말함.
10) 강잉(强仍): 억지로 참음.

후(別來存候)[11]를 뭇ᄌᆞ오ᄆᆡ 가득ᄒᆞᆫ 화긔(和氣) 일좌(一座)의

3면

ᄲᅩ이니 뉴 부인(夫人)이 반가오미 과(過)ᄒᆞ믄 닐오도 말고 두굿거오미 즁심(中心)의 가득ᄒᆞ나 ᄒᆞᆫ 조각 슬푼 ᄆᆞ음이 만심(滿心)의 뉴츌(流出)ᄒᆞ야 강잉(强仍) 탄식(歎息) 왈(曰),

"오ᄋᆡ(吾兒ㅣ) 만(萬) 리(里) 젼진(戰塵) 가온ᄃᆡ 몸을 보젼(保全)ᄒᆞ고 도적(盜賊)을 멸(滅)ᄒᆞ야 튱(忠)을 세우니 거의 션군(先君) ᄯᅳᆺ을 니엇고 모ᄌᆡ(母子ㅣ) 모드니 무어시 다시 한(恨)이 이시리오?"

승상(丞相)이 화셩유어(和聲柔語)[12]로 ᄃᆡ왈(對曰),

"ᄌᆞ괴(慈敎ㅣ) 지극(至極) 맛당ᄒᆞ시거니와 엇지 상회(傷懷) 과도(過度)ᄒᆞ샤 면ᄉᆡᆨ(面色)이 쇠ᄑᆡ(衰敗)[13]ᄒᆞ시미 지극(至極)ᄒᆞᄆᆡ 니ᄅᆞ러 계시니잇고?"

부인(夫人)이 강잉(强仍)ᄒᆞ야 ᄀᆞᆯ오ᄃᆡ,

"노뫼(老母ㅣ) 굿ᄒᆞ야 과도(過度)히 ᄉᆞ렴(思念)ᄒᆞ미 아니로ᄃᆡ ᄌᆞ연(自然) 심ᄉᆡ(心思ㅣ) 쳐창(悽愴)[14]ᄒᆞ야 식음(食飮)이 감(減)ᄒᆞ므로 면ᄉᆡᆨ(面色)이 그러ᄒᆞ나 대단치 아니ᄒᆞ도다."

승상(丞相)이 샤례(謝禮)ᄒᆞ고 ᄃᆡ왈(對曰),

"두 ᄋᆞᄒᆡ(兒孩) 블모디지(不毛之地)[15]에 흉적(凶賊)으로 교봉(交

---

11) 별ᄂᆡ존후(別來存候): 별래존후. 이별한 이래의 안부.

12) 화셩유어(和聲柔語): 화성유어. 온화한 목소리와 부드러운 말투.

13) 쇠ᄑᆡ(衰敗): 쇠패. 기력이 약해짐.

14) 쳐창(悽愴): 처창. 몹시 구슬프고 애달픔.

15) 블모디지(不毛之地): 불모지지. 거칠고 메말라 식물이 나거나 자라지 아니하는 땅.

鋒)16)

ㅎ먹 승픽(勝敗) 엇덧타 ㅎ오며 셜슈(-嫂)와 몽경17) 형뎨(兄弟) 어딕
가니잇가?"

부인(夫人)이 심하(心下)에 더옥 슬허 날호여 답왈(答曰),

"몽경18)은 제 아비를 조ᄎ 군듕(軍中)의 가고 셜 현부(賢婦)ᄂ 친
당(親堂)의 갓더니 요ᄉ히 촉상(觸傷)19)ᄒ야 블평(不平)ᄒ다 ᄒ믹 몽
한도 조ᄎ 가셔 아니 왓ᄂ니라."

승상(丞相)이 고기 조아 딕(對)ᄒ고 이윽이 뫼셔 말ᄉᆷᄒ믹 군듕(軍
中)의셔 ᄒ던 말ᄉᆷ과 샹셰(尙書ㅣ) 쥬빈 파(破)ᄒ던 말ᄉᆷ을 솔와 조
모(祖母) 겻히셔 화셩(和聲)이 여류(如流)ᄒ니 부인(夫人)이 쏘흔 ᄌ
약(自若)히 찬조20)(贊助)ᄒ야 승상(丞相) ᄆᆞ음을 위로(慰勞)ᄒ더니,

믄득 빈긱(賓客)이 모드니 승상(丞相)이 제ᄌ(諸子)를 거ᄂ려 나가
졉딕(接對)21)ᄒ믹 만죠(滿朝) 쳔관(千官)이 각각(各各) 말ᄉᆷ을 펴 고
금(古今)의 업ᄉ 공(功)을 닐우믈 분분(紛紛)22)이 하례(賀禮)ᄒ고 뎡
각노(閣老) 문한이 손을 잡

---

16) 교봉(交鋒): 서로 병력을 가지고 전쟁을 함.

17) 경: [교] 원문에는 '셩'으로 되어 있으나 앞의 예를 따라 이와 같이 수정함.

18) 경: [교] 원문에는 '셩'으로 되어 있으나 앞의 예를 따라 이와 같이 수정함.

19) 촉상(觸傷): 찬 기운이 몸에 닿아서 병이 일어남.

20) 조: [교] 원문에는 '도'로 되어 있으나 오기로 보임.

21) 졉딕(接對): 접대. 맞아들여 대면함.

22) 분분(紛紛): 어지러운 모양.

고 칭샤(稱謝) 왈(曰),

"형(兄)이 반년지니(半年之內)에 쥬챵 굿튼 역적(逆賊)을 다 믈니 치니 공덕(功德)이 가(可)히 와룡(臥龍)²³⁾의 지지 아니ᄒ고 쾌(快)ᄒ미 오장원(五丈原)²⁴⁾에 죽으믈 셜치(雪恥)²⁵⁾ᄒ지라. 셩샹(聖上)이 형(兄) 굿튼 신하(臣下)를 두어 계시니 벼개를 놉히시고 만셰(萬歲)를 근심치 아니실노다."

승샹(丞相)이 겸양(謙讓)ᄒ야 일ᄉ일언(一辭一言)이 다 ᄌ곡(字曲)²⁶⁾의 마ᄌ니 좌듕(座中)이 다 격절탄샹(擊節歎賞)²⁷⁾ᄒ더라. 더옥 부마(駙馬) 등(等)의 년소(年少) 대ᄌ(大才)를 칙칙(嘖嘖)²⁸⁾이 닐ᄏᄅ며 문후의 쥬빈 파(破)ᄒ믈 아니 긔특(奇特)이 넉이리 업더라.

셕양(夕陽)의 손이 훗터지고 승샹(丞相)이 모친(母親)을 뫼셔 ᄎ야(此夜)를 지니고 명일(明日) 청신(淸晨)에 셔헌(書軒)에 나와 셜부(-府)에 나아가 셜 부인(夫人)을 보고ᄌ ᄒ더니, 이ᄶ 몽한이 일싱(一

---

23) 와룡(臥龍): 중국 삼국시대 촉한 유비의 책사인 제갈량(諸葛亮, 181~234)의 별호. 자(字)는 공명(孔明). 유비를 도와 오(吳)나라와 연합하여 조조(曹操)의 위(魏)나라 군사를 대파하고 파촉(巴蜀)을 얻어 촉한을 세웠음. 유비가 죽은 후에 무향후(武鄕侯)로서 남방의 만족(蠻族)을 정벌하고, 위나라 사마의와 대전 중에 오장원(五丈原)에서 병사함.

24) 오장원(五丈原): 지금의 중국 섬서성(陝西省) 서안시(西安市) 서부, 치산현(岐山縣) 서남쪽에 있는 곳. 제갈량이 위(魏)나라의 장군 사마의(司馬懿)와 싸우던 중 병으로 죽은 곳임.

25) 셜치(雪恥): 설치. 부끄러움을 씻음.

26) ᄌ곡(字曲): 자곡. 글자의 곡절이라는 뜻으로 상황에 맞는 적확한 표현을 말하는 듯하나 미상임.

27) 격절탄샹(擊節歎賞): 격절탄상. 무릎을 손으로 치면서 탄복하여 칭찬함.

28) 칙칙(嘖嘖): 책책. 큰 소리로 떠드는 모양.

生) 소교ᄋ(小驕兒)²⁹⁾로 슉부(叔父)의 ᄉ랑을 닙다가 와

6면

시믈 드ᄅᄃᄃ 조뫼(祖母ㅣ) 밧비 보지 말나 ᄒ시니 깁히 드러시나 초조(焦燥)ᄒ더니 이틀이 되도록 승샹(丞相)이 드러오지 아니ᄒ니 착급(着急)³⁰⁾ᄒ야 모친(母親)을 속이고 셔헌(書軒)의 니ᄅ러 승샹(丞相)의게 다라드러 붓들고 ᄀᆯ오ᄃᆡ,

"질ᄋᆡ(姪兒ㅣ) 야야(爺爺)ᄅᆯ 여히옵고 바라미 ᄇᆡᆨ부(伯父)긔 잇거늘 엇지 ᄎᆞᄌᆞ보지 아니시ᄂᆞ니잇가?"

승샹(丞相)이 놀나 눈을 드러 보미 몽한이 샹복(喪服)을 닙고 흰 실을 머리에 ᄆᆡ여시니 그 경ᄉᆡᆨ(景色)의 참혹(慘酷)ᄒ미 ᄒᆡᆼ뇌(行路ㅣ) 눈믈을 흘닐 ᄲᅵ여늘 승샹(丞相)의 우ᄋᆡ(友愛)로 그 ᄆᆞ음이 엇더ᄒ리오. 모친(母親) 말슴이 탁ᄉᆞ(託辭)³¹⁾로 아라 소ᄅᆡ 나믈 ᄭᆡ닷지 못ᄒ야 한을 안고 실셩통곡(失聲慟哭)ᄒ야 ᄀᆯ오ᄃᆡ,

"네 아비 므슴 병(病)을 어더 어ᄂᆡ 날 죽으뇨?"

한이 울고 ᄃᆡ왈(對曰),

7면

"야야(爺爺ㅣ) 븍졍(北征)³²⁾ᄒ라 가셔 군량(軍糧)이 업셔 굴머 죽

---

29) 소교ᄋ(小驕兒): 소교아. 사랑받는 어린아이.
30) 착급(着急): 매우 급함.
31) 탁ᄉᆞ(託辭): 탁사. 핑계로 꾸며대는 말.
32) 븍졍(北征): 북정. 북으로 정벌하러 함.

으시다 ᄒᆞᄂᆞ이다."

승샹(丞相)이 듯기를 마지못ᄒᆞ야셔 혼절(昏絶)ᄒᆞ야 업더지니 부마(駙馬) 등(等)이 몽ᄆᆡ(夢寐)33)에 몽한에 거조(擧措)를 보고 ᄎᆞ악비도(嗟愕悲悼)34)ᄒᆞᄆᆡ 엇지 승샹(丞相)긔 지리오. 일시(一時)에 울며 부친(父親)을 구(救)ᄒᆞ니 승샹(丞相)이 겨유 정신(精神)을 출혀 크게 탄(嘆)ᄒᆞ야 글오ᄃᆡ,

"유유챵텬(悠悠蒼天)35)이 잇지 나의 ᄒᆞᆫ 팔을 아ᅀᆞ시ᄂᆞ뇨? ᄎᆞ뎨(次弟)의 긔샹(氣像)이 본(本)ᄃᆡ 쟝원(長遠)36)홀 그르슨 아니어니와 맛ᄎᆞᆷᄂᆡ 즁도(中途)에 죽어 셔하지탄(西河之嘆)37)을 깃칠 쥴 알니오?"

셜파(說罷)에 소ᄅᆡ를 먹음어 눈믈이 믠즐 ᄉᆞ이 업ᄉᆞ며 한님(翰林)의 거쳐(去處)를 믈오니 별원(別園)의 잇다 ᄒᆞᄂᆞᆫ지라 샹셔(尙書)를 명(命)ᄒᆞ야 블오라 ᄒᆞ니 샹셰(尙書ㅣ) 친(親)히 별원(別園)에 니ᄅᆞ러 보니 한님(翰林)

• • •

8면

이 거젹에 업ᄃᆡ여 상복(喪服)이 만신(滿身)을 덥허 혈뉘(血淚ㅣ) 상복(喪服)의 어롱져시며 옥(玉) ᄀᆞ튼 얼골이 귀형(鬼形)이 되여시니 샹셰(尙書ㅣ) 밧비 붓들고 크게 울어 왈(曰),

---

33) 몽ᄆᆡ(夢寐): 몽매. 생각지 못함.

34) ᄎᆞ악비도(嗟愕悲悼): 차악비도. 놀라고 슬퍼함.

35) 유유챵텬(悠悠蒼天): 유유창천. 아득한 푸른 하늘.

36) 쟝원(長遠): 장원. 오래 삶.

37) 셔하지탄(西河之嘆): 서하지탄. 서하에서의 탄식이라는 뜻으로 자식을 잃은 슬픔을 말함. 공자의 제자 자하(子夏)가 서하에 있을 때 자식을 잃고 슬퍼해 눈이 멀도록 운 데서 유래함. 『예기(禮記)』, 「단궁(檀弓) 상(上)」.

"ᄋᆞ이 엇지 오날 이 경상(景狀)38)이 되엿ᄂᆞᆫ다?"

한님(翰林)이 문후ᄅᆞᆯ 보고 더옥 오닉(五內)39) 붕40)졀(崩絶)41)ᄒᆞ야 실성통곡(失聲慟哭)의 혼졀(昏絶)ᄒᆞ야 업더지니 샹셰(尚書ㅣ) 손을 잡아 구(救)ᄒᆞ야 ᄀᆞᆯ오ᄃᆡ,

"후ᄉᆞ(後嗣)의 즁(重)ᄒᆞ미 너 ᄒᆞᆫ 몸에 믜엿고 슉뷔(叔父ㅣ) 기셰(棄世)ᄒᆞ시미 운수(運數)에 믹인 배라 너ᄂᆞᆫ 널니 싱각ᄒᆞ야 몸을 바리려 말나."

한님(翰林)이 실셩톄읍(失聲涕泣) 왈(曰),

"엇지 대의(大義)ᄅᆞᆯ 모로리오마ᄂᆞᆫ 부친(父親)이 만(萬) 니(里) 젼쟝(戰場)의 가샤 도적(盜賊)의게 핍박(逼迫)ᄒᆞ야 맛ᄎᆞᆷ닉 몰(沒)ᄒᆞ시ᄃᆡ 쇼뎨(小弟) 그 ᄌᆞ식(子息)이 되여 님죵(臨終)의 얼골도 보지 못ᄒᆞᆷ믈 죵텬지한(終天之恨)42)이 되니

• • •

9면

살고ᄌᆞ ᄯᅳᆺ이 분호(分毫)43)도 업ᄂᆞ이다."

샹셰(尚書ㅣ) 누슈(淚水)ᄅᆞᆯ ᄲᅵᆺ스며 ᄀᆞᆯ오ᄃᆡ,

"야얘(爺爺ㅣ) 현뎨(賢弟)ᄅᆞᆯ 보고ᄌᆞ ᄒᆞ시니 가(可)히 가리라."

ᄒᆞ고 ᄉᆞ믹ᄅᆞᆯ 닛그러 셔헌(書軒)에 니ᄅᆞ니 승샹(丞相)이 밧비 손을

---

38) 경샹(景狀): 경상. 좋지 못한 몰골.

39) 오닉(五內): 오내. 오장(五臟).

40) 붕: [교] 원문에는 '봉'으로 되어 있으나 오기로 보이므로 국도본(19:8)을 따름.

41) 붕졀(崩絶): 붕절. 무너지고 끊어짐.

42) 죵텬지한(終天之恨): 종천지한. 죽을 때까지 느끼는 한이라는 뜻으로 부모나 남편 등의 죽음에 주로 사용되는 표현.

43) 분호(分毫): 매우 적거나 조금인 것을 비유적으로 이르는 말.

잡아 겻히 나오고 실셩대곡(失聲大哭)ᄒ니 부마(駙馬) 등(等)이 ᄒ가지로 통곡(慟哭)ᄒ미 곡셩(哭聲)이 하ᄂᆞᆯ을 흔드더라.

뉴 부인(夫人)이 이 소식(消息)을 듯고 승샹(丞相)이 젼진(戰塵) 풍샹(風霜)을 격거 긔력(氣力)이 만히 소모(消耗)ᄒᆞᆫ 가온ᄃᆡ 과도(過度)히 이샹(哀傷)ᄒᆞᆫ즉 그 몸 바리미 반닷ᄒᆞᆯ지라 급(急)히 좌우(左右)로 승샹(丞相)을 블오시니 승샹(丞相)이 셜우믈 셔리담아 ᄂᆡ당(內堂)에 니ᄅᆞ니 부인(夫人)이 두어 마ᄃᆡ 통곡(慟哭)ᄒᆞ야 됴샹(弔喪)ᄒᆞᄂᆞᆫ 녜(禮)를 닐운 후(後) 승샹(丞相)을 붓드러 긋치라 ᄒ고 톄읍(涕泣)ᄒᆞ야 글오ᄃᆡ,

"미망인싱(未亡人生)이 무용(無用)이 사라 이런 참경(慘景)44)을

●●●

10면

보니 즉시(卽時) 죽으미 원(願)이로ᄃᆡ 다만 너히 일신(一身)이 만금(萬金)의 지나미 이시니 만일(萬一) 내 마ᄌ 죽으미 이시면 네 ᄯᅩ 죽으미 반닷ᄒᆞᆯ 거시니 ᄭᅥᆺᄂᆞᆫ 듯ᄒᆞᆫ 간장(肝腸)을 셔리담아 ᄎᆞ♀(次兒)를 니진 다시 지ᄂᆡ더니 금일(今日) 너히 이통(哀痛)ᄒᆞᄆᆞᆯ 보니 형뎨지졍(兄弟之情)의 그ᄅᆞ미 아니로ᄃᆡ 네 몸이나 스스로 ᄌᆞ젼(自專)45)ᄒᆞᆯ 비 아니니 장ᄎᆞᆺ(將次ㅅ) 과샹(過傷)46)ᄒᆞ야 엇지코져 ᄒᆞᄂᆞᆫ다?"

승샹(丞相)이 무궁(無窮)ᄒᆞᆫ 안쉬(眼水ㅣ) ᄉᆞ미를 격셔 다만 ᄃᆡ왈(對曰),

"ᄌᆞ괴(慈敎ㅣ) 지극(至極) 맛당ᄒᆞ시니 ᄒᆡ♀(孩兒ㅣ) 엇지 일편도히

---

44) 참경(慘景): 참혹한 광경.

45) ᄌᆞ젼(自專): 자전. 자기 마음대로 함.

46) 과샹(過傷): 지나치게 슬퍼함.

몸을 도라보지 아니리잇고? 태태(太太)는 쇼려(消慮)⁴⁷⁾ᄒ소셔."

드듸여 셜 부인(夫人) 당듕(堂中)의 나아가 됴샹(弔喪)ᄒᆞᆯ시 피치(彼此ㅣ) 가슴이 막히고 혈뉘(血淚ㅣ) ᄌ리에 고힐 ᄯᆞᆫ이라. 이ᄯ러 셜 부인(夫人)이 승샹(丞相)은 무ᄉ(無事)히 도라오ᄃᆡ 그 가뷔(家夫ㅣ)

• • •

11면

명(命)이 박(薄)ᄒ야 새븍(塞北)에 몸을 바리믈 각골이통(刻骨哀痛)⁴⁸⁾ᄒ고 승샹(丞相)은 일즉 그 모친(母親)의 소복(素服)ᄒ심도 ᄎ마 눈을 드러 바로 못 보던ᄃᆡ 금일(今日) 셜 부인(夫人)의 도화춘ᄉᆡᆨ(桃花春色)⁴⁹⁾으로 져러틋 흉(凶)한 거동(擧動)을 ᄒ야시믈 보니 흉쟝(胸臟)이 ᄯᅥᆨ거지며 믜여지는 듯ᄒ야 두어 식경(食頃)이나 지는 후(後) 겨유 말을 닐워 글오ᄃᆡ,

"문운(門運)⁵⁰⁾이 블힝(不幸)ᄒ고 소싱(小生) 등(等)의 운익(運厄)이 긔구(崎嶇)ᄒ야 세 낫 형뎨(兄弟) ᄎ례(次例)를 일흐니 쟝ᄎᆺ(將次ㅅ) 삭발거셰(削髮去世)⁵¹⁾코져 ᄒ되 고당(高堂)⁵²⁾ 편친(偏親)을 위(爲)ᄒ와 ᄎ마 못 ᄒ미라. 쇼싱(小生) 등(等)의 ᄆᆞ음이 이러ᄒ니 더옥 슈수(嫂嫂)의 졍ᄉᆡ(情事ㅣ) 닐너 알 빅 아니오나 우흐로 모친(母親)이 지당(在堂)ᄒ시고 아리로 여러 ᄋ희(兒孩) 이시니 몸을 도라보샤 ᄋ희

---

47) 쇼려(消慮): 소려. 근심을 없앰.

48) 각골이통(刻骨哀痛): 각골애통. 뼈가 저리도록 슬퍼함.

49) 도화춘ᄉᆡᆨ(桃花春色): 도화춘색. 복숭아꽃처럼 봄기운을 띤 아름다운 얼굴.

50) 문운(門運): 가문의 운수.

51) 삭발거셰(削髮去世): 삭발거세. 머리를 깎고 세상을 멀리함.

52) 고당(高堂): 원래 남의 부모를 높여 이르는 말이나 여기에서는 자기 부모를 대상으로 쓰임.

(兒孩) 후亽(後嗣)를 기리 싱각ᄒ야 과회(過懷)[53]ᄒ시

12면

믈 진뎡(鎭靜)ᄒ소셔."

셜 부인(夫人)이 피눈믈이 소복(素服)을 적시고 목이 메여 ᄒ 말도 못 ᄒ고 다만 테읍(涕泣)ᄒ야 말을 드롤 ᄲᅮᆫ이러라.

승샹(丞相)이 외당(外堂)에 나오미 됴긱(弔客)이 문(門)에 메여 니음ᄎ니 승샹(丞相)의 셜워ᄒ미 바아ᄂᆞᆫ 듯ᄒ야 우름을 ᄎ마 긋치지 못ᄒ나 뉴 부인(夫人) 비이(悲哀)ᄒ시믈 돕지 못ᄒ야 다만 슬프믈 머금어 셩복(成服)[54]을 닐우니 승샹(丞相)이 븍(北)을 바라 반일(半日)이나 통곡(慟哭)ᄒ고 부마(駙馬) 등(等)의 셜워ᄒ미 승샹(丞相)긔 지지 아니ᄒ더라.

텬직(天子ㅣ) 슈됴(手詔)로 승샹(丞相)을 위로(慰勞)ᄒ시고 공노(功勞)를 혜아려 봉왕(封王)코져 ᄒ시나 그 만싴(萬事ㅣ) 여몽(如夢)ᄒ야 ᄒᄆᆞᆯ 드르시고 슬픈 ᄆᆞ음의 더옥 굿이 ᄉᆞ양(辭讓)ᄒᆯ 쥴노 아ᄅᆞ샤 ᄉᆞᄉᆡᆨ(辭色)지 아니ᄒ시더라.

슈일(數日) 후(後) 쇼부(少傅)의 오ᄂᆞᆫ 션셩(先聲)이 니

13면

ᄅᆞ니 승샹(丞相)이 졔ᄌᆞ(諸子)로 더부러 멀니 나와 마즐싴 도라보니 흰 만쟝(輓章)[55]이 분분(紛紛)ᄒ고 븕은 명졍(銘旌)[56]이 ᄇᆞ롬의 나붓

---

53) 과회(過懷): 지나치게 슬퍼함.
54) 셩복(成服): 성복. 초상이 났을 때 처음으로 상복을 입는 일.

기니 승샹(丞相)이 이를 보미 더옥 심간(心肝)이 타는 듯ᄒᆞ야 밧비 상구(喪柩) 실은 슈릐 압히 나아가 거장(車帳)57)을 허치고 관(棺)을 어로만져 통곡(慟哭)ᄒᆞ니 긔운이 막히고 소릐 슷쳐져 반향(半晌)을 정신(精神)을 츌히지 못ᄒᆞ다가 겨유 가슴의 뭉긘 거슬 ᄂᆞ리오고 관(棺)을 두다려 울며 블너 글오ᄃᆡ,

"ᄌᆞ희58) 나의 님힝(臨行)59)의 녜 업시 슬허ᄒᆞᆷ믈 과도(過度)히 ᄒᆞ거늘 우형(愚兄)이 비록 의심(疑心)ᄒᆞ여시나 진실(眞實)노 이리될 쥴은 꿈의도 싱각지 아낫더니 엇진 고(故)로 즁도(中途)의 죽어 고당(高堂) 학발(鶴髮) 편친(偏親)긔 블효(不孝)를 ᄭᅵ치고 형뎨(兄弟)의 텬륜지정(天倫之情)을 니진다? 너희

• • •

14면

닐홈이 비록 붉고 튱(忠)이 크나 명(命)이 박(薄)ᄒᆞ미 여ᄎᆞ(如此)ᄒᆞ야 홍안(紅顔) 쇼쳐(少妻)60)로 쳔고(千古)의 죄인(罪人)을 믿들고 고고(孤孤) 치ᄌᆞ(稚子)61)를 혈〃무의(孑孑無依)62)케 ᄒᆞ뇨?"

인(因)ᄒᆞ야 크게 통곡(慟哭)ᄒᆞ미 소릐 비졀쳐초(悲絶凄楚)63)ᄒᆞ야

---

55) 만쟝(輓章): 만장. 죽은 이를 슬퍼하여 지은 글. 또는 그 글을 비단이나 종이에 적어 기(旗)처럼 만든 것. 주검을 산소로 옮길 때에 상여 뒤에 들고 따라감.

56) 명졍(銘旌): 명정. 죽은 사람의 관직과 성씨 따위를 적은 기. 일정한 크기의 긴 천에 보통 다홍 바탕에 흰 글씨로 쓰며, 장사 지낼 때 상여 앞에서 들고 간 뒤에 널 위에 펴 묻음.

57) 거쟝(車帳): 거장. 수레의 장막. 수레 위에 장막을 쳐 거처할 수 있도록 만든 곳.

58) ᄌᆞ희: 자희. 이한성의 자(字).

59) 님힝(臨行): 임행. 길을 떠남.

60) 쇼쳐(少妻): 소처. 나이가 어린 아내.

61) 치ᄌᆞ(稚子): 치자. 어린 자식.

62) 혈〃무의(孑孑無依): 외로워 의지할 곳이 없음.

산텬초목(山川草木)이 다 비식(悲色)을 돕는지라 삼군(三軍) 대소(大小) 군졸(軍卒)이 아니 울 니 업더라. 한님(翰林) 몽경64)이 부친(父親) 관(棺)을 붓들고 통곡(慟哭)ᄒ며 긔절(氣絶)ᄒ야 인ᄉ(人事)를 바리니 부마(駙馬) 등(等)이 경황(驚惶)65)ᄒ야 붓드러 구(救)ᄒ며 슬픈 눈믈이 싀암 솟듯 ᄒ더니,

이윽고 쇼부(少傅)의 진(陣)이 다드라 쇼뷔(少傅ㅣ) 밧비 승샹(丞相)을 붓들고 우러 왈(曰),

"쇼뎨(小弟) 야야(爺爺)를 여희온 후(後) 두 형쟝(兄丈)을 우러라 일명(一命)을 투싱(偸生)66)ᄒ엿더니 금일(今日) 거동(擧動)이 므슴 경식(景色)이니잇가?"

인(因)ᄒ야 부마(駙馬) 등(等) 오(五) 인(人)과 승

· · ·

15면

샹(丞相)이 쇼부(少傅)를 붓드러 일쟝(一場)을 대곡(大哭)ᄒ니 참참(慘慘)67)ᄒ 눈믈은 오월(五月) 쟝슈(長水)68) ᄀ고 셜워ᄒᄂ 구곡(九曲)69)은 일만(一萬) 도창(刀槍)70)을 님(臨)ᄒ 듯ᄒ니 엇지 지 되지

---

63) 비졀쳐초(悲絶凄楚): 비절처초. 슬프고 처량함.

64) 경: [교] 원문에는 '셩'으로 되어 있으나 앞의 예를 따라 이와 같이 수정함.

65) 경황(驚惶): 놀라고 두려워 허둥지둥함.

66) 투싱(偸生): 투생. 구차하게 산다는 뜻으로, 죽어야 마땅할 때에 죽지 아니하고 욕되게 살기를 꾀함을 이르는 말.

67) 참참(慘慘): 매우 슬픔.

68) 쟝슈(長水): 장수. 홍수.

69) 구곡(九曲): 굽이굽이 서린 창자라는 뜻으로, 깊은 마음속 또는 시름이 쌓인 마음속을 비유적으로 이르는 말. 구곡간장(九曲肝腸).

70) 도창(刀槍): 칼과 창.

아니리오. 피츠(彼此) 간격(間隔)이 업더라.

이윽ᄒᆞ여 쇼뷔(少傅ㅣ) 울기를 긋치고 졔질(諸姪)을 붓드러 금(禁)ᄒᆞᆫ 후(後) 승샹(丞相)의 손을 잡고 굴오ᄃᆡ,

"츠형(次兄)이 시운(時運)이 블ᄒᆡᆼ(不幸)ᄒᆞ고 텬쉬(天數ㅣ) 임의 뎡(定)ᄒᆞ야 필경(畢竟)에 몸을 춤혹(慘酷)히 맛츠니 편친(偏親)긔 블회(不孝ㅣ) 비경(非輕)ᄒᆞ고 동긔(同氣)의 간쟝(肝腸)이 촌단(寸斷)[71]ᄒᆞ나 형쟝(兄丈)이 가문(家門)의 큰 몸으로 국가(國家)에 근심을 더ᄅᆞ시고 졔질(諸姪)이 년쇼(年少)ᄒᆞᆫ ᄋᆞ히(兒孩) 대공(大功)을 닐우니 이 쪼ᄒᆞᆫ 다ᄒᆡᆼ(多幸)ᄒᆞᆫ지라. 일가(一家) 형뎨(兄弟) 부ᄌᆞ(父子) 슉질(叔姪)이 뎡벌(征伐)ᄒᆞ야 ᄒᆞ나히 죽으미 고히(怪異)ᄒᆞ리잇가?"

ᄒᆞ며 입으로 니리 닐오며

16면

몽경[72]을 어로만져 눈믈이 비 ᄀᆞᆺᄐᆞ니 승샹(丞相)이 읍읍(悒悒)[73] 탄셩(歎聲)ᄒᆞ야 반향(半晌) 후(後) 기리 한숨 져 왈(曰),

"우리 형뎨(兄弟) 팔ᄌᆡ(八字ㅣ) 무샹(無常)ᄒᆞ야 야야(爺爺)를 여희옵고 이ᄶᆞ가지 완명(頑命)[74]을 투싱(偸生)ᄒᆞ미 형뎨(兄弟) 샹의(相依)ᄒᆞ야 위회(慰懷)[75]ᄒᆞ더니 ᄌᆞ희 이러틋 몬져 죽으니 쟝ᄎᆞ(將次ㅅ) 무어슬 뉴렴(留念)ᄒᆞ며 모친(母親)의 샹회(傷懷)[76]ᄒᆞ시믈 쟝일(葬日)

---

71) 촌단(寸斷): 마디마디 끊어짐.
72) 경: [교] 원문에는 '셩'으로 되어 있으나 앞의 예를 따라 이와 같이 수정함.
73) 읍읍(悒悒): 근심하는 모양.
74) 완명(頑命): 질긴 목숨.
75) 위회(慰懷): 괴롭거나 슬픈 마음을 위로함.
76) 샹회(傷懷): 마음속으로 애통히 여김.

에 엇지 보오리오?"

쇼뷔(少傅ㅣ) 실셩톄읍(失聲涕泣)ㅎ야 말을 못 ㅎ고 몽경[77])을 위로(慰勞)ㅎ 쑨이러라.

쇼부(少傅)ᄂ 삼군(三軍)을 거ᄂ려 궐하(闕下)로 가고 승샹(丞相)이 녕구(靈柩)를 거ᄂ려 부즁(府中)에 도라오미 일가(一家) 상하(上下)에 곡셩(哭聲)이 하ᄂᆯ을 흔들고 뉴 부인(夫人)과 셜 시(氏) 블을 벗고 당하(堂下)에 나와 관(棺)을 붓들고 실셩쟝통(失聲長痛)[78])의 피를 무슈(無數)

∘••

17면

히 토(吐)ㅎ고 긔졀(氣絶)ㅎ니 거죄(擧措ㅣ) 역시(亦是) ᄒ가지라.

승샹(丞相)이 황망(慌忙)이 제ᄌ(諸子)로 셜 부인(夫人)을 붓드러 드러가라 ㅎ고 모친(母親)을 뫼셔 졍침(正寢)[79])에 니ᄅ러 약믈(藥物)을 뻐 구(救)ㅎ니 식경(食頃)[80]) 후(後) 겨유 씨여 가슴을 두다리고 몸을 부드이져 무평[81])빅을 부ᄅ지져 통곡(慟哭)ㅎ니 승샹(丞相)이 슬푸믈 굿이 참고 눈믈 ᄲ러지믈 강잉(强仍)ㅎ야 나즉이 위로(慰勞)ㅎ야 글오ᄃᆡ,

"ᄋ희 죽으미 도시(都是) 텬명(天命)이니 셜워ㅎ야도 홀일업ᄉ니 엇진 고(故)로 셩톄(盛體)를 이러툿 ᄒᆞᆯ부게 ㅎ시ᄂᆞ니잇가?"

---

77) 경: [교] 원문에는 '셩'으로 되어 있으나 앞의 예를 따라 이와 같이 수정함.

78) 실셩쟝통(失聲長痛): 실성장통. 목이 쉬도록 길이 통곡함.

79) 졍침(正寢): 정침. 거처하는 곳이 아니라 주로 일을 보는 곳으로 쓰는 몸채의 방.

80) 식경(食頃): 한 끼의 밥을 먹을 만한 잠깐 동안.

81) 평: [교] 원문에는 '령'으로 되어 있으나 앞의 예를 따라 이와 같이 수정함.

부인(夫人)이 크게 우러 왈(曰),

"한셩의 단아(端雅)ᄒ고 소졸(疏拙)82)ᄒ미 그 슈(壽)의 그릇시 아닌 줄 아랏던 거시어니와 쏘 엇지 나의 싱젼(生前)의 죽을 줄 알니오. 져의 음용(音容)이

•••

18면

눈압히 버러 닛고져 ᄒ야도 못 ᄒ니 이 ᄆᆞᆷ을 쟝ᄎ(將次) 어딕 두리오?"

승샹(丞相)이 가슴의 칼을 결은 둧ᄒ고 구곡(九曲)이 문허지니 위로(慰勞)ᄒᆯ 말이 막혀 셩모(星眸)83)를 낫초고 믹믹(脉脉)84) 무언(無言)이러니,

이윽고 쇼부(少傅ㅣ) 드러와 모친(母親)을 붓들고 그 면식(面色)이 쳑골(瘠骨)85)ᄒ야시믈 ᄎᆞᆷ아 보지 못ᄒ야 가슴의 낫츨 다히고 우ᄂᆞᆫ 거동(擧動)이 ᄋᆞ시(兒時) 버릇ᄉᆡᆫ지 아냣ᄂᆞᆫ지라 부인(夫人)이 더욱 셜워 ᄀᆞᆯ오딕,

"너ᄂᆞᆫ 도적(盜賊)을 치고 고토(故土)에 도라와 어미를 반기거늘 어엿분 한셩은 고혼(孤魂)이 어닉 곳의셔 방황(彷徨)ᄒᄂᆞᆫ고?"

쇼부(少傅ㅣ) 울고 주왈(奏曰),

"ᄎᆞ형(次兄)을 싱각ᄒᆞ미 간담(肝膽)이 붕분(崩分)86)ᄒ고 넉시 날

---

82) 소졸(疏拙): 꼼꼼하지 못하고 서투름.

83) 셩모(星眸): 성모. 별 같은 눈동자.

84) 믹믹(脉脉): 맥맥. 잠자코 오래 있음.

85) 쳑골(瘠骨): 척골. 너무 슬퍼하여 몸이 바짝 마르고 뼈가 앙상하게 드러남. 훼척골립(毀瘠骨立).

86) 붕분(崩分): 붕분. 무너지고 찢어짐.

듯ᄒ나 ᄯᆞᆯ와 죽지 못ᄒ고 모친(母親)이 일편도히 하나흘 싱각ᄒ

샤 몸을 바리고ᄌᆞ ᄒ시니 ᄒᆡᄋᆞ(孩兒) 등(等)은 다시 어듸 의지(依支)
ᄒ리잇가?"

부인(夫人)이 기리 늣겨 왈(曰),

"내 엇지 ᄒᆞᆫ ᄌᆞ식(子息)을 ᄯᆞᆯ와 죽고ᄌᆞ ᄒ리오마ᄂᆞᆫ ᄉᆞ졍(私情)의
통박(痛迫)[87]ᄒ믈 ᄎᆞᆷ지 못ᄒ야 우름을 ᄌᆞ연(自然) 긋치지 못ᄒ거니
와 나의 대운(大運)[88]이 머러시니 여등(汝等)은 근심 말나."

쇼뷔(少傳ㅣ) 깃거 다ᄅᆞᆫ 말을 ᄒᆞ고져 ᄒ되 모친(母親) 비회(悲懷)
ᄅᆞᆯ 도돌가 ᄒ야 다만 야션(也先)을 쳐 그 머리로 졔(祭)ᄒᆞᆯ믈 고(告)
ᄒ고 승샹(丞相)이 큰 공(功)을 닐우고 도라오미 일가(一家)에 경ᄉᆞ
(慶事ㅣ)믈 닐ᄏᆞ라 비회(悲懷)[89]ᄅᆞᆯ 돈졀(頓絶)[90]ᄒ시믈 고(告)ᄒ니
부인(夫人)이 울어 왈(曰),

"내 ᄯᅩ 엇지 모로리오마ᄂᆞᆫ ᄎᆞᄋᆞ(次兒)ᄅᆞᆯ 싱각ᄒ니 아마도 ᄎᆞᆷ지 못
ᄒ노라."

승샹(丞相)이 지극(至極)히 위로(慰勞)ᄒ고 관회(寬懷)[91]ᄒ야 그
민망(憫惘)ᄒ야 ᄒ미 극(極)ᄒᆞᆫ지라. 부인(夫人)

---

87) 통박(痛迫): 마음이 몹시 절박함.
88) 대운(大運): 천명(天命).
89) 비회(悲懷): 슬픈 회포.
90) 돈절(頓絶): 돈절. 완전히 끊음.
91) 관회(寬懷): 슬픈 마음을 위로함.

이 쏘흔 대톄(大體)92)를 알므로 겨유 강작(强作)ᄒ야 슬푸믈 그치고 녕 부인(夫人)이 겻히셔 위로(慰勞)ᄒ미 그림재 좃둣 ᄒ니,

승샹(丞相) 형뎨(兄弟) 방심(放心)ᄒ야 밤을 당(當)ᄒ야 셔헌(書軒)의 도라와 셕일(昔日) 형뎨(兄弟) 엇게를 글와 힐항(頡頏)93)ᄒ며 침좌(寢座) 간(間)에 서로 써나지 아니ᄒ던 일을 싱각ᄒ미 심ᄉᆡ(心思) ㅣ 더옥 슬푼지라 형뎨(兄弟) 디(對)ᄒ야 눈믈이 무슈(無數)히 흘너 ᄌ리에 고히며 쇼부(少傅)다려 지ᄂᆞᆫ 말을 무를ᄉᆡ, 션시(先時)에 무평94)빅이 군량(軍糧)이 진(盡)ᄒ믈 보고 발셔 죽을 줄 아라 유셔(遺書) 두 쟝(張)을 뻐 속고름의 ᄆᆡ엿거늘 쇼뷔(少傅 ㅣ) 빙념(殯殮)95)ᄒᆞᆯ ᄉᆡ 보고 글너 낭즁(囊中)96)에 너헛더니 ᄎᆞ마 모친(母親)긔 드리지 못ᄒ고 승샹(丞相)긔 ᄂᆡ여 드리니 승샹(丞相)이

울며 밧아 보니 ᄒ나흔 뉴 부인(夫人)과 ᄌᆞ가(自家)의게 ᄒᆞᆫ 거시라 글와시ᄃᆡ,

'블효블튱인(不孝不忠人) 한셩은 혈누(血淚)를 드리오고 머리 조아

---

92) 대톄(大體): 대체. 중요한 덕목.
93) 힐항(頡頏): 새가 날면서 오르락내리락하는 것으로, 여기에서는 형제가 서로 짝을 지어 함께 다닌 것을 이름.
94) 평: [교] 원문에는 '령'으로 되어 있으나 앞의 예를 따라 이와 같이 수정함.
95) 빙념(殯殮): 빈렴. 시체를 염습하여 관에 넣어 안치함. 염빈(殮殯).
96) 낭즁(囊中): 낭중. 주머니 속.

모친(母親)과 형장(兄丈)을 싱각는 뜻이 각골(刻骨)ᄒᆞᄆᆡ 밋쳐 가(可)히 일(一) 쳑(尺) 혈셔(血書)를 뻐 옷 ᄉᆞ이에 감초ᄂᆞ니 쇼지(小子ㅣ) 모친(母親)의 싱휵(生畜)⁹⁷ᄒᆞ신 은혜(恩惠)를 밧ᄌᆞ와 부친(父親)의 너비 교훈(敎訓)ᄒᆞ시믈 듯ᄌᆞ와 쇼년(少年)의 등뎨(登第)ᄒᆞ야 작위(爵位) 후빅(侯伯)이 되니 기리 부모(父母)를 뫼셔 빅(百) 년(年)을 누릴가 ᄒᆞ더니 팔지(八字ㅣ) 박(薄)ᄒᆞ고 죄악(罪惡)이 즁쳡(重疊)ᄒᆞ야 야야(爺爺)를 여희옵고 오히려 투싱(偸生)ᄒᆞᆷ은 노친(母親)과 형쌍(兄丈)을 우럴고 밋어 태태(太太) 여년(餘年)을 뫼셔 위로(慰勞)ᄒᆞ려

•••

22면

ᄒᆞ더니 국개(國家ㅣ) 블힝(不幸)ᄒᆞ야 형(兄)이 동(東)으로 뎡벌(征伐)ᄒᆞ라 힝(行)ᄒᆞ시니 쇼뎨(小弟) ᄆᆞ음이 어린 듯 취(醉)ᄒᆞᆫ 듯 발셔 졍신(精神)과 의ᄉᆞ(意思ㅣ) 틱반(太半)이나 ᄂᆞ라나더니,

븍노(北奴)의 근심이 급(急)ᄒᆞ고 국가(國家) 은혜(恩惠) 닙으미 듕(重)ᄒᆞ니 어린 의ᄉᆞ(意思ㅣ) 발(發)ᄒᆞ야 ᄒᆞᆫ 번(番) 븍(北)으로 니ᄅᆞ믹 지죄(才操ㅣ) 용녈(庸劣)ᄒᆞ나 일편도히 죽지 아니홀 거시로딕 하늘이 돕지 아니ᄒᆞ시고 대운(大運)이 다ᄃᆞᄅᆞ믹 안흐로 군량(軍糧)이 진(盡)ᄒᆞ고 밧긔 구완(救援)⁹⁸이 업ᄉᆞ니 졔갈(諸葛)⁹⁹의 지죈(才操ㅣㄴ)들 엇지 승젼(勝戰)ᄒᆞ미 쉬오리오? 죽으미 미급(眉急)¹⁰⁰ ᄉᆞ이에 잇

---

97) 싱휵(生畜): 생휵. 낳아 기름.

98) 구완(救援): 구원병.

99) 졔갈(諸葛): 제갈. 중국 삼국시대 촉한 유비의 책사인 제갈량(諸葛亮, 181~234)을 이름. 자(字)는 공명(孔明)이고 별호는 와룡(臥龍) 또는 복룡(伏龍). 유비를 도와 오(吳)나라와 연합하여 조조(曹操)의 위(魏)나라 군사를 대파하고 파촉(巴蜀)을 얻어 촉한을 세웠음. 유비가 죽은 후에 무향후(武鄕侯)로서 남방의 만족(蠻族)을 정벌하고, 위나라 사마의와 대전 중에 오장원(五丈原)에서 병사함.

ᄂ니 이거시 역시(亦是) 텬의(天意) 뎡(定)ᄒ시미라 한(恨)ᄒ미 부졀
업ᄉ되 모친(母親)긔 셔하(西河)101)에 셜우믈 깃침과 형댱(兄丈)을
다시 보지 못

。●●

23면

ᄒ고 죽으니 구텬(九泉)102)에 눈을 감지 못ᄒᆯ소이다. 연(然)이나 모
친(母親)과 형댱(兄丈)은 죽은 사ᄅᆷ을 부졀업시 ᄉᆡᆼ각지 마시고 만슈
무강(萬壽無疆)ᄒ시며 쇼뎨(小弟)의 ᄌᆞ녀(子女)를 어엿비 넉이쇼셔.

슬푸다! 형뎨(兄弟) 녯날 야야(爺爺)를 뫼셔 즐기던 일이 의연(依
然)103)이 츈몽(春夢)이로다. 모친(母親)이 만일(萬一) 블효ᄌᆞ(不孝子)
를 ᄉᆡᆼ각지 마ᄅᆞ시고 텬(千) 년(年)을 평안(平安)이 지닉실진되 쇼ᄌᆞ
(小子ㅣ) 구원(九原)에 넉시 우음을 먹음으리로다. 가련(可憐)ᄒ다,
나의 필ᄋᆞ(畢兒)를 다시 보지 못ᄒ니 형댱(兄丈)은 쇼뎨(小弟) ᄯᅳᆺ을
니어 각별(各別)이 닉닉 무양(無恙)ᄒ소셔.'

ᄒ엿고 ᄒᆞᆫ 댱(張)은 부인(夫人)과 ᄌᆞ녀104)의게 ᄒᆞᆫ 거시러라.

승샹(丞相)이 보기를 맛고 눈믈이 ᄉᆡ암 솟ᄃᆞᆺ ᄒᆞ야 ᄎᆞ마 보지 못ᄒ

---

100) 미급(眉急): 눈썹에 불이 붙은 것같이 매우 위급함의 비유. 초미지급(焦眉之急).

101) 셔하(西河): 서하. 서하(西河)는 지금의 하남성(河南省) 안양(安陽). 중국 춘추시대
     공자의 제자인 자하(子夏, B.C.508?~B.C.425?)가 서하(西河)에 있을 때 자식을 잃
     고 슬퍼해 눈이 멀도록 울었는데, 이로부터 부모가 자식을 잃은 슬픔을 말할 때
     서하라는 말을 씀.『예기(禮記)』,「단궁(檀弓) 상(上)」.

102) 구텬(九泉): 구천. 땅속 깊은 밑바닥이란 뜻으로, 죽은 뒤에 넋이 돌아가는 곳을 이
     르는 말.

103) 의연(依然): 예전의 모습을 생각하고 연연해하는 정.

104) 녀: [교] 원문에는 '뎐내'로 되어 있으나 의미를 명확히 하기 위해 국도본(19:25)을
     따름.

니 등홰(燈火ㅣ) 위(爲)ᄒ야 빗출 감초더라. 냥구(良久) 후(後) 눈믈을 거두고 탄(嘆)ᄒ야 ᄀᆞᆯ오듸,

"믈이 ᄀᆞ득ᄒ면 씨이미 샹식(常事ㅣ)오, 복션화음(福善禍淫)[105]이 ᄌᆞ고(自古)로 셧셧ᄒ니 우리 가문(家門)이 너모 셩만(盛滿)ᄒ야 삼듸(三代)ᄅᆞᆯ 부ᄌᆞ(父子) 형뎨(兄弟) 태각(臺閣) 대신(大臣)으로 금ᄌᆞ옥듸(金紫玉帶)[106]로 관면(冠冕)[107]이 면면부졀(綿綿不絶)[108]ᄒ니 조믈(造物)이 싀긔(猜忌)ᄒ고 황텬(皇天)이 앙얼(殃孽)[109]을 ᄂᆞ리오샤 야애(爺爺ㅣ) 희년(稀年)[110]이 겨유 넘으시며 도라가시고 ᄎᆞ뎨(次弟) ᄯᅩ 이러틋 참ᄉᆞ(慘死)[111]ᄒ니 이거시 다 아등(我等)의 삼가지 못ᄒ고 너모 영화(榮華)ᄅᆞᆯ 씌인 연괴(緣故ㅣ)라 하ᄂᆞᆯ을 원(怨)치 못ᄒ노라."

쇼뷔(少傅ㅣ) 고기 조아 왈(曰),

"이 말ᄉᆞᆷ이 졍(正)히 올흐시니 영화(榮華)ᄅᆞᆯ ᄆᆡ양 누리미 조믈(造物)의 써리미 되엿거니와 우리 부ᄌᆞ(父子) 형뎨(兄弟), 각별(各別)이 사ᄅᆞᆷ의게 젹악(積惡)[112] 깃친 일은 업건

---

105) 복션화음(福善禍淫): 복선화음. 착한 사람에게는 복을 주고 악한 사람에게는 재앙을 줌.

106) 금ᄌᆞ옥듸(金紫玉帶): 금자옥대. 금자(金紫)는 금인(金印)과 자수(紫綬)로, 금인은 관직의 표시로 차고 다니던 금으로 된 조각물이고 자수는 고위 관료가 차던 호패(號牌)의 자줏빛 술임. 옥대는 임금이나 관리의 공복(公服)에 두르던, 옥으로 장식한 띠임.

107) 관면(冠冕): 갓과 면류관이라는 뜻으로, 벼슬아치를 비유적으로 이르는 말.

108) 면면부졀(綿綿不絶): 면면부절. 계속 이어져 끊이지 않음.

109) 앙얼(殃孽): 지은 죄의 앙갚음으로 받는 재앙.

110) 희년(稀年): 원래 드문 나이라는 뜻으로, 일흔 살을 이르는 말이나 여기에서는 환갑을 이름.

111) 참ᄉᆞ(慘死): 참사. 참혹하게 죽음.

마는 아지 못홀 거순 텬의(天意)로소이다."

형뎨(兄弟) 서로 닐오며 기리 탄식(歎息)ᄒ고 늣겨 밤이 맛도록 잠을 닐우지 못ᄒ더라.

이후(以後) 죠셕(朝夕) 졔ᄉ(祭祀)를 극진(極盡)이 ᄒ며 한님(翰林)을 무익(撫愛)113)ᄒ야 두 슉뷔(叔父ㅣ) 잠시(暫時)를 ᄯᅥ나지 못ᄒ고 삼녀(三女) 빙희 등(等)이 모다 부친(父親) 녕궤(靈几)를 붓들고 하셜워ᄒ니 눈의셔 피 나더라.

승샹(丞相)이 퇵일(擇日)ᄒ야 무평114)빅 녕구(靈柩)를 거ᄂᆞ려 금쥐(錦州)로 갈ᄉᆡ 셜 부인(夫人)의 죵텬지한(終天之恨)115)이 쟝ᄎ(將次)ᄉ) 쓸오고ᄌ ᄒ되 텬셩(天性)이 약(弱)ᄒ고 그 가부(家夫)의 유언(遺言)을 ᄎ마 져바리지 못ᄒ야 셜우믈 춤아 고모(姑母)를 위로(慰勞)ᄒ고 ᄌ녀(子女)를 보호(保護)ᄒ더라.

쟝일(葬日)이 밤을 격(隔)ᄒ엿ᄂᆞᆫ지라 승샹(丞相)이 평싱(平生) ᄉ랑ᄒ던 아ᄋᆞ로써 디하(地下) 음혼(陰魂)을 믿다라 다시 션

영(先塋)의 도라보ᄂᆡ게 되니 그음업순 셜움과 한(限)업순 유한(遺恨)

---

112) 젹악(積惡): 적악. 악을 쌓음.

113) 무익(撫愛): 무애. 어루만지고 사랑함.

114) 평: [교] 원문에는 '령'으로 되어 있으나 앞의 예를 따라 이와 같이 수정함.

115) 죵텬지한(終天之恨): 종천지한. 죽을 때까지 느끼는 한이라는 뜻으로 부모나 남편 등의 죽음에 주로 사용되는 표현.

을 춤아 견ᄃᆡ지 못ᄒ야 가연이 지필(紙筆)을 나와 제문(祭文)을 지으ᄆᆡ ᄉ의(辭意)116) 간간(懇懇)117)ᄒ고 쳐창(悽愴)ᄒ야 듯ᄂᆞ 이 눈믈을 다 흘녀 아니 셜워ᄒ리 업더라.

이에 의관(衣冠)을 곳치고 녕연(靈筵)118)에 나아가 쟉(酌)을 헌(獻)ᄒ고 부매(駙馬ㅣ) 잔(盞)을 드려 젼젼(悛悛)119)ᄒ고 병부샹셔(兵部尙書) 문졍휘 제문(祭文)을 슬피 넑으니 기문(其文)에 ᄀᆞᆯ와시ᄃᆡ,

'유셰ᄎᆞ(維歲次)120) 모년(某年) 모월(某月) 모일(某日)에 ᄇᆡᆨ형(伯兄) ᄌᆞ슈ᄂᆞ 혈누(血淚)를 ᄲᆡ리고 슬푸믈 먹음어 어진 아ᄋᆞ ᄌᆞ희 녕연(靈筵)의 곡ᄇᆡ(哭拜)ᄒᆞᄂᆞ니 오호(嗚呼) 통재(痛哉)라! 금일(今日)이 샹시(常時)냐 쑴이냐? 만일(萬一) 쑴인즉 ᄭᆡᆯ진ᄃᆡ 이 셜움을 니ᄌᆞ랴. 진실(眞實)노 샹시(常時)라 홀

.●●

27면

진ᄃᆡ 아지 못게라, 이 무슴 거죄(擧措ㅣ)며 이 무슴 경식(景色)이뇨? 비재(悲哉) 비재(悲哉)라! 셕년(昔年)에 우형(愚兄)이 삼(三) 셴(歲ㄴ) 제 모부인(母夫人)이 탄강(誕降)ᄒ시믈조ᄎᆞ 나의 항녈(行列)을 빗ᄂᆡ시니 서로 닛그러 치발(齒髮)121)이 ᄌᆞ라지 아닐 젹붓터 ᄉᆞ랑ᄒᆞᆷ이 지극(至極)ᄒ더니라. 오회(嗚呼ㅣ)라! 니어 쇼ᄆᆡ(小妹)와 ᄌᆞ경이 부모

---

116) ᄉ의(辭意): 사의. 글이나 말의 뜻.

117) 간간(懇懇): 매우 간절함.

118) 녕연(靈筵): 영연. 죽은 사람의 영궤(靈几)와 그에 딸린 모든 것을 차려 놓는 곳.

119) 젼젼(悛悛): 전전. 삼감이 두터움.

120) 유셰ᄎᆞ(維歲次): 유세차. '이해의 차례는'이라는 뜻으로, 제문(祭文)의 첫머리에 관용적으로 쓰는 말.

121) 치발(齒髮): 이와 머리카락.

(父母) 싱휵(生畜)ᄒ시믈 밧ᄌ오니 형뎨(兄弟) 삼(三) 인(人)이 샹슈
(常隨)122)ᄒ야 일시(一時) 쩌나믈 앗기더니 임의 쟝셩(長成)ᄒ야 형
(兄)이 급뎨(及第)ᄒ야 벼슬이 지렬(宰列)에 니르고 ᄋ이 넙히 쳥운
(靑雲)을 더위잡아123) 금계(金階)를 볿으니 고당(高堂)에 조모(祖母)
와 냥친(兩親)을 뫼셔 반의(斑衣)로 츔추믈124) 어덧도다. 현뎨(賢弟)
옥안셤슈(玉顔纖手)125)에 약(弱)ᄒ므로 히 도독(都督)으로 더브러 역

●●

28면

적(逆賊)을 소평(掃平)126)ᄒ니 지죄(才操ㅣ) 크고 공덕(功德)이 셰간
(世間)의 무빵(無雙)ᄒ니 셩텬지(聖天子ㅣ) 나리오신 작녹(爵祿)을
후(厚)히 밧ᄌ오니 그쩌 우형(愚兄)이 촌공(寸功)도 업시 삼공(三公)
의 거(居)ᄒ고 현뎨(賢弟) 금ᄌ옥듸(金紫玉帶)로 후빅(侯伯)이 되니
문호(門戶)의 셩만(盛滿)ᄒ믈 션친(先親)이 두려ᄒ시더니라. 셕재(惜
哉)127)라! 슈십(數十) 년(年) 늬(內)에 ᄌ질(子姪)이 셩만(盛滿)ᄒ야
빅뇨(百僚)에 츙슈(充數)ᄒ고 부뫼(父母ㅣ) 지당(在堂)ᄒ샤 강건(剛
健)ᄒ시미 타뉴(他類)로 다르시니 기리 만년(萬年)을 뫼와 즐길가 ᄒ
더니 오호(嗚呼) 통재(痛哉)라! 존당(尊堂)이 쳔(千) 년(年)으로 즁ᄒ
시미128) 션친(先親)이 지통(至痛)으로 인(因)ᄒ야 셰샹(世上)을 바리

---

122) 샹슈(常隨): 상수. 늘 따르며 같이함.
123) 더위잡아: 끌어 잡아.
124) 반의(斑衣)로 츔추믈: 반의로 춤춤을. 색동옷을 입고 춤추기를. 중국 춘추시대 초
(楚)나라의 노래자(老萊子) 고사를 이름. 노래자는 일흔 살의 나이에 색동옷을 입
고 부모 앞에서 춤을 추어 부모를 기쁘게 했다고 함.
125) 옥안셤슈(玉顔纖手): 옥안섬수. 옥같이 흰 얼굴과 가냘프고 아름다운 손.
126) 소평(掃平): 휩쓸어 없애 평정함.
127) 셕재(惜哉): 석재. 안타깝구나.

시니 구곡(九曲)이 촌단(寸斷)[129]ᄒ고 간장(肝腸)이 문허져 인셰(人世)에 참예(叄預)코져 뜻이 분호(分毫)[130]도 업ᄉᄃᆡ 혈혈(孑孑)[131]ᄒ

○●●
29면

신 편모(偏母)를 위(爲)ᄒ고 형뎨(兄弟) 샹의(相依)[132]ᄒ야 피ᄎᆞ(彼此) 셜우믈 셔리담고 위로(慰勞)ᄒ며 관억(寬抑)[133]ᄒ야 삼상(三喪)을 무ᄉ(無事)이 지ᄂᆡ고 목슘이 질긘 줄 한(恨)ᄒ나 그러나 우리 삼(三) 인(人)이 샹슈(常隨)ᄒ야 편친(偏親)을 뫼서 남은 나흘 맛츨가 ᄒ더니 통재(痛哉)라, 네 엇지 이에 니르뇨? 국개(國家ㅣ) 블ᄒᆡᆼ(不幸)ᄒ야 동국(東國)이 반(叛)ᄒ야 텬심(天心)을 어ᄌᆞ러이니 신ᄌᆞ(臣子ㅣ) 되여 엇지 ᄉᄃᆡ(死地)를 ᄉ양(辭讓)ᄒ리오? 졀월(節鉞)을 밧ᄌᆞ와 동강(東江)의 비를 타ᄆᆡ 현뎨(賢弟), 우형(愚兄)의 손을 붓들고 슬허ᄒᄆᆡ 젼일(前日)노 다르거늘 우형(愚兄)이 ᄆᆞᄋᆞᆷ의 임의 니(利)치 아니믈 의심(疑心)ᄒ야 것ᄎ로 위로(慰勞)ᄒ나 ᄂᆡ심(內心)은 슬허ᄒ엿ᄂᆞ니 통재(痛哉)라! 물머리를 동(東)으로 두로혀나 셔

○●●
30면

로 손을 난호니 ᄆᆞᄋᆞᆷ은 다 현뎨(賢弟) 신샹(身上)의 잇더니, 오회(嗚

---

128) 줍ᄒ시ᄆᆡ: '돌아가시매'의 뜻으로 보이나 미상임.

129) 촌단(寸斷): 마디마디 끊어짐.

130) 분호(分毫): 매우 적거나 조금인 것을 비유적으로 이르는 말.

131) 혈혈(孑孑): 외로움.

132) 샹의(相依): 상의. 서로 의지함.

133) 관억(寬抑): 격한 감정이나 분노를 너그럽게 억제함.

呼ㅣ)라 맛춤닉 다시 보지 못ᄒ고 유명(幽明)이 가리일 줄 엇지 알니
오? 현뎨(賢弟) 튱심(忠心)이 블모지디(不毛之地)를 됴흔 딕 가둣 ᄒ
야 ᄆᆞᆷ을 다ᄒ야 나라흘 갑흐려 ᄒ더니 하늘이 돕지 아니ᄒ고 너희
명(命)이 박(薄)ᄒ야 군량(軍糧)이 진(盡)ᄒ니 귀신(鬼神)의 술(術)이
이신들 엇지 살기를 어드리오? 슬푸다! 흔 번(番) 몸을 바려 댱슌(張
巡)134)의 고젹(古迹)135)을 쏠오미니 비록 튱녈(忠烈)이 고금(古今)에
희한(稀罕)ᄒ나 편친(偏親)의 익136)도(哀悼)ᄒ시미 쟝ᄎᆞ(將次ㅅ) 보
젼(保全)치 못ᄒ시게 되고 혈혈(孑孑)흔 질ᄋᆞ(姪兒)와 슈시(嫂氏)의
죵텬지통(終天之痛)137)이 비(比)홀 곳이 업ᄉ니 참담(慘憺)흔 경싀
(景色)이 방인(傍人)의 넉술 놀닉ᄂᆞ지라 유유

...

31면

챵텬(悠悠蒼天)138)이 츰아 엇지 이런 일을 ᄒ시ᄂᆞ뇨? 현뎨(賢弟) 뎡
녕(精靈)이 아름이 잇ᄂᆞ냐 업ᄂᆞ냐? 만일(萬一) 아름이 이실진디 모든
사름의 셜우믈 슬피리라. 통쟤(痛哉) 통쟤(痛哉)라! 금일(今日)노븟터
형뎨(兄弟) 항녈(行列)이 뷔이며 외로이 ᄌᆞ경으로 더브러 비회(悲懷)
를 닐을 빈니 셕년(昔年)에 냥친(兩親)을 뫼셔 흔 당(堂)의 즐기던

---

134) 댱슌(張巡): 장순. 중국 당나라 현종(玄宗) 때의 장군. 안록산(安祿山)의 난이 일어나
    자 수양태수(睢陽太守) 허원(許遠)과 함께 성을 지키고 적장 윤자기(尹子琦)와 싸우
    며 성을 여러 달 동안 지켰으나 원군이 오지 않아 성은 함락되고 장순은 전사함.
135) 고젹(古迹): 고적. 옛 자취.
136) 익: [교] 원문에는 '위'로 되어 있으나 의미를 명확히 하기 위해 국도본(19:33)을
    따름.
137) 죵텬지통(終天之痛): 종천지통. 죽을 때까지 느끼는 고통이라는 뜻으로 부모나 남
    편 등의 죽음에 주로 사용되는 표현.
138) 유유챵텬(悠悠蒼天): 유유창천. 아득한 푸른 하늘.

일이 의연(依然)139)혼 춘몽(春夢)이로다. 통재(痛哉)라! 가련(可憐)혼 위혼(危魂)140)이 어닉 곳의셔 늣기느뇨? 이제 설산(雪山)이 비비(霏霏)141)호고 한풍(寒風)이 밍녈(猛烈)혼딕 너희 관(棺)을 붓드러 선산(先山)으로 힝(行)호니 가(可)히 이 모음을 춤을 것가? 나의 각골(刻骨)이 셜운 바는 도라와 형뎨(兄弟) 서로 보고 몽한을 마즈 길너 셩쟝(成長)홈믈 본 후(後) 일이 이러호면 혼 가지 한(恨)이나 업슬낫다.

...

32면

오회(嗚呼ㅣ)라! 우형(愚兄)이 인간(人間) 스십팔(四十八) 년(年)에 영화(榮華) 부귀(富貴)를 굿초 누려시니 이제 현뎨(賢弟)를 참별(慘別)호고 일시(一時)를 인셰(人世)에 머믈 쯧이 업스딕 경듕(輕重)이 잇고 편친(偏親)긔 춤아 블효(不孝)를 더으지 못호야 쓰는 간쟝(肝腸)을 참고 썩거지는 이를 셔리담아 완연(宛然) 평셕(平昔)142)호니 가(可)히 동긔지졍(同氣之情)이 지극(至極)다 호랴. 요힝(僥倖) 동(東)을 평졍(平定)호고 긔가(凱歌)를 울녀 도라오믹 모음이 나는 살 굿투야 밧비 고토(故土)에 니르러 모친(母親)과 형뎨(兄弟)를 반길가 호더니 엇지 몽경143)의 흉(凶)혼 복식(服色)과 현뎨(賢弟)의 얼골 감촌 녕궤(靈几)를 볼 줄 알쇼? 셜운 한(恨)은 하늘이 굇쳐 되여도 플니지 아닐 거시로딕 도로혀 싱각호니 이 쏘 텬슈(天數ㅣ)라 맛당이 현뎨(賢弟)

---

139) 의연(依然): 예전의 모습을 생각하고 연연해하는 정.

140) 위혼(危魂): 위태로운 넋.

141) 비비(霏霏): 눈이 펄펄 내림.

142) 평셕(平昔): 평석. 예전과 같음.

143) 경: [교] 원문에는 '셩'으로 되어 있으나 앞의 예를 따라 이와 같이 수정함.

의 시슈(屍首)를 거두어 션영(先塋)에 쟝(葬)ᄒ고 몽경[144]을 보호(保
護)ᄒ며 몽한을 아름다히 길너 어진 며ᄂ리를 어들진ᄃᆡ 유한(遺恨)
이 잠간(暫間) 플닐노다. ᄎ시(此時)를 당(當)ᄒ야 나의 넉시 날고 담
(膽)이 말으며 붓슬 들ᄆᆡ 누쉬(淚水ㅣ) 눈을 가리오고 심신(心身)이
아득ᄒ니 어이 셩ᄌᆞ(成字)를 닐우리오마ᄂᆞᆫ 텬뉸(天倫)의 지극(至極)
ᄒᄆ로써 금일(今日) 쳔고(千古) 영결(永訣)을 당(當)ᄒ니 젼일(前日)
현뎨(賢弟) 시문(詩文)을 됴히 넉이던 ᄆᆞ음을 ᄎᆞ아 져바리지 못ᄒ야
ᄒᆫ 줄 글이 셜우믈 닐위고져 ᄒ나 본(本)ᄃᆡ 문ᄌᆡ(文才) 너르지 못ᄒᆫ
가온ᄃᆡ 흉쟝(胸臟)이 블안(不安)ᄒ야 열히 ᄒ나흘 펴지 못ᄒ니 그 아
름이 잇ᄂᆞ냐? 오호(嗚呼) 통재(痛哉)라! 거의 슬필지어다.'

문경휘 닑기를 맛ᄎᆞᄆᆡ 승샹(丞相)이 관(棺)을 두다려 실셩대곡(失
聲大哭)ᄒ니 흐르ᄂᆞᆫ 눈믈은 강슈(江水) ᄀᆞ고 초혼(招魂) 셩음(聲音)
이 비졀(悲絶)ᄒ야 산쳔초목(山川草木)이 동(動)홀 ᄃᆞᆺᄒᄃᆞ라.

뉴 부인(夫人)이 무평[145]빅의 녕궤(靈几)를 마ᄌ 보ᄂᆡ고 셜우믈
니긔지 못ᄒ야 우름을 긋치지 아니ᄒ니 승샹(丞相)이 졍ᄉᆡ(情事ㅣ)
더옥 망극(罔極)ᄒ야 극진(極盡)이 히유(解諭)ᄒ며[146] 쇼부[147](少傅)

---

144) 경: [교] 원문에는 '셩'으로 되어 있으나 앞의 예를 따라 이와 같이 수정함.
145) 평: [교] 원문에는 '령'으로 되어 있으나 앞의 예를 따라 이와 같이 수정함.
146) 며: [교] 원문에는 '미'로 되어 있으나 맥락을 고려하여 국도본(19:37)을 따름.
147) 쇼부: [교] 원문에는 '쇼부마'로 되어 있으나 맥락상 '소부'가 맞으므로 국도본

와 아릭로 삼주(三子)를 머무러 집의 두고 녕구(靈柩)를 붓드러 길나
니 텬직(天子ㅣ) 녜부샹셔(禮部尚書) 위공부를 보뇌여 치제(致祭)148)
ᄒ시고 뒤흘 쏠와 회장(會葬)149)에 위의(威儀)를 도으시며 무평150)
빅을 츄증(追贈)151)ᄒ샤 무평152)왕을 봉(封)ᄒ시고 시호(諡號)를 진
튱의렬공(盡忠義烈公)이라 ᄒ시며 남방(南方) 제군(諸郡)의게 됴셔
(詔書)ᄒ샤 지경(地境)가지 호샹(護喪)153)ᄒ라

35면

ᄒ시니 영광(榮光)이 거록ᄒ더라.

승샹(丞相)이 상구(喪柩)를 거ᄂ려 금쥐(錦州) 니르러 친(親)이 디
리(地理)를 갈히여 안장(安葬)154)ᄒ고 더옥 오ᄂ(五內) 바아ᄂ 돗ᄒ
야 경ᄉ(京師)의셔ᄂ 모친(母親)을 위로(慰勞)ᄒ노라 쾌(快)히 우지
못ᄒ엿다가 바야흐로 무덤을 두다려 날이 맛도록 호곡(號哭)155)ᄒ니
눈믈이 진(盡)ᄒ야 혈뉘(血淚ㅣ) 묘젼(墓前)의 어룽지고 나종은 소릭
쓴츠락니으락ᄒ니 이셩(哀聲)이 간간비도(懇懇悲悼)156)ᄒ고 한님(翰

(19:37)을 따라 '마'를 삭제함.
148) 치제(致祭): 치제. 임금이 제물과 제문을 보내어 죽은 신하를 제사 지내던 일. 또는
그 제사.
149) 회장(會葬): 회장. 장례 지내는 데 참여함.
150) 평: [교] 원문에는 '령'으로 되어 있으나 앞의 예를 따라 이와 같이 수정함.
151) 츄증(追贈): 추증. 나라에 공로가 있는 벼슬아치가 죽은 뒤에 품계를 높여 주던 일.
152) 평: [교] 원문에는 '령'이라 되어 있으나 앞에 '무평백'으로 나온 예를 따라 이와 같
이 수정함.
153) 호샹(護喪): 호상. 장례에 참석하여 상여 뒤를 따라감.
154) 안장(安葬): 안장. 편안하게 장사 지냄.
155) 호곡(號哭): 소리를 내어 슬피 욺. 또는 그런 울음.
156) 간간비도(懇懇悲悼): 절절히 슬퍼함.

林)이 역시(亦是) 울고 긔졀(氣絶)ᄒ기를 ᄌ로 ᄒ고 분젼(墳前)에 머
리를 두다려 망망(茫茫)이 쏠오고져 ᄒ고 고고(孤高)히157) 날고져 ᄯᆺ
이 이셔 부친(父親)을 부르고 하 우니 경쇡(景色)의 참쳑(慘慽)158)ᄒ
미 ᄎ마 바로 보지 못ᄒ니 승샹(丞相)이 좌슈(左手)로 한님(翰林)을
잡고 우슈(右手)로 묘젼(墓前)을 두다려 통곡(慟哭)

36면

왈(曰),

"ᄌ희 상시(常時) 무단(無端)159)한 남이 최복(衰服)을 ᄒ고 부모
(父母)를 블너도 눈믈을 드리워 바로 보지 못ᄒ여 ᄒ더니 금일(今日)
너의 쳔금(千金) 소교ᄋ(小驕兒)160)의 이런 경샹(景狀)을 보되 어이
ᄒ 말이 업ᄂᆞ뇨? 이 과연(果然) 유명(幽明)이 다ᄅᆞ미 이 ᄀᆞᄐᆞ냐?"

셜파(說罷)에 실셩운졀(失性殞絶)161)ᄒ니 부마(駙馬)와 문후의 효
의(孝義)로써 슉부(叔父) 바라믈 부친(父親)과 다ᄅᆞ미 업다가 도금
(到今)ᄒ야 참졀(慘絶)162)이 여히여 금일(今日) ᄯᅡ 가온듸 영영(永永)
이 감초믈 보니 그 셜워ᄒ미 승샹(丞相)긔 지리오. ᄒᆞᆫ가지로 통곡(慟
哭)ᄒ여 긋칠 쥴을 모로더니 반일(半日) 후(後) 승샹(丞相)이 우름을
먹음어 혼졀(昏絶)ᄒ야 졋구러지니 부마(駙馬) 형뎨(兄弟) 븟드러 황
망(慌忙)이 구호(救護)ᄒ며 한님(翰林)을 흔드러 ᄀᆞ오듸,

---

157) 고고(孤高)히: 세상일에 초연하여 홀로 고상하게.
158) 참쳑(慘慽): 참척. 매우 슬픔.
159) 무단(無端): 아무 사유가 없음.
160) 소교ᄋ(小驕兒): 소교아. 사랑하는 어린아이.
161) 실셩운졀(失性殞絶): 실셩운절. 정신을 잃고 기절함.
162) 참졀(慘絶): 참절. 매우 슬픔.

"아이

비록 금일(今日)을 당(當)ㅎ야 호텬지통(呼天之痛)163)이 극(極)흔들
일편도이 몸을 바리려 ㅎᄂ뇨? 대인(大人) 긔운을 보오라."

한님(翰林)이 추언(此言)을 듯고 겨유 우롬을 긋치고 승상(丞相)이
혼졀(昏絶)ㅎ여시믈 보고 더옥 황망(慌忙)ㅎ야 아모리 홀 줄 모로거
늘 부마(駙馬) 등(等)이 좌우(左右)를 명(命)ㅎ야 평안(平安)흔 교ᄌ
(轎子)를 가져와 승상(丞相)을 뫼서 넷집에 니르러 약믈(藥物)을 쳐
구호(救護)ㅎ니 식경(食頃) 후(後) 겨유 인ᄉ(人事)를 출혀 다시 무
평164)빅을 부르며 통곡(慟哭)ㅎ믈 긋치지 아니ㅎ니 부매(駙馬ㅣ) 압
히 나아가 울고 간(諫)ㅎ야 ᄀᆞ오ᄃᆡ,

"슉부(叔父)의 별셰(別世)ㅎ시미 ᄉ졍(事情)의 참연(慘然)ㅎ나 야
얘(爺爺ㅣ) 대부(大父)를 여희시고도 몸을 바리지 아냐 계시거늘 도
금(到今)ㅎ야 슬푸믄 간격(間隔)이 업ᄉ려니와

도리(道理) 경즁(輕重)이 다르옵고 ᄯᅩ흔 조뫼(祖母ㅣ) 기다리시미 깁
습거늘 엇진 고(故)로 몸을 도라보지 아니ㅎ시ᄂᆞ니잇가?"

승샹(丞相)이 길게 탄식(歎息)ㅎ고 답(答)지 아니ㅎ더라.

---

163) 호텬지통(呼天之痛): 호천지통. 하늘을 향해 부르짖는 고통이라는 뜻으로 부모의
상 당함을 이름.

164) 평: [교] 원문에는 '령'으로 되어 있으나 앞의 예를 따라 이와 같이 수정함.

인(因)호야 정신(精神)과 의식(意思ㅣ) 만이 소삭(蕭索)165)호야 병
(病)이 니러 침석(寢席)을 써나지 못호니 냥주(兩子)를 명(命)호야 묘
젼(墓前)에 셕믈(石物)166)을 보아 식여 역시(役事ㅣ) 완필(完畢)혼 후
(後) 위 샹셰(尙書ㅣ) 황명(皇命)을 밧주와 친(親)이 가장(家狀)167)을
지어 비(碑)에 삭이니 글와시딕,

  '대명(大明) 니부샹셔(李府尙書) 한님흑亽(翰林學士) 무평168)왕 진
튱의렬공(盡忠義烈公)의 셩(姓)은 니(李)오 명(名)은 뫼(某ㅣ)오 별호
(別號)는 운학 션싱(先生)이니, 공(公)이 으시(兒時)로붓터 셩질(性質)
이 온후공검(溫厚恭儉)169)호며 안즁졍대(安重正大)170)호야 흡연(恰
然)171)이 진(陳) 승샹(丞相)172)의 셩졍(性情)을 습(習)호고 얼골이

•••

39면

관옥(冠玉)을 낫게 넉이며 어질믜 곽광(霍光)173)의 풍(風)을 쓸오더

---

165) 소삭(蕭索): 생기가 사라짐.
166) 셕믈(石物): 석물. 무덤 앞에 세우는, 돌로 만들어 놓은 여러 가지 물건.
167) 가장(家狀): 가장. 한 사람의 평생 동안 행적을 기록한 글.
168) 평: [교] 원문에는 '령'으로 되어 있으나 앞의 예를 따라 이와 같이 수정함.
169) 온후공검(溫厚恭儉): 온화하고 공손함.
170) 안즁졍대(安重正大): 안중정대. 진중하고 공명정대함.
171) 흡연(恰然): 꼭 닮은 모양.
172) 진(陳) 승샹(丞相): 진 승상. 중국 한나라 고조 유방의 모사인 진평(陳平, ?~
    B.C.178). 한 고조를 도와 천하 통일을 이루고 승상을 역임하였으며, 후에는 여씨
    (呂氏) 일족을 주살하고 문제(文帝)를 옹립함.
173) 곽광(霍光): 중국 전한(前漢)의 장군인 곽광(?~B.C.68)을 가리키는 듯하나 미상임.
    곽광의 자는 자맹(子孟)으로, 무제(武帝)를 섬기다가 무제가 죽자 실권을 장악하고
    어린 소제(昭帝)를 보좌하여 대사마 대장군(大司馬大將軍)이 되었으며, 소제가 죽
    은 뒤 선제(宣帝)를 즉위시켰으나 후에 선제는 그가 죽은 후 그의 일족을 반역죄
    로 몰아 모두 죽임.

니 약관(弱冠)에 등데(登第)ᄒ야174) 옥당(玉堂)175)에 츙슈(充數)ᄒ니 태죵(太宗)176)의 춍우(寵遇)177)ᄒ시미 심샹(尋常)치 아니ᄒ시더니 공 (公)이 거가(居家)ᄒ민 효우(孝友)ᄒ미 당시(當時)에 결우리 업고 그 빅형(伯兄) 운혜 션싱(先生) 경계(警戒)를 미셰(微細)ᄒᆫ 일이라도 못 밋츨 듯ᄒ니 그 우인(友愛)를 가(可)히 알지라. 션덕(宣德)178) 원년(元 年)의 역적(逆賊) 고귀(高煦ㅣ)179) 죠뎡(朝廷)을 반(叛)ᄒ민 공(公)이 본(本)닉 옥쉬(玉手ㅣ)180) 버들 ᄌᆞᆨ고 약(弱)ᄒ미 응지(凝脂)181) ᄀᆞᆺ틴 딕 직죄(才操ㅣ) 신츌귀믈(神出鬼沒)182)ᄒ야 미구(未久)183)에 개가(凱 歌)184)를 부ᄅᆞ고 도라오니 텬직(天子ㅣ) 지극(至極) 아름다히 넉이샤 무평185)빅을 봉(封)ᄒ시니 쳥년(靑年)의 작녹(爵祿)이 결우리 업ᄉᆞᆲ

---

174) 약관(弱冠)에 등데(登第)ᄒ야: 약관에 등제하여. 스무 살에 과거에 급제하여. 이한 성은 영락 19년(1421)에 과거에 장원급제하여 한림편수가 되었다고 서술된 바 있음.(3:77)

175) 옥당(玉堂): 홍문관(弘文館)의 별칭. 홍문관은 전적의 교정, 생도의 교육 등을 맡아 한 기관. 당나라 때 처음 설치되어 명나라 초에는 있었으나 오래지 않아 없어지고 선덕(宣德) 연간에 다시 설치되었다가 후에 문연각(文淵閣)에 병입(拜入)됨.

176) 태죵(太宗): 태종. 중국 명나라의 제3대 황제 주체(朱棣, 1360~1424)로, 태조(太祖) 홍무제(洪武帝)의 넷째 아들. 정난(靖難)의 변(變)을 일으켜 건문제(建文帝)를 폐위시키고 제위에 오름. 연호는 영락(永樂, 1403~1424).

177) 춍우(寵遇): 사랑하여 특별히 대우함.

178) 션덕(宣德): 선덕. 중국 명나라 제5대 황제 선종(宣宗) 주첨기(朱瞻基)의 연호 (1426~1435).

179) 고귀(高煦ㅣ): 한왕(漢王) 주고후(朱高煦)를 말함. 고후는 성조(成祖) 영락제(永樂帝)의 둘째 아들로 성조가 정난병(靖難兵)을 일으켜 섭위할 때 공을 세웠으나 조카인 선종(宣宗)이 즉위하자 거병하지만 붙잡혀 처형당함.

180) 옥쉬(玉手ㅣ): 옥수. 부드러운 손.

181) 응지(凝脂): 엉긴 기름.

182) 신츌귀믈(神出鬼沒): 신출귀몰. 귀신같이 나타났다가 사라진다는 뜻으로, 그 움직임을 쉽게 알 수 없을 만큼 자유자재로 나타나고 사라짐을 비유적으로 이르는 말.

183) 미구(未久): 오래지 않음.

184) 개가(凱歌): 개선을 축하하는 노래.

185) 평: [교] 원문에는 '령'이라 되어 있으나 앞의 예를 따라 이와 같이 수정함.

ᄌ인(慈仁)ᄒ야 비약(卑弱)186)ᄒ고 겸공(謙恭)187)ᄒ미 못 밋츨

●●●

40면

듯ᄒ니 공(公)이 ᄌ소(自小)로 튱셩(忠誠)이 급암(汲黯)188)을 낫게 녁
이며 긔신(紀信)189)으로 쓸오믈 원(願)ᄒ더니 국개(國家 ㅣ) 블힝(不
幸)ᄒ야 텬슌(天順)190) 원년(元年)의 븍뇌(北奴 ㅣ) 반(叛)ᄒ야 죠뎡
(朝廷)을 소요(騷擾)ᄒ니 허다(許多) 관뇌(官僚 ㅣ) ᄒ나토 의긔(義氣)
를 분발(奮發)ᄒ리 업거늘 공(公)이 개연(慨然)이 죽으믈 두려 아냐
ᄌ원츌뎡(自願出征)191)ᄒ야 ᄒ 번(番) 긔발(旗-)이 븍(北)으로 두로혀
민 미친 도적(盜賊)을 근심홀 비 아니로ᄃᆡ 하늘이 돕지 아냐 군량(軍
糧)이 진(盡)ᄒ니 댱냥(張良),192) 졔갈(諸葛)193)의 지혜(智慧)와 즁달

---

186) 비약(卑弱): 남에게 자신을 낮춤.

187) 겸공(謙恭): 겸손하고 공손함.

188) 급암(汲黯): 중국 전한(前漢) 무제 때의 간신(諫臣, ?~B.C.112). 자는 장유(長孺).
성정이 엄격하고 직간을 잘하여 무제로부터 '사직(社稷)의 신하'라는 말을 들음.

189) 긔신(紀信): 기신. 중국 한나라 고조(高祖) 유방 휘하의 장군(?~B.C.204). 고조 유
방이 항우의 군사에게 포위당하자 자신이 유방으로 위장하여 항복하고 유방을 탈
출시킨 후 자신은 살해당함.

190) 텬슌(天順): 천순. 중국 명나라 제6대 황제 영종(英宗) 때의 연호(1457~1464). 영
종은 처음에 연호를 정통(正統, 1436~1449)으로 썼다가 토목의 변으로 잡혔다가
풀려나 복위한 후 천순 연호를 사용함.

191) ᄌ원츌뎡(自願出征): 자원출정. 스스로 지원해 정벌하러 나감.

192) 댱냥(張良): 장량. 중국 한(漢)나라 고조(高祖)의 모사(謀士)이자 건국 공신(?~
B.C.168)으로 자는 자방(子房). 소하, 한신과 함께 한나라 창업의 삼걸(三傑)로 일
컬어짐.

193) 졔갈(諸葛): 제갈. 중국 삼국시대 촉한 유비의 책사인 제갈량(諸葛亮, 181~234)을
이름. 자(字)는 공명(孔明)이고 별호는 와룡(臥龍) 또는 복룡(伏龍). 유비를 도와 오
(吳)나라와 연합하여 조조(曹操)의 위(魏)나라 군사를 대파하고 파촉(巴蜀)을 얻어
촉한을 세웠음. 유비가 죽은 후에 무향후(武鄕侯)로서 남방의 만족(蠻族)을 정벌하
고, 위나라 사마의와 대전 중에 오장원(五丈原)에서 병사함.

(仲達)194)의 슬긔 이신들 엇지 능(能)히 버셔나리오. 죽기로 셩(城)을
직희나 쟝시(將士ㅣ) 굴머 셩(城)이 함(陷)ㅎ니 공(公)이 일이 급(急)
ㅎ믈 보고 날닌 쳥잉(靑刃)195)이 흔 번(番) 가슴을 향(向)ㅎ미 관옥
(冠玉) 안면(顔面)은 디하(地下)에

• •

41면

스러지고 운쥬유악(運籌帷幄)196)흔 지조(才操)는 속졀업시 감초이니
슬푸다, 하늘이 위(爲)ㅎ야 빗츨 곳치고 일월(日月)이 무광(無光)ㅎ
니 디스(志士)의 눈믈이 옷깃슬 적시고 고금역디(古今歷代)로 혜아
려 방블(髣髴)ㅎ니 업스디 다만 당(唐) 적 쟝슌(張巡)197)의 스졀(死
節)198)홈과 그 빵(雙)을 일치 아냣도다. 텬지(天子ㅣ) 그 공젹(功績)
을 감탄(感歎)ㅎ야 무평199)왕을 봉(封)ㅎ시고 묘하(墓下)에 비(碑)를
세워 그 스젹(事跡)200)을 삭여 천츄(千秋)에 민멸(泯滅)치 말나 ㅎ실

---

194) 즁달(仲達): 중달. 중국 삼국시대 위(魏)나라의 명장인 사마의(司馬懿, 179~251).
중달은 그의 자(字). 촉한(蜀漢) 제갈공명의 도전에 잘 대처하는 등 큰 공을 세워,
그의 손자 사마염이 위(魏)에 이어 진(晉)을 세우는 데에 기초를 세움.

195) 쳥잉(靑刃): 청인. 시퍼런 날.

196) 운쥬유악(運籌帷幄): 운주유악. 운주(運籌)는 주판을 놓듯 이리저리 궁리하고 계획
함을 의미하며, 유악(帷幄)은 슬기와 꾀를 내어 일을 처리하는 데 능함을 의미함.
중국 한(漢)나라 고조(高祖)의 모사(謀士)였던 장량(張良)이 장막 안에서 이리저리
꾀를 내었다는 데에서 연유한 말.

197) 댱슌(張巡): 장순. 중국 당나라 현종(玄宗) 때의 명장(709~757). 안록산(安祿山)의
난이 일어나자 수양태수(睢陽太守) 허원(許遠)과 함께 성을 지키고 적장 윤자기(尹
子琦)와 싸우며 성을 여러 달 동안 지켰으나 원군이 오지 않아 성은 함락되고 장
순은 전사함.

198) 스졀(死節): 사절. 절개를 위하여 목숨을 버림. 또는 그 절개.

199) 평: [교] 원문에는 '령'이라 되어 있으나 앞의 예를 따라 이와 같이 수정함.

200) 스젹(事跡): 사적. 사업의 남은 자취.

시 녜부샹셔((禮部尙書) 신(臣) 위공부는 황명(皇命)을 밧ᄌ와 텬슌(天順) 원년(元年) 동(冬) 십이월(十二月)에 세우노라.'

ᄒ엿더라.

승샹(丞相)이 슈십(數十) 일(日)을 머무러 병(病)을 됴리(調理)ᄒ니 대셰(大勢)는 잠간(暫間) 나으나 오히려 미ᄎ(未差)201)ᄒ여시ᄃ 모친(母親)이

∙∙∙

42면

기다리시믈 싱각ᄒ고 강잉(强仍)ᄒ야 길히 올을ᄉ 몬져 부친(父親) 묘하(墓下)의 가 통곡(痛哭)ᄒ야 하직(下直)ᄒᄆ 새로이 그 화셩유어(和聲柔語)202)를 듯ᄌ는 ᄃ ᄉᄒᄃ 발셔 묘(墓)히 말으고 산샹(山上)이 젹젹(寂寂)ᄒ니 더옥 이통(哀痛)ᄒ야 실셩뉴톄(失聲流涕)ᄒ고 무평203)빅 분묘(墳墓)를 두다려 반일(半日)을 통곡(痛哭)ᄒ야 ᄎ마 도라셔지 못ᄒ니 부매(駙馬ㅣ) 지삼(再三) 길이 느ᄌ믈 고(告)ᄒ야 ᄒ 가지로 힝(行)ᄒ야 쥬야(晝夜)로 경ᄉ(京師)의 니르니 문무(文武) 텬관(千官)이 십(十) 니(里)에 나 마ᄌ 집에 드러오니 그 쟝(壯)ᄒ 위의(威儀) 니로 긔록(記錄)지 못ᄒᄂ라.

목쥬(木主)를 별당(別堂)에 봉안(奉安)204)ᄒᄆ 뉴 부인(夫人)이 각골통샹(刻骨痛傷)ᄒ믈 마지아니ᄒ니 승샹(丞相)이 지삼(再三) 위로(慰勞)ᄒ야 슬푸시믈 관억(寬抑)205)ᄒ고 셜 부인(夫人) ᄃ졉(待接)ᄒ

---

201) 미ᄎ(未差): 미차. 아직 다 낫지는 않음.

202) 화셩유어(和聲柔語): 화성유어. 온화한 목소리와 부드러운 말투.

203) 평: [교] 원문에는 '령'이라 되어 있으나 앞의 예를 따라 이와 같이 수정함.

204) 봉안(奉安): 신주(神主)나 화상(畵像)을 받들어 모심.

믈 뉴 부인(夫人) 버

• • •

43면

금으로 ᄒ고 몽경206)을 무휼(撫恤)207)ᄒ미 ᄌ가(自家) 제ᄌ(諸子)의
지나며 몽한을 좌하(座下)에 닛그러 보호(保護)ᄒ미 혈심소지(血心
所在)208)로 지극(至極)ᄒ나 만ᄉ(萬事ㅣ) 나 여몽(如夢)ᄒ고 셰ᄉ(世
事ㅣ) 이러ᄒ믈 늣겨 모친(母親) 안젼(案前)의 승안(承顔)209)ᄒᄂ 화
긔(和氣)를 닐운 밧 셔헌(書軒)의 믈너오미 흔 번(番) 쾌(快)히 우셔
희소(喜笑)210)ᄒ 적이 업고 소부(少傅)로 더브러 밤낫 흔 곳에 거쳐
(居處)ᄒ야 힐항(頡頏)211)ᄒᄂ 졍(情)이 젼일(前日)과 더으더라.

이쩍 텬ᄌ(天子ㅣ) 됴셔(詔書)ᄒ야 마룡 등(等) 구(九) 인(人)을 다
후례(厚禮)로 쟝(葬)ᄒ시고 비(碑)를 세워 그 튱녈(忠烈)을 긔록(記
錄)ᄒ시니 구(九) 인(人)이 본(本)딘 무뢰(無賴) 협긱(俠客)으로 쳐ᄌ
(妻子ㅣ) 업고 벼슬의 미인 후(後)ᄂ ᄌ연(自然) 쳔연(遷延)212)ᄒ야
실가(室家)를 못 어덧다가 븍노(北奴)의 가 죽으니 소뷔(少傅ㅣ) 신
톄(身體)를 거ᄂ려 와 텬ᄌ(天子ㅣ) 녜관(禮官)으로 호송(護送)

---

205) 관억(寬抑): 격한 감정이나 분노를 너그럽게 억제함.
206) 경: [교] 원문에는 '셩'으로 되어 있으나 앞의 예를 따라 이와 같이 수정함.
207) 무휼(撫恤): 어루만지며 불쌍히 여김.
208) 혈심소지(血心所在): 혈심소재. 진심이 있는 바.
209) 승안(承顔): 어른의 안색을 살펴 그대로 좇음.
210) 희소(喜笑): 웃으며 담소함.
211) 힐항(頡頏): 새가 날면서 오르락내리락하는 것으로, 여기에서는 형제가 서로 짝을
지어 함께 다닌 것을 이름.
212) 쳔연(遷延): 천연. 시일이 지남.

 호고 됴흔 뫼희 구(九) 인(人)을 추례(次例)로 뭇고 니(李) 승샹(丞相)이 친(親)히 제문(祭文) 지어 제(祭)호야 그 튱의(忠義)를 기리니라.

 샹(上)이 무평213)빅 쟝ᄉ(葬事)를 지닉고 승샹(丞相)이 샹경(上京)호여시믈 드릭시고 슈일(數日) 후(後) 문화뎐(文華殿)214)에 됴회(朝會)를 베프시고 대쇼(大小) 관뇨(官僚)를 모흐샤 하됴(下詔)호시딕,

 '승샹(丞相) 니(李) 뫼(某ㅣ) 국가(國家)에 대공(大功)이 여러 번(番) 이시딕 그 념퇴(恬退)215)호믈 조추 흔 번(番)도 봉(封)치 못호엿더니 이제 역적(逆賊)을 치고 큰 공(公)을 닐우니 녁딕(歷代) 이릭(以來)로 유공쟈(有功者)를 봉(封)호고 유죄쟈(有罪者)를 벌(罰)호믄 덧덧흔 일이니 딤(朕)이 스ᄉ로 닐워닉미 아니라 가(可)히 동오(東吳) 군졍ᄉ(軍政事)216)를 올나라.'

 셜파(說罷)에 니부샹셔(吏部尙書ㅣ) ᄌ포금딕(紫袍金帶)217)로 어탑(御榻) 하(下)에 나아가 여러 벌 문셔(文書)를 어하(御下)에 노흐믹 텬안(天顔)이 일일(一一)이 어람(御覽)호시기

---

213) 평: [교] 원문에는 '령'이라 되어 있으나 앞의 예를 따라 이와 같이 수정함.
214) 문화뎐(文華殿): 문화전. 명나라와 청나라 때의 궁전 이름. 북경의 옛 자금성(紫禁城) 동화문(東華門) 안에 있었는데, 규모가 여타 궁전에 비해 작았으나 매우 정교하게 지어졌음. 명청 양대에 황제가 경사(經史)를 강론하던 장소로 쓰임.
215) 념퇴(恬退): 염퇴. 명예나 이익에 뜻이 없어서 벼슬을 내어놓고 물러남.
216) 군졍ᄉ(軍政事): 군정사. 군대의 일과 형편에 관한 일을 적은 기록.
217) ᄌ포금딕(紫袍金帶): 자포금대. 자포는 자줏빛 도포이고, 금대는 벼슬아치가 조복에 띠던 띠로 가장자리와 띠 등을 금으로 아로새겨서 꾸밈.

45면

를 맛고 다시 됴셔(詔書) 왈(曰),

'승샹(丞相) 니(李) 뫼(某ㅣ) 파적(破敵)흔 ᄉ의(事意)[218] 셕시(昔時) 제갈(諸葛)[219]이라도 밋지 못ᄒ리니 그 공덕(功德)이 쳔고(千古)의 희한(稀罕)ᄒ고 고금(古今)의 무빵(無雙)ᄒ니 특별(特別)이 본직(本職) 대승샹(大丞相) 농두각(龍頭閣) 태흑ᄉ(太學士) 겸(兼) 구셕(九錫) 즁셔령(中書令) 셩도빅 졍공오국(征功吳國) 튱현왕(忠賢王)을 봉(封)ᄒ고, 부마도위(駙馬都尉) 몽현으로 하람왕 영쥐빅을 봉(封)ᄒ고 병부샹셔(兵部尚書) 몽챵이 년쇼지인(年少之人)으로 쥬빈 ᄀᆞᆺ튼 명쟝(名將)을 슈월지닉(數月之內)에 파(破)ᄒ니 그 공(功)이 비길 ᄯᅵ 업ᄂᆞᆫ지라 가(可)히 문졍공 연왕을 봉(封)ᄒ야 쳘권(鐵券)[220]을 주고, 호위쟝군(護衛將軍) 몽원으로 호부샹셔(戶部尚書) ㄱᆡ국공을 봉(封)ᄒ고, 슈군부도독(水軍副都督) 몽샹으로 안두후 좌샹경(左上卿)을 ᄒᆞ이고 편쟝군(偏將軍) 몽필노 강음후 츄밀ᄉ(樞密使)를 ᄒᆞ이고, 최슈현, 남궁 념을 대쟝

---

218) ᄉ의(事意): 사의. 일의 내용.

219) 제갈(諸葛): 제갈. 중국 삼국시대 촉한 유비의 책사인 제갈량(諸葛亮, 181~234)을 이름. 자(字)는 공명(孔明)이고 별호는 와룡(臥龍) 또는 복룡(伏龍). 유비를 도와 오(吳)나라와 연합하여 조조(曹操)의 위(魏)나라 군사를 대파하고 파촉(巴蜀)을 얻어 촉한을 세웠음. 유비가 죽은 후에 무향후(武鄉侯)로서 남방의 만족(蠻族)을 정벌하고, 위나라 사마의와 대전 중에 오장원(五丈原)에서 병사함.

220) 쳘권(鐵券): 철권. 공신에게 수여하던 상훈 문서.

군(大將軍)을 봉(封)ᄒ고, 댱셩닙, 젼신으로 표긔대쟝군(驃騎大將軍)을 ᄒ이라.'

ᄒ시고,221) 기여(其餘) 대소(大小) 쟝ᄉ(將士)를 ᄎ례(次例)로 봉(封)ᄒ시니 승샹(丞相)이 대경(大驚)ᄒ야 밧비 뎐(殿)에 나려 머리를 두다려 ᄀᆞᆯ오ᄃᆡ,

"신(臣) 등(等)이 나라흘 위(爲)ᄒ야 조고만 도적(盜賊)을 파(破)ᄒ나 신ᄌ(臣子) 직분(職分)의 당당(堂堂)ᄒ거늘 엇진 고(故)로 왕작(王爵)을 삼부ᄌ(三父子)의게 ᄂᆞ리와 손복(損福)222)ᄒ기를 더으시ᄂᆞ니 잇고? 신(臣)이 금일(今日) 유확(油鑊)223)에 삼기믈 원(願)ᄒ고 왕작(王爵)을 밧ᄌᆸ지 못ᄒᆞᆯ소이다."

부마(駙馬) 형뎨(兄弟) 일톄(一切)로 뎐(殿)의 ᄂᆞ려 관(冠)을 벗고 ᄃᆡ죄(待罪)ᄒ니 샹(上)이 밧비 소황문(小黃門)224)을 명(命)ᄒ샤 평신(平身)ᄒ라 ᄒ시고 닐너 ᄀᆞᆯ오샤ᄃᆡ,

"아국(我國) 대명(大明)이 챵개(創開)225)ᄒᆞ므로븟터 뉘 경(卿) 등(等)의 공(功) ᄀᆞᆺᄐᆞ니 잇ᄂᆞ뇨? 딤(朕)이 국법(國法)으로 봉작(封爵)을 ᄂᆞ리오거늘 션싱(先生)이 엇진 고(故)로 이

---

221) ᄒ이라.' ᄒ시고: [교] 원문에는 'ᄒ이시고'로 되어 있으나 그 경우 조서가 끝나는 부분이 없으므로 이와 같이 수정함. 참고로 국도본(19:49)도 원문과 같음.

222) 손복(損福): 복이 덜림.

223) 유확(油鑊): 기름가마.

224) 소황문(小黃門): 어린 내시.

225) 챵개(創開): 창개. 처음으로 엶.

런 고집(固執)흔 말을 흐느뇨? 딤(朕)이 이에 됴셔(詔書)를 느리와시
니 감(敢)히 곳치지 못흐느니 경(卿)은 믈ᄉ찰임(勿辭察任)226)흐라."

승샹(丞相)이 머리 됴아 뉴톄(流涕) 왈(曰),

"신(臣)이 션뎨(先帝)의 간발(簡拔)227)흐시믈 닙ᄉ와 촌공(寸功)도
업시 샹위(相位)에 거(居)흐야시니 만일(萬一) 복(福)의 당(當)흐염
즉홀진듸 신(臣)이 엇지 굿흐야 고집(固執)흐리잇고마ᄂ 당금(當今)
에 텬슈(天數)로 인(因)흐야 젹은 도젹(盜賊)을 파(破)흐오나 이거시
신ᄌ(臣子)의 직분(職分)에 당연(當然)흐거늘 엇진 고(故)로 왕작(王
爵)을 밧ᄌ오며 흐믈며 몽현과 몽챵은 년소지인(年少之人)이라 져희
엇지 왕(王)이로라 흐리잇고? 진실(眞實)노 조믈(造物)이 ᄭ리믈 두
리고 황텬(皇天)이 외오228) 넉이실가 흐느이다."

말노죠ᄎ 눈믈이 ᄉ믜를 젹시고 머리를 두다려 ᄉ양(辭讓)흐민 혈
심(血心) 진졍(眞情)으로 겸퇴(謙退)흐ᄂ

ᄯᆺ이 낫타나니 샹(上)이 홀일업셔 이에 글오샤듸,

"경(卿)의 ᄇᆰ은 ᄯᆺ을 조ᄎ 튱현왕(忠賢王) 작위(爵位)를 거두고 기
여(其餘)ᄂ 딤(朕)의 ᄯᆺ을 조ᄎ라. 개국공신(開國功臣)이 ᄌ고(自古)

---

226) 믈ᄉ찰임(勿辭察任): 물사찰임. 사양하지 말고 임무를 살핌.
227) 간발(簡拔): 여러 사람 가운데 골라 뽑음.
228) 외오: 그릇.

로 왕작(王爵)의 거(居)ᄒᄆᆫ 당당(堂堂)ᄒᆫ 녜법(禮法)이로ᄃᆡ 황슉(皇叔)의 ᄯᆺ도 딤(朕)이 임의 아ᄂᆞ니 하람왕 명호(名號)를 거두고 하람공 인(印)을 밧아 딤(朕)의 명(命)을 어그릇지 말나. 젼일(前日)에 션싱(先生)이 닐오ᄃᆡ, '몽챵이 공(功)이 잇거든 봉작(封爵)229)을 ᄉᆞ양(辭讓)치 아니렷노라.' ᄒᆞ더니 이제 이런 대공(大功)을 닐우ᄃᆡ 봉작(封爵)을 ᄉᆞ양(辭讓)ᄒᆞ니 션싱(先生)의 말이 젼휘(前後 ㅣ) 다ᄅᆞ믈 한(恨)ᄒᆞ노라. 연(然)이나 이후(以後) 이런 공(功)이 잇거든 왕작(王爵)을 주고 본직(本職) 병부샹셔(兵部尚書) 문명공 우승샹(右丞相)을 봉(封)ᄒᆞ노라."

승샹(丞相)이 다시 ᄉᆞ양(辭讓) 왈(曰),

"셩샹(聖上)이 젹은 신하(臣下)의게 듕(重)

ᄒᆞᆫ 벼슬 ᄂᆞ리오시믈 엇지 초개(草芥)갓치 ᄒᆞ시ᄂᆞ니잇고? 신(臣)의 ᄒᆞᆫ ᄆᆞ음에 죽은 후(後) 국ᄉᆞ(國事)를 노흐려 ᄒᆞ옵ᄂᆞ니 승샹(丞相) 작위(爵位)ᄂᆞᆫ ᄉᆞ양(辭讓)치 아니ᄒᆞ옵거니와 명국공과 셩도빅 작명(爵名)을 환슈(還收)ᄒᆞ소셔."

샹(上)이 졍ᄉᆡᆨ(正色) 왈(曰),

"경(卿)의 젼후(前後) 대공(大功)이 밝셔 봉왕(封王)ᄒᆞ여실 거시로ᄃᆡ 경(卿)의 ᄯᆺ이 낙낙(落落)230)ᄒᆞ야 타류(他類)로 다ᄅᆞ므로 딤(朕)이 그 ᄯᆺ을 앗지 못ᄒᆞ엿거니와 ᄯᅩ 엇지 ᄒᆞᆫ 국공(國公)이 못 되리오? 이 반다시 딤(朕)을 가ᄇᆡ야히 넉이미로다."

---

229) 봉작(封爵): 제후로 봉하고 관작을 줌.
230) 낙낙(落落): 낙락. 작은 일에 얽매이지 않고 대범함.

승샹(丞相)이 밧비 쳥죄(請罪)ᄒ야 다시 ᄋᆞᄌᆞ(兒子)의 관쟉(官爵)을 거두시믈 쳥(請)ᄒ오니 샹(上)이 변쇡(變色) 부답(不答)ᄒ시고 ᄉ미ᄅᆞᆯ 썰쳐 ᄂᆡ뎐(內殿)으로 드러가시니 승샹(丞相)이 황공이퇴(惶恐而退)231)ᄒ야 믈너 집의 도라와 스ᄉᆞ로 가문(家門)에 셩만(盛滿)ᄒ믈 두려 탄

⋯

50면

식(歎息)ᄒ믈 마지아니터라.

명일(明日) 샹(上)이 다시 됴셔(詔書)ᄒ샤 븍뎡(北征) 쟝ᄉ(將士)ᄅᆞᆯ ᄎᆞ례(次例)로 관쟉(官爵)을 더으시고 쇼부(少傅)로 븍쥐빅을 봉(封)ᄒ시니 쇼뷔(少傅ㅣ) 표(表)ᄅᆞᆯ 올녀 ᄉ양(辭讓)ᄒ온ᄃᆡ 블윤(不允)ᄒ시고 뎡 부인(夫人)으로 슉녈부인(淑烈夫人)을 봉(封)ᄒ시고 공쥬(公主)로 하람비ᄅᆞᆯ 봉(封)ᄒ시고 뎨니(諸李) 부인(夫人)을 ᄎᆞᄎᆞ(次次)로 부인(夫人) 직쳡(職牒)을 주시고 뉴 부인(夫人)으로 현셩슉뇨(賢聖淑窈) 명국부인이라 ᄒ시니 니가(李家) 합문(闔門)에 영홰(榮華ㅣ) 호셩(豪盛)232)ᄒᄃᆡ 뉴 부인(夫人)과 승샹(丞相)으로붓터 졔인(諸人)이 조곰도 깃거ᄒᆞ미 업고 승샹(丞相)이 무평233)왕을 싱각ᄒ야 새로이 슬픈 눈믈이 ᄉᆞᄆᆡ 져즐 ᄲᅮᆫ이러라.

ᄎᆞ셜(且說). 뇨 태샹(太常)이 니(李) 승샹(丞相)이 경ᄉ(京師)의 와 위덕(威德)이 병힝(竝行)ᄒ믈 보고 ᄆᆞ음이 편(便)치 아냐 ᄒᆞ더니 이 젹에 공 시(氏), 니(李) 시(氏)

---

231) 황공이퇴(惶恐而退): 두려워해 물러남.

232) 호셩(豪盛): 호성. 크고 성함.

233) 평: [교] 원문에는 '령'이라 되어 있으나 앞의 예를 따라 이와 같이 수정함.

룰 닉치고 싱(生)의 즁딕(重待)룰 여젼(如前)코져 ᄒ더니 싱(生)이 쯧
이 낙낙(落落)234)ᄒ야 비록 강잉(强仍)ᄒ여 잇다감 드러오나 금슬지
낙(琴瑟之樂)235)이 소원(疏遠)236)ᄒ니 공 시(氏), 심니(心裏)에 초조
(焦燥)ᄒ야 금완으로 더부러 의논(議論)ᄒ니 금완이 골오딕,

"내 요ᄉ이 두고 보니 샹공(相公)이 쥬야(晝夜) 니녀(李女)룰 싱각
ᄒ시고 낭ᄌ(娘子)ᄂ 졍(情)이 소(疎)ᄒ니 가(可)히 큰일을 도모(圖
謀)ᄒ야 그 몸을 희(害)ᄒ미 엇더ᄒ뇨?"

공 시(氏) 골오딕,

"녀ᄌ(女子ㅣ) 지아븨게 일싱(一生)이 달녓거ᄂ 엇지 희(害)ᄒ리오?"

금완이 소왈(笑曰),

"낭ᄌ(娘子)ᄂ 공 시랑(侍郎) 귀(貴)ᄒ 녀ᄌ(女子ㅣ)어ᄂ 엇지 필부
(匹夫)의 박딕(薄待)룰 감심(甘心)237)ᄒ리오? 쇼졔(小姐ㅣ) 탐화(探
花)로 명위부뷔(名爲夫婦ㅣ)나 실(實)은 남이니 므슴 졀노 더브러 졀
(節)을 직횔 일이 이시리오? 당당(堂堂)이 여ᄎ(如此) 모계(謀計)로
져룰 희(害)ᄒ야 강샹(綱常)

---

234) 낙낙(落落): 낙락. 냉담함.
235) 금슬지낙(琴瑟之樂): 금슬지락. 부부 관계를 이루는 즐거움. 금과 슬은 악기의 이름
    으로 서로 잘 어울리므로, 부부의 화락을 이 악기들로 비유하는 경우가 있음. 『시
    경(詩經)』, <관저(關雎)>.
236) 소원(疏遠): 지내는 사이가 두텁지 아니하고 거리가 있어서 서먹서먹함.
237) 감심(甘心): 괴로움이나 책망 따위를 기꺼이 받아들임. 또는 그런 마음.

의 대죄인(大罪人)을 민들고 낭지(娘子ㅣ) 친당(親堂)의 가 아름다온 옥낭(玉郎)을 갈히여 일싱(一生)을 평안(平安)이 누리미 엇지 묘(妙)치 아니리오?"

공 시(氏), 쳥파(聽罷)에 크게 깃거 냥인(兩人)이 의논(議論)을 밀밀(密密)이 하고 가마니 뇨 탐화(探花)의 글을 어더 본쩌 축수(祝辭)[238]를 쓰고 무고(巫蠱)[239]를 뇨 태샹(太常) 즈는 곳에 범(犯)ᄒ니,

뇨 태샹(太常)이 슈일(數日)이 못 ᄒ야 홀연(忽然) 독질(毒疾)을 어더 일일(日日) 위즁(危重)ᄒ니 제지(諸子ㅣ) 창황(倉黃)ᄒ야 밤낫 구호(救護)ᄒ디 촌회(寸效ㅣ)[240] 업스니 졍(正)히 망극(罔極)ᄒ더니 금완이 태샹(太常)의 나은 쩌를 타 겻히 안ᄌ 울고 글오디,

"노야(老爺)의 병환(病患)이 셕[241]년(昔年) 니(李) 쇼제(小姐ㅣ) 함히(陷害)[242]ᄒ야 계시던 증셰(症勢) ᄀᆞᆺ튼니 가(可)히 슐수(術士)를 블너 망긔(望氣)[243]홀 거시니이다."

태샹(太常)이 올히 넉여 슐수(術士)를 블너 집안을 둘

---

238) 축수(祝辭): 축사. 귀신에게 비는 글.

239) 무고(巫蠱): 무술(巫術)로써 남을 저주함.

240) 촌회(寸效ㅣ): 조금의 효과.

241) 셕: [교] 원문에는 '젹'으로 되어 있으나 오기로 보이므로 국도본(19:57)을 따름.

242) 함히(陷害): 함해. 남을 재해에 빠지게 함.

243) 망긔(望氣): 망기. 나타나 있는 기운을 보아서 일의 조짐을 알아냄.

너 망긔(望氣)ᄒ니 태샹(太常) 침방(寢房) 밋흘 ᄯᅩᆯ고 무슈(無數)ᄒ 요
예²⁴⁴⁾지믈(妖穢之物)²⁴⁵⁾을 어더닉고 ᄒ 축식(祝辭ㅣ) 이시니 ᄒ여
시딕,

'탐화(探花) 요익은 돈슈(頓首)ᄒ고 황텬후토(皇天后土)긔 고(告)ᄒ
ᄂ니 내 비록 뇨가(-哥)의 ᄌ식(子息)이나 뇨개(-哥ㅣ) 무샹(無狀)ᄒ
야 날노써 ᄌ식(子息)으로 아지 아니ᄒ니 쟝일(長日)에 괴로오미 만
흔지라 모든 신령(神靈)은 합녁(合力)ᄒ야 금일(今日) 닉(內)로 그 넉
슬 잡아 풍도(酆都)²⁴⁶⁾의 깁히 가도소셔.'

ᄒ엿더라.

태샹(太常)이 보기를 맛고 대로(大怒)ᄒ야 ᄀᆞᆯ오딕,

"역ᄌ(逆子ㅣ)²⁴⁷⁾ 엇지 필경(畢竟)은 아비를 히(害)ᄒᄂ뇨?"

즉시(卽時) 익을 부지블각(不知不覺)²⁴⁸⁾에 칼을 메워 닝옥(冷獄)에
가도니 급ᄉ(給事)와 한님(翰林)이 감(敢)이 아모 말도 못 ᄒ고 각각
(各各) 눈믈만 흘닐 ᄯᆞ름이러라.

태샹(太常)이 슈일(數日) 됴리(調理)ᄒ야 긔운(氣運)이 여샹(如常)
ᄒ니 바야흐로 청즁(廳中)²⁴⁹⁾에 좌(坐)ᄒ니 싱(生)을 결

---

244) 예: [교] 원문에는 '녀'로 되어 있으나 오기로 보임.
245) 요예지믈(妖穢之物): 요예지물. 요망하고 더러운 물건.
246) 풍도(酆都): 도가에서 지옥을 이르는 말.
247) 역ᄌ(逆子ㅣ): 역자. 부모의 의사를 거역한 아들.
248) 부지블각(不知不覺): 부지불각. 자신도 모르는 결.
249) 청즁(廳中): 청중. 대청 가운데.

박(結縛)ᄒ야 청하(廳下)에 ᄭᅮᆯ니고 그 죄(罪)를 다스리려 ᄒᆞᆯᄉᆡ, 뇨ᄉᆡᆼ
(-生)이 천만무망(千萬無妄)250)에 강샹(綱常) 대죄(大罪)를 무릅뻐 원
굴(冤屈)251)ᄒᆞᆫ 졍샹(情狀)을 도라 ᄒᆞᆯ 곳이 업고 부친(父親)의 의심
(疑心)ᄒᆞ시믈 보니 쟝ᄎᆞ(將次ㅅ) 슬고져 ᄆᆞ음이 업셔 슈오(數五) 일
(日) 옥즁(獄中)의셔 간쟝(肝腸)을 틱오고 넉슬 ᄉᆞᆯ와 ᄌᆞ문(自刎)252)코
져 ᄒᆞ야 식음(食飮)을 젼폐(全廢)ᄒᆞ엿더니 금일(今日) 부친(父親)이 노
긔(怒氣) 녈녈(烈烈)ᄒᆞ야 ᄌᆞ긔(自己)를 죽이고져 ᄯᅳᆺ이 이시믈 보니 ᄒᆞᆫ
ᄀᆞᆺ 눈믈이 무슈(無數)ᄒᆞᆯ ᄲᅮᆫ이오, 일언(一言)을 토(吐)ᄒᆞ야 닷토미 업ᄉᆞ
니 태샹(太常)이 더옥 노(怒)ᄒᆞ야 즁(重)이 다스리고져 ᄒᆞ더니, 홀연
(忽然) 졍신(精神)이 어려 말이 돕지 아니니 어즐ᄒᆞᆫ ᄆᆞ음을 뎡(靜)치
못ᄒᆞ야 ᄉᆡᆼ(生)을 도로 옥(獄)으로 ᄂᆞ리오니 이ᄂᆞᆫ 무죄(無罪)ᄒᆞᆫ ᄌᆞ식(子
息)을 일죄(一罪)에 미러 너흐니 신령(神靈)이 직방(在傍)253)ᄒᆞ

고 일월(日月)이 됴림(照臨)254)ᄒᆞ엿거ᄂᆞᆯ 엇지 졍신(精神)이 온젼(穩
全)ᄒᆞ리오. 태샹(太常)을 붓드러 방즁(房中)에 드러가 됴리(調理)ᄒᆞ
더니,

---

250) 천만무망(千萬無妄): 천만무망. 전혀 생각지 못한 중.
251) 원굴(冤屈): 원통한 누명을 써서 억울함.
252) ᄌᆞ문(自刎): 자문. 스스로 목을 베어 죽음.
253) 직방(在傍): 재방. 곁에 있음.
254) 됴림(照臨): 조림. 해나 달 따위가 위에서 내리비침.

ᄎ야(此夜)의 궤(几)에 비겻더니 홀연(忽然) 일몽(一夢)을 어드니 망부인(亡夫人)이 니르러 정ᄉᆡᆨ(正色)고 ᄀᆞᆯ오ᄃᆡ,

"군(君)이 비록 혼암(昏闇)²⁵⁵⁾ᄒᆞ나 부ᄌᆞ(父子)ᄂᆞᆫ 텬셩지친(天性之親)²⁵⁶⁾이라 엇진 고(故)로 ᄋᆞ들을 강샹(綱常) 대죄인(大罪人)을 ᄆᆡᆫ달녀 ᄒᆞᄂᆞ뇨? 군(君)이 젹으나 식니(識理)ᄅᆞᆯ 통(通)ᄒᆞᆯ진ᄃᆡ ᄎᆞ마 엇지 ᄋᆞ들을 깅참(坑塹)²⁵⁷⁾의 너허 가돌 니 이시리오? 쳡(妾)이 명명(冥冥) 듕(中)이나 셜우믈 ᄎᆞᆷ지 못ᄒᆞ야 군(君)의 어득ᄒᆞᆫ ᄆᆞᄋᆞᆷ을 ᄭᆡ닷게 니ᄅᆞᄂᆞ니 익은 효셩(孝誠)이 츌텬(出天)ᄒᆞᆫ ᄋᆞ희(兒孩)어늘 쳔인(賤人) 금완과 공 시(氏) 무샹(無狀)ᄒᆞ야 무죄(無罪)ᄒᆞᆫ 익을 죽이고져 ᄒᆞ니 엇지 유명간(幽明間)²⁵⁸⁾이나 통ᄒᆡ(痛駭)²⁵⁹⁾치 아니리오? 가(可)히 금완을 져(罪)준즉

• • •

56면

일이 발각(發覺)ᄒᆞᆯ 거시오, 젼일(前日) 니(李) 시(氏) ᄒᆡ(害)ᄒᆞ믈도 금완, 공 시(氏)의 일이니 군(君)이 ᄌᆞ시 샤ᄒᆡᆨ(查覈)²⁶⁰⁾ᄒᆞ야 필경(畢竟)을 볼지어다."

셜파(說罷)에 안ᄉᆡᆨ(顏色)이 심(甚)이 쳐창(悽愴)ᄒᆞ거늘 공(公)이 놀나 ᄭᆡ다ᄅᆞ니 ᄒᆞᆫ ᄭᅮᆷ이러라. 공(公)이 홀연(忽然) ᄆᆞᄋᆞᆷ이 슬푸고 통²⁶¹⁾

---

255) 혼암(昏闇): 어리석고 못나서 사리에 어두움.

256) 텬셩지친(天性之親): 천성지친. 타고난 친한 사람.

257) 깅참(坑塹): 갱참. 깊고 길게 파 놓은 구덩이.

258) 유명간(幽明間): 저승과 이승 사이.

259) 통ᄒᆡ(痛駭): 통해. 몹시 이상스러워 놀라움.

260) 샤ᄒᆡᆨ(查覈): 사핵. 실제 사정을 자세히 조사하여 밝힘.

261) 통: [교] 원문에는 '동'으로 되어 있으나 오기로 보임.

연(洞然)262)이 씨닷는 뜻이 니러나,

　이튼날 일 니러 시노(侍奴)를 브릭고 형장(刑杖) 긔구(器具)를 각별(各別) 엄정(嚴正)이 ᄀᆞ초니 금완, 공 시(氏) 양양ᄌᆞ득(揚揚自得)263)ᄒᆞ야 싱(生)이 오날은 죽으리로다 혜엿더니 태샹(太常)이 노목(怒目)이 진렬(震烈)264)ᄒᆞ야 벽녁(霹靂) ᄀᆞᄐᆞᆫ 소ᄅᆡ를 질너 금완을 미여 쳥하(廳下)에 ᄭᅳᆯ니니 금완이 무망(無妄)의 이 거조(擧措)를 맛나 혼블니톄(魂不離體)265)ᄒᆞ야 슬피 블너 골오ᄃᆡ,

　"쳡(妾)의 거죄(擧措ㅣ) 엇진 일이니잇가? 쳡(妾)이 노야(老爺) 슈건(手巾)을

· ●●

57면

소임(所任)ᄒᆞ연 지 셰ᄌᆡ(歲載)266) 오리ᄃᆡ 조심(操心)ᄒᆞ미 날노 더으고 일즉 득죄(得罪)ᄒᆞ미 업ᄉᆞᆸ거ᄂᆞᆯ 금일(今日) 거동(擧動)이 무ᄉᆞᆷ 죄(罪)를 닐우려 ᄒᆞ시ᄂᆞ니잇가?"

　태샹(太常)이 대즐(大叱) 왈(曰),

　"쳔인(賤人)이 엇지 감(敢)이 흉독(凶毒)ᄒᆞᆫ 거조(擧措)를 닐워 나의 부ᄌᆞ(父子)를 니간(離間)ᄒᆞᄂᆞᆫ다?"

　인(因)ᄒᆞ야 형장(刑杖)을 ᄀᆞ초고 쳐음 니(李) 소져(小姐) 히(害)ᄒᆞᆫ 시말(始末)븟터 즉금(卽今) 무고(巫蠱) 일을 져(罪)주어 믈오니 금완

---

262) 통연(洞然): 막힘이 없이 트여 밝고 환함.

263) 양양ᄌᆞ득(揚揚自得): 양양자득. 의기양양하여 뽐내며 우쭐거림.

264) 진렬(震烈): 맹렬히 성을 냄.

265) 혼블니톄(魂不離體): 혼불리체. 넋이 몸에 붙어 있지 않음.

266) 셰ᄌᆡ(歲載): 세재. 해.

이 일싱(一生) 고루화당(高樓華堂)²⁶⁷⁾에 금의(錦衣)와 진미(珍味)를 염(厭)히 넉이다가 금일(今日) 독(毒)흔 형벌(刑罰)을 당(當)흐니 능(能)히 견딕지 못흐야 젼후(前後) 힝싴(行事ㅣ) 공 시(氏) 쵹(囑)을 듯고 힝(行)흔 줄 개개(箇箇)히 직초(直招)²⁶⁸⁾흐니 태샹(太常)이 대경대로(大驚大怒)흐야 즉시(卽時) 금완을 목 잘나 죽이고 공 시(氏)를 블너 대칙(大責) 왈(曰),

"그딕 몸이 ᄉ족(士族)이어ᄂᆞᆯ 이런 공교(工巧)흐고 음험(陰險)²⁶⁹⁾흔

•••

58면

일노 적국(敵國)과 가부(家夫)를 히(害)흐니 이ᄂᆞᆫ 강샹(綱常)을 문흐친 찰녜(刹女ㅣ)²⁷⁰⁾라 엇지 잠시(暫時)나 집의 두리오?"

셜파(說罷)에 등 미러 닉치고 좌우(左右)로 탐화(探花)를 블너 손을 잡고 눈믈을 흘녀 ᄀᆞᆯ오딕,

"노뷔(老父ㅣ) 블명(不明) 혼암(昏闇)흐야 요인(妖人)의 참소(讒訴)를 밋어 이미흔 현부(賢婦)를 닉치고 필경(畢竟) 너를 의심(疑心)흐니 만일(萬一) 네 모친(母親) 뎡녕(精靈)이 아름다히 도으미 아니면 엇지 간졍(奸情)²⁷¹⁾을 샤힉(査覈)흐리오?"

셜파(說罷)에 뉘웃기를 마지아니며 숨말을 닐오니, ᄂᆞ 급ᄉᆞ(給事) 형뎨(兄弟) 슬품과 깃부미 교집(交集)흐고 싱(生)은 의외(意外)에 누

---

267) 고루화당(高樓華堂): 화려한 집.

268) 직초(直招): 바로 아룀.

269) 음험(陰險): 겉으로는 부드럽고 솔직한 체하나, 속은 내숭스럽고 음흉함.

270) 찰녜(刹女ㅣ): 여자 나찰. 나찰(羅刹)은 푸른 눈과 검은 몸, 붉은 머리털을 하고서 사람을 잡아먹으며, 지옥에서 죄인을 못살게 군다고 함.

271) 간졍(奸情): 간정. 간사한 정황.

명(陋名)을 벗고 부지(父子ㅣ) 오륜(五倫)이 온젼(穩全)ᄒᆞ고 ᄌᆞᄋᆡ지 졍(慈愛之情)[272]을 닙으니 의ᄉᆡ(意思ㅣ) 당황(唐惶)ᄒᆞ야 오히려 ᄭᅮᆷ인가 의심(疑心)ᄒᆞ더라.

태상(太常)이 즉일(卽日)에 니부(李府)에 니ᄅᆞᄆᆡ 이ᄯᅢᄂᆞᆫ 무평[273] 왕[274]

59면

초상(初喪)[275]이라 승샹(丞相)이 녕연(靈筵) 알ᄑᆡ셔 됴상(弔喪)을 맛ᄎᆞᄆᆡ 태샹(太常)이 두어 말노 됴위(弔慰)ᄒᆞ니 승샹(丞相)의 눈믈이 옷깃슬 젹셔 읍읍(悒悒) 탄식(歎息)ᄲᅮᆫ이러니 이윽고 태샹(太常)이 낫ᄎᆞᆯ 븕히고 방셕(方席)을 ᄯᅥ나 샤례(謝禮) 왈(曰),

"ᄒᆞᆨᄉᆡᆼ(學生)이 블초무샹(不肖無狀)[276]ᄒᆞ야 어진 며ᄂᆞ리ᄅᆞᆯ 그ᄅᆞᆺ 의심(疑心)ᄒᆞ야 구츅(驅逐)[277]ᄒᆞ고 셰월(歲月)이 여러 번(番) 밧고이ᄃᆡ ᄭᆡ닷지 못ᄒᆞ엿더니 도금(到今)ᄒᆞ야 여ᄎᆞ(如此)ᄒᆞᆫ 일이 이셔 바야흐로 간졍(奸情)[278]을 ᄎᆞᄌᆞ니 현부(賢婦)의 ᄋᆡᄆᆡᄒᆞ미 ᄇᆡᆨ옥(白玉) ᄀᆞᄐᆞ나 그 ᄌᆞ최 간 곳이 업ᄉᆞ니 금일(今日) 합하(閤下)긔 뵈오ᄆᆡ 엇지 븟그럽지 아니ᄒᆞ리잇가?"

---

272) ᄌᆞᄋᆡ지졍(慈愛之情): 자애지정. 부모가 자식을 사랑하는 정.

273) 평: [교] 원문에는 '평'으로 되어 있으나 앞의 예를 따라 이와 같이 수정함.

274) 왕: [교] 원문에는 이 뒤에 'ᄇᆡᆨ'이 있으나 오류로 보아 삭제함.

275) 초상(初喪): 원래, '사람이 죽어서 장사 지낼 때까지의 일'을 뜻하나 여기에서는 첫 제사의 의미로 쓰인 듯함.

276) 블초무샹(不肖無狀): 불초무상. 어리석어 사리에 밝지 못함.

277) 구츅(驅逐): 구축. 내쫓음.

278) 간졍(奸情): 간정. 간사한 정황.

승상(丞相)이 져 뇨 공(公)의 됴상(弔喪)호라 와셔 즈긔(自己) 바야흐로 셜우미 흉격(凶檄)에 막혀 만시(萬事ㅣ) 여몽(如夢)호야 다 부운(浮雲) 굿튼지라 아름답지 아닌 말

∴

60면

을 두미 추셔(次序) 업시 니르믈 보니 그 인믈(人物)을 그윽이 개탄(慨嘆)호나 스쉭(辭色)지 아니호고 날호여 탄왈(嘆曰),

"젼일(前日)은 녀ᄋ(女兒)의 운쉬(運數ㅣ) 머흘고279) 팔지(八字ㅣ) 긔구(崎嶇)호야 그러호니 엇지 존공(尊公)의 탓시리오? 조용히 샹냥(商量)하미 늣지 아니토소이다."

이리 일을 스이에 됴긱(弔客)이 년(連)호야 모드니 다시 거드지 못호고 도라오다.

태샹(太常)이 일일(一日)은 싱(生)을 블너 굴오ᄃᆡ,

"이졔 니(李) 시(氏)에 거체(去處ㅣ) 업고 공 시(氏)를 닉쳐시니 남지(男子ㅣ) 하로도 홀노 잇지 못홀지라 너비 듯보와 어진 녀즈(女子)를 어더 즈손(子孫)을 두미 엇더호뇨?"

싱(生)이 ᄃᆡ왈(對曰),

"니(李) 시(氏)의 거쳐(居處) 모로미 다 쇼즈(小子)의 연괴(緣故ㅣ)오니 공(公)이 닐오ᄃᆡ, '녀ᄋ(女兒ㅣ) 누명을 벗는 날이면 종적(蹤迹)을 알니라.' 호여시니 뭇줍고져 호ᄃᆡ 요ᄉ

---

279) 머흘고: 험하고.

이 그 아이 상수(喪事)를 맛나 만수(萬事)를 무심(無心)ᄒ야 ᄒ니 조용이 무러 보와 그 거쳐(居處)를 안 후(後) 취쳐(娶妻)ᄒ미 늣지 아니ᄒ이다."

태샹(太常)이 올타 ᄒ더라.

탐홰(探花ㅣ) 이에 병부시랑(兵部侍郞)에 올마 국ᄉ(國事ㅣ) 호번(浩繁)홀 ᄲᅮᆫ 아냐 승샹(丞相)이 미양 우ᄉ(憂色)이 은은(殷殷)[280]ᄒ고 말이 드믈므로 인(因)ᄒ야 감(敢)이 젼(前) 일을 뭇지 못ᄒ엿더니,

일일(一日)은 삼츈(三春)을 당(當)ᄒ야 니부(李府)에 니ᄅ니 맛츰 하람공 등(等)이 죠당(朝堂)에 가고 문 흑ᄉ(學士ㅣ) 이에 잇다가 서로 말ᄒ더니 문 흑ᄉ(學士ㅣ) 원니(元來) 의ᄉ(意思ㅣ) 활대(闊大)[281]ᄒ므로 빙셩[282] 쇼졔(小姐ㅣ) 뇨싱(-生)을 긔이고 숨어시믈 듯고 승샹의 깁흔 ᄯᅳᆺ을 모로고 그윽이 괴벽(乖僻)[283]히 넉여 ᄒ번(-番) 뇨싱(-生)다려 닐오고져 ᄒ더니 이에 맛나 웃고 문왈(問曰),

"ᄌᆞ평[284]이 환부(鰥夫)로

이시니 어딘 슉녀(淑女)를 마ᄌ미 잇ᄂᆞ냐?"

---

280) 은은(殷殷): 근심하고 슬퍼함.
281) 활대(闊大): 넓고 큼.
282) 셩: [교] 원문에는 '졍'으로 되어 있으나 앞의 예를 따라 이와 같이 수정함.
283) 괴벽(乖僻): 성격 따위가 이상야릇하고 까다로움.
284) ᄌᆞ평: 자평. 요익의 자(字).

싱(生)이 탄왈(嘆曰),

"쇼뎨(小弟)는 명(命)이 박(薄)ᄒ야 어든 안히도 보젼(保全)치 못ᄒ니 ᄯ또 엇지 남의 셜운 일을 ᄒ리오?"

흑ᄉ(學士ㅣ) 대소(大笑) 왈(曰),

"너는 녹녹(錄錄)285)ᄒ 거시로다. 니(李) 부인(夫人)이 너를 한(恨)ᄒ미 쳘골명286)심(徹骨銘心)287)ᄒ야 ᄒ시ᄂ니 엇지 네 ᄆ음을 아ᄅ시리오?"

뇨싱(-生) 왈(曰),

"니(李) 시(氏), 쇼뎨(小弟)를 만난 지 ᄒ로 두 ᄒ나 일즉 언어(言語)를 듯지 못ᄒ고 ᄡ낫시니 그 심즁(心中)을 어니 알니오마는 일편도이 한(恨)ᄒ 묘단(妙端)288)이 업ᄂ니라. 연(然)이나 형(兄)이 그 거쳐(居處)를 아는다?"

문 흑ᄉ(學士ㅣ) 대소(大笑) 왈(曰),

"너희 거동(擧動)이 가지록 가쇼(可笑ㅣ)로다. 네 니(李) 부인(夫人)을 다리고 잇다가 닉쳐 두고 엇지 날다려 뭇는다?"

시랑(侍郞)이 탄왈(嘆曰),

"니(李) 시(氏)를 ᄶ여는 지 팔(八) 년(年)이 되

● ●●

63면

니 ᄉ향지심(思鄕之心)289)이 셰구년심(歲久年沈)290)ᄒ야 졈졈(漸漸)

---

285) 녹녹(錄錄): 녹록. 평범하고 보잘것없음.

286) 명: [교] 원문에는 '밍'으로 되어 있으나 오기로 보임.

287) 쳘골명심(徹骨銘心): 철골명심. 뼈에 사무치고 가슴에 새겨짐.

288) 묘단(妙端): 까닭.

믈욕(物慾)이 ᄉ연(捨然)²⁹¹⁾ᄒ야 초리(草履)²⁹²⁾를 신고 산간(山間)으로 단니고 시분 ᄆᆞᆷ이 밍동(萌動)²⁹³⁾ᄒ나 부모(父母) 시하(侍下)에 ᄆᆞᆷ으로 못 ᄒ야 화평(和平)이 지ᄂᆡ나 무의(無意)ᄒ미 심(甚)ᄒᆞᆫ지라 진실(眞實)노 ᄇᆡᆨ균²⁹⁴⁾ 등(等)을 보미 낫치 둣거오니 쳐지(妻子ㅣ)라 ᄒ야 과(過)히 ᄉ렴(思念)ᄒ미 아니로ᄃᆡ 쇼뎨(小弟) 젼후(前後) 쳐ᄉᆡ(處事ㅣ) ᄆᆞᄉᆞᆷ 사름이 되엿ᄂᆞ뇨?"

설파(說罷)에 눈믈이 상연(傷然)이 ᄲᅵ러지니 문 ᄒᆞᆨᄉᆡ(學士ㅣ) 어엿비 넉여 위로(慰勞)ᄒᆞᄃᆡ,

"하늘이 그ᄃᆡ와 니(李) 부인(夫人)을 유의(有意)ᄒ야 ᄂᆡ여 계시니 일편도이 미믈(埋沒)ᄒ리오? 주평이 하 심ᄉᆡ(心思ㅣ) 울울(鬱鬱)ᄒ야 ᄒ니 내 앗가 드ᄅᆞ니 후당(後堂) ᄇᆡᆨ화뎡에 모든 녀지(女子ㅣ) 모닷시니 가셔 그 거동(擧動)을 구경ᄒ미 엇더ᄒ뇨?"

시랑(侍郞)이 탄왈(嘆曰),

"그ᄃᆡᄂᆞᆫ 이 집의 친(親)ᄒᆞᆫ

• • •

64면

손이어니와 나 뇨 주평은 의졀(義絶)ᄒᆞᆫ 긱(客)이니 ᄂᆡ당(內堂)을 규시(窺視)²⁹⁵⁾ᄒ미 가(可)치 아니토다."

---

289) ᄉ향지심(思鄕之心): 사향지심. 고향을 그리워하는 마음.

290) 셰구년심(歲久年沈): 세구연심. 세월이 매우 오래됨.

291) ᄉ연(捨然): 사연. '없어짐'의 뜻으로 보이나 미상임.

292) 초리(草履): 짚신.

293) 밍동(萌動): 맹동. 생각이 일어나기 시작함.

294) ᄇᆡᆨ균: 백균, 이몽현의 자(字).

295) 규시(窺視): 엿봄.

문싱(-生)이 소왈(笑曰),

"니문(李門)이 의(義)를 졀(絶)흔 거시 아냐 네 그릇ᄒ여시니 악모(岳母)는 너를 져바리미 업고 빅균 등(等)의 쳐ᄌ(妻子)를 이젼(以前) 보와시니 무방(無妨)흔지라 드러가 ᄎᄎ(次次) 소회(所懷)를 드러 빅달296) 등(等)을 보쳐리라."

인(因)ᄒ야 손을 닛그러 닉 후원(後園)을 께쳐 드러가 슈플에 몸을 감초아 보니 뎡ᄌ(亭子)의 여러 녀ᄌ(女子ㅣ) 쇼쟝(素粧)297)을 졍(正)히 ᄒ고 ᄎ례(次例)로 버러 안ᄌ 곳향긔(-香氣)를 뽀이니 다 각각(各各) 명모월틱(明貌月態)298) 곳치 무식(無色)ᄒ고 기즁(其中) 흔 녀ᄌ(女子ㅣ) 쇼두(搔頭)299)를 헛틀고300) 좌(座)의 안ᄌ시니 구각(軀殼)301)이 크고 얼골이 윤틱(潤澤)ᄒ미 의의(依依)302)ᄒ나 완연(宛然)이 빙셩303) 쇼졔(小姐ㅣ)라. 뇨싱(-生)이 대경(大驚)ᄒ야 말을 못 ᄒ더니

• • •

65면

문싱(-生)이 우음을 먹음고 가르쳐 왈(曰),

"ᄌ평이 져 녀ᄌ(女子)를 아는다?"

---

296) 빅달: 백달. 이몽창의 자(字).

297) 쇼쟝(素粧): 소장. 화장으로 꾸미지 않고 깨끗이 차림.

298) 명모월틱(明貌月態): 명모월태. 맑은 외모와 달처럼 아름다운 자태.

299) 쇼두(搔頭): 소두. 비녀.

300) 헛틀고: 대충 올리고.

301) 구각(軀殼): 몸.

302) 의의(依依): 어렴풋함.

303) 셩: [교] 원문에는 '졍'으로 되어 있으나 앞의 예를 따라 이와 같이 수정함.

뇨싱(-生)이 바야흐로 되왈(對曰),

"이 졍(正)히 일흔 안히 니(李) 시(氏) 곳툰딕 젼(前)보다 쟝셩(長成)ᄒᆞ야시니 싱각지 못홀노다."

문싱(-生)이 소왈(笑曰),

"네 눈이 이시나 진짓 사ᄅᆞᆷ 볼 구슬이 업ᄉᆞ미로다."

이(二) 인(人)이 셔셔 보더니 문 혹ᄉᆞ(學士) 부인(夫人)이 아ᄅᆞᆷ다온 얼골에 우음을 ᄯᅴ여 ᄀᆞᆯ오ᄃᆡ,

"뇨ᄉᆞ이 드ᄅᆞ니 뇨 태샹(太常)이 ᄯᅵ닷고 필뎨(畢弟)의 인믜ᄒᆞ믈 샤획(查覈)ᄒᆞ엿다 ᄒᆞ딕 야애(爺爺ㅣ) 심ᄉᆞ(心思ㅣ) 쳐초(凄楚)304)ᄒᆞ샤 다ᄅᆞᆫ 딕 결을치 못ᄒᆞ시므로 닐오지 아니시ᄂᆞᆫ가 시부니 형벽아, 네나 아비를 ᄎᆞ지라."

형벽이 알ᄑᆡ 넘놀며 ᄀᆞᆯ오ᄃᆡ,

"부친(父親)을 쥬야(晝夜) 모친(母親)긔 뭇ᄌᆞ오ᄃᆡ 닐오지 아니시니 슉뫼(叔母ㅣ)야 닐오소셔. 뉘니잇가?"

· • •

66면

빙셩 쇼졔(小姐ㅣ) 탄왈(嘆曰),

"져뎌(姐姐)ᄂᆞᆫ 부졀업슨 말 마ᄅᆞ소셔. 쇼뎨(小弟) 어이 다시 뇨가(-家)의 갈 사ᄅᆞᆷ이 되리잇고?"

공쥬(公主ㅣ) 닝소(冷笑) 왈(曰),

"쇼져(小姐)ᄂᆞᆫ 고이(怪異)ᄒᆞᆫ 말 마ᄅᆞ소셔. 녀ᄌᆞ(女子ㅣ) 구가(舅家)를 바리ᄂᆞᆫ 뉼문(律文)이 어딕 잇ᄂᆞᆫ니잇가?"

---

304) 쳐초(凄楚): 처초. 마음이 아프고 슬픔.

쇼졔(小姐ㅣ) 쳐연(悽然) 탄식(歎息) 왈(曰),

"옥쥬(玉主ㅣ) 첩(妾)의 심ᄉᆞ(心思)를 모로시고 ᄒᆞᆫ갓 대의(大義)를 닐오시나 쇼뎨(小弟) 졍ᄉᆞ(情事)ᄂᆞᆫ 타인(他人)과 다르ᄂᆞ이다."

문 부인(夫人) 왈(曰),

"너ᄂᆞᆫ 우은 말 다시 말나. 뇨 태샹(太常)이 너를 구츅(驅逐)ᄒᆞ여신들 뇨ᄉᆡᆼ(-生)의 풍도(風度) 긔골(氣骨)이 샹하(上下)치 아니ᄒᆞ고 ᄯᅩ 너를 의심(疑心)ᄒᆞ미 업ᄉᆞ니 한(恨)ᄒᆞᆯ 마듸 업도다."

쇼졔(小姐ㅣ) 탄왈(嘆曰),

"져졔(姐姐ㅣ) ᄯᅩ 소뎨(小弟) ᄆᆞ음속에 밋친 거ᄉᆞᆯ 모로시ᄂᆞ니잇가? 쇼뎨(小弟) 구원(九原)에 가도 플니지 아니코 측(惻)ᄒᆞᆫ 뇨ᄉᆡᆼ(-生)의 방탕(放蕩)ᄒᆞ미 규즁(閨中)의 잇ᄂᆞᆫ 날

을 ᄉᆞ렴(思念)ᄒᆞ야 병(病)을 닐위니 져를 팔(八) 년(年)을 아니 보나 시시(時時)로 넉시 놀나오니 다시 본즉 죽을소이다."

문 부인(夫人)이 칙왈(責曰),

"뇨랑(-郞)의 당초(當初) 거죄(擧措ㅣ) 잠간(暫間) 도(道)에 어긋나나 어ᄂᆡ 남ᄌᆡ(男子ㅣ) 너 ᄀᆞᆺ튼 미ᄉᆡᆨ(美色)을 보고 무심(無心)ᄒᆞ리오? 이 말이 다 교ᄉᆞ지언(巧詐之言)[305]이오, 뇨 태샹(太常)의 포려(暴戾)[306]ᄒᆞᄆᆞᆯ 한(恨)ᄒᆞ미로다."

쇼졔(小姐ㅣ) 잠간(暫間) 우어 왈(曰),

"쇼뎨(小弟) 비록 녜(禮)를 모른들 존구(尊舅)의 쳐치(處置)를 유감

---

305) 교ᄉᆞ지언(巧詐之言): 교사지언. 공교히 꾸며낸 말.
306) 포려(暴戾): 사납고 도리에 어긋남.

(遺憾)ᄒ리오? 녀ᄌᆡ(女子ㅣ) 사름의 ᄌᆞ뷔(子婦ㅣ) 되여 유죄무죄(有罪無罪) 간(間) ᄂᆞ치미 당당(堂堂)ᄒ니 공교(工巧)이 ᄒ(害)ᄒᄂᆞᆫ 간인(奸人)이 ᄉᆞ특(邪慝)³⁰⁷⁾ᄒ매 곳이드르시ᄂᆞᆫ 존귀(尊舅ㅣ) 그르시리오?"

댱 부인(夫人)이 소왈(笑曰),

"반다시 뇨 시랑(侍郎)의게 아쳠(阿諂)코ᄌᆞ ᄒᄆᆡ 뇨 태샹(太常)을 신원(伸冤)³⁰⁸⁾ᄒᄂᆞᆫ도다. 어ᄂᆡ 률(律)에 며ᄂᆞ리 죄(罪) 이신들 빅쥬(白晝)에 구츅(驅逐)ᄒᄂᆞᆫ 도리(道理)

⋯⋅⋅

68면

잇더뇨?"

쇼졔(小姐ㅣ) 소왈(笑曰),

"이ᄂᆞᆫ 도(道)에 어긋나나 쇼미(小妹) 죄목(罪目)을 혜건ᄃᆡ 오히려 경(輕)ᄒ니이다. 연(然)이나 뇨싱(-生) 두 ᄌᆞ(字ㅣ) 꿈 ᄀᆞᄐᆞ니 그 소ᄅᆡ만 드러도 놀나오이다."

소 부인(夫人)이 날호여 져두(低頭)³⁰⁹⁾ 탄왈(嘆曰),

"뇨 부인(夫人) 말숨이 진실(眞實)노 올ᄒ시니 내 몸 닷그믄 못 밋츨 ᄃᆞᆺᄒ다가 더러온 욕(辱)이 몸의 님(臨)ᄒ니 구텬(九泉) 야ᄃᆡ(夜臺)³¹⁰⁾의 흔 구셕 밋친 한(恨)은 플니지 아니ᄒ리이다."

빙셩 쇼졔(小姐ㅣ) 쇼왈(笑曰),

---

307) ᄉᆞ특(邪慝): 사특. 요사스럽고 간특함.
308) 신원(伸冤): 원통함을 풀어 버림.
309) 져두(低頭): 저두. 머리를 숙임.
310) 야ᄃᆡ(夜臺): 야대. '무덤'을 달리 이르는 말.

"거거(哥哥)의 힝싀(行事ㅣ)야 노싱(-生)과 ᄀᆞ틔오? 비(比)ᄒᆞ미 더럽도다."

쇼 부인(夫人)이 역소(亦笑) 왈(曰),

"쇼고(小姑)³¹¹)ᄂᆞᆫ 위ᄌᆞ(慰藉)³¹²) 마르소셔. 고금(古今)에 그런 사름이 어듸 이시리오?"

공쥬(公主ㅣ) 소왈(笑曰),

"ᄌᆞ고(自古)로 미식(美色)은 셩인(聖人)도 먼니 못ᄒᆞ시니 고(故)로 문왕(文王)³¹³)이 태ᄉᆞ(太姒)³¹⁴)를 하쥬(河洲)³¹⁵)에 구(求)ᄒᆞ샤 뎐뎐(輾轉)ᄒᆞ며 반측(反側)ᄒᆞ시니³¹⁶) 슉슉(叔叔)

• • •

69면

이 므슴 ᄆᆞᄋᆞᆷ으로 부인(夫人) ᄀᆞᄐᆞᆫ 셩녀(聖女)를 멀니ᄒᆞ시리오? 이ᄂᆞᆫ 너모 칙망(責望)치 못ᄒᆞ시리이다."

쇼 부인(夫人)이 미소(微笑) 왈(曰),

"이럴진딕 옥쥬(玉主ㅣ) 어이 흥문의 소힝(所行)을 칙(責)ᄒᆞ시ᄂᆞ니

---

311) 쇼고(小姑): 소고. 시누이.

312) 위ᄌᆞ(慰藉): 위자. 위로함.

313) 문왕(文王): 중국 주(周)나라 무왕(武王)의 아버지로 이름은 창(昌). 기원전 12세기 경에 활동하며 은나라 말기에 태공망 등의 선비들을 모아 국정을 바로잡고 융적 (戎狄)을 토벌하여 아들 무왕이 주나라를 세울 수 있도록 기반을 닦음.

314) 태ᄉᆞ(太姒): 태사. 중국 고대 문왕의 아내이자 주나라 무왕(武王)의 어머니. 그 시 어머니 태임(太姙)과 함께 현모양처의 대명사로 일컬어짐.

315) 하쥬(河洲): 하주. 하수(河水)의 모래톱. 『시경(詩經)』, <관저(關雎)>에 "꾸룩꾸룩 물새가 하수의 모래톱에 있네. 關關雎鳩, 在河之洲."라는 구절이 있음.

316) 뎐뎐(輾轉)ᄒᆞ며 반측(反側)ᄒᆞ시니: 전전하며 반측하시니. 잠을 못 이루고 뒤척이시니. 『시경(詩經)』, <관저(關雎)>에 "생각하고 생각하며 이리 뒤척 저리 뒤척 잠을 못 이루네. 悠哉悠哉, 輾轉反側."라는 구절이 나오는바 주희(朱熹)는 이를 문왕(文王)이 아내 태사(太姒)를 그리워한 내용이라 함. 『시경집전(詩經集傳)』.

잇가? 흥문의 거동(擧動)이 문경후 굿더이다."

공쥐(公主ㅣ) 탄왈(嘆曰),

"흥문은 실셩광픽지인(失性狂悖之人)317)이라 제 어이 슉슉(叔叔)을 쏠오리오? 부인(夫人)은 십(十) 삭(朔) 틱교(胎敎)ᄒ시미 지극(至極)ᄒ샤 셩문이 빅힝(百行) 군ᄌ(君子)의 되(道ㅣ) 낫브미 업ᄉ니 쳡(妾)의 블초(不肖)ᄒ믈 붓그리ᄂ이다."

문 부인(夫人)이 쇼왈(笑曰),

"거거(哥哥)의 흥문 다ᄉ리시미 셕일(昔日) 야야(爺爺)의 거동(擧動)을 법바닷고 옥쥬(玉主)의 엄졍(嚴正)ᄒ시미 모부인(母夫人)긔 지지 아니ᄒ거니와 양 시(氏) 엇더혼고 타일(他日) 구경ᄒ샤이다."

공쥐(公主ㅣ) 왈(曰),

"양 시(氏) 임ᄉ(姙姒)318)의 덕(德)이 이시나

•••

70면

흥문을 싱각ᄒ니 통한(痛恨)ᄒ이다."

이쳐럼 희쇼(喜笑)ᄒ야 날이 느ᄌ민 파(罷)ᄒ야 드러가니 뇨싱(-生)이 빙셩 쇼져(小姐)의 얼골과 졍대(正大)ᄒᆫ 말을 듯고 이련(愛戀)319)ᄒ미 밋칠 듯ᄒ고 지쳑(咫尺)의 두고 오릭 분심갈망(焚心渴望)320)ᄒ던 줄 심하(心下)에 이달와 문싱(-生)으로 더브러 도라와 오

---

317) 실셩광픽지인(失性狂悖之人): 실성광패지인. 정신이 나간 미친 사람.

318) 임ᄉ(姙姒): 임사. 중국 고대 주(周)나라 문왕(文王)의 어머니 태임(太姙)과 문왕의 아내이자 무왕(武王)의 어머니인 태사(太姒)를 아울러 이르는 말. 이들은 어진 아내이자 현명한 어머니라는 칭송을 받았음.

319) 이련(愛戀): 애련. 사랑하여 그리워함.

320) 분심갈망(焚心渴望): 마음을 태우며 간절히 바람.

리 속으믈 서로 닐오고 웃더니 뇨싱(-生) 왈(曰),

"빅균 등(等)은 긔인들 형(兄)조ᄎ 긔이믄 엇진 ᄯᅳᆺ고?"

문싱(-生) 왈(曰),

"과연(果然) 악쟝(岳丈)의 ᄯᅳᆺ이 여ᄎ여ᄎ(如此如此)ᄒ니 ᄉ리(事理) 올흐신 고(故)로 닐오지 못ᄒ엿더니라."

졍언간(停言間)321)에 하람공 등(等)이 니ᄅ러 녈좌(列坐)322)ᄒ미 개국공323) 왈(曰),

"ᄌ평이 언제 왓던다?"

문싱(-生) 왈(曰),

"발셔 와셔 의졀(義絶)ᄒ 킥(客)이로라 ᄒ고 쥬인(主人) 업ᄉ 디 잇지 아니럇커ᄂᆯ 내 녁

권(力勸)324)ᄒ야 머므ᄅ롸."

강음휘325) 소왈(笑曰),

"제 죄(罪)ᄅᆯ 스ᄉ로 아도다."

뇨싱(-生)이 졍ᄉᆡᆨ(正色) 왈(曰),

"형(兄)이 후빅(侯伯) 대신(大臣)으로 ᄒᆞᆫ갓 능녀(凌厲)326)ᄒ 언변(言辯)으로 사ᄅᆷ 욕(辱)ᄒ기만 능ᄉ(能事)로 알고 대의(大義)ᄂ 바히

---

321) 졍언간(停言間): 정언간. 말이 잠시 멈춘 사이.

322) 녈좌(列坐): 열좌. 나란히 앉음.

323) 개국공: 이관성의 셋째아들 이몽원을 이름.

324) 녁권(力勸): 역권. 힘써 권함.

325) 강음휘: 이관성의 다섯째아들 이몽필을 이름.

326) 능녀(凌厲): 능려. 아주 뛰어나게 훌륭함.

모로는도다. 연(然)이나 인지륜샹(人之倫常)327)이 부지(父子ㅣ) 막대
(莫大)호거늘 엇진 고(故)로 나의 ㅇ즈(兒子)를 감초와 부지(父子ㅣ)
서로 보디 근본(根本)을 닐오지 아니호고 즈가(自家)의 ㅇ들이라 호
야 인륜(人倫)을 난(亂)호고 니(李) 시(氏), 녀지(女子ㅣ) 되여 가부
(家夫)를 숨어 피(避)호리오? 진실(眞實)노 난형난뫼(難兄難母ㅣ)328)
로다.”

제인(諸人)이 다 쳥파(聽罷)에 놀나 시로 보고 우으며 문정공이 졍
싁(正色) 왈(曰),

“즈평이 호나흘 알고 둘을 모로미라. 쇼믹(小妹) 죄목(罪目)이 녕
친(令親)을 시살(弑殺)329)혼다 호니 아등(我等)이 무숨 념치(廉恥)로
그딕다려 닐오리오? 투싱(偸生)330)홈도 즈못 그르니

• • •

72면

즈평이 이런 말흘 줄 의외(意外)로다. 형벽은 그딕 ㅇ들인 줄 아비
모로고 뉘 닐오리오?”

뇨싱(-生)이 졍싁(正色) 부답(不答)호고 몸을 니러 대셔헌(大書軒)
에 가 승샹(丞相)긔 뵈고 말숨호더니 이윽고 돗글 써나 주(奏)호디,
“젼일(前日) 쇼셰(小壻ㅣ) 블명(不明)호야 니(李) 시(氏)를 닉치믄

---

327) 인지륜샹(人之倫常): 인지윤상. 사람으로서 갖추어야 할 도리.
328) 난형난뫼(難兄難母ㅣ): 형이라 하기도 어렵고 어머니라 하기도 어려움. 난형난제
   (難兄難弟)를 차용한 것으로 요생이 강음후 이몽필과 자신의 아내 이 씨가 자신을
   속인 것을 비판한 것임.
329) 시살(弑殺): 부모나 임금 등 윗사람을 죽임.
330) 투싱(偸生): 투생. 구차하게 산다는 뜻으로, 죽어야 마땅할 때에 죽지 아니하고 욕
   되게 살기를 꾀함을 이르는 말.

즛못 그르옵거니와 악장(岳丈)의 관인혜틱(寬仁惠澤)[331]으로 엇지 쳐자(妻子)를 틱즁(宅中)에 두시고 긔이시ᄂ니잇가? 연고(緣故)를 알 고즈 ᄒᄂ이다."

승상(丞相)이 날호여 글오딕,

"과연(果然) 당초(當初) 닐오지 못ᄒᆞᆷ른 녀익(女兒ㅣ) 싀아비를 시살(弑殺)ᄒ다 죄명(罪名)이 이시니 텬일(天日)을 보지 못홀 써 네 안직 ᄉ정(私情)을 참지 못ᄒᆞ야 녀ᄋ(女兒)의 죄(罪) 우히 죄(罪)를 더을지라 ᄉ톄(事體)[332] 가(可)치 아닌지라 못 닐오미 이런 연괴(緣故)ㅣ오, 죄명(罪名)을 신

• • •

73면

셜(伸雪)[333]ᄒᆞᆫ 후(後) 내 동긔(同氣) 상쳑(喪慽)[334]을 인(因)ᄒᆞ야 정신(精神)이 만히 소모(消耗)ᄒᆞ야 미쳐 이런 일에 결을치 못ᄒᆞ므로 못 닐너시나 엇지 녀ᄋ(女兒)를 숨기며 유감(遺憾)ᄒ미 이시리오?"

말을 맛고 셩문을 명(命)ᄒᆞ야 형벽을 블너 부지(父子ㅣ) 서로 보게 ᄒ라 ᄒ니 안쇡(顏色)이 유열(愉悅)[335]ᄒ고 ᄌ약(自若)ᄒᆞ야 뇨싱(-生)의 분분(紛紛)ᄒ 간쟝(肝腸)을 화연(和軟)[336]이 진뎡(鎭靜)케 ᄒ니 그 인믈(人物)에 특이(特異)ᄒ미 이에 더옥 알지라.

---

331) 관인혜틱(寬仁惠澤): 관인혜택. 어질고 은혜로움.

332) ᄉ톄(事體): 사체. 일의 체면.

333) 신셜(伸雪): 신설. 가슴에 맺힌 원한을 풀어 버리고 창피스러운 일을 씻어 버림. 신원설치(伸冤雪恥).

334) 상쳑(喪慽): 상척. 초상을 당해 슬퍼함.

335) 유열(愉悅): 유쾌하고 기쁨.

336) 화연(和軟): 온화함.

노싱(-生)이 더옥 탄복(歎服)ᄒ고 감격(感激)ᄒ믈 니긔지 못ᄒ더니 이윽고 형벽이 나와 부친(父親)을 보고 두 번(番) 졀ᄒ고 울며 ᄀᆞᆯ오ᄃᆡ,

"부친(父親)이 날마ᄃᆡ 오시ᄃᆡ 아지 못ᄒ고 지니ᄉ오니 죄(罪) 만ᄉ유경(萬死猶輕)[337]이로소이다."

시랑(侍郎)이 어로만져 역시(亦是) 안ᄉᆡᆨ(顔色)이 참연(慘然)ᄒᆞᆫ지라. 승상(丞相)

•••

74면

이 ᄀᆞᆯ오ᄃᆡ,

"즁간(中間)의 피ᄎᆞ(彼此) 모로미 부득이(不得已)ᄒᆞᆫ 일이니 모로미 ᄋᆡ상(哀傷)ᄒ믈 긋치고 형이 네 아비를 인도(引導)ᄒ야 네 어미와 서로 보게 ᄒ라."

노싱(-生)이 더옥 감격(感激)ᄒ야 즉시(卽時) ᄋᆞᄌᆞ(兒子)를 닛글고 쇼져(小姐) 침소(寢所)에 니ᄅᆞ니,

쇼졔(小姐ㅣ) 옥침(玉枕)을 베고 츄연(惆然)[338]이 누엇다가 시랑(侍郎)을 보고 크게 놀나 안ᄉᆡᆨ(顔色)을 변(變)ᄒ고 니러나 녜(禮)ᄒ고 드러가고ᄌᆞ ᄒ거늘 시랑(侍郎)이 밧비 나샹(羅裳)[339]을 잡고 ᄀᆞᆯ오ᄃᆡ,

"부인(夫人)이 진실(眞實)노 비인졍(非人情)이로다. 부뷔(夫婦ㅣ) 분슈(分手) 팔(八) 년(年)에 악쟝(岳丈)의 명(命)을 밧ᄌᆞ오니 능(能)히 피(避)치 못ᄒ리라."

쇼졔(小姐ㅣ) 강잉(强仍)ᄒ야 안거늘 싱(生)이 한(限)업시 반가오

---

337) 만ᄉ유경(萬死猶輕): 만사유경. 만 번 죽어도 오히려 가벼움.

338) 츄연(惆然): 추연. 처량한 모양.

339) 나샹(羅裳): 나상. 얇고 가벼운 비단으로 만든 치마.

며 가득ᄒᆞᆫ 졍(情)이 뉴츌(流出)³⁴⁰⁾ᄒᆞ야 이에 손을 잡고 챵연(愴然)³⁴¹⁾이 글오듸,

"셕년(昔年) 부인(夫人)의 화란(禍亂)은 베플

• •●

75면

고져 ᄒᆞ미 담(膽)이 ᄎᆞ고 넉시 나니 다시 거드지 아니ᄒᆞ거니와 다힝(多幸)이 요인(妖人)의 ᄌᆞ최ᄅᆞᆯ 숨기지 못ᄒᆞ야 간뫼(奸謀ㅣ)³⁴²⁾ 픽루(敗漏)³⁴³⁾ᄒᆞ고 부인(夫人)이 누명(陋名)을 버셔시니 ᄎᆞ후(此後) 무ᄉᆞ(無事)히 화락(和樂)ᄒᆞ야 팔(八) 년(年) 슈한(愁恨)³⁴⁴⁾을 속(贖)ᄒᆞ리라."

쇼제(小姐ㅣ) 졍ᄉᆡᆨ(正色) 부답(不答)ᄒᆞ니 시랑(侍郎)이 간절(懇切)이 비러 왈(曰),

"부인(夫人)의 셕샹(席上)³⁴⁵⁾ 소회(所懷)ᄅᆞᆯ 드럿ᄂᆞ니 나의 허믈이 비록 그러ᄒᆞ나 부인(夫人)의 도리(道理) 이러ᄒᆞ미 가(可)ᄒᆞ냐?"

쇼제(小姐ㅣ) 제 나ᄌᆞᆯ 말을 드른 줄을 고이(怪異)코 놀나나 안ᄉᆡᆨ(顔色)을 블변(不變)ᄒᆞ고 맛ᄎᆞᆷᄂᆡ 답(答)지 아니니 싱(生)이 초조(焦燥)ᄒᆞ야 만ᄌᆞ셰어(萬字說語)³⁴⁶⁾로 개유(開諭)ᄒᆞᄃᆡ 드르미 업더라.

ᄎᆞ야(此夜)ᄅᆞᆯ 머무러 구졍(舊情)을 니으미 새로온 은졍(恩情)이 측

---

340) 뉴츌(流出): 유출. 흘러나옴.

341) 챵연(愴然): 창연. 몹시 서럽고 서글픔.

342) 간뫼(奸謀ㅣ): 간사한 꾀.

343) 픽루(敗漏): 패루. 일이 드러남.

344) 슈한(愁恨): 수한. 시름과 한.

345) 셕샹(席上): 석상. 여러 사람이 모인 자리.

346) 만ᄌᆞ셰어(萬字說語): 만자세어. 온갖 달래는 말.

냥(測量)업더라.

　명일(明日) 승샹(丞相)이 교부(轎夫)를 ᄀᆞ초와 쇼져(小姐)

를 뇨부(-府)로 보ᄂᆞ니 쇼졔(小姐ㅣ) 마지못ᄒᆞ야 뇨부(-府)의 니르러 게하(階下)의셔 쳥죄(請罪)ᄒᆞᄆᆡ, 태샹(太常)이 그게 놀ᄂᆡ 눈이 둥그러ᄒᆞ야 말을 못 ᄒᆞ거늘 뇨 시랑(侍郞)이 좌(座)를 ᄯᅥ나 연고(緣故)를 고(告)ᄒᆞ니 태샹(太常)이 바야흐로 졍신(精神)을 졍(靜)ᄒᆞ야 밧비 올으라 ᄒᆞ고 위로(慰勞)ᄒᆞ야 굴오ᄃᆡ,

　“노뷔(老夫ㅣ) 무샹(無狀)ᄒᆞ야 고초(苦楚)를 격게 ᄒᆞ니 이졔 보ᄆᆡ 무슴 낫치 이시리오? 연(然)이나 젼일(前日) 노뷔(老夫ㅣ) 녕대인(令大人)을 보ᄆᆡ 낫치 둣거오믈 면(免)치 못ᄒᆞ엿더니 현뷔(賢婦ㅣ) 다힝(多幸)이 무양(無恙)ᄒᆞ니 깃부미 여산약히(如山若海)[347] ᄀᆞᆺ도다.”

　쇼졔(小姐ㅣ) 다만 샤죄(謝罪)ᄒᆞ고 말이 업ᄉᆞ니 태샹(太常)이 젼일(前日)을 뉘웃쳐 혹(酷)히 ᄉᆞ랑ᄒᆞ고 탐탐(耽耽)[348]이 닐ᄏᆞᄅᆞ니 쇼졔(小姐ㅣ) 블안(不安)ᄒᆞ야 온슌(溫順)이 샤례(謝禮)홀 ᄲᅮᆫ

이러라.

　인(因)ᄒᆞ야 머무러 효봉(孝奉)ᄒᆞ믈 극진(極盡)이 ᄒᆞ며 우흐로 두 금쟝(錦帳)[349] ᄃᆡ졉(待接)ᄒᆞ믈 고모(姑母)ᄀᆞᆺ치 ᄒᆞ나 싱(生)을 ᄃᆡ(對)

---

347) 여산약히(如山若海); 여산약해. 산과 같고 바다와 같음.
348) 탐탐(耽耽): 깊고 그윽한 모양.

혼즉 닝졍(冷情)호미 일양(一樣)이니 싱(生)의 졍(情)은 태산(泰山)
ᄀᆞᆺ트나 심(甚)히 민망(憫惘)호더니, 하람공이 듯고 태샹(太常)긔 쳥
(請)호야 쇼져(小姐)를 다려오고 부모(父母)긔 쳥(請)호야 히유(解
諭)350)호시믈 고(告)호니 뎡 부인(夫人)이 놀나 소져(小姐)를 졀칰(切
責)351)호야 그러치 아닐 줄 경계(警戒)호니 쇼제(小姐ㅣ) 부모(父母)
경계(警戒)를 밧즈와 온슌(溫順)호기를 힘쓰니 싱(生)이 대희(大喜)
호야 ᄎᆞ후(此後)ᄂᆞᆫ 부화쳐슌(夫和妻順)352)이 가즉호더라.

승샹(丞相)이 믜양 빙셩 쇼져(小姐)의 일싱(一生)을 근심호다가 이
제 무ᄉᆞ(無事)호니 비록 깃부나 ᄒᆞᆫ 무음이 슬푸미 밋쳐 쥬야(晝夜)
눈섭을 펴 지

●●●

78면

닐 적이 업더니,

일일(一日)은 ᄭᅮᆷ을 ᄭᅮ니 무평353)빅이 나아와 굴오ᄃᆡ,

"쇼뎨(小弟) 죽으미 역시(亦是) 텬명(天命)이어늘 형쟝(兄丈)이 너
모 ᄋᆡ상(哀傷)호시니 쇼뎨(小弟) 디하(地下)에 음혼(陰魂)이 편(便)치
아니호니 부친(父親) 계시던 누즁(樓中)에 쥬홍(朱紅) 궤(櫃)에 이러
이러ᄒᆞᆫ 칙(冊)이 이시니 그를 보면 눈회(輪廻)354)ᄒᆞ믈 아르시리이다."

---

349) 금쟝(錦帳): 금장. 동서.
350) 히유(解諭): 해유. 서로 화해하도록 타이름.
351) 졀칰(切責): 절책. 매우 꾸짖음.
352) 부화쳐슌(夫和妻順): 부화처순. 남편은 온화하고 아내는 순종함.
353) 평: [교] 원문에는 '령'으로 되어 있으나 앞의 예를 따라 이와 같이 수정함.
354) 눈회(輪廻): 윤회. 수레바퀴가 끊임없이 구르는 것과 같이, 중생이 번뇌와 업에 의
하여 삼계육도(三界六道)의 생사 세계를 그치지 아니하고 돌고 도는 일.

ᄒ거ᄂᆞᆯ 승샹(丞相)이 놀나 ᄭᆡ여 몽ᄉᆞ(夢事)를 긔록(記錄)ᄒ고 허탄
(虛誕)[355]이 넉이나 시험(試驗)ᄒ야 친(親)히 노각헌의 드러가 셔ᄎᆡᆨ
(書冊)을 일일(一一)이 뎜고(點考)ᄒ야 쥬홍(朱紅) 궤(櫃)를 어더 열
고 보니 과연(果然) ᄒᆞᆫ 권(卷) ᄎᆡᆨ(冊)이 이시ᄃᆡ 굿이 봉(封)ᄒ고 것히
벗시ᄃᆡ,

'모월(某月) 모일(某日)에 댱셩(將星)[356]이 열니라.'

ᄒᆞ엿더라.

승샹(丞相)이 ᄆᆞ음에 허망(虛妄)이 넉이나 시험(試驗)ᄒ여 봉(封)
ᄒᆞᆫ 거슬

79면

ᄯᅥ히고 보니 이 곳 젼ᄉᆡᆼ(前生) 뉸회보응(輪廻報應)[357] ᄒᆞᆫ 셜홰(說話
ㅣ)라. ᄒᆞ여시ᄃᆡ,

'승샹(丞相) 니관셩은 촉한(蜀漢) 졔갈공명(諸葛孔明)[358]이니 본
(本)ᄃᆡ 텬디(天地) 조화(造化)와 인간만믈지졍(人間萬物之情)[359]이며

---

355) 허탄(虛誕): 거짓되고 미덥지 않음.

356) 댱셩(將星): 장성. 대장에 상응하는 별로, 여기에서는 이관성을 이름. 이관성은 <쌍
천기봉>에서 계속 제갈공명에 비유된바 제갈공명에 해당하는 별이 장성임. <삼국
지연의>.

357) 뉸회보응(輪廻報應): 윤회보응. 윤회는 수레바퀴가 끊임없이 구르는 것과 같이, 중
생이 번뇌와 업에 의하여 삼계육도(三界六道)의 생사 세계를 그치지 아니하고 돌
고 도는 일이고, 보응은 착한 일과 악한 일이 그 원인과 결과에 따라 대갚음을 받
는다는 뜻임.

358) 제갈공명(諸葛孔明): 제갈공명. 중국 삼국시대 촉한 유비의 책사인 제갈량(諸葛亮,
181~234)을 이름. 공명(孔明)은 그의 자이고, 별호는 와룡(臥龍) 또는 복룡(伏龍).
유비를 도와 오(吳)나라와 연합하여 조조(曹操)의 위(魏)나라 군사를 대파하고 파
촉(巴蜀)을 얻어 촉한을 세웠음. 유비가 죽은 후에 무향후(武鄕侯)로서 남방의 만
족(蠻族)을 정벌하고, 위나라 사마의와 대전 중에 오장원(五丈原)에서 병사함.

긔모비계(奇謀祕計)360) 고금(古今)에 쌍(雙)이 업고 빅젼빅승(百戰百
勝)ᄒᆞᄂᆞᆫ 지죄(才操ㅣ) 이시디 하늘이 돕지 아냐 오쟝원(五丈原)361)의
흔 목슘을 바리니 원혼(冤魂)이 디하(地下)에 플니지 아냐 일념(一
念)이 인간(人間)에 나가 다시 젼싱(前生) 유한(遺恨)362)을 플고ᄌᆞ
ᄒᆞ디 대강(大綱) 나라흘 위(爲)흔 일이나 젼후(前後) 슈빅여(數百餘)
젼(戰) 싸홈에 사름을 만히 죽인 고(故)로 여러 빅(百) 년(年)을 도
(道)를 닥가 사름의 원한(怨恨)을 푼 후(後) 영낙지초(永樂之初)363)의
나 쇼년(少年) 등뎨(登第)ᄒᆞ야 몬져 니부텬관(吏部天官)364)과 옥당
(玉堂) 춍ᄌᆡ(冢宰)를 지니고 약관(弱冠)에 삼공(三公)에 거(居)ᄒᆞ야
이십(二十) 년(年) 부귀(富貴)를 누린 후(後)

젼싱(前生)의 스스로 져즌 일이 아니나 쥬위(周瑜ㅣ),365) 공명(孔

---

359) 인간만믈지졍(人間萬物之情): 인간만물지정. 인간과 만물의 본성.

360) 긔모비계(奇謀祕計): 기모비계. 기이한 꾀와 비상한 계책.

361) 오쟝원(五丈原): 오장원. 지금의 중국 섬서성(陝西省) 서안시(西安市) 서부, 치산현
(岐山縣) 서남쪽에 있는 곳. 제갈량이 위(魏)나라의 장군 사마의(司馬懿)와 싸우던
중 병으로 죽은 곳임.

362) 유한(遺恨): 남은 한.

363) 영낙지초(永樂之初): 영락지초. 영락(永樂)의 초반. 영락은 중국 명나라 제3대 황제
인 태종의 연호(1403~1424).

364) 니부텬관(吏部天官): 이부천관. 이부. 천관은 육부의 으뜸이라는 뜻으로 이부를 말함.

365) 쥬위(周瑜ㅣ): 주유. 중국 삼국시대 오(吳)나라의 인물(175~210)로, 자는 공근(公
瑾). 원술(袁術)의 휘하에 있다가 어렸을 때 친교를 맺었던 손책(孫策)에게로 달아
나 그의 모사로 활약하였고, 손책이 죽은 후 그 동생 손권(孫權)을 도와 손권의 오
나라 개국에 기여하고 손권을 설득하여 제갈공명과 함께 조조의 위나라 군사를 적
벽(赤壁)에서 크게 무찌름. 후에 대도독이 되어 유비가 웅거하고 있던 형주(荊州)
를 되찾으려다 제갈량의 계교에 속아 대패하고 분기가 발해 죽음.

明)366)으로 인(因)ㅎ야 늬종(內腫)367)이 발(發)ㅎ야 죽으니 잠간(暫
間) 젹악(積惡)이 업지 못ㅎ야 쟝년(壯年)의 니(李) 태ᄉ(太師)를 여
희여 잠간(暫間) 죵텬지한(終天之恨)368)을 픔게 ㅎ고 뎡통(正統)369)
황뎨(皇帝)를 븍노(北奴)의 구(救)ㅎ야 젼싱(前生)의 한(漢)나라를 통
일(統一)치 못ᄒ 한(恨)을 갑고, 쥬쟝은 조조(曹操)370)의 후신(後身)
이라 하늘이 특별(特別)이 니(李) 공(公)의 손에 죽게 ㅎ시니 엇지
텬되(天道ㅣ) 멍멍(明明)치 아니리오. 뎡 시(氏)ᄂ 텬샹(天上) 금모낭
낭(金母娘娘)371)으로 젹은 죄벌(罪罰)이 이셔 샹뎨(上帝) 댱셩(將
星)372)의 빅우(配偶)를 뎡(定)ㅎ시나 잠간(暫間) 고락(苦樂)을 격거
그 죄(罪)를 치오니라. 부마(駙馬) 니몽현은 강유(姜維)373)의 후신(後

---

366) 공명(孔明): 중국 삼국시대 촉한 유비의 책사인 제갈량(諸葛亮, 181~234)의 자(字).

367) 늬종(內腫): 내종. 내장에 난 종기.

368) 죵텬지한(終天之恨): 종천지한. 죽을 때까지 느끼는 한이라는 뜻으로 부모나 남편
등의 죽음에 주로 사용되는 표현.

369) 뎡통(正統): 정통. 중국 명(明)나라 제6대 황제인 영종(英宗) 때의 연호(1435~
1449). 영종의 이름은 주기진(朱祁鎭, 1427~1464)으로, 후에 연호를 천순(天順,
1457~1464)으로 바꿈.

370) 조조(曹操): 155~220. 삼국시대 위나라 건국의 기틀을 닦은 이로 자는 맹덕(孟德)
이고, 추증된 묘호는 태조(太祖), 시호는 무황제(武皇帝)임. 후한의 승상으로서 여
러 제후들을 연파해 실질적 권력을 가진 패자가 됨.

371) 금모낭낭(金母娘娘): 금모낭랑. 요지(瑤池)에 산다는 서왕모(西王母)를 가리킴. 서
왕모는 『산해경(山海經)』에서는 곤륜산에 사는 인면(人面)·호치(虎齒)·표미(豹
尾)의 신인(神人)이라고 하나, 일반적으로는 불사(不死)의 약을 가지고 있는 아름
다운 선녀로 전해짐.

372) 댱셩(將星): 장성. 대장에 상응하는 별로, 여기에서는 이관성을 이름. 이관성은 <쌍
천기봉>에서 계속 제갈공명에 비유된바 제갈공명에 해당하는 별이 장성임. <삼국
지연의>.

373) 강유(姜維): 중국 삼국시대 촉한의 무장(202~264). 천수군(天水郡) 기현(冀縣) 사
람으로 자는 백약(伯約). 이민족인 강족들을 격퇴하는 등 위나라 소속으로 공을 세
운 그는 제갈량의 제1차 북벌 때 촉나라에 투항해 재능을 인정받아 여러 번 승리
를 거둠. 그는 제갈량의 후계자로서 여러 차례 촉의 위기를 구하고 촉나라 멸망
후에도 재건을 위해 노력을 다함. 촉을 위해 위나라 점령군 종회(鍾會)에게 항복해
종회를 부추겨 난을 일으키도록 했으나 실패하고 살해당함. <삼국지연의>.

身)이라. 강위(姜維) ㅣ) 큰 직죄(才操ㅣ) 이시딕 하늘이 돕지 아냐 몸이 죵회(鍾會)374)의 슈리 알픽 스이니 후셰(後世)에 붓그

•••

81면

러오미 만코 구뎐(九泉)의 한(恨)이 극(極)ᄒ야 ᄌ청(自請)ᄒ야 승샹(丞相) 쟝직(長子ㅣ) 되여 무궁(無窮)이 효(孝)를 닥가 전싱(前生)의 유언(遺言)을 져바린 죄(罪)375)를 쇽(贖)ᄒ고 오왕(吳王)을 잡아 승샹(丞相) 원슈(怨讐)를 갑고 여러 번(番) 벗홈의 다 빅젼빅승(百戰百勝)ᄒ미 다 젼셰(前世) 원(怨)을 갑흔 거시오, 문졍공 몽챵은 위연(魏延)376)의 후신(後身)이라. 위연(魏延)이 일즉 쇼렬황뎨(昭烈皇帝)377)를 도와 공젹(功績)이 희한(稀罕)ᄒ딕 다만 편셩(偏性)378)이 과격(過激)ᄒ야 공(功)을 닷토와 나라흘 반(叛)흔 죄(罪)로 그 두 ᄋ들과 안희379)를 죽여 그 죄(罪)를 쇽(贖)ᄒ고, 또 니(李) 공(公)이 공명(孔

---

374) 죵회(鍾會): 종회. 촉한을 멸망시킨 위나라 원정군의 사령관으로, 강유를 항복시키고 후에 촉나라 땅을 기반으로 강유와 함께 반란을 일으켰으나 실패하고 살해당함. <삼국지연의>.

375) 젼싱(前生)의~죄(罪): 전생의 유언을 저버린 죄. 제갈량이 죽을 때 강유에게 촉나라를 부탁하는 유언을 남겼으나 유비의 아들 유선이 위나라에 항복함으로써 결과적으로 그 유언을 받들지 못하게 된 것을 이름.

376) 위연(魏延): 중국 후한 말, 삼국시대 촉한의 장군(?~234). 용맹이 뛰어나 한중을 진수하고 제갈량의 북벌에도 참여해 공을 세웠으나 다른 장수들과 불화하는 경우가 많았고 특히 양의와 사이가 좋지 않았음. 제갈량 사후 회군 지시를 어기고 내분을 일으켰다가 제갈량의 지시를 받은 마대에 의해 죽음. <삼국지연의>.

377) 쇼렬황뎨(昭烈皇帝): 소열황제. 유비(劉備, 161~223)를 말함. 소열(昭烈)은 유비의 묘호임.

378) 편셩(偏性): 편성. 편벽된 성질.

379) 그~안희: 그 두 아들과 아내. 이봉창의 아들 이윤문과 이영문, 첫째아내였던 상씨를 이름.

明)380)인 졔 비록 연(延)의 반(叛)홀 줄 아나 그 공(功)을 닛고 거줏 칠셩긔(七星旗)로 인(因)ᄒ야 곡듕(谷中)의 너코 블의 살와 죽이려 ᄒ니381) 그 원(怨)으로 소흥(紹興)의 뎍거(謫居)ᄒ야 심녀(心慮)를

••

82면

슬오게 ᄒ고 두 번(番)지 계교(計巧)로 마디(馬岱)382)를 주어 죵시(終是) 칼 아릭 귓거시 되니383) 비록 졔 죄(罪)나 연(延)의 원(怨)이 깁흔 고(故)로 오강(吳江)의 ᄲ져 니(李) 공(公)으로 간쟝(肝腸)을 슬오게 ᄒ니 이 다 텬뎡긔쉬(天定氣數ㅣ)384)오, 소 시(氏)ᄂ 형쥐인(荊州人) 션빅 조삼의 일녀(一女)로 얼골이 고금(古今)에 무ᄥᆼ(無雙)ᄒ니 위연(魏延)이 ᄉ모(思慕)ᄒ야 구혼(求婚)ᄒ니 조삼이 셩품(性品)이 븟ᄂ 블 ᄀᆺ트믈 ᄡ려 믈니치니 연(延)이 ᄉ모(思慕)ᄒᄂ ᄆ음을 춤지 못ᄒ야 야반(夜半)에 드러가 겁칙(劫敕)385)ᄒ니, 조 시(氏) 스ᄉ로 욕(辱)을 밧지 아니려 ᄌ믄(自刎)386)ᄒ니 연(延)이 대로(大怒)ᄒ야

---

380) 공명(孔明): 중국 삼국시대 촉한 유비의 책사인 제갈량(諸葛亮, 181~234)의 자(字).
381) 거줏~ᄒ니: 거짓으로 칠성기를 만들어 골짜기 가운데 넣고 불에 태워 죽이려 하니. 제갈량이 위의 장수 사마의(司馬懿)와 전투를 벌일 적에 위연에게 명령해 사마의의 군대를 자신이 칠성기를 세워 둔 상방곡 입구로 유인하라 해, 양곡을 빼앗으려 상방곡에 진입한 사마의의 군대를 태워 죽이려 한 일을 말함. <쌍천기봉>의 작가는 위연도 제갈량의 이 작전 때문에 죽을 수도 있었음을 말한 것임.
382) 마디(馬岱): 마대. 촉한의 장령(?~?). 제갈량이 죽고, 위연(魏延)과 양의(楊儀)가 서로 공방을 벌일 때 제갈량이 짜놓은 계획에 따라 위연을 도와주는 척하다가 위연의 목을 침.
383) 죵시(終是)~되니: 끝내 칼 아래 귀신이 되니. 제갈량의 유언을 들은 마대가 위연을 죽인 일을 말함.
384) 텬뎡긔쉬(天定氣數ㅣ): 천정기수. 하늘이 정한 운명.
385) 겁칙(劫敕): 겁박하여 탈취함.
386) ᄌ믄(自刎): 자문. 스스로 목을 베어 죽음.

조삼의 부쳐(夫妻)387)를 다 죽인지라. 부모(父母)를 도라보지 아닌 죄(罪) 즁(重)ᄒᆞᄃᆡ 그 후(後) 위연(魏延)이 죽기ᄭᅵ지 조 시(氏)를 닛지 못ᄒᆞ야 넉시 풍도(酆都)388)에 드러가 숑ᄉᆞ(訟事)ᄒᆞ니 텬의(天意)그 지

83면

극(至極)ᄒᆞ 정(情)을 베왓지 못ᄒᆞ야 당(唐) 태종(太宗) 적에 위연(魏延)은 적유신이란 사ᄅᆞᆷ이 되고 조 시(氏)ᄂᆞᆫ 빅가(-家)의 녀ᄌᆞ(女子 ㅣ)되여 부뷔(夫婦 ㅣ) 되니 적싱(-生)이 급뎨(及第)ᄒᆞ고 됴히 사다가 미챵(美娼) 이(二) 인(人)을 잠간(暫間) 눈 주어 유정(有情)ᄒᆞ니 빅 시(氏) 대로(大怒)ᄒᆞ야 이(二) 챵(娼)을 손조목을 베혀 죽이고 ᄯᅩ 스스로 몸 맛기를 경(輕)히 ᄒᆞ야 부모(父母)를 가바야히 넉인 죄(罪) 극(極)히 즁(重)ᄒᆞ므로 소가(-家)의 녀ᄌᆞ(女子 ㅣ) 되고 그 챵녀(娼女) 이(二) 인(人)이 ᄒᆞ나흔 뎡 각노(閣老) 시녀(侍女) 옥난이 되고 ᄒᆞ나흔 됴 국구(國舅) 녀ᄌᆞ(女子 ㅣ) 되여 소 시(氏)로써 무궁(無窮)ᄒᆞ 험난(險難)을 보게 ᄒᆞ여시나 당초(當初) 소 시(氏) ᄂᆡ셰(來世)와 젼싱(前生)의 다 조ᄉᆞ(早死)ᄒᆞ야 텬일(天日)을 보미 업ᄂᆞᆫ 고(故)로 여러 ᄌᆞ녀(子女)를 두어 복(福)을 누리고 양의(楊儀)389)ᄂᆞᆫ 쥬빈이 되여 문정후 손에 죽어 전셰(前世) 과보(果報)390)를

---

387) 부쳐(夫妻): 부처. 부부.

388) 풍도(酆都): 도가에서, '지옥'을 이르는 말.

389) 양의(楊儀): 촉한의 대신(?~235)으로 용병과 기획에 능하였음. 병이 위중해진 제갈량이 비밀리에 그에게 퇴군(退軍)하는 계책을 가르쳤고, 제갈량이 죽자 그 방법대로 군사를 철수시키고, 명령에 불복해 군사를 이끌고 온 위연(魏延)을, 마대에 의해 죽게 함.

밧고³⁹¹⁾ 젼싱(前生)의 만흔 죄(罪)를 다 이싱(-生)의 갑게 ᄒ고, 개국 공 몽원은 마속(馬謖)³⁹²⁾의 후신(後身)이니 마속(馬謖)이 일을 그릇 ᄒ야 가정(街亭)을 파(破)ᄒ고 국법(國法)을 닙으니 평일(平日) 무향후(武鄕侯)³⁹³⁾ 은혜(恩惠) 져바리미 만흔 고(故)로 ᄌ원(自願)ᄒ야 그 ᄋᆞ들이 되여 죵효(終孝)ᄒ고 ᄉ마의(司馬懿)³⁹⁴⁾ 오국(吳國) 태ᄌ(太子ㅣ) 되여 몽원의 손의 잡히여, 젼일(前日) 강위(姜維ㅣ) ᄉ마의(司馬懿)를 삼키지 못ᄒᄆᆞᆯ 한(恨)ᄒ던 고(故)로 냥인(兩人)이 죽이기를 닷토와 오국(吳國) 태ᄌ(太子)를 쥬(誅)ᄒ니 이 다 젼세(前世) 원슈(怨讐)를 금싱(今生)의 갑흐미오. 마ᄃᆡ(馬岱)와 왕평(王平)³⁹⁵⁾이 졔갈(諸葛) 승샹(丞相)긔 슈은(受恩)³⁹⁶⁾이 두터온 고(故)로 ᄉᄌ(四子)와 오ᄌ(五子ㅣ) 되여 죵효(終孝)ᄒ고, 무평³⁹⁷⁾빅 한셩은 졔갈근(諸葛

---

390) 과보(果報): 과거 또는 전생의 선악의 인연에 따라서 뒷날 길흉화복의 갚음을 받음. 인과응보(因果應報).

391) 양의(楊儀)ᄂᆞ~밧고: 양의는 주빈이 되어 문정후 손에 죽어 전세의 과보를 받고. 이몽창의 전신(前身)인 위연이 주빈인 양의에게 죽어 위연이 양의에게 원한이 있었으므로 이생에서는 이 관계가 반대로 되게 해 위연의 원한을 풀어 주었다는 말임.

392) 마속(馬謖): 촉한의 장령(190~228). 적벽대전 후 유비에게 귀순해 제갈량의 신임을 받았으나 가정 전투에서 참패하면서 제갈량의 손에 죽음.

393) 무향후(武鄕侯): 제갈량이 받은 작위의 이름. 무향현은 서주(徐州) 낭야군(琅邪郡)에 있으며, 위나라의 영토에 속했음.

394) ᄉ마의(司馬懿): 사마의. 중국 삼국시대 위(魏)나라의 장수(179~251). 자(字)는 중달. 촉한(蜀漢) 제갈공명의 도전에 잘 대처하는 등 큰 공을 세워, 그의 손자 사마염이 위(魏)에 이어 진(晉)을 세우는 데에 기초를 세움.

395) 왕평(王平): 촉한의 장령(?~248). 조조의 수하 장수였으나 한중(漢中)을 정벌하는 과정에 유비에게 귀순함. 제갈량이 제1차 북벌 때, 왕평에게 마속(馬謖)을 보좌하여 가정(街亭)을 지키라는 명을 내렸으나 마속은 왕평의 충고를 거절하여 대패함.

396) 슈은(受恩): 수은. 은혜를 입음.

瑾)398)의 후신(後身)으로 다시 니관성의 동긔(同氣) 되여 닙어공후
(立於公侯)399)ᄒᆞᆫ되 다만 젼싱(前生)의 쥼무

◦••

85면

쇼쥬(中無所主)400)ᄒᆞ야 형데(兄弟) 님군을 각각(各各) 어든401) 고(故)
로 ᄉᆞ십오(四十五) 세(歲)에 븍노(北奴)의 가 죵ᄉᆞ(終死)402)ᄒᆞ고 연셩
은 방통(龐統)403)의 후신(後身)으로 젼셰(前世)에 님군을 위(爲)ᄒᆞ야
션죵(善終)404)치 못ᄒᆞ여시므로405) 이싱(-生)의 후빅(侯伯)이 되여 무
궁(無窮)ᄒᆞᆫ 영화(榮華)를 누리라.'

---

397) 평: [교] 원문에는 '령'으로 되어 있으나 앞의 예를 따라 이와 같이 수정함.

398) 제갈근(諸葛瑾): 제갈근. 자는 자유(子瑜)이며 낭야(瑯琊) 양도(陽都) 사람(174~
241). 제갈량의 형. 후한 말에 난을 피해 강동으로 가니 손권이 강동을 장악하고서
그를 초빙해 상빈(上賓)으로 삼음.

399) 닙어공후(立於公侯): 입어공후. 공후와 같은 높은 벼슬을 함. 공후는 봉건 시대에
군주가 내려 준 땅을 다스리던 제후를 가리킴.

400) 쥼무쇼쥬(中無所主): 중무소주. 마음속에 견지하는 바가 없음,

401) 형데(兄弟)~어든: 형제 임군을 각각 얻은. 형인 제갈근은 오나라의 손권을 섬기고
아우인 제갈량은 촉나라의 유비를 섬긴 것을 이름.

402) 죵ᄉᆞ(終死): 종사. 죽음.

403) 방통(龐統): 중국 후한 말의 인물로 유비 휘하의 모사(178 또는 179년~213 또는
214). 자는 사원(士元). 일명 봉추(鳳雛). 형주 양양군 사람으로 유비는 처음에 방
통의 능력을 변변찮게 여겼으나 제갈량과 노숙의 추천으로 방통을 중용함. 방통은
연환계(連環計)로 조조의 선박들을 불태우는 데 기여하는 등 촉을 위해 많은 공을
세움. 유비가 촉군(蜀郡)을 공격할 때 유비에게 잘못된 조언을 해 유비 군이 유장
휘하의 장임에게 패하는 데 빌미를 제공하고 자신도 낙봉파에서 전사함. <삼국지
연의>.

404) 션죵(善終): 선종. 제 명대로 죽음.

405) 젼셰(前世)에~못ᄒᆞ여시므로: 전세에 임군을 위하여 선종치 못하였으므로. 전생에
임금을 위해 잘 죽지 못하였으므로. 유비가 촉군을 공격할 때, 제갈량은 점괘가 좋
지 않으니 조심하라고 하였으나 방통은 유비에 대한 견제 심리로 점괘가 좋다고
조언하는데, 가까운 곳에 있던 방통의 말을 들은 유비는 결국 패전하고 방통은 전
사한 일을 말함. <삼국지연의>.

ᄒᆞ엿고 그 아ᄅᆡ 홍문의 ᄉᆞ젹(事跡)이 다 이시ᄃᆡ 승샹(丞相)이 크게
무거(無據)406)히 넉이나 그 대강(大綱) 션친(先親)의 깃치신 거시므
로 입으로 시비(是非)를 아니ᄒᆞ고 급(急)히 거두어 툐툐407)(草草)
히408) 봉(封)ᄒᆞ야 너코 구외(口外)에 ᄂᆡ지 아니ᄒᆞ니 잇달아온 바ᄂᆞᆫ
그 아ᄅᆡ 긔이(奇異)ᄒᆞᆫ 말이 만흐ᄃᆡ 후인(後人)이 아지 못ᄒᆞ고 이 말
은 승샹(丞相)이 음영(吟詠)ᄒᆞ야 볼 젹 긔실(記室)409) 뉴문한이 밧긔
안ᄌᆞ 일일(一一)히 듯고 ᄡᅥ 일긔(日記)ᄒᆞ야시므로 칰(冊)의 올으고
노각헌다ᄒᆡ 녀나 사ᄅᆞᆷ이

• ••

86면

오지 아니ᄒᆞ니 문졍공 등(等)은 모로고 훗ᄌᆞ손(-子孫)은 텬셔(天書)
를 모로므로 그 아ᄅᆡ 말을 후인(後人)이 아지 못ᄒᆞ니라.

승샹(丞相)이 이후(以後) 텬의(天意) 너모 공교(工巧)ᄒᆞ믈 허소(虛
疏)410)이 넉이나 잠간(暫間) 관심(寬心)411)ᄒᆞᄂᆞᆫ 비 잇더니,

셰월(歲月)이 믈 흐르ᄂᆞᆫ 듯ᄒᆞ야 무평412)빅 삼년(三年)이 지나니
일가(一家) 졔인(諸人)의 슬허ᄒᆞ미 측냥(測量)업더라.

무평413)빅 ᄎᆞᄌᆞ(次子) 몽한이 십삼(十三) 셰(歲) 되니 승샹(丞相)

---

406) 무거(無據): 근거가 없음.
407) 툐툐: [교] 원문에는 '툐툐'로 되어 있으나 오기로 보임.
408) 툐툐(草草)히: 초초히. 바쁘고 급하게.
409) 긔실(記室): 기실. 기록에 관한 사무를 맡아보던 벼슬.
410) 허소(虛疏): 허탄하여 현실에서 동떨어짐.
411) 관심(寬心): 마음을 놓음.
412) 평: [교] 원문에는 '령'으로 되어 있으나 앞의 예를 따라 이와 같이 수정함.
413) 평: [교] 원문에는 '령'으로 되어 있으나 앞의 예를 따라 이와 같이 수정함.

이 망뎨(亡弟)의 뜻을 니어 무익(撫愛)414)ㅎ미 극(極)ㅎ디 몽한이 텬
셩(天性)이 호탕(浩蕩)ㅎ고 발월(發越)415)ㅎ야 협스(俠士)의 갓가오
니 승샹(丞相)이 비록 스랑ㅎ나 엄(嚴)히 잡줘여 그 무음을 경계(警
戒)ㅎ나 몽한이 즈소(自小)로 그 부친(父親)과 모친(母親)의 연약(軟
弱)흔 스랑의 썌져 버릇시 그릇되엿는 고(故)

87면

로 하람공 등(等)과 슉부(叔父)를 모로게 가즁(家中) 창녀(娼女)를 씨
고 풍악(風樂)으로 소일(消日)ㅎ더니 셩문이 이 거동(擧動)을 알고
야야(爺爺)긔 고(告)ㅎ니 문졍공이 놀나 즉시(卽時) 몽경416)을 디(對)
ㅎ야 눈믈을 흘니고 글오디,

"슉뷔(叔父ㅣ) 기셰(棄世)ㅎ신 후(後) 후스(後嗣)의 즁(重)ㅎ미 현
뎨(賢弟)와 몽한의게 잇거늘 몽한이 이제 힝시(行事ㅣ) 픽려(悖
戾)417)ㅎ미 여츠(如此)ㅎ니 장츳(將次ㅅ) 엇지ㅎ리오?"

한님(翰林)이 놀나고 통히(痛駭)418)ㅎ야 이에 탄왈(曰),

"쇼뎨(小弟) 야야(爺爺)를 여히오므로 셰렴(世念)이 분호(分毫)419)
도 업스디 힝(幸)혀 슉부(叔父)의 하히(河海) 굿치 무휼(撫恤)420)ㅎ시
므로 일명(一命)을 투싱(偸生)421)ㅎ나 흔 조각 셜움이 구곡(九曲)에

---

414) 무익(撫愛): 무애. 어루만지며 사랑함.
415) 발월(發越): 성품이 과격함.
416) 경: [교] 원문에는 '셩'으로 되어 있으나 앞의 예를 따라 이와 같이 수정함.
417) 픽려(悖戾): 패려. 언행이나 성질이 도리에 어그러지고 사나움.
418) 통히(痛駭): 통해. 몹시 이상스러워 놀람.
419) 분호(分毫): 아주 적음.
420) 무휼(撫恤): 어루만지며 불쌍히 여김.

밋쳣거늘 샤뎨(舍弟),[422] 이런 남수(濫事)[423]를 ᄒ고 셜우믈 모로니
엇지 통히(痛駭)치 아니리잇

∙∙∙

88면

고? 슉부(叔父)긔 고(告)ᄒ고 다ᄉ리샤이다."

공(公)이 글오듸,

"네 말이 올커니와 슉뫼(叔母ㅣ) 몽한 ᄉ랑이 ᄌ못 과도(過度)ᄒ시
니 야야(爺爺)긔 고(告)ᄒ야 죄(罪)를 어더 주믄 ᄌ못 블가(不可)ᄒ니
네 모로미 ᄉ리(事理)로 경계(警戒)ᄒ라. 흔이 쏘 총명(聰明) 효우(孝
友)흔 ᄋ히(兒孩)니 혹(或) 씨다ᄅ미 이시리라."

한님(翰林)이 슈명(受命)ᄒ야 ᄎ일(此日) 몽한을 블너 손을 잡고
눈믈이 낫치 가득ᄒ야 닐오듸,

"현뎨(賢弟) 부친(父親)을 여히오니 셜운 줄을 아ᄂ다?"

한이 참연(慘然)ᄒ야 듸왈(對曰),

"쇼뎨(小弟) 역시(亦是) 인졍(人情)이니 엇지 셜우믈 모로리잇고?"

한님(翰林)이 톄읍(涕泣) 왈(曰),

"네 슬푼 줄 알진듸 이졔 션야애(先爺爺ㅣ)[424] 분젼(墳前)에 흙이
말으지 아냣고 빅부(伯父)의 엄(嚴)ᄒ시미 타류(他類)와 다ᄅ실 ᄲᆞᆫ
아냐 녜(禮)를 잡으시미 지극(至極)ᄒ

---

421) 투싱(偸生): 투생. 구차하게 산다는 뜻으로, 죽어야 마땅할 때에 죽지 아니하고 욕
되게 살기를 꾀함을 이르는 말.

422) 샤뎨(舍弟): 사제. 남에게 자기의 아우를 겸손하게 이르는 말.

423) 남수(濫事): 남사. 외람된 일.

424) 션야애(先爺爺ㅣ): 선야야. 돌아가신 아버님.

미 밋쳐 계시거늘 네 황구소ᄋ(黃口小兒)⁴²⁵⁾로 챵녀(娼女)를 쥬야(晝
夜) 씨고 음쥬(飮酒)ᄒ미 가(可)ᄒ냐?"

한이 그 형(兄)의 안 줄 놀나고 고이(怪異)히 넉여 이에 샤죄(謝罪)
왈(曰),

"쇼뎨(小弟) 일시(一時) 풍졍(風情)으로 미녀셩ᄉᆡᆨ(美女聲色)을 춤
지 못ᄒ미 잇더니 형댱(兄丈) 경계(警戒) 지극(至極)ᄒ시니 ᄎᆞ후(此
後)ᄂᆞᆫ 영영(永永) 아니리이다."

한님(翰林)이 깃거 ᄌᆡ삼(再三) 당부(當付)ᄒ며 경계(警戒)ᄒ니 공
ᄌᆞ(公子ㅣ) 흔연(欣然)이 슌슌(順順) 응ᄃᆡ(應對)ᄒ다가 믈너나 은연
(隱然)⁴²⁶⁾이 녜ᄃᆡ로 쥬ᄉᆡᆨ(酒色)의 잠겨시니,

한님(翰林)이 공ᄌᆞ(公子)를 경계(警戒)ᄒ고 문졍공다려 닐오고 깃
거ᄒ거늘 공(公)이 입으로 말을 아니나 밋지 아냐 ᄆᆞ음의 슬피기를
겨규(稽揆)⁴²⁷⁾ᄒ더니,

일일(一日)은 두로 훗거러 별원(別園)에 니ᄅᆞ니, 원ᄂᆡ(元來) 이 별
원(別園)은 니부(李府) 동편(東便)에 이시니 집이 십여(十餘) 간(間)
이나 ᄒᆞᆫ 곳에 방(房)이

업셔 널은 쳥(廳)ᄲᆞᆫ이니 원ᄂᆡ(元來) 태ᄉᆞ공(太師公) 하리(下吏) 쳥

---

425) 황구소ᄋ(黃口小兒): 황구소아. 부리가 누런 새 새끼처럼 어린아이.

426) 은연(隱然): 숨기는 모양.

427) 겨규(稽揆): 계규. 살피고 헤아림.

(廳)으로 태亽(太師 ㅣ) 기셰(棄世)흔 후(後) 승샹(丞相)이 빈하리(輩
下吏)428)를 다 각부(各部)에 올니고 그곳을 뷔여 두니 뒷글이 오목
ᄒᆞ야 사롬이 가지 아니ᄒᆞᄂᆞᆫ 곳이로ᄃᆡ 그 벽샹(壁上)의 태亽(太師) 신
임(信任)ᄒᆞ던 하리(下吏) 쇼쳥이 고리(故吏)429)에 ᄌᆞ식(子息)으로 얼
골이 곱고 글을 잘ᄒᆞ며 겸(兼)ᄒᆞ야 셔화(書畫)를 졀묘(絶妙)히 ᄒᆞ므
로 고금(古今) 셔화(書畫)를 본(本)밧아 ᄌᆞ옥히 그려시니 싱긔(生氣)
발월(發越)ᄒᆞ니 이러므로 하람공 형뎨(兄弟) 잇나감 가 보더니 이닐
문졍공이 그곳에 니ᄅᆞ니 몽한이 창녀(娼女)를 녑녑(獵獵)히430) ᄭᅵ고
닐압(昵狎)431)ᄒᆞ며 가관(歌管)432) 금슬(琴瑟)을 농(弄)ᄒᆞ거늘, 공(公)
이 놀나고 히연(駭然)ᄒᆞ야 믁연(默然)이 볼 ᄯᆞ룸이니 몽한이 의외(意
外)에 공(公)을 보고 대경(大驚)

- - -

91면

ᄒᆞ야 연망(連忙)433)이 니러나 맛거늘 공(公)이 졍ᄉᆡᆨ(正色)고 좌우(左
右)를 블너 졔창(諸娼)을 다 결박(結縛)ᄒᆞ여 쳥녕(聽令)434)ᄒᆞ라 ᄒᆞ고
도라 몽한다려 굴오ᄃᆡ,

"금일(今日) 현뎨(賢弟)의 거동(擧動)을 보니 만히 가셩(家聲)435)

---

428) 빈하리(輩下吏): 배하리. 뭇 하리.

429) 고리(故吏): 옛 아전.

430) 녑녑(獵獵)히: 엽렵히. 가볍게.

431) 닐압(昵狎): 일압. 친근하게 대하며 태도가 가벼움.

432) 가관(歌管): 노래와 악기를 아울러 이르는 말.

433) 연망(連忙): 황급한 모양.

434) 쳥녕(聽令): 청령. 명령을 들음.

435) 가셩(家聲): 가성. 가문의 명성.

을 츄락(墜落)ᄒ니 마지못ᄒ야 야야(爺爺)긔 ᄒ 번(番) 고(告)ᄒ기를 면(免)치 못ᄒᄂ니 힝(幸)혀 용샤(容赦)ᄒ라."

셜파(說罷)에 ᄉ미를 ᄹ치고 도라와 한님(翰林)다려 닐오고 글오디,

"빅영436)이 당당(堂堂)ᄒ 샹문(相門) 공ᄌ(公子)로 빅쥬(白晝)의 천인(賤人)으로 몸을 결워 뭇글 가온디 구으니 이ᄂ 슉부(叔父) 청덕(淸德)을 ᄹ러바리미라. 쟝ᄎᆺ(將次人) 야야(爺爺)긔 고(告)ᄒ고 션쳐(善處)코ᄌ ᄒᄂ니 현뎨(賢弟) 뜻은 엇지코ᄌ ᄒᄂ뇨?"

한님(翰林)이 놀나 글오디,

"젼일(前日) 쇼뎨(小弟) 됴용이 경계(警戒)ᄒ니 흔연(欣然)이 조ᄎ믈 닐오더니

• • •

92면

쏘 엇지 이럴 줄 알니오? 만일(萬一) 바려둔즉 후일(後日)이 두리오니 가(可)히 빅부(伯父)긔 고(告)ᄒ고 다ᄉ릴 거시니이다."

인(因)ᄒ야 눈믈을 흘니고 셔헌(書軒)의 나아가 승샹(丞相)긔 ᄉ연(事緣)을 ᄌ시 고(告)ᄒ니 승샹(丞相)이 청파(聽罷)에 대경(大驚)ᄒ야 이윽이 말이 업더니 글오디,

"네 아비 너희 형뎨(兄弟)를 ᄭ쳐 신후ᄉ(身後嗣)의 즁(重)ᄒ미 여등(汝等)의게 잇거늘 내 블초(不肖)ᄒ야 몽한을 가ᄅ치지 못ᄒ야 이런 일이 이시니 엇지 붓그럽지 아니리오?"

셜파(說罷)에 감분(感憤)437)ᄒ ᄉ쉭(辭色)이 낫 우희 어릭여 하리(下吏)를 치뎡(採精)438)ᄒ야 공ᄌ(公子)의 풍믈(風物) 소임(所任)ᄒᄂ

---

436) 빅영: 백영. 이몽한의 자(字).

437) 감분(感憤): 마음속 깊이 분함을 느낌.

창녀(娼女)를 다 결장(決杖)ᄒ야 교방(敎坊)의 닐홈을 써히고 머니 닉치고 공ᄌ(公子)를 블너 좌(座)에 다ᄃ르미 닐너 글오되,

"너히 죄(罪) 금일(今日)

•••

93면

듕장(重杖)을 면(免)지 못홀 거시로되 네 아비 샹시(常時) 니를 민금지보(萬金之寶)[439]로 알아 일시(一時)도 손에 놋치 못ᄒ던 거동(擧動)을 싱각ᄒ니 내 심장(心臟)이 버히ᄂ 듯ᄒ야 죄(罪)를 주지 아니ᄒ거니와 네 몸을 앗기미 아니오, 내 약(弱)ᄒ미 아니니 네 ᄎ후(此後)나 ᄆᆞ음을 닷가 니시(李氏) 명풍(名風)을 써러바리지 말나."

문한이 의외(意外)에 ᄌ긔(自己) 소힝(所行)이 픽루(敗漏)[440]ᄒ야 승샹(丞相)의 쳐치(處置) 이러ᄒ고 ᄌ가(自家)를 딕(對)ᄒ야 말솜이 이러틋 엄졍(嚴正)ᄒ니 황공(惶恐)ᄒ미 욕ᄉ무지(欲死無地)[441]ᄒ니 다만 샤죄(謝罪)홀 ᄯᆞᆫ이러라.

ᄎ후(此後) 승샹(丞相)이 각별(各別) 가칙(加責)[442]ᄒᄂ 일이 업ᄉ되 공ᄌ(公子)를 감(敢)히 겻흘 써나게 못 ᄒ니 공지(公子ㅣ) 감(敢)히 본(本)긔운을 닉여 부리지 못ᄒ야 머리를 움치고 고요히 드러시니 심

---

438) 치뎡(採精): 채정. 정예를 가림.

439) 만금지보(萬金之寶): 만금의 값어치가 있는 보배라는 뜻으로 매우 귀함을 이름.

440) 픽루(敗漏): 패루. 일이 드러남.

441) 욕ᄉ무지(欲死無地): 욕사무지. 죽으려 해도 죽을 땅이 없음.

442) 가칙(加責): 가책. 책망을 더함.

시(心思ㅣ) 울울(鬱鬱)ㅎ미 도로혀 병(病)이 되여 옥안(玉顔)이 초췌(憔悴)ㅎ더니,

승샹(丞相)이 너비 구(求)ㅎ야 녜부좌시랑(禮部左侍郞) 심언슈의 데삼녀(第三女)로 셩친(成親)ㅎ니 심 시(氏) 옥용월틱(玉容月態)[443] 화월(花月)을 니길지라. 뉴 부인(夫人)과 승샹(丞相)이 경희(驚喜)ㅎ 즁(中) 새로이 무평[444]빅을 싱각ㅎ야 슬푼 눈믈이 각각 스믜를 젹시니 뎌옥 셜 부인(夫人)과 한님(翰林)의 비회(悲懷)를 닐오리오. 탄셩톄읍(呑聲涕泣)[445]ㅎ믈 마지아니ㅎ더라.

심 시(氏) 얼골이 초월(超越)ㅎ고 힝시(行事ㅣ) 특츌(特出)ㅎ야 당금(當今)에 독보(獨步)ㅎ니 셜 부인(夫人)이 슬푼 즁(中) 지극(至極)히 스랑ㅎ고 승샹(丞相)이 더옥 슬허 이련(愛憐)[446]ㅎ믈 친즈부(親子婦)ᄀ치 ㅎ고 공지(公子ㅣ) 즁딕(重待) 산희(山海) ᄀ퇴야 슈유블니(須臾不離)[447]ㅎ니 승샹(丞相)이 그 금슬(琴瑟)의 화(和)ㅎ믈 깃거ㅎ고 심 시(氏) 쪼흔 녜도(禮度)

로 싱(生)을 인도(引導)ㅎ니 싱(生)이 쪼흔 온즁졍대(穩重正大)[448]ㅎ

---

443) 옥용월틱(玉容月態): 옥용월태. 옥과 달처럼 아름다운 용모.
444) 평: [교] 원문에는 '령'으로 되어 있으나 앞의 예를 따라 이와 같이 수정함.
445) 탄셩톄읍(呑聲涕泣): 탄성체읍. 소리 없이 눈물을 흘림.
446) 이련(愛憐): 애련. 사랑하고 불쌍히 여김.
447) 슈유블니(須臾不離): 수유불리. 잠시도 떨어져 있지 않음.

야 오릭 취졸(取拙)[449]이 업더니,

일일(一日)은 외가(外家)에 갓다가 친우(親友) 최싱쟈(-生者)를 맛
나니 최싱(-生)이 싱(生)을 닛글고 챵누(娼樓)에 올나 즐길식 초요월
안(楚腰越顔)[450]이 다 모다 각각(各各) 교틱(嬌態)를 먹음고 금슬(琴
瑟)을 일시(一時)에 주(奏)ᄒ니 싱(生)이 이런 화사(華奢)[451]를 보지
아냣다가 그윽이 됴히 넉여 흔연(欣然)이 쥬찬(酒饌)을 하져(下
箸)[452]ᄒ며 져부도록 흥낙(興樂)[453]ᄒ다가 취운이란 챵녀(娼女)를
갓가이ᄒ야 대혹(大惑)[454]ᄒ야 의식(意思ㅣ) 밋칠 듯ᄒ야 삼(三) 일
(日)을 씌고 연낙(宴樂)ᄒ다가 도라오니,

승샹(丞相)이 갓던 곳을 뭇거늘 싱(生)이 되왈(對曰),

"외죄(外祖ㅣ) 만뉴(挽留)ᄒ시니 이졔야 오이다."

ᄒ니 승샹(丞相)이 비록 의려(疑慮)ᄒ나 싱(生)이 즉금(卽今) 심 시
(氏)로 더브러 신정(新情)이

• • •

96면

지극(至極)ᄒ고 쏘 쳥누(靑樓)의 단니ᄂᆞᆫ 줄은 쳔만몽믹(千萬夢寐) 밧

---

448) 온즁졍대(穩重正大): 온중정대. 성격이 조용하고 침착하며 공명정대함.

449) 취졸(取拙): 취졸. 졸렬한 행동을 취함.

450) 초요월안(楚腰越顔): 초요와 월안 모두 미녀를 가리킴. 초요는 초나라 여자의 허리
라는 뜻으로 초(楚)나라 영왕(靈王)이 허리가 가는 미인을 좋아했다는 고사에서 나
온 말이고, 월안(越顔)은 월나라 여자의 얼굴이라는 뜻으로 월나라의 서시(西施)를
가리킴.

451) 화사(華奢): 화사. 화려하고 사치함.

452) 햐져(下箸): 하저. 젓가락을 댄다는 뜻으로, 음식 먹음을 이름.

453) 흥낙(興樂): 흥락. 흥이 나게 즐김.

454) 대혹(大惑): 크게 미혹됨.

긴 고(故)로 ᄉ식(辭色)지 아니나 싱(生)이 그 슉부(叔父)를 두려 ᄎ
후(此後) 혼 의ᄉ(意思)를 싱각고 져녁에 의구(依舊)이 혼졍(昏定)을
파(罷)ᄒ고 남 보는 딕는 심 시(氏) 침소(寢所)로 가는 쳬ᄒ다가 몸
을 쌔혀 쥬루(酒樓)의 가 취운으로 더브러 ᄌ고 계명(鷄鳴)에 도라오
니 뉘 알니오.

　싱(生)이 졈졈(漸漸) 외입(外入)ᄒ야 취운으로 더부러 음쥬(飮酒)
ᄒ는 즁(中) 창녜(娼女ㅣ)란 거시 녜ᄉ(例事) 하로 딕졉(待接)ᄒ고 일
야(一夜) ᄌ는 갑시 빅은(白銀)이 삼십(三十) 금(金)의 넘는 고(故)로
창뫼(娼母ㅣ) 져 니(李) 공ᄌ(公子ㅣ) 호가(豪家) ᄌ뎬(子弟ᆝ) 쥴 알
고 ᄉ십(四十) 금(金)에 올녀 징식(徵索)[455]ᄒ니 싱(生)이 달니 어들
길은 업고 익구진 심 시(氏) 침소(寢所)의 가 쥬옥보픽(珠玉寶貝)[456]
를 주어 날나 빅금(白金) 짠 것도 십(十) 금(金)의 쳐 주니 긴 날

97면

에 옥ᄌ(玉簪),[457] 옥환(玉環),[458] 옥뇨(玉瑔),[459] 옥픽(玉佩)[460] 뉴
(類)를 다 진슈(盡數)히[461] 닉여다가 진(盡)혼 후(後)에 의복(衣服)을
닉라 ᄒ니 심 시(氏) 참지 못ᄒ야 졍식(正色)고 글오딕,

　"젼후(前後) ᄌ쟝(資粧)[462]이 다 쳡(妾)의 거시 아냐 슉모(叔母)와

---

455) 징식(徵索): 징색. 세금 따위를 내놓으라고 요구함.
456) 쥬옥보픽(珠玉寶貝): 주옥보배. 옥과 보배.
457) 옥ᄌ(玉簪): 옥잠. 옥비녀.
458) 옥환(玉環): 옥가락지.
459) 옥뇨(玉瑔): 옥료. 옥으로 만든 장식으로, 여성 장신구의 일종. 펜던트와 유사함.
460) 옥픽(玉佩): 옥패. 옥노리개.
461) 진슈(盡數)히: 진수히. 모두.

존고(尊姑ㅣ) ᄒᆞ여 주신 거시니 ᄎᆞᄌᆞ실진ᄃᆡ 엇지ᄒᆞ리잇고?"

싱(生)이 손 져어 글오ᄃᆡ,

"그ᄃᆡᄂᆞᆫ 잠잠(潛潛)ᄒᆞ라. 내 오라지 아냐 청운(靑雲)을 더위잡아 옥계(玉階)에 올은즉 의식(衣食) ᄌᆞ장(資粧)이 이 두 블노 갑ᄒᆞ리라."

심 시(氏) ᄆᆞᄋᆞᆷ에 블안(不安)ᄒᆞ고 져의 ᄒᆡᆼᄉᆞ(行事)를 픠려(悖戾)이 넉이나 녀ᄌᆡ(女子ㅣ) 되여 지아븨 단쳐(短處)를 남다려 닐오미 덕(德)이 아닌 고(故)로 잠잠(潛潛)고 나종을 보려 ᄒᆞ미러라.

싱(生)이 월여(月餘)의 심 시(氏) 의복(衣服)을 다 ᄂᆡ여 가니, 일야(一夜)ᄂᆞᆫ 심 시(氏) 유뫼(乳母ㅣ) 근심ᄒᆞ야 글오ᄃᆡ,

"샹공(相公) ᄒᆡᆼ식(行事ㅣ) 져러ᄐᆞᆺ 외입(外入)ᄒᆞ실 ᄲᅮᆫ 아냐 쇼져(小姐)

• • •

98면

의 ᄌᆞ장(資粧)을 다 ᄂᆡ여 가니 타일(他日) 정당(正堂)이 ᄎᆞᄌᆞ실진ᄃᆡ 엇지ᄒᆞ리잇가?"

심 시(氏) 미소(微笑) 왈(曰),

"내 몸을 판들 가뷔(家夫ㅣ) 하ᄂᆞᆫ 일을 엇지ᄒᆞ리오? 어미ᄂᆞᆫ 언필찰(言必察)463)ᄒᆞ야 방인(傍人)의 귀에 가게 말나."

유뫼(乳母ㅣ) ᄆᆞᆨ연(默然)이러니 맛ᄎᆞᆷ 소 부인(夫人) 녀ᄋᆞ(女兒) 일쥬 쇼졔(小姐ㅣ) 빅화각에 가 혼뎡(昏定)ᄒᆞ고 모부인(母夫人) 침소(寢所)로 가다가 ᄎᆞ언(此言)을 다 듯고 ᄆᆞᆰ은 총명(聰明)의 크게 의심(疑心)ᄒᆞ야 이에 쥭믜각에 도라오니 문정공이 이에 드러와 안셕(案

---

462) ᄌᆞ장(資粧): 자장. 여자가 치장하는 데 쓰는 물건들.

463) 언필찰(言必察): 말을 반드시 살펴서 함.

席)에 비겨 부인(夫人)으로 말숨ᄒ더니 쇼져(小姐)의 묽은 용뫼(容貌
ㅣ) 암실(暗室)이 붉으믈 보고 새로이 ᄉ랑ᄒ야 나호여 무릅 우히 안
치고 두굿겨 ᄀᆯ오ᄃᆡ,

"녀익(女兒ㅣ) 어미도곤 나흐니 어셔 ᄌ라 군ᄌ(君子)를 어더 호구
(好逑)를 숨으리오?"

이에 부인(夫人)을 향(向)ᄒ야 소왈(笑曰),

"녀ᄋ(女兒)의

● ● ●

99면

거동(擧動)이 엇더ᄒ야 뵈ᄂ뇨?"

부인(夫人)이 냥구(良久) 후(後) 답왈(答曰),

"군ᄌ(君子ㅣ) 너모 이릭[464]를 밧아 녀힝(女行)을 모로니 흠(欠)이
로소이다."

공(公)이 웃고 왈(曰),

"녀익(女兒ㅣ) 녀힝(女行)을 아ᄅ미 부인(夫人)만 홀 거시니 근심
말나."

쇼제(小姐ㅣ) 부모(父母)의 말이 긋치신 후(後) 드른 말을 고(告)ᄒ
니 공(公)이 놀나 침음(沈吟)ᄒ다가 ᄀᆯ오ᄃᆡ,

"빅영이 반다시 쥬루(酒樓)에 단니ᄂ가 시부니 엇지 한심(寒心)치
아니리오? 이 일이 그만ᄒ야 두지 못ᄒ리라."

ᄒ고 이튼날 승샹(丞相)긔 가만이 이 말을 고(告)ᄒ니, 승샹(丞相)
이 청파(聽罷)에 경희(驚駭)ᄒ야 잠잠(潛潛)코 말을 아니ᄒ더니,

---

464) 이릭: 사랑.

츠야(此夜)의 뎡 부인(夫人) 방즁(房中)에 드러가 시녀(侍女)로 ㅎ
야금 심 시(氏) 침소(寢所)의 가 몽한을 블너오라 ㅎ니 시녜(侍女ㅣ)
가더니 도라와 굴오딕,

"아니 계시더이다."

승샹(丞相)

● ● ●

100면

이 믄득 밧그로 나가 셔뎨(庶弟) 문셩을 블너 쥬루(酒樓)의 가 몽한
을 블너오라 ㅎ니 문셩이 승명(承命)ㅎ야 쥬루(酒樓)에 니르니 몽한
이 바야흐로 심 시(氏)의 홍금샹(紅錦裳)465)을 가져가 챵모(娼母)를
주고 술을 거후르며 취운을 끼고 흥(興)이 놉핫거늘 문셩이 가이업
시 넉여 즉시(卽時) 나아가 혼동466)ㅎ야 굴오딕,

"공직(公子ㅣ)야, 이 엇진 일이니잇가? 대노애(大老爺ㅣ) 브르시ᄂ
이다."

공직(公子ㅣ) 문셩을 보고 크게 놀나 밧비 비러 닐오딕,

"아즈비는 내 이에 잇더라 ㅎ고 슉부(叔父)긔 고(告)치 말나."

문셩 왈(曰),

"노애(老爺ㅣ) 발셔 알으시고 날을 명(命)ㅎ야 블너오라 ㅎ시니 줌
줌(潛潛)코 가샤이다."

공직(公子ㅣ) 홀일업셔 문셩을 조초 니르러 승샹(丞相)긔 뵈니 승
샹이 한셜(閒說)을 아니코 겻히셔

---

465) 홍금샹(紅錦裳): 홍금상. 붉은 비단 치마.
466) 혼동: '부름'의 의미인 듯하나 미상임.

조라 ᄒ니 공ᄌ(公子ㅣ) 방심(放心)ᄒ야 이에 잇더니,

이튼날 승샹(丞相)이 ᄂᆡ당(內堂)에 드러가 심 시(氏)를 블너 싱(生)
의 가져간 거슬 믈목(物目)⁴⁶⁷⁾ᄒ야 젹어 ᄂᆡ라 ᄒ니 심 시(氏) 뉘 녕
(令)이라 거슬니오. 연망(連忙)이 복슈(伏首)ᄒ야 고(告)ᄒᄃᆡ,

"슉당(叔堂)과 존괴(尊姑ㅣ) 주신 거시 다 업ᄉ니 그 발긔(-記)⁴⁶⁸⁾
를 보시면 알으실 거시니 새로이 믈목(物目)ᄒᆞᆯ 일이 업ᄂᆞ이다."

승샹(丞相)이 손녀(孫女) 미쥬 쇼져(小姐)를 블너 당초(當初) 심 시
(氏) 준 발긔(-記)를 ᄂᆡ여 와 보니 의복(衣服) ᄌ장(資粧)이 슈만(數
萬) 금(金)이 넘은지라. 어이업셔 말을 아니코 외당(外堂)에 나와 취
운을 잡아 발긔(-記) 가온ᄃᆡ 거슬 다 져(罪)주어 뭇고 챵두(蒼頭)를
보ᄂᆡ여 누즁(樓中)을 뒤니 챵뫼(娼母ㅣ) 발셔 팔아 공ᄌ(公子)의 ᄌ
실 것 ᄒ야시니 판 곳에 가 믈니ᄌ ᄒ니 챵뒤(蒼頭ㅣ)

도라가 고(告)ᄒ니, 승샹(丞相)이 그 족하의 아름답지 아닌 말이 ᄂᆡ
니(隣里) 시샹(市上)의 퍼지믈 ᄎᆞ마 못 ᄒ야 다만 취운과 챵모(娼母)
를 결장(決杖)ᄒ야 원디(遠地)에 ᄂᆡ치고 그 누(樓)를 허러 구외(構
外)⁴⁶⁹⁾로 드리고,

---

467) 믈목(物目): 물목. 물건의 목록.
468) 발긔(-記): 발기. 사람이나 물건의 이름을 죽 적어 놓은 글.
469) 구외(構外): 큰 건물이나 시설 또는 부지의 밖.

가연이 스미를 떨쳐 닉당(內堂)에 드러가 뉴 부인(夫人)긔 젼후(前後) 곡졀(曲折)을 고(告)ᄒ고 눈믈을 머금어 왈(曰),

"즈희[470] 샹시(常時) 몽한을 귀즁(貴重)ᄒ미 졔 몸도곤 더은가 넉이던 졍(情)을 싱각ᄒ니 히이(孩兒ㅣ) 새로이 ᄆᆞ음이 지향(指向)치 못ᄒ나 졔 인뉴(人類ㅣ) 못 되게 ᄒ여시니 다ᄉ리기를 마지못ᄒᆞᆯ쇼이다."

뉴 부인(夫人)이 탄식(歎息) 왈(曰),

"내 ᄆᆞ음이 역시(亦是) 비졀(悲絶)ᄒ니 너ᄂᆞᆫ 뭇지 말고 엄(嚴)히 다ᄉ려 아뷔게 욕(辱)이 밋게 말나."

승샹(丞相)이 슈명(受命)ᄒ고 믈너 셜 부인(夫人) 침

• • •

103면

소(寢所)에 니르니 부인(夫人)이 니러 마ᄌ 몽한의 블초(不肖)ᄒ믈 샤례(謝禮)ᄒ거ᄂᆞᆯ, 승샹(丞相)이 ᄃᆡ왈(對曰),

"몽한의 블초(不肖)ᄒ미 다 쇼싱(小生)이 가ᄅᆞ치지 못ᄒ미라. 죽은 동싱(同生)을 져바리미 심(甚)ᄒ니 몬져 슈슈(嫂嫂)긔 죄(罪)를 쳥(請)ᄒ고 몽한을 치쳑(治責)[471]고ᄌ ᄒᆞᆸᄂᆞ니 삼가 명(命)을 쳥(請)ᄒᄂᆞ이다."

셜 부인(夫人)이 놀나 홀연(忽然) 빵뉘(雙淚ㅣ) 비 ᄀᆞᆺᄐᆞ야 글오ᄃᆡ,

"졔 죄(罪)ᄂᆞᆫ 슈ᄉ난쇽(雖死難贖)[472]이나 망부(亡父)의 귀즁(貴重)ᄒ던 ᄆᆞ음이 일시(一時)를 슬샹(膝上)의 ᄂᆞ리오지 못ᄒ던 거시니 이

---

470) 즈희: 자희. 이한성의 자(字).

471) 치쳑(治責): 치책. 다스려 꾸짖음.

472) 슈ᄉ난쇽(雖死難贖): 수사난속. 비록 죽어도 속죄하기가 어려움.

번은 샤(赦)ᄒ시미 힝심(幸甚)토소이다."

승샹(丞相)이 낫빗츨 졍(正)히 ᄒ고 긔운을 화(和)히 ᄒ야 딕왈(對曰),

"쇼싱(小生)이 블민(不敏)ᄒ나 엇지 이를 싱각지 못하리잇고? 젼일(前日) 죄샹(罪狀)이 ᄌ못 가셩(家聲)을 튜락(墜落)ᄒ여시니 그쩌 잠간(暫間) 칙(責)ᄒᄂ

일이 잇ᄉᆞ더면 이런 히괴(駭怪)ᄒᆞᆫ 거죠(擧措ㅣ) 업슬 거슬 그쩌 잠잠(潛潛)ᄒ니 제 ᄆᆞᄋᆞᆷ이 믄득 방ᄌ(放恣)ᄒ야 군ᄌ(君子)의 닐넘 즉지 아니ᄒ나 쳐ᄌ(妻子)의 ᄌ장(資粧)을 훗터시니 이ᄂ 그져 두지 못홀 거시오, 제 샹문(相門) 공ᄌ(公子)로 야반(夜半)에 창누(娼樓)로 분쥬(奔走)ᄒ니 이졔 바려둔죽 후일(後日)이 두리온지라. 쇼싱(小生)이 무샹(無狀)ᄒ나 제 몸 앗기미 슈슈(嫂嫂)긔 ᄂᆞ리지 아니ᄒ오리니 다시 명(命)을 쳥(請)ᄒᄂ이다."

셜 부인(夫人)이 슬피 울고 말을 못 ᄒ다가 냥구(良久) 후(後) ᄀᆞᆯ오ᄃᆡ,

"이후(以後) 그ᄅᆞ미 잇거든 쳡(妾)이 스스로 죄(罪)를 당(當)ᄒ리니 이번은 그만ᄒ야 믈시(勿施)[473]ᄒ시미 원(願)이로쇼이다."

승샹(丞相)이 홀연(忽然) 웃고 샤례(謝禮) 왈(曰),

"쇼싱(小生)이 슈슈(嫂嫂)의 명(命)을 거역(拒逆)ᄒᆫ 죄(罪)로 죄(罪)에 나아가려니와 ᄎ(此)ᄂ 결연(決然)이

___
473) 믈시(勿施): 물시. 베풀지 맒.

그져 두어 죽은 아ᄋ와 션친(先親)긔 블회(不孝ㅣ) 비경(非輕)ᄒ474)

리니 슈슈(嫂嫂)ᄂ 슬피소셔."

셜파(說罷)에 완연(宛然)이 깃거 아냐 가연이 니러 나와 셔헌(書

軒)에 좌(坐)ᄒᆫ 후 좌우(左右)를 명(命)ᄒ야 몽한을 잡아 ᄂ리와 결박

(結縛)ᄒ고 슈죄(數罪)475)ᄒ야 글오ᄃᆡ,

"네 팔ᄌᆡ(八字ㅣ) 무상(無常)ᄒ야 아비를 즁도(中途)에 여희고 혈

혈(孑孒) 편모슬하(偏母膝下)에 이셔 무어시 호화(豪華)코 즐거워 어

린 ᄋ희(兒孩) 챵녀(娼女)를 유졍(有情)ᄒ고 흑업(學業)을 젼폐(全廢)

ᄒ니 그 죄(罪) 즁(重)ᄒ되 네 아비를 싱각ᄒ야 그 죄(罪)를 샤(赦)ᄒ

니 네 일분(一分)이나 인심(人心)이 이실진ᄃᆡ 내 ᄆᆞ음을 아라 곳치미

올커ᄂᆞᆯ 엇진 고(故)로 조강졍실(糟糠正室)476)을 나모라고 쳥누(靑樓)

폐간(弊間)477)에 쥬인(主人)이 되여 다못 아ᄌᆞ미와 편뫼(偏母ㅣ) 닐

워 안히 준 ᄌᆞ장(資粧)을 다

ᄂᆡ여 가고 군ᄌᆡ(君子ㅣ) 혼야(昏夜)에 분쥬(奔走)ᄒ야 아ᄌᆞ비를 몰ᄂᆡ

---

474) ᄒ: [교] 원문에는 이 앞에 '치못'이 있으나 문맥을 고려하여 국도본(19:112)을 따
라 삭제함.

475) 슈죄(數罪): 수죄. 죄를 하나하나 따짐.

476) 조강졍실(糟糠正室): 조강정실. 가난한 시절에 지게미와 쌀겨를 먹으며 함께 지낸
정실.

477) 폐간(弊間): 더러운 집.

고 미싁(美色)을 ᄎᆞᄌᆞ리오? 네 만일(萬一) 금일(今日) 슐이 알파 개과
(改過)ᄒᆞ미 이실진ᄃᆡ 부즁(府中)에 머무르고 종시(終是) 개과(改過)
ᄒᆞ미 업슬진ᄃᆡ 나의 싱젼(生前)은 내 눈에 뵈지 못ᄒᆞ리라."

셜파(說罷)에 고찰(考察)ᄒᆞ야 십여(十餘) 쟝(杖)을 쳐 ᄯᅳ어 늬치고
바야흐로 슬푼 눈믈이 옷깃싀 니음ᄎᆞ 니로ᄃᆡ,

"제 아비 이실진ᄃᆡ 치죄(治罪)ᄒᆞ미 이도곤 더으나 내 ᄆᆞᄋᆞᆷ이 엇지
블안(不安)ᄒᆞ리오마ᄂᆞᆫ ᄌᆞ희ᄂᆞᆫ 구원(九原)의셔 이런 일을 모로고 슬
히 ᄶᅥ러지믈 엇지 셜워 아니리오?"

셜파(說罷)에 입으로조ᄎᆞ 피를 토(吐)ᄒᆞ고 것구러지니 졔ᄌᆡ(諸子
ㅣ) 황망(慌忙)이 구호(救護)ᄒᆞ야 반향(半晌) 후(後) 겨유 ᄭᆡ니 눈믈
을 흘니고 셜 부인(夫人) 당즁(堂中)의 가 역명(逆命)ᄒᆞ믈 쳥죄(請罪)
ᄒᆞ미

107면

눈믈이 만면(滿面)ᄒᆞ야 말을 닐우지 못ᄒᆞ니 셜 부인(夫人)이 울고 샤
례(謝禮) 왈(曰),

"쳡(妾)이 적은 ᄉᆞ졍(私情)으로 몽ᄋᆞ(-兒)를 앗기미 이시나 녀ᄌᆞ(女
子)의 협냥(狹量)478)을 슉슉(叔叔)이 개회(介懷)치 아니샤 다ᄉᆞ리시
미 올ᄉᆞ오니 엇지 쳥죄(請罪)ᄒᆞ실 비리잇고?"

승샹(丞相)이 기리 한슘 지고 ᄯᅩ 사례(謝禮)ᄒᆞ고 위로(慰勞)ᄒᆞ며
ᄃᆞᆯ녀와 문졍공 등(等)을 명(命)ᄒᆞ야 의약(醫藥)을 극진(極盡)이 ᄀᆞᆺ초
아 몽한을 구호(救護)ᄒᆞ며 셜 부인(夫人)을 관회(寬懷)ᄒᆞ야 만ᄉᆞ(萬

---

478) 협냥(狹量): 협량. 좁은 도량.

事)의 ᄆᆞ음을 다 쓰니 신식(神色)이 환탈(換奪)[479]ᄒᆞ더라.

몽한이 슉부(叔父)의 칙(責)을 듯고 바야흐로 제 일이 그른 줄 씨ᄃᆞ다라 ᄆᆞ음을 널니ᄒᆞ야 병셰(病勢)를 됴호(調護)ᄒᆞ니 월여(月餘)의 향ᄎᆞ(向差)[480]ᄒᆞ야 니러나 하람공을 ᄃᆡ(對)ᄒᆞ야 눈믈을 흘니고 글오ᄃᆡ,

"쇼뎨(小弟) 무상(無狀)ᄒᆞ

• • •

108면

야 죄(罪)를 명교(名敎)[481]에 어드니 슉부(叔父)에 칙(責)하시미 올흐시니 엇지 한(恨)ᄒᆞ미 이시리잇고? 여러 씨 성졍(省定)을 폐(廢)ᄒᆞ고 모친(母親)긔 뵈완 지 오릭니 영모(永慕)ᄒᆞᄂᆞᆫ 졍(情)을 참지 못ᄒᆞᄂᆞ니 제형(諸兄) 등(等)은 이 졍ᄉᆞ(情事)를 고(告)하야 주소셔."

하람공 등(等) 졔인(諸人)이 어엿비 넉여 즉시(卽時) 드러가 승샹(丞相)긔 고(告)ᄒᆞ니 승샹(丞相)이 좌우(左右)로 몽한을 블오니 몽한이 드러와 고두(叩頭) 쳥죄(請罪)ᄒᆞ고 눈믈을 흘니니 승샹(丞相)이 손을 잡고 역시(亦是) 눈믈이 만면(滿面)ᄒᆞ야 오열(嗚咽)ᄒᆞ야 왈(曰),

"내 무상(無狀)ᄒᆞ야 너를 갈ᄋᆞ치지 못ᄒᆞ미 이신들 네 엇지 아비를 닛고 그른 곳에 ᄲᅢ져 니시(李氏) 쳥덕(淸德)을 써러바리ᄂᆞᆫ다? 이후(以後)나 힝실(行實)을 닥글진ᄃᆡ 네 아ᄌᆞ비 동싱(同生) 져바

---

479) 환탈(換奪): 전혀 딴사람처럼 됨.

480) 향ᄎᆞ(向差): 향차. 병이 나음.

481) 명교(名敎): 유교.

린 죄(罪)롤 면(免)홀가 ᄒ노라.”

싱(生)이 황공(惶恐)ᄒ고 슬허 고두(叩頭) 뉴톄(流涕) 왈(曰),

“쇼질(小姪)이 비록 무샹(無狀)ᄒ나 현마 ᄯ 그르미 이시리잇가?”

승샹(丞相)이 눈믈을 거두어 어로만져 ᄉ랑ᄒ미 평셕(平昔) ᄀᄐ니 싱(生)이 감오(感悟)ᄒ야 믈너나 셜 부인(夫人)긔 뵈오미 부인(夫人)이 슈히 나으믈 깃거ᄒ고 후일(後日)을 경계(警戒)ᄒ더라. 뉴 부인(夫人)긔 드러가 뵈오니 부인(夫人)이 무평482)빅을 싱각고 슬허ᄒ며 싱(生)을 졀칙(切責)483)ᄒ야 후일(後日)을 경계(警戒)ᄒ니,

싱(生)이 크게 ᄭ다라 이후(以後) 젼일(前日)을 회과ᄌ칙(悔過自責)484)ᄒ고 명년(明年)에 등뎨(登第)ᄒ야 벼슬을 태ᄌ소ᄉ(太子少師)가지 ᄒ고 한님(翰林)은 그 부친(父親) 벼슬을 승습(承襲)ᄒ니 승샹(丞相)이 셰월(歲月)이 오릴ᄉ록 슬허ᄒ며 한림(翰林) 등(等)을 무휼(撫恤)ᄒ미 ᄌ가(自家) 졔ᄌ(諸子)의 더

으고,

쇼뷔(少傅ㅣ) ᄯ흔 쟝ᄌ(長子) 몽셕과 ᄎ자(次子) 몽셩과 삼ᄌ(三子) 몽감, ᄉᄌ(四子) 몽영이 다 닙신(立身)ᄒ야 쳥직(淸職)에 거(居)

---

482) 평: [교] 원문에는 ‘령’으로 되어 있으나 앞의 예를 따라 이와 같이 수정함.
483) 졀칙(切責): 절책. 매우 꾸짖음.
484) 회과ᄌ칙(悔過自責): 회과자책. 잘못을 뉘우치고 스스로 책망함.

ᄒ고 쟝녀(長女)ᄂ 가 흑ᄉ(學士) 부인(夫人)이오 ᄎ녀(次女)ᄂ 뉴 시
랑(侍郞) 체(妻ㅣ)러라.

승샹(丞相) 형뎨(兄弟) ᄌ녀(子女)를 다 셩혼(成婚)ᄒ고 뉴 부인(夫
人)을 뫼셔 무궁(無窮)ᄒᆫ 복녹(福祿)을 누리디 일념(一念)이 태ᄉ(太
師ㅣ) 즁년(中年)의 기셰(棄世)흠과 무평485)빅을 싱각ᄒ야 쳑연(戚
然)치 아닐 적이 업더니 다 각각(各各) 쳔(千) 년(年)을 죵(終)ᄒ고
ᄌ손(子孫)이 면면부졀(綿綿不絶)486)ᄒ야 딕딕(代代)로 관쟉(官爵)이
긋지 아니ᄒ니 엇지 긔특(奇特)지 아니리오.

이ᄯᅴ 승샹(丞相) 막하(幕下) 긔실(記室) 뉴문한이 이부일긔(李府日
記)를 맛타 ᄒ니 외ᄉ(外事)를 모를 일이 업고 ᄂᆡ당(內堂) 긔실(記室)
옥한은 뉴문한의 얼ᄆᆡ(孼妹)라 냥인(兩人)이 니부(李府) ᄂᆡ외(內外)
일을 심심셰셰(深深細細)487)히 아ᄂᆞᆫ 고(故)로 가만이

∘••

111면

긔이(奇異)ᄒᆫ ᄉ적(事跡)을 벗겨 다른 곳에 감초와 후인(後人)이 알
게 ᄒ고ᄌ ᄒ디 승샹(丞相) 등(等)과 문졍공 등(等)이 이런 일을 됴
히 아니 넉이ᄂᆞᆫ 고(故)로 그 싱시(生時)에ᄂ 긔록(記錄)지 못ᄒ고 뉴
문한이 인(因)ᄒ야 죽은 후(後) 니부일긔(李府日記) 벗긴 거시 뉴문
한의 ᄌ손(子孫)의게 젼(傳)ᄒ야 ᄂᆞ려가더니, 늉경(隆慶)488) 황뎨(皇
帝) 적 셜최의 칠딕손(七大孫) 셜문이 급뎨(及第)ᄒ야 한님흑ᄉ(翰林

---

485) 평: [교] 원문에는 '령'으로 되어 있으나 앞의 예를 따라 이와 같이 수정함.
486) 면면부절(綿綿不絶): 면면부절. 계속 이어져 끊이지 않음.
487) 심심세세(深深細細): 심심세세. 깊고 자세함.
488) 늉경(隆慶): 융경. 중국 명나라 제13대 황제인 목종(穆宗) 때의 연호(1567~1572).

學士ㅣ) 되여 ᄉ긔(史記)를 닷글식 승샹(丞相)과 문졍공의 젼후(前
後) 대공(大功)과 튱셩(忠誠)이 고금(古今)에 업ᄉ니 셜문이 스ᄉ로
션조(先祖)의 혐원(嫌怨)489)을 싱각ᄒ야 붓슬 가지고 ᄉ긔(史記)를
쓰며 만일(萬一) 흔 말이나 니(李) 공(公) 간섭(干涉)흔 곳이 이시면
다 ᄲᅢ혀 바리니 뉴문한의 눅ᄃᆡ손(六大孫) 뉴형이 ᄯᅩᄒᆞᆫ 한님슈찬(翰
林修撰)으로 한가지로 잇더니

•••

112면

셜문의 거동(擧動)을 고이(怪異)히 넉여 글오ᄃᆡ,

"공(公)이 국가(國家) ᄉ긔(史記)를 지으며 니(李) 공(公) ᄀᆞᆺᄐᆞᆫ 현
샹(賢相)490)을 ᄲᅢ히ᄂᆞᆫ다?"

셜문 왈(問曰),

"니(李) 공(公)의 젼후(前後) 쳐ᄉᆞ(處事ㅣ) 너모 고금(古今)에 드믈
므로 도로혀 허탄(虛誕)키 ᄀᆞᆺ가오니 후인(後人)이 밋지 아니면 녁ᄃᆡ
(歷代) 경졔(經濟)491) 위덕(威德)이 ᄯᅩ 허ᄉᆞ(虛事ㅣ) 될 거신 고(故)
로 ᄲᅢ히노라."

뉴형이 셜문의 용심(用心)을 무상(無狀)이 넉여 힘써 헐ᄲᅮ리니492)
셜문이 노(怒)ᄒ야 진긔졍 등(等)을 쵹(囑)ᄒ야 뉴형을 양쥐 원찬(遠
竄)ᄒ니 뉴 한님(翰林)이 분(憤)을 먹음어 양쥐 니르러 모옥(茅屋)을
짓고 일월(日月)을 보ᄂᆡ며 심하(心下)에 니(李) 승샹(丞相) 명망(名

---

489) 혐원(嫌怨): 싫어하고 원망함.
490) 현샹(賢相): 현상. 어진 재상.
491) 경졔(經濟): 경제. 세상을 다스리고 백성을 구제함.
492) 헐ᄲᅮ리니: 헐뜯으니, 비방하니.

望)이 후세(後世)에 씐지믈 한(恨)ᄒ야 그 션조(先祖) 뉴문한의 끼친 니부일긔(李府日記)를 닉여 그 가온딕 긔이(奇異)ᄒᆫ 말만 ᄲᅢ혀 젼 (傳)을 지으딕

113면

문정공 몽챵이 쇼 시(氏)로 더브러 ᄲᅡ천(雙釧)의 긔특(奇特)이 합(合) ᄒᆞ믈 인(因)ᄒ야 슈졔(首題) '빵쳔긔봉(雙釧奇逢)'이라 ᄒ고 뇨 시랑 (侍郞) 부인(夫人) 빙셩을 ᄒᆫ 젼(傳)에 너혀 닐오려 ᄒ더니, 본토인 (本土人) 위한은 뇨 시랑(侍郞) 문긱(門客) 위봉의 ᄌ손(子孫)이라 위 봉이 일즉 뇨 시랑(侍郞) 은혜(恩惠)를 닙어 그 집 일긔(日記)를 맛 타 몰올 일이 업고 ᄯᅩ 북쥐빅 쟝ᄌ(長子) 몽셕의 둘ᄌᆡ부인(--夫人) 뇨 시(氏)ᄂᆞ 태샹(太常)의 아ᄋ로 허다(許多) ᄉ연(事緣)이 잇ᄂᆞ 고 (故)로 드딕여 젼(傳)을 지어 졔명(題名)ᄒᆞ딕 '몽셔화'라 ᄒ야 여러 권(卷) 칙(冊)을 닐워 두엇더니 위한이 뉴 한님(翰林)과 ᄉ괴여 단니 더니 빵쳔긔(雙釧奇) 닐오믈 보고 글오딕,

"범믈(凡物)이 여러 사ᄅᆞᆷ의 말을 드ᄅ미 번잡(煩雜)ᄒ니 내게 션죄 (先祖ㅣ) 끼치신 이러이러ᄒᆞ

114면

칙(冊)이 이시니 뇨 시랑(侍郞) 부인(夫人) 말은 ᄲᅢ히미 가(可)타."

ᄒ고 '몽셔화'를 가져와 뵈니 뉴 한님(翰林)이 그 문톄(文體)를 탄 복(歎服)ᄒ고 글오딕,

"문정공 졔ᄌ(諸子)와 하람공 졔ᄌ(諸子)의 ᄉ젹(事績)이 더 긔특

(奇特)ᄒ딕 이 젼(傳)이 너모 지리(支離)ᄒ니 별젼(別傳)을 닐워 후셰
(後世)에 젼(傳)ᄒ리라."

ᄒ고 '니시셰딕록(李氏世代錄)'을 지어 흥문 등(等) 형뎨(兄弟)와
셩문의 ᄉ형뎨(四兄弟)의 ᄉ연(事緣)과 경문의 본부모(本父母) 춧던
일이며 허다(許多) 긔긔(奇奇)ᄒ ᄉ젹(事跡)이 '셰딕록(世代錄)'의 다
ᄌ시 잇ᄂ니라. 뉴·위 이(二) 인(人)이 셰 가지 칙(冊)을 모든 딕 젼
(傳)ᄒ니 보ᄂ니 비록 니(李) 승샹(丞相) 위덕(威德)을 드러시나 이딕
도록 ᄒᄆ를 모로더니 바야흐로 긔특(奇特)이 넉여 닷토와 벗겨 집안
보빅를 ᄉᄆ으니라. 지어외국(至於外國)의ᄭ

••

115면

이 흘너가더라.

이 젼(傳)이 긋쳐져 무미(無尾)[493]ᄒ미 '셰딕록(世代錄)'에 잇ᄂ 연
괴(緣故ㅣ)니 후인(後人)이 '셰딕록(世代錄)'가지 ᄂ리 보와 긔긔(奇
奇)ᄒ ᄉ젹(事跡)을 ᄌ시 알나.

---

493) 무미(無尾): 끝나는 부분이 없음.

역자 해제

1. 머리말

<쌍천기봉>은 18세기에 창작된 것으로 추정되는 작가 미상의 국문 대하소설로, 중국 명나라 초기를 배경으로 남경, 개봉, 소흥, 북경 등 다양한 공간에서 벌어지는 사건을 그려낸 작품이다. '쌍천기봉(雙 釧奇逢)'은 '두 팔찌의 기이한 만남'이라는 뜻으로, 호방형 남주인공 이몽창과 여주인공 소월혜가 팔찌로 인연을 맺는다는 작품 속 서사를 제목으로 정한 것이다. 이현, 이관성, 이몽현 및 이몽창 등 이씨 집안의 3대에 걸친 이야기로, 역사적 사건을 작품의 앞과 뒤에 배치하고, 중간에 이들 인물들의 혼인담 및 부부 갈등, 부자 갈등, 처첩 갈등 등 한 가문에서 벌어질 수 있는 다양한 갈등을 소재로 서사를 구성하였다. 유교 이념인 충과 효가 전면에 부각되고 사대부 위주의 신분의식이 드러나 있으면서도, 이러한 이데올로기에 저항하는 인물들이 등장함으로써 작품에는 봉건과 반봉건의 팽팽한 길항 관계가 형성될 수 있었다.

2. 창작 시기 및 작가

<쌍천기봉>의 창작 연도는 정확히 알 수 없고, 다만 18세기에 창작되었을 것으로 추정할 뿐이다. 온양 정씨가 필사한 규장각 소장

<옥원재합기연>은 정조 10년(1786)에서 정조 14년(1790) 사이에 단계적으로 필사되었는데, 이 <옥원재합기연> 권14의 표지 안쪽에는 온양 정씨와 그 시가인 전주 이씨 집안에서 읽었을 것으로 보이는 소설의 목록이 적혀 있다. 그중에 <쌍천기봉>의 후편인 <이씨세대록>의 제명이 보인다.[1] 이 기록을 토대로 보면 <쌍천기봉>은 적어도 1786년 이전에 창작된 것으로 짐작할 수 있다.

또, 대하소설 가운데 초기본인 <소현성록> 연작(15권 15책, 이화여대 소장본)이 17세기 말 이전에 창작된바,[2] 그보다 분량과 등장인물의 수가 훨씬 많은 <쌍천기봉>은 <소현성록> 연작보다 후대의 작품일 가능성이 높다.

<쌍천기봉>의 작가를 확정할 만한 자료는 아직 발견되지 않았다. 작품 말미에 이씨 집안의 기록을 담당한 유문한이 <이부일기>를 지었고 그 6대손 유형이 기이한 사적만 빼어 <쌍천기봉>을 지었다고 나와 있으나 이는 이 작품이 허구가 아니라 사실임을 부각하기 위한 가탁(假託)일 가능성이 크다.

<쌍천기봉>의 작가는 확인할 수 없으나 작품의 수준과 서술시각을 고려하면 경서와 역사서, 소설을 두루 섭렵한 지식인이며, 신분의식이 강한 인물로 추정할 수 있다. <쌍천기봉>은 비록 국문으로 되어 있으나 문장이 조사나 어미를 제외하면 대개 한자어로 구성되어 있고, 전고(典故)의 인용이 빈번하다. 비록 대하소설 <완월회맹연>(180권 180책)에는 미치지 못하지만, 다른 유형의 고전소설에 비

---

1) 심경호, 「樂善齋本 小說의 先行本에 관한 一考察 - 온양정씨 필사본 <옥원재합기연>과 낙선재본 <옥원중회연>의 관계를 중심으로-」, 『정신문화연구』 38, 한국정신문화연구원, 1990.

2) 박영희, 「소현성록 연작 연구」, 이화여대 박사논문, 1994 참조.

하면 작가의 지식 수준이 매우 높은 편이다. <쌍천기봉>에는 또한 집안 내에서 처와 첩의 위계가 강조되고, 주인과 종의 차이가 부각되어 있으며, 사대부 집안이 환관 집안과 혼인할 수 없다는 인식도 드러나 있다. 이처럼 <쌍천기봉>의 작가는 학문적 소양을 갖추고 강한 신분의식을 지닌 사대부가의 일원으로 추정된다.

3. 이본 현황

<쌍천기봉>의 이본은 현재 국내에 2종, 해외에 3종이 있는 것으로 확인된다.[3] 국내에는 한국학중앙연구원(이하 한중연본)과 국립중앙도서관(이하 국도본)에 1종씩 소장되어 있고, 해외에는 러시아, 북한, 중국에 각각 소장되어 있는 것으로 알려져 있다.

한중연본은 예전 낙선재(樂善齋)에 소장되어 있던 국문 필사본으로 18권 18책, 매권 140면 내외, 총 2,406면이고 궁체로 되어 있다. 국도본은 국문 필사본으로 19권 19책, 매권 120면 내외, 총 2,347면이며 대개 궁체로 되어 있으나 군데군데 거친 여항체가 보인다. 두 이본을 비교한 결과 어느 본이 선본(善本) 혹은 선본(先本)이라고 말할 수는 없을 것 같다.[4] 축약이나 생략, 변개가 특정한 이본에서만 이루어져 있지 않기 때문이다.

러시아의 경우 상트페테르부르크레닌그라드 아시아민족연구소 아세톤(Aseton) 문고에 22권 22책의 필사본 1종이 소장되어 있고,[5] 북

---

3) 이하 이본 관련 논의는 장시광, 「쌍천기봉 연작 연구」, 서울대 석사논문, 1996, 6～21면을 참조하였다.

4) 기존 연구에서는 국도본을 선본(善本)이라 하였으나(위의 논문, 21면) 더욱 면밀한 검토가 필요하다.

5) О.П.Петрова, Описание Письменых Памятников Корейской Культуры, Москва: Издальство Асадемий Наук СССР, Выпуск1:1956, Выпуск2:1963.

한의 경우 일찍이 <쌍천기봉>을 두 권의 번역본으로 출간하며 22권의 판각본으로 소개한 바 있다.[6] 권1을 비교한 결과 아세톤 문고본과 북한본은 거의 동일한 본으로 보인다. 다만 북한에서 판각본이라 소개한 것은 필사본의 오기로 보인다. 한편, 중국에서 윤색한 <쌍천기봉>은 현재 미국 하버드대학교의 하버드-옌칭 연구소에서 확인할 수 있다고 한다.

필자가 직접 확인하지 못한 중국본을 제외한 4종의 이본을 검토해 보면, 국도본과 러시아본(북한본)은 친연성이 있는 반면, 한중연본은 다른 이본과의 친연성이 떨어진다.

4. 서사의 구성

<쌍천기봉>의 주인공은 두 팔찌를 인연으로 맺어지는 이몽창과 소월혜다. 특히 이몽창이 핵심인데, 작가는 그의 이야기를 작품의 한가운데에 절묘하게 배치해 놓았다. 전체 18권 중, 권7 중반부터 권14 초반까지가 이몽창 위주의 서사이다. 이몽창이 그 아내들인 상씨, 소월혜, 조제염과 혼인하고 갈등하는 이야기가 중심을 이루고 있다. 이몽창 서사의 앞에는 그의 형 이몽현이 효성 공주와 늑혼하고 정혼자였던 장옥경을 재실로 들이는 내용이 전개되고, 이몽창 서사의 뒤에는 이몽창의 여동생인 이빙성이 요익과 혼인하는 이야기가 이어진다.

작가는 이처럼 허구적 인물들의 서사를 작품의 전면에 내세우는 한편, 역사적 사건담으로 이들 서사를 둘러싸는 구성 방식을 취하고 있다. 즉, 작품의 전반부에는 명나라 초기 연왕(燕王)의 정난(靖難)

---

6) 오희복 윤색, <쌍천기봉>(상)(하), 민족출판사, 1983.

의 변을, 후반부에는 영종(英宗)이 에센에게 붙잡히는 토목(土木)의 변을 배치하였다. 그리고 이들 역사적 사건을 허구적 인물의 성격 내지 행위와 연관지음으로써 이들 사건이 서사에 자연스럽게 녹아들도록 하였다. 즉, 정난의 변은 이몽창의 조부 이현이 지닌 의리와 그 어머니 진 부인에 대한 효성을 보이는 수단으로 활용되었고, 토목의 변은 이몽창의 아버지인 이관성의 신명함과 충성심을 보이는 수단으로 제시되어 있다.

물론 작품의 말미에는 이한성의 죽음, 그리고 그 자식인 이몽한의 일탈과 회과가 등장하며 열린 결말을 보여주고 있지만, 전체적으로 보았을 때 역사적 사건이 허구적 사건을 감싸는 형식은 <쌍천기봉>이 지니는 구성상의 특징이라 할 수 있다.

5. 유교 이념과 신분의식의 표출

<쌍천기봉>에는 유교 이념인 충과 효가 강하게 드러나 있고, 아울러 사대부 위주의 신분의식 또한 두드러지게 나타나 있다. 이러한 면에서 <쌍천기봉>은 상하층이 두루 향유할 수 있는 작품이라기보다는 상층민이자 기득권층을 위한 작품임을 알 수 있다.

충과 효는 조선시대를 지탱하는 국가 이념으로, 이 둘은 원래 임금과 신하, 부모와 자식 사이에 상호적인 의리를 기반으로 배태된 이념이었으나, 점차 지배와 종속 관계로 변질된다. 두 가지는 또 유비적 속성을 지녔다. 곧 집안에서 부모에 대한 자식의 효도는 국가에서 임금에 대한 신하의 충성과 직결되도록 구조화한 것이다.

<쌍천기봉>에는 충과 효가 이데올로기화한 모습이 적나라하게 나타나 있다. 예컨대, 늑혼(勒婚) 삽화는 이데올로기화한 충의 대표적

사례이다. 이몽현은 장옥경과 이미 정혼한 상태였으나 태후가 위력으로 이몽현을 효성 공주와 혼인시키려 한다. 이 여파로 장옥경은 수절을 결심하고 이몽현의 아버지 이관성은 늑혼을 거절하다가 투옥된다. 끝내 태후의 위력으로 이몽현은 효성 공주와 혼인하고 장옥경은 출거된다. 태후로 대표되는 황실이 개인의 혼인을 지배하고 있다. 그리고 그 지배 논리를 충(忠)에서 찾고 있다.

효가 인물 행위의 동기와 방향을 결정하는 경우도 나타난다. 부모가 특정한 사안에 대해 자식의 선택권을 저지하고 자신의 뜻을 관철시키려 한다면 그것은 인지상정의 관계를 권력 관계로 변질시켜 버린 것이다. 예를 들어 이현이 자기의 절개를 굽히는 것은 모두 어머니 진 부인에 대한 효성 때문이다. 이현이 처음에 정난의 변을 일으키려 하는 연왕을 돕지 않겠다고 하였으나 결국 어머니 때문에 연왕을 돕니다. 또 연왕이 황위를 찬탈해 성조가 되었을 때 이현은 한사코 벼슬하기를 거부하지만 자기의 뜻을 굽히고 벼슬하게 되는 것도 어머니 진 부인이 설득했기 때문이다. 이외에도 자식은 부모의 뜻에 무조건 순종해야 한다는 논리는 작품 전편에 두드러진다.

<쌍천기봉>은 또 사대부 위주의 신분의식을 드러내고 있다. 이를 선민의식이라 해도 무방하다. 예를 들면, 이몽창이 어렸을 때 집안의 시동 소연을 활로 쏘아 눈을 맞히자 삼촌인 이한성과 이연성이 웃는 장면이라든가, 이연성이 그의 아내 정혜아가 괴팍하게 군다며 마구 때리자 정혜아의 할아버지가 이연성을 옹호하며 웃으니 좌중이 함께 웃는 장면 등은 신분이 낮은 사람, 여자 등의 약자에 대한 인식과 배려가 부족함을 보여주는 대목으로, 신분 차에 따른 뚜렷한 위계를 사대부 남성 위주의 시각에서 형상화한 것이다.

이외에 이현이 자신의 첩인 주 씨가 어머니의 헌수 자리에 나와

앉아 있는 것을 보고 나중에 꾸짖는 장면도 처와 첩의 분별을 분명하게 드러내는 부분이다. 또 이씨 집안에서 이몽창이 소월혜와 불고이취(不告而娶: 아버지의 허락을 받지 않고 혼인한 것)한 것을 알았는데 소월혜의 숙부가 환관 노 태감이라는 오해를 하고 혼인을 좋지 않게 생각하는 장면 또한 그러하다. 후에 이씨 집안에서는 노 태감이 소월혜의 숙부가 아니라 소월혜 조모의 얼제라는 사실을 알고 안도한다. 첩이나 환관에 대한 신분적 차별 의식을 엿볼 수 있다.

6. 발랄한 인물과 주체적 인물

<쌍천기봉>에 만일 유교 이념과 신분의식만 강하게 노정되어 있다면 이 작품은 독자들에게 이념 교과서 이상의 큰 매력을 주지 못했을 것이다. 소설에 교훈이 있다면 흥미도 있을 터인데 작품에서 그러한 역할을 하는 이는 남성인물인 이몽창과 이연성, 주체적 여성인물인 소월혜와 이빙성, 그리고 자신의 욕망을 가감 없이 드러내는 반동인물 조제염 등이다.

이연성과 그 조카 이몽창은 작품에서 미색을 밝히며 여자에 관한 자신의 의지를 밀어붙여서 끝내 관철시키는 인물이다. 그러한 과정에서 독자에게 웃음을 제공하기도 한다. 이연성은 미색을 밝히는 인물이지만 조카로부터 박색 여자를 소개받고 또 혼인도 박색 여자와 함으로써 집안사람들의 기롱을 받고 웃음을 자아내게 한다. 이연성은 자신의 마음에 든 정혜아를 쟁취하기 위해 이몽창을 시켜 연애편지를 전달하기도 해 물의를 일으키는데 우여곡절 끝에 정혜아와 혼인한다. 이몽창의 경우, 분량이나 강도 면에서 이연성의 서사보다 더 강력한 모습을 보인다. 호광 땅에 갔다가 소월혜를 보고 반하는

데 소월혜와 혼인하려면 소월혜가 갖고 있는 팔찌의 한 짝이 있어야 한다는 말을 듣고, 할머니 유요란 방에서 우연히 팔찌를 발견해 그 팔찌를 가지고 마음대로 혼인한다. 이른바 아버지에게 고하지 않고 자기 마음대로 아내를 얻은, 불고이취를 한 것이다.

이연성이 마음에 든 여자에게 연애 편지를 보낸 행위나, 이몽창이 중매 없이 자기 마음대로 혼인한 행위는 현대 사회에서는 얼마든지 있을 수 있는 일이었으나, 18세기 조선의 사대부 집안에서는 있으면 안 되는 일이었다. 이것은 가부장의 권한을 침해하는 매우 심각한 일이었기 때문이다. 집안의 질서가 어그러지는 문제인 것이다. 가부장인 이현이나 이관성이 이들을 심하게 때린 것은 그러한 연유에서이다.

이연성이나 이몽창은 가부장의 권한을 침해하면서까지 중매를 거부하고 자유 연애를 추구하려 한 인물이다. 그리고 결국 그것을 관철시켰다. 작가는 경직된 이념을 보여주면서 한편으로는 이처럼 자유의지를 가진 인물을 등장시킴으로써 서사의 흥미를 제고하고 있다.

이몽창의 아내 소월혜와 요익의 아내이자, 이몽창의 여동생인 이빙성은 남편에 대한 절대적 순종을 강요하는 이념에 맞서 자신의 주체적 면모를 드러내려 시도한 인물들이다. 결국에는 가부장적 이념에 굴복하기는 하지만 이들의 시도는 그 자체로 신선하다. 소월혜는 이몽창이 자신과 중매 없이 혼인했다가 이후에 또 마음대로 파혼 서간을 보내자 탄식하고, 결국 이몽창과 우여곡절 끝에 혼인하기는 하였으나 그 경박함을 싫어해 이몽창에게 상당 기간 동안 냉랭하게 대한다. 이빙성 역시 남편 요익이 빙성 자신을 그린 미인도를 매개로 자신과 혼인했다는 점에서 그 음란함을 싫어해 요익을 냉대한다. 소월혜와 이빙성의 논리가 비록 예법에 근거한 것이기는 하지만, 남편에 대해 무조건 순종하는 대신 자신의 감정과 호오의 판단을 적극적으로 드러냈다는 점에서 이들의 행위는 의미가 있다.

<쌍천기봉>에는 여느 대하소설에서와 마찬가지로 욕망을 추구하는 여성반동인물이 등장하는데 이 작품에서 그러한 역할을 하는 인물은 이몽창의 세 번째 아내 조제염이다. 이몽창은 일단 조제염이 늑혼으로 들어왔다는 점에서 싫었는데, 혼인한 후 그 눈빛에서 보이는 살기 때문에 조제염을 더욱 싫어하게 된다. 이에 반해 조제염은 이몽창에 대한 애정이 지극하다. 그러나 조제염의 애정은 결국 동렬인 소월혜를 시기하고 소월혜의 자식을 살해하는 데까지 연결된다. 조제염의 살해 행위는 물론 어느 사회에서든지 용납될 수 없는 것이다. 그러나 그녀가 그렇게까지 행동하게 된 원인을 짚어 보면, 그것은 처첩을 용인한 가부장제 사회에서 비롯되었음을 알 수 있다. 또한 남성의 애정이나 성욕은 용인하면서 여성의 그것은 용인하지 않는 차별적 시각도 한 몫 하고 있다. 조제염의 존재는 이처럼 가부장제의 질곡을 드러내는 기제이면서, 한편으로는 갈등을 심각하게 부각시킴으로써 서사를 흥미로운 방향으로 이끌어가는 역할을 한다.

7. 맺음말

<쌍천기봉>은 일찍이 북한에서 번역본이 나왔고, 러시아에서도 관심을 가지고 소설 목록에 포함시킨 바 있다. 사회주의 국가에서 이처럼 <쌍천기봉>을 주목한 것은 '자유로운 사랑에 대한 열렬한 지향과 인간의 개성을 억압하는 봉건적 도덕관념에 대한 반항의 정신이 구현되어 있기'[7] 때문일 것이다. <쌍천기봉>에 비록 유교 이념이

---

7) 오희복 윤색, 앞의 책, 3면.

부각되어 있지만, 또한 주인공 이몽창의 행위로 대표되는 반봉건적 성격이 내재되어 있음을 주목한 것이다. 일리 있는 해석이다.

<쌍천기봉>에는 여성주동인물의 수난과 여성반동인물의 욕망이 부각되어 있는데, 이것들은 당대의 여성 독자에게 정서적 감응을 충분히 불러일으킬 수 있는 소재들이다. 아울러 명나라 역사적 사건의 배치, <삼국지연의>와 같은 연의류 소설의 내용 차용 등은 남성 독자에게도 매력적으로 보이는 소재였을 것이다. 그리고 이 소설이 지닌 이러한 매력은 당대의 독자에게뿐만 아니라 현대의 독자에게도 충분히 흥미로울 것이라 기대한다.

장시광

전북 진안에서 출생하여 서울대학교에서 고전소설에 관한 연구로 문학박사 학위를 받았다. 서울대 강사, 아주대 강의교수 등을 거쳐 현재 경상대학교 국어국문학과 교수로 재직 중이며, 경상대학교 여성연구소 부소장을 맡고 있다.

논문으로 「대하소설의 여성반동인물 연구」(박사학위논문), 「여성영웅소설에 나타난 여화위남의 의미」, 「대하소설 갈등담의 구조 시론」, 「운명과 초월의 서사」, 「대하소설의 호방형 남성주동인물 연구」 등이 있고, 저서로『한국 고전소설과 여성인물』이 있으며, 번역서로『조선시대 동성혼 이야기:방한림전』,『홍계월전:여성영웅소설』,『심청전: 눈먼 아비 홀로 두고 어딜 간단 말이냐』 등이 있다.

현재 고전 대하소설의 현대화 작업에 주력하고 있으며, 고전 대하소설의 인물과 사건 등에 대한 연구를 진행 중이다. 이후 고전 대하소설의 현대화 작업을 완료하는 것을 목표로 하고 있다. 아울러 고전 대하소설의 창작 방법 및 대하소설 사이의 층위를 분석하려 한다.

(팔찌의 인연) 쌍천기봉 9

초판인쇄 2020년 2월 14일
초판발행 2020년 2월 14일

지은이 장시광
펴낸이 채종준
펴낸곳 한국학술정보㈜
주소 경기도 파주시 회동길 230(문발동)
전화 031) 908-3181(대표)
팩스 031) 908-3189
홈페이지 http://ebook.kstudy.com
전자우편 출판사업부 publish@kstudy.com
등록 제일산-115호(2000. 6. 19)

ISBN 978-89-268-8224-5 04810
       978-89-268-8226-9 (전9권)